李宗祥中短篇小说选

别再为我流泪

李宗祥 著

作家出版社

图书在版编目（CIP）数据

别再为我流泪：李宗祥中短篇小说选 / 李宗祥著． -- 北京：作家出版社，2024.4
　ISBN 978-7-5212-2612-6

Ⅰ．①别… Ⅱ．①李… Ⅲ．①中篇小说 - 小说集 - 中国 - 当代 ②短篇小说 - 小说集 - 中国 - 当代 Ⅳ．①I247.7

中国国家版本馆CIP数据核字（2023）第238627号

别再为我流泪：李宗祥中短篇小说选

作　　　者：李宗祥
责任编辑：韩　歌
装帧设计：周思陶
出版发行：作家出版社有限公司
社　　　址：北京农展馆南里10号　　邮　　编：100125
电话传真：86-10-65067186（发行中心及邮购部）
　　　　　　86-10-65004079（总编室）
E-mail:zuojia@zuojia.net.cn
http://www.zuojiachubanshe.com
印　　　刷：河北宝昌佳彩印刷有限公司
成品尺寸：142×210
字　　　数：254千
印　　　张：10.5
版　　　次：2024年4月第1版
印　　　次：2024年4月第1次印刷
ISBN 978-7-5212-2612-6
定　　　价：42.00元

作家版图书，版权所有，侵权必究。
作家版图书，印装错误可随时退换。

目 录

幸福是什么	1
香烟	21
纪纲的爱情	84
我所认识的赵丽娟	102
游离	137
别再为我流泪	176
追凶	231
帮忙	280
雾霾	309

幸福是什么

妈妈从未来过上海。将近年关,刘湘打了几次电话,劝说妈妈到上海来过年。妈妈口口声声说住不惯高楼,过不惯城里的生活,不愿意到上海来过年。刘湘明知妈妈搪塞他,说的不是心里话,妈妈心里始终惦记的是她在乡下的一亩三分地,便遂了妈妈的心愿。但爸爸过世早,只剩下妈妈孤身一人在乡下生活,那日子的冷清足以使妈妈苍老得更快,刘湘左思右想,最后还是决定像往年一样回老家去陪妈妈过年。

可刘湘心里清楚,自己回家过年,只有挨骂的份儿。妈妈数十年来一直都这样唠叨,你要是一个人回家来过年,那就别回来了。前几天妈妈甚至向他发出了最后的通牒,你娶不到城内的姑娘,难道就不能娶一个乡下的姑娘?实在不行,你花钱买都要给我买一个儿媳回家来过年。

刘湘哭笑不得,搜索枯肠,也不知该说哪些中听的话,既能安慰妈妈,又能把眼前的窘境遮掩过去。停顿了许久,刘湘才从嘴里挤出一句硬邦邦的话,没媳妇就不能回家过年啦?妈妈默然叹息一声,挂了电话。

妈妈一辈子坚强乐观,从不对困苦妥协退让,可从这声叹息中，刘湘十分清楚，妈妈心里装着自己，在心里挂念自己，最终对自己妥协了，放弃了她的想法和努力。

刘湘自知欠妈妈的太多。这太多的东西他终生都无法偿还，也永远偿还不清。不过，完成妈妈的心愿是他义不容辞的责任。毕竟马上就到马年了，马年是他的本命年，一个三十六岁的男人不成家立业，到哪儿都说不通。但眼下他终究不能像妈妈说的那样将就着找一个女人结婚。

他得回家去亲口告诉妈妈：我早就改变了主意，在这一年，我不单单只追求事业的成功，我也在追求理想的伴侣，并已经取得了初步的成效，要不然我年底也不会平白无故掏空所有的积蓄在上海买房子，也不敢回家过年。

刘湘想，当他将这则喜讯告诉妈妈时，妈妈一定喜笑颜开，过一个安详欢乐的新年。这也是刘湘转而非常期盼能回家过年的另一个原因。只不过刘湘觉得还没有到那一天。那一天，肯定会随新年的钟声一起到来。

还有几天就走过蛇年。蛇在大地上游走时喜欢摆尾，似乎蛇一摆尾天气就反常。这不，年底这几天，气温完全收不住，随着蓝天节节攀高，一直蹿到二十多度。日子像是夏天，暖融融的风催生万物思绪翩翩，展翅欲飞。女朋友突发奇想，非要趁春节休假期间拉刘湘一同到海南去旅游。刘湘整天筹谋的却是启程回老家过年，可他又不能全然不顾女朋友的感情，就嬉皮笑脸地哄她，叫她别添乱。

反过来，刘湘试着邀请女朋友随他一起回家过年，但话还没说出口就被她一口回绝了。她甚至赌气地说，你不陪我去海南，那我为什么陪你回老家？回你老家有什么好的，我看你单枪匹马回老家，能感到多大的幸福？

刘湘哑巴吃黄连，满嘴的苦味，苦得他摇头反驳，幸福是个大话题，你说得清楚谁幸福，谁又不幸福呢？那么，就请你告诉我，幸福是什么？

刘湘反驳得很自然，很真诚，女朋友听后竟然动心了，觉得他说的话在理，不是故意气她的。就在刘湘不抱有过多的希望的时候，女朋友却在他临行前送来不少的糖果糕点，把他的背包塞满了。拉上背包的拉链时，女朋友一个劲儿地嘀嘀咕咕，表示不满，说得刘湘脸色发白。最后才说这是以她的名义送给妈妈的。刘湘心头一热，流露出依依不舍的神情，连忙拉着她的手感激地说，我一定跟妈妈说，这些礼物是你送她的，那妈妈一定笑得像这冬天的阳光一样灿烂。女朋友脸一红，瞪了他一眼，好像更加依恋刘湘。这种依恋使女朋友突然间变得很明智，她很快就找到了一句托词，只要她老人家高兴，你想怎么说就怎么说。就是这句简单的话，使刘湘更加纵情，不仅觉得他对女朋友没有做错什么，而且在回家的途中犹如策马扬鞭，热血沸腾，好像不再只是他一人单独回家似的。

刘湘的老家在一个依山傍水的小塆村。不过，塆村离集镇很近，只有两三里路。天气晴好时，站在集镇的高处可以看到塆村的后山。前两年，政府筹资修了一条水泥路，这条水泥路把集镇与塆村连得更紧。当刘湘头顶着太阳，背着行李走上这条水泥路时，发现不到一年的时间，路的两边满是蔬菜大棚。阳光格外凶猛，直射到白色的顶棚上，散发出刺眼的光芒，使得他一阵恍惚，视觉的慌乱提醒他，他匆忙中走错了回家的路，走进了一个现代化的工业园，于是打住双脚，惊愕中脸上泛出一丝旅途的疲惫。他抬手架在眉檐上，勉强挡住刺眼的光芒，这才眯着眼瞧见蔬菜大棚的尽头是一片光秃秃的山林。他一眼就瞧出那是他们垮村的后山，方才重新确定方向，迈开双脚。这时，有了到家的冲动与兴奋，他觉得自己随意地跨出一步，旅途的疲惫就能消失殆尽。

穿过山林便到了家。家坐落在垮村北面的最高处。房屋坐东朝西，是一栋青砖瓦房。房屋前排左右两边是厢房，中间是堂屋，后排与前排相对称，左右两边是两间堆粮食和杂物的小房，中间是厨房。这栋青砖瓦房是刘湘的爸爸在世时的"政绩"，也是唯一留给他与妈妈的遗产。站在家门口，看到门上一把锁，刘湘知道妈妈不在家。他放下背包，蹲在家门口晒起太阳。中午时分，太阳明明朗朗照在家门口。家门口就像妈妈的怀抱，很柔软，很温暖，使刘湘有了睡意，觉得就像小时候睡在妈妈的怀抱里一样。迷糊了一会儿，就一屁股坐在门槛上。太阳在天空转了大半圈，开始西行时，他才睁开半只眼，想到妈妈快回家了，心里有鼓响起来。没过多久，妈妈出现在他的泪眼中。

妈妈满头白发，蓬松但不凌乱。妈妈满脸沟壑，像土地一样黄得发黑。妈妈用力地伸直腰板，挑着一担菜，低头哼哧着，挪动着脚步，动作却又变得僵滞不前。妈妈不像六十岁的人，妈妈像一位七八十岁的老太婆，挑着担子沿街乞讨。刘湘一把擦干泪水，赶忙跳起来，差不多是冲上去的，一把抢过妈妈肩膀上的重担，妈妈方才稍微挺起腰身，抬起黯淡的眼光。发现是他，是她的儿子回了家时，妈妈的眼睛立马放亮，泪光在太阳下闪烁着，差一点儿哭出声来。她抬起手，用袖口揩了一把泪。环顾四周，妈妈发现只有刘湘一个人站在她的面前，立即黑了脸：你难道不晓得，有钱无钱讨个媳妇回家过年，你不讨个媳妇回家过年，回来做什么？刘湘自然懂得妈妈的心意，他好像得了便宜开始卖乖，放下担子，一步跨到家门口，弯腰拉开背包，脸上飘过一抹红，傻笑道：妈，您看我给您带什么回来了？妈妈一时曲解了刘湘的用意，越发生气，越气就越着急，忍不住捶胸顿足，老泪纵横，差一点儿一屁股坐到了地上：明天我就到阎王爷那儿去同你爸爸相见，怎么向他交代？连个媳妇都没跟你讨着，你爸爸能瞑目吗？

妈妈平日是个慢性子的人，但着急起来比谁都急。妈妈一着急刘湘就心痛，痛得额头直冒冷汗。刘湘怕她急坏了身子，赶紧改口。他擦着额上的冷汗，一边问，妈妈，您都没有看清我包里装的是什么礼物，就急成这样子，现在我请您看清楚了再向我问话，行不？您说，我一个大男人，哪能那般细心那般用心给您买这些礼物呢？

刘湘这一发问，把妈妈都问蒙了。妈妈似乎从刘湘的话语中嗅出了端倪，止住眼泪，睁大眼睛，试探着问，有了？！刘湘再不敢卖乖，惹妈妈生气了，他笑了笑，给妈妈一个安慰，然后点了点头，给妈妈一个惊喜，弥补自己刚才的过失。妈妈的眼睛即刻熠熠发光，仿佛十分不相信幸福也会降临到她的身上，整个人轻松下来，像是一下子年轻了十多岁，跟着刘湘嘻嘻嘻地笑了起来。经过些许的平静，她仍然抑制不住内心的喜悦，站在家门口高声喊道：我有儿媳了，我要做婆婆了！……

妈妈的喊叫声在垮村的上空飘荡着，似乎整垮的人都听到了妈妈的喊叫声，刘湘的耳朵也被妈妈的喊叫声塞满了。他吓了一大跳。但妈妈高兴，刘湘也跟着高兴。刘湘就是为了让妈妈高兴才回家过年的，为了让妈妈高兴才谈女朋友的。顿时，刘湘觉得心安理得，心底翻滚出暖流，快乐的新年似乎从这一刻拉开了序幕。也就是在这一刻，刘湘才最终明白妈妈常常唠叨的那句话：你们年轻人天天谈论幸福，幸福是什么？幸福不过是结婚生子过日子。

然而，事情并不像妈妈想象的那么简单。刘湘是在上海工作生活，不是在乡下，他一个月收入近两万元，在上海实在不够买一平方米的房子，但足够一个小家庭在乡下生活一年。他相信妈妈会理解他的，但他不会跟妈妈说。因为妈妈是乡下人，乡下人都信奉金窝银窝不如自己的狗窝，最终妈妈还是想不通，也不会理解，城里人为什么非要有房子有车子有票子才愿意谈论婚嫁。

当然，刘湘不会同妈妈去争论，免得又惹妈妈生气。这次，刘湘变得乖顺多了，他满面春风，顺着妈妈的心声说话，甚至连话音的高低轻重都拿捏得准确无误，妈妈问什么，他就老老实实答什么，净是好听的话，说得妈妈高兴得合不拢嘴。妈妈细细回味每一个细节，感到她的季节里也有春天，而且春天真的来到了她的身边。妈妈一边打开大门的门锁，推开大门，一边欢天喜地地对刘湘说，我好久没有这样跟人讲话了，今天跟你说话，有了这些话语声，就是打开房屋，房屋里面也不再是空荡荡的，也不再像每天早上出门时那么寒气逼人，那么冷了。

垮村不算大，加上五六十年代闹饥荒从湖南搬来的七户人家，总共不到二十户。稍微年轻力壮一点儿的都出外打工去了，前几年他们赚了钱回家把旧房拆了盖楼房，这几年赚了钱索性就在城里添置房产，把家迁进了城。如今在垮村里居住的只剩下几户人家，而且全都是像刘湘妈妈这样上了年纪的人。一到夜里，都闭户不出。所以，夜里的垮村，除了偶尔有栋房屋飘出一点儿灯火，都是漆黑一团，连狗的叫声都消失了。可能是在上海喧嚣的环境中生活惯了，回到家中，在夜里，刘湘只感到太静了，静得只剩下他一呼一吸的微弱声，他很不适应，辗转反侧了许久，才迷迷糊糊睡了一会儿。鸡叫两遍之后,堂屋里有窸窸窣窣的声音,开门关门吱吱的声音,从家门口远去的沉沉的足音,刘湘估摸是妈妈挑菜到集镇卖菜去了。

都大年三十了,妈妈还去集镇卖菜?刘湘想跟着妈妈一道去卖菜,但就是睁不开双眼,格外想多睡一会儿,不想这一觉直睡到被手机闹钟吵醒。

同在上海时一样,天刚蒙蒙亮刘湘就起了床。在上海,刘湘一大早的时间都花费在搭车上班的途中,到了乡下,回到家中,再也无须搭车上班,刘湘却没有盘算好如何打发这段闲暇的时间。习惯于忙忙碌碌的人,一旦闲下来无事可做,就愈发感到无聊。刘湘在堂屋里呆坐了几分钟,茫然又有种莫名的痛楚,如同一阵冷风从墙角缝隙偷袭进来,他打了一个寒战,站起来,想在这段时间里替妈妈做些家务事。可当他拿起笤帚准备打扫卫生时,却发现家里窗明几净。当他走进厨房想做早饭,却不知妈妈几时能卖完菜回家吃饭。晨光从门窗透进,他在整个房屋里转了一圈又一圈,察看了一遍又一遍,也没找到事做,更想不到自己该做哪些事。末了,拍拍脑袋,他想到自己该到集镇去帮妈妈卖菜。

一路上的景色和昨日回来时完全不一样。宛若冬天刚刚降临,天地是冰冷的,弥漫着雾气,白色的水泥路好像没伸出黑压压的山林就到了尽头。刘湘一头扎进白茫茫的大雾中。似乎走出山林时,天地浑然一体,眼前更是一片白,像有一面白墙挡住了前进的道路。刘湘迟疑了片刻,发现连同昨日看见的那一大片蔬菜大棚也失去了影踪,瞬时失去了方向。站在这堵雾墙前,刘湘依稀看到妈妈佝偻着身子,挑着一担菜,深一脚浅一脚走过这段迷茫的道路到集镇去卖菜。妈妈这一辈子都是吃苦的命。用垮村的古语来讲,父母生儿,老了靠儿养命。妈妈老了,自己却完全没有尽到一个做儿子的责任去赡养妈妈,难道他真的大逆不道，不能同妈妈一道同甘共苦吗？想到这里，泪水在眼眶里打转。刘湘难过起来，开始埋怨自己贪睡，没有起早床陪妈妈一同去集镇卖菜。

种了这么多年的菜，卖了这么多年的菜，没想到今年老天爷突然变了脸，跟她开了一个不大不小的玩笑。妈妈龟缩着，坐在菜摊边，一边喊洪山菜薹一块钱一斤，一边好似自己受到了不公平的待遇，对翻来翻去挑选菜薹的人嘟哝着。

说起来，是实事，也是怪事。今年冬天，天天阳光明媚，菜薹遇到明媚的阳光就像吃了兴奋剂，疯长，几乎一天翻出一茬菜薹来。菜薹多了，在蔬菜大棚在菜市场里堆积如山，能够将就着卖一块钱一斤还算是幸运的。能够不亏本，多少挣些钱更是幸运的。而在往年这个季节，天寒地冻，菜薹像人患了侏儒症，你盼望它长个子，它却不长，整日有气无力地趴在雪地里，翻遍整个菜地也掐不到三四把菜薹。在那样的年份那样的季节，掏二十块钱买不到一斤洪山菜薹是常见的事。只听人埋怨菜价比肉价贵了。前前后后，价格悬殊，宛如钢刀刮骨，每一刀都让人痛彻心扉。整个冬天，妈妈每天都忍着心中的疼痛，伸长脖子盼望能同往年的三九寒天一样落下几场大雪，把整个世界都冰封住，哪怕她天天在雪地里扒菜，手冻裂了，生疮流血，用苦难来换取菜价往上涨一分一厘，她都会手舞足蹈迎着苍天大喊一声，兴奋一阵子。

有时候，妈妈卖菜，自有妈妈的优势。

妈妈是老婆婆，老婆婆坐在地摊上卖菜，她仰起头来，那慈祥的笑容仿佛给人带来好兆头似的，立刻就博取了买菜人的同情心。很多时候，妈妈不光菜卖得快，而且在买菜的人问价时，说的菜价非常合理，即便有人还价，只要价钱适中，妈妈就卖，买菜的人也愿意掏钱买。今天早上，妈妈卖菜，遇到一位好心人，这种优势就显露出来。当时，这位姑娘路过妈妈的菜摊，扭头看了看，揣测她想买菜，妈妈就拿起一把菜薹，喊了一声，新鲜的菜薹，便宜又实惠。本来她已经走过了妈妈的菜摊，但听到妈妈的喊声，不觉回头看了看，看到妈妈望着她一直笑着，那笑中有期望，有诚意，她不禁打量了妈妈几眼，跟着也笑了一下。转头准备走时，她忍不住又转身返回妈妈的跟前，问了问，就以九角钱一斤的价格买了三十斤菜薹，说是买回家做冲菜用。自己种的菜薹，自己挑出来自己卖，相对而言中间环节少，成本低，并且一天能碰到一个这样的好心人，稍稍降点价就能一次卖出这么多菜，的确是一件令人高兴的事。妈妈从心里感激她，在她付完钱之后又送给她一把菜薹，她死活不要，妈妈硬是塞给了她。

　　刘湘急急忙忙赶到菜市场，找到妈妈的时候，竹筐里的菜薹所剩无几。妈妈非常麻利，用稻草把剩下的菜薹一把一把地捆绑起来。一把菜薹大概有两三斤。妈妈捆好后，就将一把把的菜薹摆在摊前。

　　菜市场是新建的，以零售为主，兼顾批发。集镇上的人口不是特别多，菜市场的规模不大，中间是用钢结构搭建的，上面是方形顶棚，棚子下有一排排整齐划一的固定摊位，租给长期卖菜的人用，而周边一圈是露天的，设有许多小摊位，供乡下人临时卖菜时用。妈妈的小摊属于后一类。当菜地里长出菜，有菜可卖时，妈妈就挑菜到菜市场来卖，没有菜卖时，妈妈就在田地里干农活。因此，妈妈不是每天都来菜市场卖菜，有菜卖时，也只能按照菜市场的规定，把菜摆在露天的临时摊位上卖。

　　节前，买菜的人一天比一天多。菜市场里面的道路本来就不宽，人流密集，又常有人骑着摩托车，拉着三轮车，混杂其间，十分嘈杂，吆喝声、叫卖声、铃铛声此起彼伏。有时妈妈也不甘落后，站在摊前，亮起嗓子喊：菜薹，洪山菜薹，我自己种的，新鲜的，两块钱一把！吸引不少人将目光投射过来。

当雾气慢慢地消散，太阳明晃晃地移到头顶时，妈妈的菜也卖完了。妈妈收拾完摊子，屈膝蹲在地下，从一个圆铁盒里掏出一大把纸币，将仅有的一张二十元放在下面，向上依次是十元、五元、一元，等把钱一张一张地整理好了之后，妈妈才坐下来，一张一张地数。数完钱，妈妈好像获得了一笔不错的收入，她右手高高地举起钱，在刘湘的眼前不停地晃动，骄傲地重复了好多遍，我今天卖了七十六块钱，比往日多卖了几块钱。妈妈不知道，这七十六块钱还不够刘湘在上海请女朋友喝早茶的开销。刘湘的心倏地变得酸酸的，脸唰地漆黑，浑身起了鸡皮疙瘩。妈妈担心自己数错了钱，嘘了一口气，挪了挪身子，对着阳光，在阳光下一块一块地数，又数了一遍，发现依旧是七十六块钱，才小心翼翼地把钱叠好，放进胸口旁的衣兜里。生怕没把钱放好，又抬手按了按胸口，重新确认确实把钱放进了衣兜里，方才得意地笑了。妈妈笑得如同阳光般灿烂，笑得她脸上成把成把的皱纹随着刘湘的泪水一起掉落在满地的阳光中，啪嗒啪嗒作响……

挑起竹筐，同妈妈一起走出菜市场，走了一截路才看到路边有一个过早的小摊点，刘湘就拉妈妈一同进去过早。妈妈坚持说省点钱，不过早，非要趁早回家去做年饭。

农村有大年三十吃年饭的习俗。但每个地方吃年饭的时间各不相同，有的是早晨吃年饭，有的是中午吃年饭，有的是晚上吃年饭。刘湘所在垮村的传统习俗，是中午吃年饭。离中午还有三四个小时的时间。人是铁，饭是钢，一顿不吃饿得慌，况且妈妈是个干重活的人，半夜鸡叫就出了门，劳作了大半天，不吃点东西怎能恢复体力干活，更不利于身体健康。这次，刘湘任凭妈妈唠叨，像与人打架似的强行拉妈妈到餐桌旁坐下，并反复地说，您不过早我就不回家。摊主与妈妈是熟人。可能是过年了，人们改为在家里吃早餐，也可能是时间稍晚，人们都过早了，摊点里没有一个人。摊主闲着，趁机在一旁打劝，小伙子孝顺您，请您过早，您就遂人愿吧。当妈妈指着刘湘向摊主介绍，他是我的儿子时，摊主更加来劲，哈哈地笑着说，过年啦，儿子请母亲吃饭，天经地义。听摊主这样一劝，妈妈心一软，最终妈妈拗不过刘湘，只得听刘湘的。刘湘转身去问摊主有什么好吃的东西时，隐约听到妈妈在背后细声地嘀咕，吃饭时旁边多双筷多只碗多个人，怎么也让人幸福一阵子呢！那么吃年饭呢？明年能多个人吃年饭吗？后年呢？

刘湘想，这肯定是妈妈的新年愿望。

无形之中刘湘有了一种说不出的内疚和难过。刘湘很想跪在妈妈的膝下说声对不起，并向妈妈发誓，我一定要实现您老人家的心愿！这时摊主插话，你妈妈是个勤劳的人，也是个苦命的人，每天从我这里过，顶多喝碗稀粥，吃个馍馍，连牛肉粉都舍不得吃。

摊主的话像一道电流，从头发丝一直蹿到脚尖，击得刘湘浑身发颤，刘湘连忙为妈妈点了一碗牛肉粉。摊主端上牛肉粉时，妈妈连声说贵了，不愿意吃，刘湘赶紧劝慰，都过年了，应当吃好的，妈妈才作罢。等到妈妈吃完牛肉粉，刘湘起身付钱时，妈妈一听说八块钱一碗，又咋舌后悔，说这钱花在一个老太婆的身上，花得冤枉。但妈妈说话时，笑声难止，且一声高过一声。刘湘暗想，要是妈妈天天都这么高兴，花再多的钱也值得！

妈妈在小摊点稍坐一会儿就要回家。长期挑重担，妈妈被重担压坏了腰，直不起腰板。走路时，妈妈就像永远都挑着一副重担似的朝前直蹿，整个人几乎要扑倒在地上。不过，妈妈走路时脚步很快，刘湘走在后面喘着粗气，有些跟不上。妈妈停下脚步，准备接过他肩上的扁担，刘湘死活不依，妈妈便笑他过惯了城里的生活，一点儿都不像乡下出生的孩子。

年饭做得很丰盛，鸡鸭鱼肉样样都有，摆满了整整一桌。与妈妈两人吃这一桌饭菜，刘湘认为有些浪费。妈妈却笑着说，这才像过年的样子，有年味儿。

兴许是过早太晚的缘故，刘湘和妈妈都不饿，仅象征性地动了动筷子。望着自己做的满满一桌菜肴，没动几筷子，妈妈开始埋怨刘湘不爱惜身体，饭量不增有减。说着说着，妈妈又提起人多过年才热闹。

乡下人都讲究儿孙满堂。人老了，谁没有这种心思呢？刘湘不用睁眼就看出了妈妈的心思，接下来更是不敢随意地吭声，怕无端引起妈妈伤心。

吃完年饭后妈妈又闲不住，挑起竹筐要到菜地去，刘湘劝她，她说，有事做，日子好混。刘湘知道自己劝不住妈妈，只得陪伴妈妈一起去菜地。

刘湘家的菜地在塆村当家塘的上头，塆村对面的山坡脚下。农村分田到户时，他家的自留地就在那一块，但面积很小，只有两厢地，后来妈妈与邻居置换了一块地，连成片，才有了今天这么大的规模。大概有一亩多地，被分成十来厢。妈妈今年把一大半地用来种洪山菜薹。乡下人种菜像种粮，靠天收，不像企业搭建蔬菜大棚，种的品种多，高产高效。

母子俩到了菜地，正是太阳西行时，阳光很活泼，很柔和，把蓝天与大地融为一体，把母子俩与一片赭红的菜地融为一体。稍许吹起了东南风。冬季很少有东南风。风很野，像个温顺的恋人往怀里直蹿。刘湘站在菜地里，站在风中，感到很惬意，很幸福。在上海，是没有这样的生活的。刘湘回想起自己长这么大也没有享受过这样的生活，不禁有些飘飘然，忘却了妈妈正匍匐在菜地里掐菜薹，也忘却了自己到菜地里来该帮妈妈做些什么。

不一会儿，妈妈掐了很多菜薹。妈妈一把把地把菜薹放进竹筐里，对站在竹筐旁的刘湘说，叫花子也要过三天年，我大年初一、初二、初三就不去集镇卖菜了，但我每天都要来掐菜薹，如果不抢着掐，菜薹就会长老。妈妈还说，往后我不卖菜薹了，我把这些菜薹拿回家做成冲菜，开春拿到集镇上去卖，一定能卖个好价钱。

刘湘听到妈妈喋喋不休的话音才发现自己分神了。刘湘认为，这是妈妈面对迎着和煦的阳光和暖风疯长的菜薹由衷发出的感叹，而不是跟他说话。但是，妈妈的话猛然提醒了他，他随同妈妈一起来菜地是干什么的，他赶紧躬下身掐起菜薹来。他那笨拙的举止全部落入妈妈的眼底，引得妈妈摇起头浅浅一笑，妈妈想，自家天天面朝黄土背朝天，为什么生出的孩子天生不是做农活的料？难道生出的养出的是城里的孩子？有这样一个孩子，还需要什么呢？

妈妈自然知道她还需要什么，所以她更加拼命干活挣钱。虽说她老到这等程度，到外面打工没人要，挣不到钱，但她在地里能挣到钱，年成好时，一年能挣一万块钱。虽说挣的钱不多，但天天月月年年积攒，数额也颇可观。她孤独一人的时候就坐在床头数钱。包括刘湘每年给她的钱，统统加到一块，已经有十几万了。很多时候，她宁愿守着这些钱挨饿挨冻，也不乱花一分。她等的是她想花钱的那一天。如今这一天即将来临。她这一辈子没花过这么大数额的钱，她想痛痛快快地花一次钱，把所有的钱都花得一文不剩。想到花这笔钱，妈妈不由自主扭头望了望刘湘，心里有种说不出的滋味，心想，儿子肯定不晓得我积攒了这么多的钱，我年纪大了，说走就走了，那我也不能把这个秘密藏匿于心中，带进坟墓，我必须找一个机会，向儿子公开这个秘密。

　　这个想法在心中一闪现出来，妈妈就想立刻回家。妈妈计划在今晚，就像往年三十晚上那样在堂屋生起火堆，她的祝愿会像烈火般喷发而出，她一定会兴高采烈地坐在火炉旁向刘湘说出她心中的秘密。然而，她的这种情绪丝毫没有感染到刘湘，刘湘正低头掐菜薹。菜薹尖上淡黄色的花香扑鼻而来，像阳光的味道，时刻为刘湘提神。刘湘仿佛瞬间获取了永不枯竭的动力源，他的动作越来越快，越来越熟练，像个干农活的好把式。为此，妈妈反而有些失落，有些怨恨自己，不该让刘湘跟着自己到地里来做这些事。因为她坚定地认为，儿子在上海工作了十多年，儿子早已是城里人，不是乡下的孩子，儿子应当做城里人做的事，而不该干乡下这些粗活，这些粗活应该留给自己干。妈妈好像找到了一条恰当的理由，转身喊了一声，今天是大年三十，早点儿收工回家！

　　刘湘直起腰，侧身望了望妈妈，又望了望满地的菜薹，不知是他听错了，还是错误地理解妈妈的心意，以为妈妈催促他回家，留下她一人在菜地里掐菜薹，便高音回话，妈妈，您辛苦一整天了，您累了，您先回家休息吧，等我把竹筐装满了，我自个儿挑回家！

妈妈显然对刘湘的回话不满意，但她理解刘湘。也只有母亲对儿子才这般理解。妈妈没有过分地强求刘湘。刘湘也没有顾及妈妈的感情，他只知道他多做一点儿妈妈就少做一点儿。他又弯下腰，越做越来劲，他脱了外套，脱了羊毛衫，还出了一身的汗，他经过的菜地，就像一阵风酷劲十足地吹过，菜薹倒下了一片。妈妈依稀从刘湘的身影中看到了她丈夫昔日干活的风采。这反而没能把她的心情变得舒畅起来。因为妈妈用刀把爸爸的身影刻在了她的心坎上，爸爸好似回到了她的眼前。想起逝者，思念起逝者，妈妈更悲伤。突然间，妈妈觉得她脑子里嗡地响了一声，妈妈无意中伸手摸了摸脑袋，似乎摸到了涌上太阳穴的一腔热血。这时，太阳正好跑到了西边，就好似人走到悬崖边，再往前跨出一步就坠下了深渊。太阳开始坠落，风转向，由东南风转为西北风，并且加快了速度。一地的菜薹在风中左右摇曳，妈妈站立菜薹丛中感到有些刺骨的冷。顷刻间一缕缕阳光变得像一个个懂事的孩子，怜惜妈妈，掉头望着妈妈，拥簇着妈妈，不愿离去。太阳就这般站立在地平线上，照在菜地里发出紫色夹杂些许金色的光芒。妈妈持着怀疑的目光仰视太阳，太阳变成了夕阳，夕阳非常耀眼，夕阳无限美好，却没了温度。

干柴烧出的烈火照得堂屋发亮。

坐在火堆旁吃了一大碗妈妈炖的萝卜骨头汤，刘湘立马感到浑身发热，劳作的疲惫一扫而光。此时，妈妈在火堆上架起了铁架，把铁锅放在铁架上，再从木桶里舀出两大瓢水，倒入锅里，放上竹蒸笼，做些蒸菜，以便招待随后几天到家里来拜年的亲戚。

妈妈会做扣肉、粉蒸肉、蒸腊鸡、糯米丸子等诸多菜肴。妈妈做蒸菜时唠叨不停，句句都是叫刘湘留心学做菜，以备将来持家时用。刚开始时刘湘不作声,到后来一不小心从嘴里溜出一句,在城里要么上餐馆,要么到超市买已做成半成品的菜肴,回家打开微波炉一转就可以吃了。妈妈喔喔喔地笑,说那不叫过日子,如果要把生活过得好一点儿,还是自己亲手做的东西可口好吃。妈妈转头又严肃地说,你找的这个媳妇会烧火做饭吗?这一下可把刘湘给问住了。刘湘真的不知道女朋友会不会烧火做饭。与女朋友交往了大半年,刘湘从未看到她烧火做饭,但也不能凭空断定她一点儿都不会。刘湘愣了一下,当看到妈妈咯咯咯地笑得更欢时,才吞吞吐吐口是心非地应答,城里的姑娘哪个会烧火做饭呢?再说,上海的规矩不同于咱们乡下,在上海,大都是男人在家烧火做饭!妈妈一怔,止住了笑声,略带敌意地说,是城里的姑娘又怎么啦?做我的儿媳可不行,她不会烧火做饭,将来要哪个来侍候你?刘湘有点儿窘,脑子里想的和从嘴里说出来的开始前后不一致,他劝解妈妈,您少操心,少着急,会幸福百岁的,那时,我们多做一点儿,多侍候您一天,也高兴。妈妈见刘湘改口说些恭维她的话,试图岔开话题,就明白了她再将这个话题延续下去也没有多大的意思,她不得不迎合着说,只要你们将来幸福,恩爱一生,我操心干吗?

一阵沉默之后,妈妈调好了作料,然后分别装入盘子里,分层放入蒸笼中。完工后,妈妈拍拍手,抖掉手上黏附的残渣,接着从木桶里舀出半瓢水,边洗手边说,不要怪妈妈啰唆,过日子就像洗手,不论是手脏了,还是干净的,天天都得洗,谁没洗过手呢?又有谁不是天天洗手呢?但人人都晓得是为了身体健康,也是一句假话。但日子就是由这些琐事累积起来的,日子就是这样过的,会过日子才是最重要的。

刘湘听了这一番善言,听得眼睛直眨,眼眶不由得湿润了。为了掩饰自己，刘湘赶紧埋下头往火堆里添柴火。干柴烧得噼噼啪啪地响，火越烧越旺，火焰围绕着锅底蹿升，飘出一圈圈淡淡的烟雾，很快就从蒸笼里冒出热气，热气越来越浓，排山倒海般吞噬了一圈圈淡淡的烟雾，使得刘湘像沐浴在滚滚的热浪中，狼吞虎咽般吞食着妈妈做的蒸菜。生活已经开始散发出熟悉的古典的气息，家是多么温暖！有母亲在身边是多么幸福！就在刘湘的脸上情不自禁地展开笑容的时候，荷包里的手机唱响了。刘湘掏出手机一看，手机上显示的是来自上海的电话，他心一紧又一松，鼻子轻微地吸了口气，才接听手机。

　　从手机里传出的声音，刘湘非常熟悉。这熟悉的声音在不停地变化着，但始终有一股依恋的味道贯穿其中。刘湘感到从火堆上飘出的火焰烧到了胸膛，触电似的嗯了一声，对方才嘻嘻笑开来。说笑了一会儿，她才对刘湘说，今天晚上，我把我俩之间的事告诉了我爸妈，我爸妈想见你一面，当面考考你，你这两天能不能回上海来，趁此机会你正好给我爸妈拜个年。刘湘旋即明白了她打电话的目的，脸也在火光的映照下深深地红了，稍稍犹豫了一阵子，才开口说话。他诚恳地说，你知道我订的是大年初四的返程票，我回家一趟确实不容易，我想多陪我妈妈两天。她迟疑了少顷才答话，车票我可以给你帮忙改签，但你要想陪你妈妈，那……那……就随你吧！

　　虽说女朋友通情达理，体谅他，但她那最后几个字说得很勉强，让刘湘进退两难，一筹莫展，脸上的红润也跟着褪了不少。而这一切都没有逃过妈妈的眼睛和耳朵。妈妈站在一旁不停地使眼色，打手势，叫他不要拒绝。刘湘看上去反而紧张不少，妈妈便不安地问，是谁打来的电话？是你女朋友吗？刘湘像从梦中惊醒过来，他怕自己稍不小心就引起妈妈无端的猜疑，连忙答道，是的，妈妈！刘湘说完话就低头朝火堆里加了几根枯枝，枯枝即刻噼啪作响，火光升起，在妈妈的脸上摇晃，妈妈喜笑颜开，拿了一把小靠椅，坐在他的身边，问道，她要你回上海？

刘湘明知妈妈耳聪目明，非上了年纪的人能跟她相比的。妈妈一定在一旁听出了所以然，但刘湘佯装糊涂，笼统地回答，怎么会呢？妈妈忽地变了脸色，打断了他的话，严肃地说，你不要当面说假话，妈妈理解你的良苦用心，但是，你如今再也不是小孩了，你要分清事情的主次轻重，千万不要意气用事。妈妈见刘湘陷入静默，就知自己说的话说到他的心坎上，于是她更加坦然地说，到了你一生中最为关键的时候，你不走，我都要把你撵走，因为我从不认为母子相依为命才是福，从不认为儿孙承欢膝下就叫有福，其实只要你过得好，无论我在哪儿，我都感到无比的幸福。

说完话，妈妈像生气似的霍地起身，走进她睡的厢房。当妈妈走出厢房时，刘湘抬起头来，发现妈妈捧出一个小箱子。箱子是木头做的，红得发暗，似乎比妈妈的年龄还大。妈妈走到刘湘的跟前打开箱子，箱子里面装的全都是钱。妈妈一扎扎地数着钱，妈妈数钱的神态和刘湘在菜市场看到的妈妈卖完菜后一张张地数钱的神态相同。妈妈反复地数，生怕把钱数错了。每数一遍，妈妈就像做了一件大事，满脸洋溢着笑容。估摸数了三四遍，妈妈才把钱数清。刘湘想，妈妈心里绝对有一本账，上面清清楚楚记载着她积攒了多少钱，一定心里有话要说。果然，妈妈随后把钱分成两半，用手指着钱说，这一半是你每年给我的一万块钱生活费，累积起来有九万之多，我存着，舍不得用，我现在就还给你，补贴你在上海买房子用；这一半是我这一二十年卖菜、卖粮食积攒下来的钱，将近有七八万，虽说我是个农村人，没见过世面，但我不掉你的底子，不给你抹黑，这是给儿媳和将来出生的孙子的见面礼。

　　母亲的话，让刘湘感动，又让刘湘难过。刘湘没想到母亲的话给他这么大的触动，脸上现出一丝丝的扭曲，那不是惊讶而是歉疚。妈妈却不显山露水，不容许刘湘插嘴，接着又说，我今晚就摊开跟你讲，我是个六十多岁的人了，说不准睡一晚就醒不过来了，我不把这些告诉你，那我这些年来省吃俭用，不是冤枉白费了我的一番心血……

　　妈妈所说的话中时不时含有一些不祥的成分，但刘湘听懂了其中的含义，知道这时候他对妈妈说什么都不起作用。刘湘忽然想起了他前不久在网上读到的一句震撼人心的话：对于世界你是一名士兵，对于母亲你是整个世界。就他而言，对于世界他顶多是一名高级打工仔，对于母亲他的确是她的整个世界。唯有真心诚意地服从妈妈的心愿，妈妈才能得到永久的幸福和安宁。可不管刘湘如何忠告自己，他都觉得他回到上海就该告诉女朋友，那些在我们身边，甚至触手可及，却又说不清的幸福到底是什么！

　　为了彻底让妈妈放心，让妈妈高兴，刘湘眨着调皮的眼睛，拿起手机给女朋友打起电话。他的话音不仅充满了力量，而且显得庄重，甚至压过了火堆里柴火燃烧时噼啪的声响和蒸笼底下水流翻滚时的扑通声。他说，我跟妈妈说好了，我初二返回上海，你赶快帮我改签火车票吧。话快说完时，刘湘顺手按了一下手机的免提键，女朋友的回话声随即从手机里飘荡而出。女朋友兴奋得像只依偎在他身旁的小鸟，叽叽喳喳地应诺了。

　　这应诺，让妈妈一瞬间积聚了一肚子的笑声。但妈妈深知好男儿志在四方，岂能留在家园。妈妈害怕她那笑声不经意间触碰到刘湘此刻的遗憾之处，因而不敢放声笑出来给他听。然而，这世间有很多很多的东西，即使你知晓其中的道理，洞悉其中的奥妙，却又如何轻易地拿得起放得下呢？刘湘是妈妈唯一的儿子，是妈妈辛劳一辈子，今后能够继续活下去的希望所在，妈妈舍不得刘湘离开，他一走，这家就只剩下她一人了，然而妈妈又不能吐露出一点儿挽留他的心声，那些刚刚积聚起来的笑声即刻悄无声息地藏进了她的心坎间。但母爱无处不在。妈妈心里噙着泪水，眼角却泛出笑花，像是话语从嘴里一吐出的顷刻间就到了大年初二，她正送刘湘搭车回上海似的，推了推刘湘的肩膀，提醒他，规劝他，你快回上海去吧，那里也有你的亲人，那里也有你的家！

香 烟

1

春节刚过,许婷去了M国。

接下来的一段日子,北风溜走,气温缓慢回升,天气稍许转好,总有几缕阳光,在眼前晃来晃去。这可算是姚想一生中,最平静,最知足的时光。唯一不如意的,是他无师自通,学会了抽烟。

烟,一根接一根地抽,一盒接一盒地抽,姚想一天比一天抽得多,抽得凶,不知不觉对烟有了依赖,一不抽烟就好像失去了什么。

自从进入冬季,办公室外寒风飕飕,天寒地冻,室里开着暖气,春意盎然,十分暖和。姚想整天坐在办公室里,不想出门,也很少出门。以前不抽烟,体会不到,现在抽烟,烟雾升腾时,整个办公室都是,如同进入人间仙境。姚想很惬意,也很迷惑,有时一冲动,想哼唱几句,嗓子眼却好像被什么东西阻塞了。

姚想开始咳嗽，每天总有吐不完的痰。到医院检查，医生说他患了咽喉炎、支气管炎，告诫他必须少抽烟，最好是把烟戒掉。

这是自然规律，人到了一定的年龄，身体开始走下坡路，一旦出现异样，绝对不能掉以轻心，否则，最终将会被这个世界抛弃，从这个世界消失。对于这个浅显易懂的道理，姚想心知肚明。他遵从医嘱，尝试着戒烟。不料，从一开始戒烟，他就觉得自己好像被人持枪押着，从一个缥缈逍遥的世界离开，到了另一个平淡无奇的世界。

姚想本来是一个有毅力的人，只要他长期坚持不抽一口，就可以抵抗诱惑，完全戒烟。然而，在一个平淡无奇的世界里，人极易得过且过，失去警觉心，稍稍不慎，就被自己打败了。

尤其是有一项，姚想不抽烟，却喜欢把香烟放在办公桌上。香烟像幽灵，时时刻刻在眼前晃动，诱惑他，他忍不住拿起一根，把它放在鼻子下饱嗅一顿，然后点燃，随后又掐灭，借此排遣压抑在心中的郁闷和烦躁，以至于很长一段时间，他觉得手指间夹着一根香烟，就会产生一种无比的快感与冲动。这种快感与冲动，让他宛如重生，能够保持平静，放眼向远方眺望。

从远方走来的，是谁？

姚想自然想起许婷。如今身边唯一提醒他，许婷与他过往的物件，只有无名指上的蓝宝石戒指。这样的戒指有一对，姚想称之为"心心相印"，另一只是红宝石的，姚想赠送给了许婷。这对戒指，科技含量高，是他花费毕生心血和才学，精心设计和制作的。许婷到M国，就像失踪了。她没跟姚想打一个电话，姚想连番打她的电话，打不通。一个女人无缘无故失踪，对一个男人来说，是好事，还是坏事？

姚想觉得自己找不到评判的办法，就抽了一支烟。

烟，一缕一缕地穿透姚想的魂魄，向上飘，许婷在他的脑海中倏忽变得模糊不清。姚想思忖，他再想许婷，就是罪过。

不想许婷，那想谁呢？

姚想试图找一个女人替代许婷，用她的音容笑貌覆盖许婷的一颦一笑，以此忘掉许婷。无形中姚想又点燃一支烟。这次，他猛吸一口，强行把烟雾吞进肚子里，让烟雾在肚子里横冲直撞，翻江倒海，可稍微一张嘴，一团烟雾从嘴里飘出，随风飘走了。

许婷就是随着这团烟雾飘走的。

2

慢慢地，姚想忘了许婷。

没有人忆念的日子，姚想觉得格外轻松，烟也少抽了不少。每天，当他走出办公室时，似乎迎面而来的每一个人，对他都笑容满面。笑容是催化剂，激起心底片片涟漪，即使眼前司空见惯的一些事物，或一些场景，也一下子变得新鲜明朗起来，仿佛艳阳天，一片一片地，向他慢悠悠地飘荡过来。

姚想就是在这个时候碰到王雯，从她那儿得到许婷的消息的。许婷返回M国，刚下飞机就被拘禁了。被拘禁的原因，大致是许婷年前回国时，私自截获并带回公司的一份文件。姚想立马想到，这份文件就存放在他办公室抽屉里。当时，许婷以近乎命令的口吻，一再叮嘱他，要他妥善保管这份文件，唯有她打电话，叫人来取时，才能拿出来。姚想瞟了她一眼，并不在意，也没有追问，那是什么文件，谁来取这份文件。想到这些，姚想立即想回办公室看一看，那究竟是一份什么样的文件，给许婷带来牢狱之灾，即将给他带来的又是什么。

　　从姚想瞬间变化的眼神中，王雯没看出端倪，也揣摩不出他的心迹，但从姚想静默不言的神情中，至少可以猜出他绝对知道一些内情。因为许婷回国后，除了与家人团聚，就是与姚想接触的时间最多。而且他俩之间的关系，只有他俩能说得清，旁人则是雾里看花，无法知道他俩的剧情接下来如何演绎。然而，还没等王雯开口打探消息，姚想就持着怀疑和不解的眼光，向她横扫了一眼，愤怒地挥了挥手，表达出滚蛋的意味，就急忙转身走了。

　　王雯赌气似的，跟在后面喊了一声姚想，姚想听而不闻。与姚想决裂，将近有一年的时间，今日重逢，虽不至于鸳梦重温，但最起码未曾料到姚想对她如此恨之入骨，如此冷漠和绝情。王雯停下脚步，望着姚想急匆匆离开而消失的背影，情不自禁地发出一声冷笑，令人毛骨悚然。

　　下午，阳光懒洋洋的，明显没有温度。不过，大街上，依旧人山人海。姚想走在人群中，总觉得后面有人盯着他，前面有人阻挡他前行。而且他越向前走，越发坚信，这不是一种错觉。

　　这种独特的感觉，如芒刺在背，姚想不寒而栗，直冒冷汗。直到看见前方有个警亭，姚想赶紧靠过去。站在警亭边掏出手机，一边装着翻看手机，一边暗中观察前后左右的人，以防万一遇到危险，便于躲进警亭报警。过了一会儿，姚想终于发现不远处有一个人，戴着黑色的便帽，穿着黑色的风衣，口里叼着香烟，站在那里，同样偷偷地打量着他。似乎这个人揣摩出姚想的意图，并不想逼迫姚想采取过激的行为，引出警察，掉头就走了。虽然那个人走了，但姚想隐隐感到他陷入危险之中。这是许婷给他带来的，还是王雯给他带来的？不然的话，对方怎么认出他的？姚想猜不出其中缘由，但丝毫不敢大意，赶紧用手机给乔光耀发了一个定位，叫他开车过来接他。

乔光耀是姚想的好朋友，曾经做过律师，以他的职业经验，兴许能帮他脱困。姚想思来想去，最终得出这样的一个结论。

怎么一想到乔光耀，得出的是这个结论呢？姚想哑然失笑，不觉从口袋里掏出香烟和打火机，点燃一支烟，猛咂一口。仿佛从这口烟中摄取到足够的能量，姚想胆子也变大了，认为自己顶天立地，天不怕地不怕，有足够的能力来应对即将发生的一切，同时也避免连累他人，把与此事毫不相干的一些人都牵扯进来，把危险转嫁到他们身上。所以，姚想立马取消了将此事告诉乔光耀，请乔光耀帮忙的计划。

就在姚想谋划下一步该怎么做时，从警亭里走出一名警察，指着警亭边禁止吸烟的醒目标志，命令他，要么把烟灭掉，要么到其他地方去抽烟。姚想面露怯色，迟疑了一会儿，还是不敢跨出一步，以至离警亭太远，便弯下腰，把香烟朝地上一按，掐灭了。直立起身子时，又不忍把大半截香烟扔掉，就攥在手中。手中攥着大半截香烟，姚想居然觉得手中拿着的是武器，沉甸甸的，心里顿时踏实不少。

没过一刻钟，乔光耀开着车过来了。车刚靠边，还没停稳，姚想就一头钻进车里，叫乔光耀快开车。乔光耀以为姚想怕警察看见他在街边停车载人，随口应付一句，没有警察，紧接着开车就跑。姚想像没有听见他说的话，没有应答，而是透过深色的车窗玻璃，不停地朝外观望。

大街中间车如梭，两边人如潮。这是一个快节奏的现代化大都市，人们每天都为生活和工作，在高楼大厦之间奔波，忙碌的身影充斥城市的每一个角落，而像姚想这样安于现状的人，少之又少。姚想坐在车里，骨碌碌地转动着眼睛，沿街搜索，直到不再看到那个穿黑色风衣的人时，才长舒一口气。可没等到这口气落地的那一刻，他就想到王雯。王雯知道他的单位，知道他的住地，倘若真像他之前预感的那样，那就大难临头了。危险无处不在。

自从上车后，乔光耀渐渐地发觉姚想心事重重的，神秘兮兮的，想问一问，可见到姚想始终撇着脸，向着车窗外，欲言又止。

3

回到办公室，姚想才意识到，自己手中还攥着大半截香烟。由于攥得紧，手出汗了，汗水把烟纸浸透，手一张开，烟纸爆裂，满手都是烟丝和烟屑。他对着垃圾篓子来回拍手，才把手上的烟丝和烟屑拍打干净。手上空了，姚想发觉自己一下子成了有劲使不出的那种人。此刻，姚想才意会过来，他匆匆忙忙赶回办公室，是为了什么。

姚想不知为什么，拉开办公桌抽屉，拿出许婷的那份文件时，手禁不住有些抖动，不听使唤。文件是用比较厚实的牛皮纸信封装着，封口被封死。这是一份什么样的文件，有那么重要吗？即便许婷在M国被拘禁，过了这么长时间，也应该有人来取。在此之前，姚想以为他看透了许婷。看透一个与他相知相爱的人，是那么让人难受，难以接受。如今反过来，姚想盯着这份文件，认为他根本没看透许婷，一时又找不出恰当的理由来解释。这同样也让人难受，难以接受。难以忍受这种痛苦和煎熬时，姚想不由自主地从办公桌上拿起一把裁纸刀，慢慢地挑开牛皮纸信封的封口。里面装的到底是一份什么样的文件？令他意想不到的是，大牛皮纸信封里面装着一个稍小一点儿的牛皮纸信封，封面上赫然写着一行字：再拆，里面文件将会自燃，消失不见。

看到"自燃"二字，想起许婷被M国拘禁的事情，姚想一颤，立即知道，这份文件的价值，远远超出他的预料。从许婷的提示中，姚想隐隐约约感到，这份文件，或许比他的生命还珍贵，还重要。许婷把文件留存在他这儿，既是对他的信任，同时也是把某种希望寄托在他的身上。然则猛地掉头一想，难道许婷事先预计到，自己终将有一天会拆开信封？姚想钦佩许婷之余，不由分说，对许婷这样动脑筋算计他，有了成见。不过，他也检讨自己，认为自己确实做得不对，竟然一时头脑发热，挑开封口，辜负了许婷所托。毕竟是做贼心虚，姚想拿起粘胶，小心翼翼地把封口封上，恢复原状。姚想推断，将这份文件放在办公室里，绝对不安全。那放在什么地方比较安全呢？姚想挠破脑壳也没有找到一个答案。烦恼之时，姚想又随手掏出香烟。烟盒内只剩下最后一支烟。姚想取出烟，拿着烟在烟盒上敲了敲，点燃，深吸一口，接着就把烟盒朝垃圾篓子里一扔，转身从身后的书柜里重新拿出一盒。

姚想抽的烟，都是整条整条从烟草专卖店批发的，一般都是一次性批发，一次至少有两条。他陡然发现装烟的提袋是用牛皮纸做的，同许婷装文件的牛皮纸信封颜色一模一样，不禁眼睛一亮，心生一计。他从书柜里拿出提袋，取出两条香烟，把牛皮纸信封放入，紧紧贴着提袋的内壁，看到大小刚好合适，便用粘胶带把信封固定住，再装入两条烟。见信封还没有完全被掩盖住，又加入一个空盒子，然后拎起提袋左右端详许久，自我感觉发现不出一点儿破绽时，不由得得意扬扬，嘿嘿嘿地干笑几声。

就是M国特工混进办公室，也侦查不出文件的踪迹。姚想心想，越是危险的地方，越安全。他随即把提袋摆放在书柜最显眼的位置，站在办公室的门口就能一眼看到。为了迷惑他人，姚想又巧妙布局，从其他办公室拿来一些牛皮纸信封，尽量装入一些学术资料和外文资料，尽量朝隐蔽的地方，或别人很难发觉的地方藏匿。事后，姚想静静地坐在靠椅上，拆开刚才取出的那盒烟，抽出一支，静静地抽了一口。像顺利完成了一件非常重要的工作，成绩斐然，得到嘉奖，这一次，姚想抽烟，有了不一样的收获。烟刚进口时，有些苦，可吞进肚子里，有些甜。这甜味是怎样品尝出来的，他也不知道。

这时姚想突然发现那个戴黑色便帽，穿黑色风衣的人，竟然进了他的办公室。他是如何进入他的办公室的？倘若他早来一步，就会看到姚想所做的一切，那姚想挖空心思，为许婷所做的一切将会前功尽弃。

那个人摘下帽子时，姚想才发现他金发，蓝眼，白皮肤，是一名典型的M国人。不用猜测，姚想知道自己的行踪和相关情况，已被对方掌握。姚想见多识广，又在自己的办公室，反倒并不慌乱，装着不知情的样子，客气地问他，是找人，还是办事。那个人看姚想沉着冷静，跟他在大街上看到的，不像是同一个人，居然产生疑惑，有些不自信地反问，你是姚想吗？

姚想心里清楚，该来的终归要来，既然人家找上门来，逃是逃不了的，便点头默认，并起身为他倒茶，请他坐下。那人坐在姚想的对面，喝了一口茶，接过姚想递过的一支香烟，点燃，抽上一口，便露出笑容，连声夸奖，中国的绿茶好，中国的香烟好。那人的普通话说得标准，字正腔圆，即使姚想是中国人，也达不到他的水准。他绝对是中国通。且这一句赞美之词，不自觉中拉近了姚想与他之间的距离，现场的气氛随即得到缓和，也给姚想带来一种安全感，他开始相信眼前的这个人并不是坏人，更不是凶恶之徒。那人主动向姚想介绍自己，说，他叫彼得，是许婷的好朋友。然后，又说，是许婷叫他来取文件的。姚想想起许婷叮嘱他的话，只有接到她的电话，才能把文件交付来人。可现今，一是没有接到许婷的电话，二是他不认识彼得，仅凭彼得的一句话，就把文件交付给他？姚想眉头一皱，不敢造次，就推托一句，许婷到Ｍ国去了，好久没有跟他来往，她没交给他文件，也不会把文件放在他那儿。彼得并不放弃，反复提醒姚想，他与许婷是好朋友，可姚想不假思索，一口回绝，并再三重申，他根本就没有收到许婷的文件，也没有看到许婷的文件。彼得失去耐性，有些着急，也有些发怒，抑或是在姚想的办公室，有些顾忌，便放下茶杯，朝茶杯里扔下还在冒烟的烟头，气呼呼而去。

好像彼得这个人从来就没有来过，姚想坐在靠椅上继续抽他的烟。吐出的烟，变成雾。雾，薄薄的，蒙蒙的。姚想无法想象，雾里到底有什么？但是，面对这层雾，姚想不仅不茫然，反而胸有成竹，预感到香烟最后会给他答案的。

4

大意失荆州，姚想失算了。

下班回家，刚把车停进车库，就从旁边冒出两个人。这两个人，五大三粗，趁姚想还未回过神来，一边一个人，架起他的胳膊，拖着他，朝停靠在旁边的一辆白色的面包车里一扔，姚想方才意识到他被绑架了。这时，开车的人回头朝他笑了笑。这个人不是别人，正是彼得。

事情来得太突然了，姚想措手不及，未吭声，也未反抗。但姚想明白了彼得下午到他办公室同他见面的真正原因。他们担心姚想铤而走险，报警，或把文件交给警察，所以，精心策划，营造一个假象，让姚想相信，他们确实是许婷的朋友，是来拿文件的。只不过彼得心急，试想用坦诚且略显幼稚的举措，补救他下午在大街上所犯的错误，从一个侧面解开了他下午在大街上制造的怪异一幕而使姚想心生的疑团，同时也给姚想带来一定的安全感，从而麻痹他，一举摧毁他在心中构筑的防线。否则，一旦姚想成了惊弓之鸟，藏匿起来，他们是不会这样轻易地绑到姚想的。这一刻，姚想知道了，不是他们太狡猾，而是他太幼稚，他不交出文件，说什么都没用，再怎么反抗也没用。可在彼得的眼中，姚想显露出的超常的镇定，大大出乎他的意料，使他以为他遇到了硬茬子，一个类似于高级间谍的人物。可目前得到的资料显示，姚想只是一个被新时代和高科技所淘汰的研究员，一个失去市场价值的没落人物。彼得不禁有些糊涂，有些失望，收回笑容，朝两个绑匪使了个眼色，他们就拿出绳索，把姚想的双手双脚绑上，用黑布把他的双眼蒙上，姚想即刻失去光明，但他能感知，车开动后，是朝城市的南边驶去的。

没过五分钟，姚想的手机响了。坐在他身旁的绑匪立即紧张起来，急忙伸手从他的裤袋里掏出手机。绑匪也没做过多的考虑，降下车窗，朝窗外一扔，等彼得反应过来已经晚了。彼得狠狠地骂了一句笨蛋，就听到车后嘭的一声响，姚想就知道他的手机被后面的车碾碎了。彼得侧眼看了看后视镜，说声"OK"，狂笑起来。姚想仍然没有任何反应，但心里有道电光一闪,他陡然高兴起来。心想,一定会有人给他打电话,打的电话多了,他没接,那总会有人找他的,一天找不到他,两天找不到他,时间长了,他无缘无故从人间蒸发,自然而然就会有人报警。

像姚想设想的那样,这一刻,乔光耀正在给他打电话。

下午开车接姚想时,乔光耀就感觉到姚想有些异常。姚想孤身一人,在这个茫茫的大都市,是需要友情支撑的。正好晚上有一个饭局,叫姚想过来一起喝喝酒,解解闷,也未尝不是一件好事。可打了半天电话,姚想就是不接。乔光耀清楚,姚想不会不接他的电话。这时不接,可能有事。过后,只要看到是他打的电话,姚想一定会回话的。乔光耀等了好久,也未见姚想回话,不觉诧异。再打一次,竟然也是嘟嘟嘟的忙音。酒过三巡,菜过五味,乔光耀借口有事,离席直奔姚想的住处。但姚想不在家,乔光耀也猜测不出姚想会到哪儿去。

这时,在夜幕的遮掩下,姚想正被彼得一行人带进一栋别墅。

绑匪扯下他蒙眼的黑布,强烈的光束散发出一条条光线,像一根根绣花针,刺进姚想的双眼,他感到眼前一片白,好似瞎了。姚想索性紧闭眼睛,任由他们摆布。

绑匪把姚想绑在客厅里面的一根立柱上。立柱是圆形的,表面贴着大理石,非常光滑,姚想稍微挪动一步,用双臂左右挤弄一下,就得知没有磨断绳索的可能性。不能磨断绳索,就失去了逃跑的机会。既然无法逃脱,姚想干脆头一歪,靠在立柱上。但是,大理石冰凉,一股寒意通过后背直透心坎,姚想心里冷飕飕的,不禁打了一个寒战。很快,一股接着一股寒气侵袭过来,姚想浑身都冷飕飕的,心想,如若这样过一晚,那不被冻死才怪呢。

只是预演，没有进入实质性的攻防阶段，姚想就感知到对方手段的残忍。姚想心里明白，他是一个普普通通的常人，一家科研所的研究员，不是什么英雄，也不是什么成功人士，那他为什么非要这样坚持，不交出文件呢？他交出文件，不受这份罪，许婷会怨恨他吗？顿时，姚想觉得他是一只猴子，被别人拨弄来拨弄去，他还在云里雾里，不知所以然，按捺不住骨头酥软下来，做好了举手投降的准备。

等到彼得来到他的面前时，姚想以为彼得会像下午在他的办公室里见到的那样温文尔雅，和他心平气和地聊一聊，说明原因。如若彼得的态度再诚恳一点儿，给他道个歉，赔个礼，他就装傻，顺水推舟，交出文件。然而，彼得与下午判若两人。他凶相毕露，上前二话不说，一把抓住姚想的头发，把他的头朝立柱上一磕，并指着他的鼻子叫嚣，好好想一想，立马交出文件，免得受刑。

彼得一出手，劲道十足，立马暴露出他的真实身份，他至少是一个受过严格训练的练家子。姚想后脑壳磕在立柱上，轰的一声响，脑袋里面像发生爆炸，脑壳裂开，人差一点儿昏死过去。像从地狱里捡了一条命回来，姚想随即审时度势，醒悟过来，即使他交出文件，彼得也不会放过他的。文件反而成了他的护身符，只要他不交出文件，彼得就会让他留一口气。否则，明天横尸荒野的，一定是他。因而他迅速改变主意，斩钉截铁地回答，许婷没把文件交他，他也没见过什么文件。

有人知道，文件在你手上。一声清脆如燕语的女音钻进姚想的耳中。

这声音是那么熟悉，是那么扣人心弦，像是从姚想的心底里的储藏室逃逸出来的。姚想像遇到了救星，又像获得了力量,迷迷糊糊中,姚想顺着声音的方向,使劲侧过脸庞,一阵栀子花般的幽香拂面而来,两人的脸颊几乎黏合到一起……

5

王雯,怎么是你!你几时来的?姚想讶然失色。

姚想根本没料到,王雯竟然在这个时候,出现在这个地方,而且用这种方式同他见面。而这种方式,这种亲昵的行为,只属于他俩独有,是他俩多年心照不宣的秘密。这也是当初许婷出走M国的诱因之一。此时,王雯毫无顾忌,沿用这种方式,这种亲昵的行为,在这种场合,挑逗姚想,刺激姚想,姚想果真被她刺激得几分清醒,几分迷醉,不禁低声惊呼,转而加快语速,命令王雯,赶快离开这里,这里危险。

在这危机重重的紧要关头,从姚想的一言一行中,体察到对她的关心和疼爱,不经意间,有一片愉悦之情,从她的心底漾起,顿时王雯像找到了靠山,获得了希望、动力和源泉,一边娇滴滴地向姚想控诉,她也是被他们绑来的,若姚想不交出文件,他们是不会放她走的,一边踮起脚尖,环手绕住姚想的颈项,娇呼呼地对着姚想的嘴唇吐出幽香。

要不是姚想被捆绑着,后脑壳刺骨般疼痛,像电击,一阵阵地在全身传导,他是不会永无休止地提高警惕,心存戒备的。而今当着彼得等人的面,王雯肆无忌惮地朝他献媚,劝他交出文件,自然而然引起他的疑虑,禁不住在心里盘算,王雯真正的目的,难道只是为了他俩获得自由而已?回头思前想后,姚想探寻不到王雯被牵扯进来的理由。可想到彼得的残忍,尽管姚想一时半会儿求不到他想要的答案,但他终归有情有义，怎能弃王雯于不顾呢？不觉有了怜悯之心。当他怜惜般低头，向王雯凝眸时，发觉她穿着一件半透明的白色纱裙。这条裙子，是姚想送给她三十岁的生日礼物。可以这么说，这正是姚想不得志的开始，加速堕落的标志。然则这终究是历史，是被他俩共同翻过的一页，今日王雯为何旧事重提？他俩能鸳梦重温，重回原点吗？可就是在一阵接一阵的疼痛和折磨中，姚想确实从中得到一丝慰藉，被俘虏了。他抬起头，正准备向彼得喊话，文件在他这儿，他交出文件，放了王雯时，猛然发现偌大的客厅，除了他和王雯，彼得和两个绑匪都不见了踪迹。他们是何时走的，一点儿行踪都没留下？他们为何放任王雯与他之间的缠绵呢？一瞬间，又有一丝疑惑，从眼前闪过，姚想立即把想说的话吞回肚子里，试探着对沉浸在幸福中的王雯说，文件不在他这里，她怎么口口声声说文件在他这里，这不是要害死他吗？

　　王雯似乎沉浸在幸福中，不能自拔。她含情脉脉，力图用款款深情深深地融化姚想。姚想用头轻轻地磕了磕王雯的额头，尽量压低声音提醒她，这是一个是非之地，趁这时没人，赶快替他解开绳索，他们一起逃跑。王雯依然故我，几欲把嘴印在他的唇上，封住他的口。姚想只得挣扎着提起精神，用力耸了耸双肩，再次提醒她。王雯这才回过神来，说，不，她不能帮他逃跑，他们会打死他和她的。她怕姚想生气，又急忙补充一句，他们在周围盯着他俩，他俩跑不了。随后，王雯又伏在姚想的耳边，带着质问的口吻劝说，同你共患难，这不挺好吗？

　　只有她才能与他同甘苦，共患难！王雯抽出手，轻轻地拍了拍姚想的脸庞，得意扬扬地翘起嘴角，炫耀着。她的泰然自若和亢奋，反而让姚想汗颜，倏地有了不祥之兆。如果王雯仍然这样执迷不悟，那么他遇到王雯，不是遇到救星，而是遇到灾星。姚想即刻转变态度，变得冷冰冰的。同时，为了逃离王雯多情的目光，姚想不由得昂起头，当目光落在头顶白花花的天花板上时，刹那间，姚想像陷入一阵烟雾之中，一片白茫茫的。王雯很快就意识到姚想的这种转变，抑制不住地恼怒起来。但是，王雯装作矜持，表面上没有发作，并一个劲儿地忍耐，迁就姚想。她想，是冰，终究会融化的。

然则姚想与王雯的想法背道而驰。

姚想知道现实是残酷的，不仅他不可能回到从前，王雯也不可能。回望当年他在科研所工作，年少得志，手头紧握着几项发明专利和一些前沿学科的科研成果，所到之处，众星捧月，都是欢歌笑语，洋溢着赞美之声。而他在王雯与许婷之间游走，与貌美如花的王雯堪称金童玉女，与志同道合的许婷堪称金兰知音，在长久的拍拖中犹豫不决，最后左右无法逢源，只得鸡飞蛋打，各奔东西。不过，在心中，姚想仍然有一杆秤，他承认自己贪图王雯的美色与娇艳，可他更崇拜的是许婷的才气与气质。所以，王雯离开他，他只难过几天。许婷则不然。尤其是在许婷愤然离职到M国去，他的心像被猫抓，像被掏空。加之，之前，他所获得的每一项科研成果都处于世界领先水平，之后，无论他做什么科研，几乎到快出成果时，就有M国一家科研机构，总是抢先一步，公开发布与他研究的方向和内容相差无几的成果。当时，他十分诧异，私下怀疑有人暗中做手脚，可一直查寻不到失密的途径。甚至有一段时间，他对许婷产生了怀疑。因为许婷是他最得力的助手，是他的参谋和智囊团，能够第一时间掌握内情，准确向外传递信息。许婷到M国去，将他心中的疑团进一步放大。然而，现在想起来，不知为什么，即便那些真的是许婷做的，他会有些难过，但无法原谅她。作为一个中国人，为了个人的私欲和一些蝇头小利，出卖感情，出卖类似于国家核心机密的一些高科技，是可耻的，也是为国人所不容的。准确地说，自从失密事件发生后，科研所的一些领导和专家开始用怀疑和异样的目光审视他，他申请的科研经费不像以前那样轻易通过评审，得到批准，到如今几乎所有的科研经费被冻结。仿佛一夜之间被打入十八层地狱，他气馁，自暴自弃，像一只无头苍蝇，到处乱撞，失去了前进的方向和动力。而今天，更加不知为什么，从这一刻开始，为了许婷，姚想决定再次拒绝王雯。不为别的，只为那份牵挂。他断然决定，在没有得到许婷的准许之前，就是天王老子向他索要文件，他都不会交出。

  与此同时，王雯在姚想身边不停地磨蹭着，姚想反反复复急骤变化的神色，全部落入她的眼中。一种被拒绝的感觉，或一种被欺骗的感觉，一再涌现，让王雯愤怒起来，她再也难以忍受，禁不住猛推姚想胸脯一把，放大嗓门嚷道，他只为许婷，难道一点儿都不为她考虑？见姚想漠然置之，没有任何反应，王雯又愤愤不平地吼了一声，他绝情，她也死心，转身便走。令姚想诧异的是，王雯在这栋别墅里行走，如闲庭信步，轻松自如，俨然像一副房子主人的样子，一点儿都不像是被绑架来的。特别是当她跨上二楼的楼梯时，竟然没有一个绑匪出来拦阻。

  没有人叫她，王雯跑上二楼去干什么呢？这里不是她的家，是匪窝，难道她不怕绑匪趁机劫色？姚想扭着头，斜视着，十分不解，但想大喊一声，力图提醒王雯，并告诫她，这样的机会不可多得，要在他们麻痹大意时趁机逃跑。可从头到尾，姚想觉察不出王雯有一丝恐惧和不安，有一丝想逃跑的迹象，反倒让他目瞪口呆，不知所措，一颗心七上八下，忐忐不安。

　　心中有了疑问，却又孤独一人时，姚想非常想抽烟。不知不觉当中，姚想上下嘴唇一开一合，连续吧唧吧唧几下，除了有少许口水，没有一丁点儿烟的味道。姚想开始丈量他与香烟之间的距离。这段距离，遥不可及。可在这段距离中间，是那么的透明通亮，没有一丝雾气和迷烟，人随便望一眼，仿佛把什么事情都能一眼看穿。

6

　　后半夜，姚想被一阵斥责声惊醒。

　　在后背刺骨般冰冷，后脑壳刺骨般疼痛中，姚想不知他是什么时候昏睡过去的。要不是被这阵斥责声惊醒，他也不知自己手脚发麻，失去知觉，浑身像被冰冻住，甚而预感到死亡正一步一步向他招手。然而，这阵斥责声来得恰到好处，挽救了他，把他从死亡的边缘硬拖了回来。

　　斥责声，是从楼上传下来的，姚想一听，就知道是王雯的声音。这不是被人欺侮时发出的呼叫和求救声，而是从胸腔里喷发出的，像上级训斥下级，带有十足的狠劲和怒气。这种声音，从王雯的口中传出，姚想则是首次听闻。他本能的第一反应是王雯获救了。一旦王雯得救，他便有希望。在他刚刚看到希望，差一点儿流出喜悦的泪水时，转而听到王雯咆哮如雷，连续骂了几句，混蛋、蠢货。姚想立即感知这一切有悖常理。以王雯一贯娇柔的性格，再给她添加个胆，在彼得和两个绑匪的面前，她也不可能爆发出这样的能量，骂出这样的威严。一阵静默之后，便是噗噗啪啪的落地声。好像是一摞书本、资料之类的东西,被人甩落到地板上。紧接着,就是高跟鞋噔噔噔的声响。这是王雯急速走路的声音。这声音从二楼一直传到一楼,一直响到姚想的身旁。

如果不是彼得和两个绑匪紧跟在王雯的后面,姚想真的以为王雯是来救他的。但眼前活生生的一幕,像是抽他两耳光。姚想以为脑子犯晕,出现幻觉,就死命地摇头,摇了一阵,等他认清站在面前的,仍然是王雯、彼得和两名绑匪时,脑子里不由自主发出嗡嗡嗡的轰鸣音,他双脚一软,整个人瘫痪了。

王雯像掌控了战场上的主动权,笑嘻嘻地伏在姚想的肩膀上,不紧不慢地问,文件不在他身上,在什么地方?见姚想闭上眼睛,沉默不语,王雯抽身,从彼得手上接过一支香烟,点燃,猛拔①一口,然后把烟一口一口地吐出。烟,一圈一圈地盘旋着,朝姚想的脸庞飘飞过去。近乎碰触到姚想的脸庞时,又散成一丝丝的。一丝丝的香烟,朝姚想的鼻孔里钻,姚想忍受不住诱惑,打了一个哈欠。

这烟味,淡淡的,却混杂着王雯的口香,蕴藏着姚想陶醉的神情和情感的寄托。姚想是第一次吸入这种烟味。因为姚想比谁都清楚,王雯从不抽烟。这是姚想第一次看到王雯抽烟。王雯抽烟的姿势之优美,吐烟的技巧之专业,前所未闻。王雯和这烟味一般,和眼前飘浮的烟雾一般,姚想雾中看花,迷醉了。在迷醉中,姚想加速吸着,连飘来的一丝烟,都不想让它从面前逃逸。而王雯瞧着姚想迷醉的模样,加紧攻击,一波接一波的攻势,使姚想被一圈圈的烟雾包围,瞬息就陷入强烈的渴望之中,他慢慢地张开嘴,非常想叼支烟,抽支烟。王雯向身后打了一个手势,彼得立马递送过来一支香烟,王雯顺势插

---

① 拔:方言,吸。

入姚想的口中。姚想深吸一口,发现香烟没点着。在急切的盼望和等待中,香烟一直没人给他点着。无可奈何之下,姚想又深深地吸了一口,除了香味,没有一点儿烟味。这种无形的折磨,使姚想猛然睁开眼睛,发现王雯朝他狡猾地阴笑着。这是一个他根本不曾认识的王雯。一种被欺骗、被戏弄、被摧残的感知,使姚想心如刀绞。这种心痛,比后脑壳的疼痛来得更猛烈,更让他难以忍受煎熬。姚想开始变得疯狂起来,他使劲一吐,烟带着些许唾沫砸在王雯的脸上。像被猛地扇了一耳光,王雯又红又白的脸庞飞快地变成一片暗紫色。王雯恼羞成怒,倏地左右开弓,抽了姚想两耳光。姚想眼冒金花,但被王雯的两耳光抽醒,迅速睁大眼睛,睥睨她。一股强烈的怒气和怨恨扑面而来,王雯不禁脸色发白,呀地疾呼一声,向后倒退两步。姚想顺带望过去,王雯正好闪出一个空当。顺着空当,姚想目光的斜角触及彼得,看到彼得手中正拿着两条香烟。这两条香烟,跟他平日抽的香烟是一个牌子的,好似他放入办公室提袋里的两条香烟。

难道是巧合!姚想还未来得及做出准确的判断,就眼睛泛白,惊栗得闭上嘴,又差一点儿昏睡过去。

姚想这一瞬间的惊栗和失神,完全落入王雯的眼中。王雯掉头看了看彼得手中拿着的两条香烟,忍不住露出得意的神色,哈哈大笑。姚想被这得意的笑声唤醒,重新聚集目光,再次将目光聚焦到王雯身上。只见王雯从彼得手中拿过两条香烟,仔细端详许久,然后拆开每条香烟,将每盒香烟正反翻看,发现没有什么异样,便把每盒香烟拆开,一根一根香烟散落在地板上。王雯不顾麻烦,叫彼得和两个绑匪把地板上的每一根香烟撕开。王雯扒着烟丝和烟纸,见没有微小的东西夹杂在内,失望之情溢于言表。姚想像触电,方才意识到,王雯不停地设局,根据他是否中招,再来推断文件去向。从这些可以看出，王雯并不晓得文件放在装烟的提袋里。当得出这个判断时，姚想顿时心情舒展开来，不觉又纳闷，难道他们连夜去了他的办公室，拿来这两条香烟，可怎么不见提袋呢？

这也是王雯纳闷的地方。

王雯转身问彼得，这两条香烟是不是在姚想的办公室里拿的？彼得连连点头称是。王雯又追问，这两条香烟放在什么地方，放烟的地方有没有什么特别之处。彼得答道，他到姚想的办公室，只找文件，因为办公室里面的文件太多，他把每一角落都找遍了，把疑似的文件都拿回。彼得停顿了一会儿，见王雯没有吭声，像提醒王雯，说，这些疑似的文件，他刚才在楼上都一一甄别，里面没有要找的那份文件。王雯脸色下沉，正准备斥责彼得答非所问时，旁边一个绑匪上前帮衬，这两条香烟是他拿回的，并解释，他站在办公室门口，就看到提袋放在对门的书柜上，非常显眼，进去拿下来看了看，里面只装着烟。王雯心急，连忙插话，提袋里有其他东西吗？绑匪稍稍思索就应答，提袋里装有三条香烟，上面一条是空盒子，下面两条是烟。因为彼得喜欢抽中国香烟，他就把这两条香烟顺带捎回来，进贡给他了。王雯想了又想，对彼得说，问题就出在那空盒子和提袋上，并命令彼得，趁天未亮，赶忙返回姚想的办公室，把那个空盒子和提袋拿来。

姚想在一旁，听到王雯与彼得等人的对话，目瞪口呆，随即也产生警觉，多增加了一层预防的心理。汲取之前的教训，为防止王雯转移视线，关注他，便佯装不知情的样子。可他实在是难以承受这份重压，不由自主地哼了一声。这种无奈的声音，直接传入王雯的耳中，即刻触发了王雯的触觉，她扭头盯着姚想，见姚想没有一点儿反应，但直觉告诉她，她的判断是对的。她焦急起来，对着彼得号叫，像只猪，愣着干什么，还不赶快去把空盒子和提袋拿来。

目睹王雯露出如此狰狞面目，姚想知道他弄巧成拙，顿时额头冒出几滴冷汗，蒙了。

7

一觉醒来，乔光耀从床头柜上拿起手机翻看，未见姚想给他回话，也未见姚想给他回短信。这不符合姚想的行事风格。乔光耀觉得奇怪，随手就拨打姚想的电话，但从手机上传来的依旧是嘀嘀嘀的忙音。乔光耀顿时傻眼。躺在床上思量许久，乔光耀决定再到姚想的家里看一看。

到姚想的家门口时，天色未亮，按了半天的门铃，敲了半天的门，他家里没人应声，乔光耀判断，姚想一夜未归。他推测，这一夜，姚想最有可能过夜的地方，是办公室。于是，他掉头朝姚想办公的科研所奔赴过去。

科研所的大门管控得非常严，一般人是很难进去的。要不是乔光耀与姚想私下要好，常年频繁进出，与科研所上上下下的人，包括保安，都混得知根知底，否则不是拿身份证登记，说找姚想，想进就能进入的。由于牵涉到许多科研机密，近几年来科研所添置了安防系统，大院内到处布满了天眼。人经过时，这些天眼瞬间闪烁着强烈的光芒，随时随地可以追踪到人的行踪。这些光芒给乔光耀带来额外的安全感和自信心。可是，当他三步并作两步，快到姚想办公室时，发现有一个人正推门，准备进入。

借着走道安全出口指示灯散发出的昏暗光线，依稀能辨别出这个人戴着黑帽，穿着黑色的风衣。一看，这个人神神秘秘的，就知不是姚想，也不是姚想结交的朋友。乔光耀觉得非常蹊跷，夜色正浓时，这样的陌生人是怎么突破安防系统，进入科研所的？这个人也听到了乔光耀的脚步声，知晓有人过来，就没有继续推门，而是侧过身，想等乔光耀走过去再推门。哪知乔光耀是来找姚想的，走到办公室的门口，两人几乎面对面时，他则稍稍拉了拉帽檐，试图遮掩面孔，不想乔光耀眼尖，已发觉他是一个外国人。

见到外国人，而且在天色未亮时进入科研所，想进姚想的办公室，凭借当年当过律师的职业习惯，乔光耀立马感到异常，即刻起了警觉之心，试探着发问，找谁？这人沉着冷静，答道，找姚想。话一出口，乔光耀就心知肚明，知道这人是个中国通。当乔光耀准备推门时，这人说了一句，姚想不在办公室，就走了。乔光耀望着他消失的背影，恐有不测之虞，便推门。门没锁，轻轻一推就开了。办公室里漆黑一团。乔光耀喊了一句，姚想。没人吱声，就掏出手机，打开手机上的手电筒，对着办公室扫了一遍，灯光所到之处未见姚想，也未发现异常的情况。就在乔光耀关上手机上的手电筒，关上门，准备离开时，无意中发现在走道的拐弯处有一个人，正盯着他。这时，房外正亮起的天色，通过窗户映衬在他的身上。相对而言，乔光耀站在暗处，他站在明处。乔光耀稍微留神就观察得一清二楚，这个人身材魁梧，不同于刚才在门口遇到的那个人。

近乎黎明时分，在科研所出现这样诡异的现象，乔光耀感到危险正在降临。在未弄清情况之前，他不敢随便乱动。他不动，对方似乎也不动。但他按了按手机，以防不测。这是他为了保护自己，特别设置的一个求救电话，电话的一头直通110。当他发现所在的区域被屏蔽了，电话根本打不出去时，心头不由得一阵紧张，预感到事情的严重性非同寻常。他急中生智，掉头冲进姚想的办公室。他知道，姚想的办公室装有一个报警器。这是科研所最近加装的。姚想告诉他，缘于当前科研成果频频被窃取，当科研人员遇到紧急情况或不测时，可以直接向值班室报警。而且在办公室，包括周边，是听不到报警的响声的，这样就可以短暂保护报警人的人身安全不受侵犯。当他按下报警器时，有三个人快速冲进来。这当中包括他看到的那两个人。其中一个直奔乔光耀身旁书柜上的提袋而去。另两个人则上前，随时可以出手制伏他。乔光耀知道双拳难敌四手，恶虎还怕群狼，但他灵机一动，对着门口高喊了一声，刘队长！

刘队长，根本没这个人，是乔光耀随口杜撰的。然而，他们三人真的以为有人来了，不约而同回头朝门口张望。这一瞬间，乔光耀又按了按报警器。值班室里接连响起报警声。这是科研所第一次出现这样的情况，值班人员手忙脚乱，不知如何应对。还算好，他们首先拉响了整个科研所的警报器。整个办公楼红光绿光交错，警声大作。黑衣人发现不妙，顾不得其他的，冲上前一把抓住提袋就跑，这时乔光耀下意识地伸出手，一把抓住提袋的另一侧，两人一用力，提袋便一分为二，空烟盒随即滚落到地上。另两个人见状，闪电般冲过来，对着乔光耀拳打脚踢，乔光耀顺势倒下，把提袋的另一半压住。或许，这是天意。乔光耀抢下的半边提袋，恰恰是黏附着文件的那一半。乔光耀也感到，他身下压着的半边提袋超厚，有异物黏附，就偷偷伸手一摸，顺带一拉，发现是一个大信封袋，就把它朝裤带里一塞，并借力把半边提袋朝上一扔。这两个人，一人拿起空烟盒，一人抓住乔光耀扔起的半边提袋，但临走时，两人不解恨，对着乔光耀的后背，狠狠地踹了一脚。刹那间，乔光耀的五脏六腑像被两把铁锤重击，又像被两把烈火灼烧，一口接一口的鲜血从他嘴里疾喷而出。

很快，值班人员和保安赶到。看到乔光耀伏在地上昏迷过去,而周边都是鲜血时,他们一时不知这里发生了什么事。由于乔光耀是面朝下,伏在地上,且是在姚想的办公室里,他们认为伏在地上的是姚想,是姚想出了事。科研所,是保密要地。现在,在科研所,无缘无故出现这样的事件,一旦追究下来,他们是承担不起这个责任的。当他们翻转乔光耀的身子,发觉不是姚想,是乔光耀,才松了口气。但一个外来人,在科研所出了事,也不是一件简单的事,最起码科研所的安防出了问题。他们赶紧到值班室翻看监控录像,里面显示,除了乔光耀一大清早进科研所找姚想,没有任何一个人进入科研所。可从现场察看,绝对不止乔光耀一个人。况且从乔光耀的伤情来判断,对乔光耀行凶的,也不止一个人。这是否印证了科研所的安防系统形同虚设,是睁眼瞎?这可不是一件小事。这一下让所有人都横瞪着眼,揣测出事情的严重性,他们一方面赶紧上报情况,启动应急预案,另一方面紧急把乔光耀送到医院救治,等他醒来后再追查事情的起因。

8

一把接过彼得递送过来的两个半边提袋和一个空烟盒,王雯仔细察看,没发现其中夹杂着文件,但看到一个半边提袋上黏附有透明胶带,立即脸色发白。似乎怒气攻心,她气急败坏,猛地把两个半边提袋和一个空烟盒扔在地板上,用脚不停地踩着,搓着,嘴里还不停地嘟囔着,一群窝囊废。

面对屡次失败,彼得并不甘心,不仅开始对王雯的判断提出质疑,而且怀疑姚想故弄玄虚,制造假象,引诱他们上钩,而姚想早就把文件转移出去了。故此,彼得走到姚想跟前,一把抓住姚想的头发，用劲往上拨，逼迫姚想说出文件的去向。姚想痛得哇哇大叫，眼泪直流。实在忍受不住时，姚想用背顶着立柱，汇聚全身残余的力气，抬起双脚。双脚正好踢在彼得的小肚子上，痛得彼得连连后退几步，差一点儿将王雯撞倒。王雯稳住身形，见折腾了一夜，房外天色大亮，已不能展开下一步的行动，方才镇定，转而用力拽住怒气冲冲的彼得，安慰他，大家都尽力而为了，趁早休息吧，到晚上转移出城。彼得不解，问为什么，王雯埋怨他们，今天凌晨在姚想办公室闹腾的动作太大，警方自然会介入，要不了多久就会顺藤摸瓜，追踪到这里。彼得捂着小肚子，嘿嘿一笑，从容应答，从昨天到今天，他们行动时，都全副武装。

对于这一点儿，王雯倒是放心。

彼得是这方面的专家，这次被抽调到中国来，配合她行动之前，做足功课，诸如卫星接收器、GPS信号干扰器、隐身设备等，一应俱全，均被提前偷运进来。这些设备，都是小微型，比打火机还小，王雯首次看到。用上这些设备，对进出科研所等非军事基地来说，像牛鼎烹鸡，大材小用。然而，人算不如天算，事情总朝着他们盘算的相反方向演变，不该发生的事情都发生了，不该出现的人都出现了。这也出乎王雯的意料。恍惚之间，王雯恍然大悟，不得不承认她虽然在姚想身边潜伏数十年，对姚想了如指掌，但一招不慎，判断失误，导致最终的决策错误。归根到底，姚想终究属于中国典型的知识分子，不仅骨子里思想传统，而且浑身都是臭气、硬气，逼急了，盘犟了，像条牛，拉不回来。而今走到这一步，即使她想放姚想逃生，彼得也不会答应。因为放了姚想，姚想接下来将会做什么，大家都心知肚明，那他们都要走上不归路，不仅彼得回不了 M 国，而且他们无处可逃。所以，不管往后拿不拿得到文件，姚想绝对是死路一条。

只有姚想死，他们才能获得安全，她还能继续隐藏下去，这数十年的经营才不白费。但是，她真心不想姚想就这样被弄死，尤其是不想姚想死在她的手上，或死在她的眼皮底下。因为不论她有没有对姚想动过真情，可她真实地感受到，姚想对她是动了心的。按理说，做她这一行的，都应该是冷血动物，偏偏她喜欢姚想的单纯，喜欢姚想痴迷于她。这是她最致命的弱点，也是一名间谍人员不该存在的杂念，可她竟然犯了禁忌。想到这些，王雯还是于心不忍，便迅速改变主意，决定另辟蹊径，想办法拖垮姚想的身体，消磨姚想的意志，再来行事，或许能保全姚想的一条命。于是，她把彼得叫到一边，两人小声低语一阵，才吩咐大家轮流值守，在别墅里休息，不得私自外出，以防不测。

而姚想经过刚才对彼得的舍命一搏，气力用尽，浑身骨肉像分离，骨头像散了架。不过，望着王雯和彼得他们失落的面容和疲惫不堪的身影，他感到他像打了一个大胜仗，不再是一个被人轻易捉弄和凌辱的玩具，陡然喜气洋洋，重新鼓足勇气，汇聚仅存的一点儿精气神，勉强抬起头来，透过窗户，看着户外的阳光。阳光，在他的目光牵引下，飘进房里，立即有一丝暖意涌进他那冰冷麻木的身躯，姚想觉得他第一次活得很硬气，很有主见，不随意被人摆布。

乔光耀被送往医院进行紧急救治，很快就苏醒过来。

警察早就在一旁守候，二话没说，拿着文件，直截了当地问乔光耀，这份文件是从哪儿来的。乔光耀躺在病床上，忍痛摸了摸裤腰，发觉文件不见了，方才意识到文件已到了警察的手中，反而安下心来，整个人松弛下来，毫不隐瞒，把凌晨在姚想办公室发生的事情，从头到尾述说一遍。警察满面狐疑，追问，怎么在科研所的监控里，没有发现他所讲的另外三个人的踪影？乔光耀非常诧异，难道他耳闻目睹，会有错？那是哪一个地方出错了呢？他不禁暗地理解，警察是在包庇他们，还是怀疑他说谎？并不解地反问，为什么不加紧追查他们三人呢？警察语塞，转而指着身边的一个人介绍，他是国家安全局的崔胜处长，是上面派来督办这些事情的。不过，警察的目的非常明确，是要乔光耀相信他们，如实相告所发生的一切。

从前至后，崔胜处长似乎相信乔光耀所说的话，并问话，知道这是一份什么样的文件吗？乔光耀摇头，说，不知道。崔胜处长掏出一张相片，又问，认识这个人吗？乔光耀忍着疼痛，昂起头，一看，一惊。那是一个外国人的相片，他记忆犹新，连忙答话，就是凌晨进入姚想办公室抢东西的那个人。崔胜处长点了点头，说，这是一名M国高级商业间谍，名叫彼得，两个多月前从上海秘密潜入，之后又从国家安全局跟踪的目标里神秘消失，想不到他竟然潜入到这里。崔胜处长随即发布命令，调出全城天眼近期的影像，追查他的蛛丝马迹。

对于这些，乔光耀并不关心，他担心的，只是姚想的处境。为此，他看在眼中，急在心里，一五一十地反复跟崔胜处长讲姚想的情形，希望他能帮帮姚想。崔胜处长十分理解乔光耀的心情，安慰他，他已通知公安部门秘密查寻姚想的下落，相信很快就会水落石出，有他的消息。乔光耀将信将疑，却又不得不把希望寄托在他们身上。

9

已经一天一夜没吃东西，也没喝一口水，在饥饿和寒冷反反复复的纠缠下，姚想内心的信念又开始左右摇摆。许婷在M

国,离他万里。王雯虽说在别墅里,与他相隔仅几十米远,但似乎离他更远,远远不止十万八千里。迄今遇到的一连串的事,使他明白,趁机离开她俩,是他最佳的选择。可从心底彻底将她俩抹去,他觉得需要一个恰如其分的理由,需要一个冠冕堂皇的借口,更需要一个卸磨杀驴的机会。这个理由,这个借口,这个机会,经过昨夜连番的争斗,已经不复存在了。但是,仿佛心有灵犀一点儿通。当将近黄昏,别墅里面慢慢地暗淡下来的时候,孤独、寂寞与痛苦在黑暗中游走,逼迫姚想又有了这种渴求,这时,王雯飘然来到他的身旁。

王雯头发蓬松,睡眼惺忪,像个睡美人,在昏暗的别墅里,朦朦胧胧地飘着,格外地美,像块磁铁石,格外地吸引人。

恍若到了一个崭新的世界,什么事情都没有发生过。不过,这种美,这种吸引力,这种怡然自得,在姚想看来,都是从前的故事,都是梦中的传说。现在,姚想深深地理解透了蛇蝎心肠这个成语的含义,不仅知道王雯是做什么的,为谁卖命,而且知道他的科研成果是被谁盗窃的。倘若单纯为了钱,或许他会原谅王雯。但不是为了钱而出卖灵魂,是他无法理解的。更无法理解的是,王雯来到他的身边,绝对是精心策划的,她竟然为了几项科研成果而用美色和肉体来诱惑他,连他都觉得是天方夜谭,但这件事偏偏发生在他的身上。一场游戏一场梦,一切水落石出之后,不用揣测,姚想知道王雯是不可能得到那份文件了。那份文件,到底是一份什么样的文件,他至今都不知道里面的内容。丢失了文件,就像丢失了护身符,他就是一个烫手山芋,就是一个鸡肋。王雯这伙人是不敢公然与警察叫板,拿他去交换文件的,他唯一的用途,或说是剩余的价值,便是被他们当作人质,当作他们逃生的挡箭牌。

姚想未曾想到,王雯站在他的眼前直视着他,似乎想跟他说说话，却没有同他说一句话。姚想反瞪着眼，对她恨之入骨，恨不得生吞活剥了她。这些都在王雯的算计之中，她全盘接收了姚想从眼中放射出的那一道道怨恨的目光，并对姚想轻轻地吹了一口气。这口气，细细的，悠长的，既轻又柔，碰到他的脸庞时，上下跳动，像是挑逗他，又像是嘲弄他。姚想憎恨她，想朝她吐一口痰，但强行忍耐，扭过头去。王雯并没有失望，而是抬起手，把手指上夹着的香烟点燃。这支香烟，像雪茄。王雯用力拔一口，然后微启朱唇，朝姚想吐出。这烟，像精制的，有一种浓郁的香味，不同于姚想平时所抽的烟，散发出淡淡的香味。这烟，被吸入一口，就使人产生贪念，想吸第二口。这烟，被王雯一口一口地传送过来，姚想吸入几口后就不自觉地扭转头，面对着王雯，像接受恩赐似的，他的胸膛追随王雯吞吐烟雾的节奏而起伏。过了一阵子，像出现幻觉，姚想满耳都是王雯朗朗的笑声。

这笑声，似曾听闻。姚想想起来了，是他搂抱王雯时发出的。可现在，他，连同双手，都被死死地捆绑着，不可能张开双臂迎接王雯，搂抱王雯。然而，他听着这笑声，反而相信自己搂抱着王雯。王雯安静地靠在他的胸口，听着他胸膛激烈跳动的心音，是那么纯洁，那么美丽，那么娇贵。这是他最得意的那一刻，是他铭刻在心的那一刻，是他终生难忘的那一刻。在那一刻，他失去了饥饿感，失去了寒冷感，失去了孤独，他不应该死在那一刻，而应该在那一刻逍遥自在，与王雯一起在宽阔无边的天地间翩翩起舞……

调出科研所昨夜的监控录像，除了乔光耀，就没有发现有第二个人进入姚想的办公室。在全城的天眼系统中追溯半天，也没有发现彼得这个人。崔胜处长非常惊讶，也非常纳闷。相信乔光耀的话，肯定有一群非同一般的间谍在这座城里活动，那他们不可能是土行孙，擅长遁地术，来无影，去无踪。不相信乔光耀的话，还原现场，非乔光耀一个人可为，那又是一些什么样的人呢？

有没有贼喊捉贼的可能？

但凡是这些窃密的事，都是怕见阳光，在地下进行的，绝对没有那样愚笨的人，把自己的目标轻易暴露在阳光之下。崔胜处长又摇头，否定了这种推断。不过，有一种可能，有几股势力奔着一个目标而来，为抢夺文件而发生激烈的争斗。

没过多久，又传来消息，经过公安部门一天的追查，可以断定，姚想神秘失踪了。姚想最后出现的地方，是驾车进入他所居住的小区的地下车库。而这个地下车库，里面没有安装监控设施。且当时正是下班高峰期，进进出出的车辆很多，一一进行排查，也没有发现可疑的车辆。而文件，经破除许婷设置的自燃装置，揭开它的庐山真面目后，所有的人都大吃一惊，那是科研所目前所承担的，唯一的一个国家项目的绝密资料，属国家最高机密。

终极目标出现。所有的人，都是为了这个目标，而努力完成各自承担的使命。姚想并不是这个项目组的科研人员，而这个文件出现在姚想的办公室，出现在乔光耀的身上。崔胜处长犹疑半晌，觉得他的另一种感觉，和另一种判断是对的，不禁转移目光，重新调整思路，将他侦办的目标锁定在姚想和乔光耀两个人的身上，并下命令，对乔光耀采取隔离措施，禁止任何人与乔光耀接触。

而后，躺在病床上，乔光耀迅即感触到，周围的环境在悄然发生变化。在确定他的伤情，做了治疗后，连医生护士都退出了病房。病房，像铁桶，被围着，没人进，也没人出。这些不对称的消息，传递出的不信任感，经过他头脑简单加工后，他开始认为他们这些人草菅人命，将姚想的生死置之不理。这使他产生了强烈的反应和抗议。但这些抗议，没有人听，也没有人理睬。这些，对他倒是无所谓，可对姚想则是攸关生死。他再也躺不住，挣扎着，忍痛下床，打开房门。门口两边，一边站着一个便衣警察，伸手拦住他的去路，并劝他回房静养。乔光耀知道他被软禁了，十分愤怒，近似于歇斯底里，却又无可奈何。

10

夜晚，崔胜处长来到乔光耀的病房。

说是探视，其实是审查。当然，在谈话之间，对崔胜处长的诱导和盘问，乔光耀表达出强烈不满，几乎拍案而起，怒斥他们不作为。而崔胜处长始终载笑载言，并不着急，也没有责怪乔光耀。因为凭借往昔办案的经验，他深谙，当一方失去冷静时，往往送给另一方的是千载难逢的机会。至少从乔光耀的愤怒中，他判断出，乔光耀并不知那是一份涉及国家机密的文件，那可以推断出，试图窃取国家机密的是另外一伙人。不过，一直困惑他的是，乔光耀每次都斩钉截铁地说，那伙人，有三个人。这三个人，不仅乔光耀目击到了，而且是对他下死手的人。从一整天调查的情况来看，又无从查找这三个人的蛛丝马迹。这让崔胜处长自然想到彼得这个人。自从彼得逃出他们跟踪的视线后，为了追查彼得的行踪，他调阅了彼得的所有资料，就他目前掌握的信息来分析，这和彼得的行事风格和作案手法极为相似，而乔光耀看到彼得的相片，一眼就指认出这个人是彼得，不难看出，彼得果然潜伏在这座城里。倘若抓捕到彼得，所有的事情都将迎刃而解，他也将顺利完成当前国家安全局指派给他的首要任务。

但彼得不是那么容易被抓捕的，否则他不叫彼得，也不配列入M国顶尖高级间谍的行列。到此为止，彼得能够在这座城里悄无声息地兴风作浪，这座城里一定有人配合他行动。而这个人，隐藏得很深，绝非一般的人。难道这个人是姚想？

只要找到姚想，事情就会露出冰山一角。追溯到这里，崔胜处长并未就姚想继续追问乔光耀，而是意识到，这起案件，蓄谋已久，远不是一起简单的商业间谍案，而是当下中国与M国贸易战、科技战的一个缩影。M国滥用长臂管辖权，在明处，肆意采取经济封锁，打压他国经济，搞单边制裁，在暗处，操弄意识形态，擅自委派人员搅乱他国人心，搞颜色革命。而今，变换花样，趁我国科研机构防范体系未健全之机，将主战场延烧到科研所，窃取核心机密，谋求控制全球高科技制高点。面对严峻的形势和问题的严重性，崔胜处长反复检讨，认清他这一天所犯的一个错误，全局观念淡薄，对发生的整个事件认识不足，把控能力不足，疏于对科研所进行彻查，挖掘新的线索。为了尽快弥补这个错误，他安慰乔光耀两句，就急匆匆赶到科研所。

夜，深了，漆黑一团，伸手不见五指，但科研所内，灯火通明。吃一堑长一智，科研所增加安保力量，加强警戒，对每一个进进出出的人严格盘查。院内，增派一队保安，四处巡逻。崔胜处长重点查看安防系统的布防情况，可没有发现什么破绽，甚至连死角也没留下。并且他乘着夜色，专挑科研所偏僻阴暗的地方行走，但值班人员随时都可以从监控视频里看到他。这样的十全十美，并没有让他松口气，反而让他隐隐约约地感到，一定在什么地方存在着疏漏。说不定在案件发生的那一刻，这里又是一番独特的景象。于是，他决定到凌晨时分，再来查看，兴许到那时,有意想不到的收获。

大量吸入王雯精制的迷烟后,姚想在飘飘然中昏睡过去。

也不知过了多久,姚想仅靠残存的一点儿意识,粗略地听到,王雯和彼得为他产生分歧,正激烈地争吵。彼得说他已毫无利用价值,要立即动手杀死他,让他永远消失,免得夜长梦多,无事生非,王雯则是坚持带上他,慢慢地折磨他致死,然后抛尸荒野,制造出畏罪潜逃的假象。最后,王雯一语道破,她已接到来自 M 国的指令,彼得返回 M 国,她继续留下来潜伏。但是,如果不处理好姚想,凭借她往日与姚想的暧昧关系,终有一日警察顺藤摸瓜,追查过来,她就会暴露。彼得稍作权衡,发觉自己拗不过王雯,便放弃争论,开始下一步行动。

在彼得的使唤下,那两个绑匪替姚想松绑。经过一天一夜的连续摧残,姚想已经虚脱,连一点儿挣扎的力气都没有,最终姚想像一个死人,瘫倒在立柱下,任由两个绑匪对他重新捆绑。他们似乎害怕姚想趁机逃脱,不禁加大力道,把姚想的双手双脚捆扎得死死的,随后把姚想抬出别墅,扔进一个铁箱里。

铁箱很小,像个牢笼,里面黑乎乎的。从冰冷的铁中透出一丝丝寒气,仿佛寒冬腊月来临,天气陡然降温,温差过大,使人感觉到比待在别墅里要冷得多。由于受到寒气的侵蚀和持续刺激,姚想不停地抽搐着,下意识地感知他没有完全失去知觉,没有死去,不由得龟缩成一团,低沉地发出一声呻吟。没过多久,彼得他们也进入铁箱,铁箱里一下子变得很拥挤。人多了,挤在一起,相互取暖,似乎铁箱里变得暖和几分。姚想也像得到了温暖,挣脱了死神的召唤,伸了伸手脚。虽然手脚被捆绑着,但是稍稍一动,就会触及他们的脚。他们站久了,时不时挪动一下,一不留意,一只脚就踩到姚想的身子。在疼痛中，姚想下意识地扭动着，要不然会继续昏睡下去。

昏迷间，突然听到一个绑匪惊呼，前面有警察设卡检查，姚想方才得知，他在一辆车里，是在出城的路上。车停下来，姚想估摸是警察拦下车辆，例行检查，他想喊，就是喊不出声，想发出求救的信号，却连抬起手的力气都没有。转眼之间，车缓缓地开启，他的希望随之破灭。

姚想又昏睡过去。

11

黎明时分，没有一丝风，但气温骤降，临近冰点。崔胜处长红着眼睛，哈着寒气，来到昨日事发的现场。进入姚想的办公室转了一圈，除了地板上残留的血痕，再也查不出什么端倪。出了办公室，站在门口，沿着廊道两侧张望，发现一侧有一扇窗户。推开窗户，朝下探望，瞧见有一个清洁工，正在清扫道路。崔胜处长像发现了新大陆，一阵风似的快步下楼。

这个清洁工，看上去五六十岁，经过长年累月风吹雨打和时光的雕刻，他的脸庞上沟壑纵横，从中映衬出他的憨厚。向这样的人问询情况，多少能够问得一些货真价实的信息。果然，崔胜处长同他攀谈，他一边清扫落叶和尘埃，一边实实在在地答道，他在科研所扫了十多年马路，每天准时从五点开始在这里扫路。崔胜处长复问，昨天科研所警报声响起后，有没有看到人从这栋楼里出来？清洁工皱了一下眉头，停下扫帚，直起腰，抬起手，指向大楼的后面，应答，有三个人匆匆下楼，从那个门出去的。停顿须臾，接着补充一句，不是科研所内部的人，怎么会知道那条路，朝那里走。

不管人往哪里走，到哪儿去了，他所说的人数，恰好与乔光耀所讲的人数一样的，这印证了乔光耀所讲的是真话。把事情发生的每一个片段，在头脑中进行整合，前后一连，豁然开朗。崔胜处长一喜，忙追问，那个门通向哪儿？不想，这个清洁工觉得崔胜处长问得荒唐，忽然意识到了，崔胜处长不是科研所的人，是外人。这时，他想起人们纷纷谈论的昨天凌晨发生的事，而今在同等的环境下，好似遇到坏人，不觉有了警觉之心。等他反复打量崔胜处长，看他像个当官的，不像坏人，才小心翼翼地作答，那是通往家属院的门。崔胜处长连忙答谢，若有所获地走到门口。

　　这是一个侧门，同房门一般大小。

　　一眼可以看出，科研所和家属院原先是相连相通的，近年才砌起这道围墙，把科研所和家属院完全隔离开。不过，为了人员上下班进出方便，就留下了这个侧门。

　　门，是普通的铁门，虚掩着，没有上锁，门顶上有监控探头，闪着锃亮的光。崔胜处长随即电令科研所的安保人员，将昨日此时的监控图像传过来。细细地观察，他终于从监控图像里发现有一个诡异的现象。那是一个非常短暂的时段，虚掩的铁门瞬间被拉动，画面也出现轻微的波动，但没看到有人拉开门，也没有看到有人进出。随后，他又查看监控图像，从科研大楼到这个侧门，再到家属院，画面一路都出现这种异常的波动。他恍然大悟，原来这三个人用高科技设备，干扰并屏蔽了监控的信号源。不过，这三个人再怎么神出鬼没，电子眼看不到，肉眼是可以看到的。这就是乔光耀和清洁工看到了他们，却在监控录像中发现不了他们的原因。

　　机不可失，崔胜处长即刻调看家属院监控录像。这个时间，比较早，从家属院进出的车辆比较少，总共不足十辆，逐一进行排查，只有一辆白色的面包车，是外来车辆。他又掉头追侦，查看姚想回家失踪的地方一带的监控录像，也发现有一辆同样的白色面包车在那里出现过。一路追踪这辆白色的面包车，一直到远郊的一个别墅区，一栋别墅前。崔胜处长眼睛一亮，眼中布满的红色血丝顿时消除一半。当机立断，他带人以迅雷不及掩耳之势赶到别墅，对别墅实施合围。

这栋别墅，同周边的别墅没有两样，一个庭园，一栋两层楼。在别墅旁边的停车位上，有一辆白色的面包车停放着，非常醒目和耀眼。不用分辨，崔胜处长就知道，这正是引导他们跟踪而来的那辆白色的面包车。这使崔胜处长更加坚定信心，觉得案子到了收网阶段。趁着犯罪嫌疑人熟睡，实施抓捕行动，一切终将水落石出。就在这时，天已大亮，晨光划破厚重的云层照射在崔胜处长的脸上，不觉天开始暖和起来，人也跟着来劲。崔胜处长一声令下，手下的人立即悄悄打开门，进入别墅，实施抓捕行动。但是，别墅里空无一人。

面对空无一人的别墅，崔胜处长摇着头，不相信这是最终的结果。他不死心，对整栋别墅进行仔细搜查。别墅里各项摆设非常整齐，好像刚刚经过打扫和整理，没有一点儿零乱的迹象，也没有留下有人活动和居住的痕迹。他反复用手掌在地板、桌椅、茶几上面擦拭，上面确实没有一点儿灰尘。越是没有灰尘，干净透明，他越是觉得对手弄巧成拙，反而印证了他的推断，这栋别墅不是闲置的，而是有人居住，而且在里面居住的人刚刚离开不久。从调阅的信息来看，这栋别墅是一家做贸易的进出口公司购买的，公司早已歇业，公司负责人已于三年前移居加拿大。崔胜处长清楚，这些做给人看的，都是表面文章，都是幌子，用来掩人耳目。他敢断定，这几天，彼得一行人肯定在这里居住过，而且姚想消失后也来过这里。调出这栋别墅和周边一些特定区域的监控录像，令他惊讶的是，就在这几天，这片区域都是盲区，人员只要进入这片区域，就像失踪一般，不见踪影。相比之下，再调出之前的监控录像，什么场景都有，什么情况都一目了然。就拿现在的监控录像来看，也如当初，没有一点儿异常。

　　崔胜处长来回踱着步，脑海里时不时闪现出彼得的身影。只要彼得在此，做些干扰监控之类的活，对他来说，都是小儿科。可彼得的自傲和得意忘形，恰恰相反，在一定程度上将他的行踪暴露无遗。因为彼得毕竟是一个人，不是神，再怎样用高科技手段来掩饰和遮蔽，他的肉体本身依然存在。只要他的肉体存在，他就跑不了。崔胜处长毫不犹豫，立即联系总部，查看这一带的卫星图片，然而，超出他想象的是，当时这一带的卫星图片也是一片白。而这些异常的变化，居然没有引起一个人警觉，也没有被一个人发觉。

　　除了特定的区域外，哪儿有这样的小块盲区，彼得就有可能在哪里。做出这样的推断，虽说略为显得幼稚，但崔胜处长不由得喜出望外。不久，从总部传下消息，通过卫星侦察，整座城也未发现类似的小块盲区。崔胜处长心口一凉，绷紧神经，实在想不出彼得跑到哪儿去了，同时也感到这起案子并非如他所想的那么简单。他再也沉不住气，有些恼怒，不禁反问自己，这次好不容易追寻到彼得的行踪，又岂能让他逃脱？

12

　　车停下来，姚想被抬出车外，扔在枯黄的草地上。着地时，后腰被一土块硌了一下，一阵刺骨般的疼痛将他唤醒，他才慢慢地恢复意识。

是个大晴天，阳光很猛烈，很刺眼，照到身上，却是冰冷的。不过，沐浴在阳光中，犹如被注入兴奋剂，被阳光焕发出的生机四处弥漫，令人兴致盎然。所以，随着时间的流逝，姚想不光有了意识，而且有了感觉，有了记忆，有了认知，有了灵魂。

像在鬼门关走了一趟，获得一次新生，姚想从左往右，又从右往左，骨碌碌地，循环往复地，转动眼珠，才看清阳光照射下的这片大地。大地上，尽是丘陵和山林，尽是蔓草和荒道，没有村落，没有人烟。由于终日待在科研所，待在高楼林立的城里，那种在科研课题的重压下长久累积的落寞和孤独，刹那间被沁人心脾的辽阔和幽深所取代，姚想禁不住"啊"地惊叹一声。

这发自肺腑的一声惊叹，像一声惊雷，打破大地的沉静，也打破了彼得心中的郁闷。彼得看到姚想苏醒过来，散发出一种奔放豪放的气息，令他胆战心惊，就气冲冲地走上前，毫不犹豫地扇了姚想一耳光，对着姚想的胸口踢了一脚，并大声呵斥，屡次坏老子的事，找死。要不是王雯过来拦阻，彼得收住脚，说不定下一脚，不用尽全身力气，不将姚想一脚踢死，不解彼得心头之恨。彼得余怒未消，转而对王雯怒吼，不是将姚想弄死，丢弃在荒山野岭吗？现在到了荒山野岭，看着办。王雯认为，到了紧要关头，彼得不能保持冷静，做出这种不理智的行为，有失他的身份，不禁轻蔑地瞪了他一眼，回击道，这里离城不远，等到边远的地界再收拾他也不迟。

从彼得与王雯气呼呼的对喷中，姚想预感到自己离死期不远了。事到如今，反正横竖都是一死。一想到死，姚想在心里流泪，发觉这个世界太残酷了，对他太不公平了，这才愤愤不平地转过头，怨恨地与天空对峙。天空，蓝蓝的，不夹杂一丝其他颜色。忽然，他想到许婷。许婷在M国被拘禁，入狱，一定是彼得这一类人所为。如今他与许婷同病相怜，失去人身自由，但不知许婷在狱中，能否看到如此蓝蓝的天空？

人到临死之前，都留恋往昔美好的生活，梦想明天美好的生活。姚想也一样。他多想能爬起来，在这蓝蓝的天空下行走，奔跑。如果能与许婷牵着手，在这蓝蓝的天空下行走，奔跑，那是一件多么美妙、多么幸福的事啊。而今，对姚想而言，像许婷一样，连基本做人的自由都没有。一个连人生自由都没有的人，一个天天面对死亡的人，怎能谈论美好生活，怎能谈论幸福，怎能有资格幻想与许婷牵手呢？姚想咬牙切齿，不觉侧过头，对王雯怒目而视。

似乎王雯丝毫没有顾及姚想的存在，她与彼得一个劲儿地嘀咕着，商量下一步的行动。在转入下一步行动之前，王雯再三叮嘱彼得等人，必须关掉随身携带的所有设备，包括手机，让一切进入静默状态。这样做，即使有人跟踪到此，也会失去追踪的方向。彼得深知，从事谍报工作，把高科技运用得当，当然是一种锋利无比的武器，而稍稍运用不得当，很轻易就成为一种反制的武器。从这一刻开始，他由衷地佩服王雯，一时紧张的气氛迅即得到一定程度的缓解。

姚想见王雯对他视若无睹，置之不理，就在地上慢慢地挪转僵硬的躯体，以便全方位接受阳光的洗礼。当他侧过身时，无意中瞧见停在一旁的车辆是一辆运菜的大货车，车厢里有一铁箱，被菜遮盖着。这种车辆，在运输蔬菜时，警察遇见了，顶多核实一下驾驶员的身份，不会过多地另行检查。他们藏在里面出城，是很难被发现的。王雯如此缜密的心思和行事办法，姚想是第一次看到。在对王雯刮目相看之余，姚想顿时在心中解开了王雯玩弄他于股掌之上的谜团。但姚想竭力不使注意力集中在那上面，这样他就不会看清王雯的本来面目，他在心里就不会过度地悲伤、难受和痛苦。

转眼间，驶过来一辆客运大巴。

等彼得等人把行李和随身携带的物品从大货车上搬到客运大巴后，便押着姚想上了客运大巴。客运大巴很宽敞，坐着很舒服。姚想以为把他的手脚捆绑着，把他扔在后面，他手无缚鸡之力，不可能逃跑，他们可以不闻不问，却没想到在客运大巴开动后，王雯走过来，坐在他的身边。要是在以前，姚想一定心花怒放，笑脸相迎，但今天，姚想感到恶心，阴沉着脸，想驱赶她，离他远点。王雯却丝毫不在意，也不嫌弃他衣冠不整，浑身上下脏兮兮的，就一头伏在他的肩膀上，喷喷喷地低呼。姚想想吐，力图用尽全身力气耸动肩膀，摆脱王雯的纠缠。可是，由于身体过度虚弱，一切前功尽弃。这一切在王雯的注目下，王雯不以为耻，竟然哈哈大笑。这笑声，非常响亮，又非常尖锐刺耳，却没有引发车上其他人的注意。

似乎笑累了，笑过了头，王雯的眼角噙着一滴泪。泪水是雪亮的，泪水流动的过程，就是情感细腻表达的过程。最终这滴泪一直挂在眼角上，即使王雯眨了眨眼，泪水也流不动，落不下。甚至于从头到尾，王雯也没有产生过，用手抹去泪水的意图。姚想看着，非常震惊，非常幽怨，并非常拒绝地闭上眼。然而，王雯窸窸窣窣掏烟，点烟的声音，一一落入他的耳中，随后一阵阵烟雾被送过来。这烟味，很香，很浓，引人入睡。姚想无法抗拒这香味。他感到很累，很疲劳，流着泪，大打哈欠，索性自动缴械，放弃抵抗，平静地吸着这一阵阵的烟雾，倏忽这个世界变得风平浪静，好像什么事情也没有发生过。

13

在奔跑中,在逃亡中,转眼一天即将过去。看到姚想仍然被迷烟控制,酣睡着,王雯起身,挪到客运大巴的前排座位,同彼得并排而坐。

把姚想掳到M国去。王雯刚张嘴,就把彼得吓了一跳,一脸惊讶之色。

经过这几天与王雯合作,彼得对王雯有了深层次的了解,知道她行事稳如泰山,不同于一般的女人,是不会擅自做出这样的决定的。而这时告诉他这个决定,决不是王雯一时半会儿心血来潮,信口开河。果不其然,王雯毫不隐瞒地说,她在国外的顶头上司刚刚发号施令,她只不过是传达高层的意图。这句话,不轻不重,但一经王雯转述,既是暗示,也是告诫,要求彼得必须无条件服从命令,执行命令。

这一段时间,王雯坐在车后,彼得不知她通过什么渠道,得到这个指令。王雯有她的直接领导和联通渠道,干他们这行的,有严格规定,是不能越雷池一步的。权且相信她一次,所以彼得没有过多地往下追问。

这次临时调派他到中国来,主要任务是协助王雯夺回那份文件。虽说那份文件得而复失,行动以失败告终,但对于一名间谍来说,在一定许可的范围内,失败是可以接受的,也是可以被原谅的。依照惯例和规定,事情败露之后,保全自己,安全脱身,返回M国,是他下一阶段首要的任务。然而,返回M国,路途遥远,处处都是艰难险阻。即便王雯愿意掩护他,让他明修栈道,暗度陈仓,也不一定如愿以偿。况且凭借他灵敏的嗅觉和第六感觉,感知到了,他前脚踏入中国的土地,后脚还未着地站稳,就发现他被人锁定,被人跟踪。而且跟踪他的那个人,绝对是一个顶尖高手。这一路,终日如芒在背,如坐针毡,要不是他小心谨慎,使出全身看家本领,百般求变,是很难摆脱的。可事到如今,另行安排他带人回M国,且所带的这个人,是一位已在中国失踪的高科技研究员,那岂是一件轻而易举的事。何况他与王雯是两条线上的人,只是这一次,两个人走到一起,合作完成一项任务,现在高层只单独对王雯授意,并没有通过他的那条线,对他另行下达指令,他完全可以不闻不问。

　　见彼得满腹狐疑,脸色不停地变化,不用猜测,就知他在盘算什么。并非低估自己的实力,而是事实摆在眼前,要把姚想从中国带到M国,单凭她个人能耐,是完全不可能做到的。否则,王雯早就做了。而要完成这项艰巨的任务,注定离不开彼得,需要彼得出力相助。彼得仍然是她手中最后的王牌。

　　为了稳住彼得,获得彼得的支持和帮助,王雯干脆单刀直入,当面把事情挑明,讲明事情的严重性和紧迫感。王雯坦言,十年前,姚想一进入科研所,就受指派,开始研究激光卫星通信中超短时空脉冲技术。这是目前世界顶尖级的科学技术,谁率先掌握这门科学技术,谁就在大国竞争中,尤其是在外太空军备竞赛中,占有主导地位。这也是M国情报机构当年发展她,指派她潜伏到姚想身边,实施监视姚想的初衷。彼得不以为然,嘿嘿一笑,反讥,全世界都在研究这项技术,包括M国在内,没有一个国家取得成功,没有一个科学家取得成功。王雯越发神情严肃,一本正经地提醒他,劝说他,姚想的研究,两三年前就获得关键技术的突破,并已进入模拟试验阶段。如果研制成功,转为实用,世界卫星通信将发生颠覆性的变化,中国将领先M国,M国将丢失世界市场的霸权地位。彼得依然如故，摆出一副傲慢的样子，非常固执地认为，她异想天开，夸大其词，讲的纯属是科幻影片，并连声说不可能。王雯并不怕伤害像彼得这样已经被霸权主义固化的、自尊心膨胀的M国人，她一语道破，如果不是她潜伏，屡次栽赃许婷，得以获得姚想的信任，将姚想的研究成果盗窃出去，通过M国情报机构公布在美国一家专业杂志上，实施变相破坏行动，使姚想在科研所失去信任，那姚想的科研活动，暂时不会被迫停止的。

如今，姚想陡然失踪了，很有可能已引起各方的关注，一朝追查下来，要想坐飞机、乘船，把姚想从中国任何一个地方带出去，几乎不可能。彼得沉思良久，无奈地说。但是，看到王雯屏住呼吸，恳求他谋划一份两全其美的策略时，才沉下脸，冷酷地说，走陆路出国。并比画着说，到了蒙古国，将有人前来接应，情况将会完全不一样。

对于彼得的分析和判断，王雯认为有理，便点了点头。紧接着王雯扭过头，在落日的映照下，透过车窗玻璃，朝大西北方向眺望。她似乎看到那茫茫的天底下，有一片大草原，一望无际。大草原上，不仅风吹草低见牛羊，而且出现一条笔直的道路，那是直通M国的捷径。然而，向晚意不适，驱车登古原。夕阳无限好，只是近黄昏。王雯禁不住疑窦丛生，忧伤满面。虽说她多年服务于M国情报部门，屡次得到嘉奖和擢升，也得到丰厚的回报，但她同彼得是两种类型的人。彼得是M国人，是为国，而她是中国人，则是叛国。况且她也没有在M国生活过一天，她能像在中国这样，在M国无忧无虑地生活吗？如若真正到了M国，失去了被利用的价值，她能生活得像个人吗？这样一想，王雯几乎被恐慌和绝望压倒了。或许，牢牢地抓住姚想，运用他的聪明才智为M国服务，是她将来在M国生活的唯一精神寄托和物质来源。无形之中，王雯再一次将自己的未来与姚想捆绑到一起。把姚想带到M国，既保全了姚想的性命，对她来说，也不失为一条上上之策。

　　留给他们的时间已经不多了，瞧着王雯落寞的神情，彼得以为王雯不赞同他的想法，就打开卫星电话，试图越过王雯，直接向国内请示。其实，要不是顾及王雯的情面，他本来就可以跟国内保持单线联系。果真像他担心的那样，王雯听到他的呼叫声，非常恼怒，像个疯子似的抢过他的电话，讽刺他根本不像一名优秀的间谍，并且再次向他发出警告，注意保持全程静默，决不能打开卫星电话，否则很快会被追踪发现的，那就没法逃出去了。然后，王雯清了清喉咙，平息情绪，才略为考虑，重新调整计划，命令两名绑匪回原地，继续潜伏，报酬不变，按时拨付到他们的账户，但在没有得到她的命令之前，不得擅自抛头露面，她则与彼得改坐越野车，越过内蒙古，取道蒙古国，押送姚想去M国。

14

　　果真像彼得预估的那样，科研所绝密文件泄密案和姚想失踪案叠加在一起，宛如引爆一颗定时炸弹，引起高层震怒，决定两案合一，成立专案组，开展专项行动，进行彻查。崔胜处长以资历、能力和对此案件的了解程度，当仁不让成了专案组的具体执行人。

　　事实上，彼得已成功脱逃，杳无踪迹，再一门心思毫无目标地追查彼得，如同大海捞针，很难有所收获。不过，这两起案件有一个共同的特点，就是与姚想有关。而且姚想是这两起案件中的关键人物，当下抓紧时间，围绕姚想进行侦查，才是破案的突破口。

抽支烟的工夫，所有与姚想有关联的人，一一被罗列出来，进入崔胜处长的视野。经过严密的筛查，许婷、王雯两人跃然纸上。两三年前，姚想的科研成果屡屡被剽窃，许婷正是这个时候，决然离开科研所，离开姚想，去M国，三个月前在M国被拘禁。王雯也是在这之后离开姚想的，行踪一直飘忽不定，目前去向不明。经再三核实情况，许婷是科研所的研究员，是姚想主导的科研小组的骨干成员，因与姚想的感情纠纷而分道扬镳，应聘到M国一家科研所工作，时下仍在M国，被拘禁，没有释放。由此推断，许婷与彼得相互勾结，回国作案的可能性几乎为零。但是，在核查王雯的身份时，除了她是一家进出口公司的高管外，其他的，是一张白纸，无法探知。而那家进出口公司，是一家皮包公司，早在两三年前因债务问题破产并解散，人员各奔东西。而王雯与姚想曾经也是恋人关系。她通过什么渠道，什么方式认识姚想的，谁也说不清。只是她与许婷，跟姚想之间的三角恋，曾经闹得沸沸扬扬，科研所人人皆知。这也是姚想从一个青年才俊、科技精英，逐步堕落到老气横秋、平庸之人的关键所在。

王雯到底是一个什么样的人，与这个案件到底有没有关联？在疑问中，仿佛头顶上悬浮着一层浓浓的白雾，且越来越厚重，压得崔胜处长弯下腰，不耐烦地轻声嘀咕着。

崔胜处长决定拓展侦查的范围，首先从那家进出口公司开始查起。这一查，令崔胜处长震惊不已，这家进出口公司每年的亏空，竟然是M国一家情报机构填补的，具体的账目不翼而飞，且死无对证。但是，百密总有一疏，有一个问题无可置疑，有很大一部分资金被转入王雯的个人账户。崔胜处长几乎不相信到现在仍有这样的事情发生。事实胜于雄辩。他力图查找各种联系方式，通过各种渠道，与王雯联系，了解情况，然而所做的一切都是徒劳无功。

根据初步调查的情况，不可否认，涉嫌最大的是王雯。等崔胜处长认识到这一点儿时，他即刻与公安部门联系，用人脸识别技术，甄别王雯的身份。但从公安部门传过来的一张一模一样的面孔下面，清清楚楚地标注着，王雯，上海人，十多年前大学毕业后，一直待业。目前，在上海，查无此人。

转了一个圈之后，案件又回到原点。

与这天气好转，温度迅速回升一样，崔胜处长并不认为他还站在原点上，四面吹的还是寒风，他觉得这一个大半天的时间没有白费，除了加深对姚想，以及与姚想有关联的人的了解，崔胜处长认为不应该忽视一个人。这个人就是乔光耀。可以说，迄今为止，他是姚想最要好的朋友。他与姚想来往频繁，不但对姚想的事了解最多，对即将发生的事情也应该感知一二。

乔光耀被解除控制，出院后，暂时回家静养。让崔胜处长苦恼的是，到乔光耀家中，与他交谈，所谈的问题，依然是老生常谈，把之前的事再复述一遍。其实，实情就摆在那儿，反复谈论，反复求证，毫无必要。他急需的，是新的线索。这也是他目前举步不前的症结所在。最终，乔光耀懂得了崔胜处长的心思，非常直白，直言，他与姚想的交往固定于生活层面，对于姚想工作上的事，他关注不多。末尾，就在崔胜处长有些气馁时，乔光耀想起一件事，那就是姚想与许婷在两三年前差一点儿订婚。在准备订婚时，姚想请人特制了两枚戒指，名曰心心相印。当时乔光耀大笑，戏谑姚想太俗，姚想则反驳他太土，并当场演示，一方触动一枚戒指上的红宝石时，另一枚戒指的蓝宝石就有感应，另一方就能准确地获取对方的行踪。反之亦然。乔光耀不解，姚想才解释，两枚戒指上的红宝石与蓝宝石，相当于按钮，下面则分别安装着一个微型卫星定位探测器,只要触动红宝石与蓝宝石,彼此随时可以探知去向和行踪,以此向许婷示意他对爱的忠诚和不贰。崔胜处长反问,他俩最后订婚了吗?乔光耀心酸地答道,由于王雯从中折腾,闹得不欢而散。许婷正是因为这件事,在科研所灰头土脸,彻底待不下去,才赌气出国的。崔胜处长又问,那戒指呢?乔光耀想了半天,才模棱两可地回答,那枚蓝宝石的,姚想经常戴在手上,但那枚红宝石的,不知所终。

如果找到那枚红宝石戒指,就有可能追查到姚想的行踪。辞别乔光耀后,崔胜处长如沐春风,从姚想的办公室一路找到姚想的家中,甚至每一个角落,每一件衣物的口袋,都没放过,但连那枚红宝石戒指的影子都没有看到。在茫然和困惑中,崔胜处长明显地感到,无形之中总有一种压力,像泰山压顶。凭借往日破案的经验,越是难破的案子,真相大白后,就可以看出,一切并不是像想象中那么高深莫测。故而在重压之下,崔胜处长紧急调整思路,从网络后台搜寻姚想与许婷的通话记录,终于从一则消息中得知,不论许婷如何拒绝,姚想还是把那枚红宝石戒指寄给了许婷,让她留下,当作纪念。

然而,查到这则价值连城的消息时,崔胜处长不喜反忧。因为那枚红宝石戒指在许婷那里,许婷又在美国,在狱中,他又怎能取得那枚红宝石戒指呢?

15

那枚红宝石戒指,才是破案的关键。当崔胜处长日思夜想,沙盘推演,周密算计,得出这个结论时,难免焦虑不安。

崔胜处长试图派人,或委托在 M 国的内线,从许婷那儿取得那枚红宝石戒指,却又担心稍有不慎,一旦在哪一个环节处理不当,引发大国之间的外交纠纷,那就鸡飞蛋打,得不偿失。一晃,崔胜处长带着这个疑问,就抵达新的一天。当太阳照常从东方升起,崔胜处长丝毫不敢怠慢,赶紧向上写了一份紧急报告。

由于事出有因,且事发突然,报告呈送上去,随后就有了回复。经过留M人员联谊会从中紧急斡旋,为许婷聘请了一名资深的华人律师。律师以了解案情为由,到狱中探视许婷,通过介绍情况,说明原因,陈述要害,逐渐消弭两人之间的陌生感,许婷才洞悉其中的利害关系,将信将疑地告诉律师,她将那枚红宝石戒指,放在她租赁的公寓的一个行李箱中。辞别时,律师也不忘安慰许婷,请她放心,祖国和亲人都不会忘记她的,并说,受委托,他正在准备诉状,为她辩护,争取早日出狱,获得自由。

觉得事情办得非常顺利,好像马上就要大功告成似的,崔胜处长也隐藏不住内心的躁动而显得非常激动,禁不住热血沸腾,但又生怕夜长梦多,机会稍纵即逝,因而,还没等高层授意,崔胜处长就迫不及待地电告一位在M国的内线,连夜潜入许婷租赁的公寓,从行李箱中拿到了那枚红宝石戒指。如果等到把那枚红宝石戒指送回国内,可能会耽误时间。但手中没有那枚红宝石戒指,是破解不了其中的秘密的。退一步,假设在美国当场启动微型卫星定位探测器,风险系数比较高,说不定立马就被发现,被捕获。欲速则不达。最终,在夜幕降临时,崔胜处长沉下心来,忍受住煎熬,电告内线,速派一位可靠的人员,把那枚红宝石戒指送回国。

一切,一帆风顺。连崔胜处长都觉得庆幸,连时间都特别眷顾他。由于时差的原因,这时在M国是白天,在国内则是黑夜，公然为他节约了十二个小时的时间。事后来看，这十二个小时的时间，才是最宝贵的。

这一夜，又黑又漫长。崔胜处长在黑夜中等待，都不知他是怎么熬过的。第二天上午，当崔胜处长接过红宝石戒指，把红宝石戒指捧在手中，心里顿时觉得像一场大水过后，水落石出，踏实不少，径直对着天地，连连作揖，连声说谢天谢地。很快，被邀请的专家到场，对红宝石戒指展开研究，并对里面的微型卫星定位探测器进行测试。等到掌握其中的奥妙后，他们启动了微型卫星定位探测器。就像电台，连续呼叫，不间断呼叫一样，但对方好似没有被激活，没有应答。一时，大家面面相觑，崔胜处长哑然失色。

崔胜处长深谙，如若这一次再对案情判断失误，或出现偏差，都没有挽救的余地，就整个局面而言，将陷入被动，甚至面临灭顶之灾。但别无他法，逆水行舟，不进则退，往往只有冒险前行，奋力一搏，才能冲破黑暗，迎来曙光。这个过程当中，起决定性作用的前提条件是，他相信姚想。更准确地说，他相信一位青年科学家的匠心独运和精美创造，相信一位睿智之人在那一瞬间，散发出不同寻常的光芒。而他为了这一切，一直努力着，争做这类人的守护神，力争成为这类人千年难逢的知音。所以，在坚信与接下来的坚守中，他正在等待时机，捕捉那一瞬间，姚想发出的那不同寻常的一道光芒。

越野车在一马平川的草原上疾驰，连一丝喘息的间隙彼得都不给它。王雯甚而感到彼得不仅仅心急，而是有些心乱，把车开得比一旁飞驰的高铁还快，比天上高飞的飞机还快。

彼得传递过来的这种信息，直截了当地告诉王雯，这并不是个好兆头。透过车窗玻璃，向前方放眼望去，远方还是远方,一眼望不到尽头,王雯不禁满眼忧伤。是因为生活环境陡然发生急剧的变化,生出疑虑,这一切都不是过日子的常态?不用深究,王雯心知肚明,是什么原因造成的。在此之前,她总觉得无所谓,现在却为何一百八十度大转变,这般寻找理由拒绝呢?在寻找答案中,王雯不知不觉向身旁的姚想靠了靠。

依靠,是一种最简朴的生活姿势,是一种最感人的生活需求。尤其是内心强大的女人,态度强硬的女人,到了改变一生,或决定一辈子命运的紧要关头,都想有个依靠。哪怕这个依靠弱不禁风,像一堵墙,风一吹,雨一淋,就坍塌。但是,那依然是一个依靠,一个是她盼望的,能与她彼此照应的,能与她同甘苦,共患难的依靠。此刻,王雯认定,姚想就属于这种类型的依靠。她多么渴望姚想能醒过来,心甘情愿地接受这种依靠,与她耳鬓厮磨,说一说悄悄话。若按通常施加的剂量,姚想应该在这个时候苏醒过来。可姚想仍然被迷烟控制着,昏睡着。王雯不由得心生怨气,后悔自己不该听彼得的话,加大迷烟的剂量。她渴望给姚想解除迷烟的控制,但有些生畏,害怕自己控制不住姚想,刹那间丢掉这来之不易的依靠感和安全感。在这内心的挣扎和苦闷中,王雯像失重似的,将全身完全倚靠在姚想的身上。一种女人的柔软,一种肉体的温暖,缓缓地渗透进姚想的潜意识之中,火烫的,姚想不禁颤动了一下。就是这一下颤动,像一道电波,再一次触动了王雯的内心。尽管她的内心坚硬无比,但是,这一刻,她软化下来,从内心感触到她的残忍,她不该这般残酷地对待姚想。像赎罪似的,她在心中,诚惶诚恐地祈祷姚想平安无事。

这些天来,王雯从来没有像这样麻痹大意,靠在姚想的肩膀上突然入睡,而且睡得很深,很沉,以至于错过了给姚想灌输迷烟的时间。由于药力渐渐地消退,姚想似醒非醒,不过,一种来自心灵的感应，使他感觉到，那枚蓝宝石戒指，时不时轻微地敲击他的无名指，不间断地发出微弱的蓝光。这戒指，不仅仅只一枚，而是成双成对的情侣戒指。现在，蓝宝石戒指就戴在他的无名指上，红宝石则送给了许婷。今天，这对情侣戒指的异动，是心与心之间的相约，还是心与心之间的呼唤？姚想倏忽惊醒，难道许婷出狱了，或者许婷回国了，通过这种独特的方式在寻找他？

尽管双手被反绑着，绑得很紧，很死，但借助王雯靠在他肩膀上的力量，姚想稍稍向车门边斜靠过去，将戒指上的蓝宝石对着一块略微硬点的位置，然后将背部靠紧，使出全身残存的一点儿力量，不停地挤压。戒指上的蓝宝石受到冲压后，将压力向下面的微型卫星定位探测器传导，一道电波无声无息地从探测器内部发出，冲向车外蓝蓝的天空，向红宝石深情地发出呼唤。虽然姚想不能用言语向许婷诉说，因她而遭受的境遇，但他想通过这种联通的方式，单独告诉许婷，他在哪儿，他的生命最终会消失在哪儿。

16

就在大家显现疲态，失望之情溢于言表之时，红宝石一闪一闪，迸射出一道道血红的光彩，整个沉闷的空间为之一荡，像一道道柔和的清风拂面而来，湖水泛起一圈圈的涟漪。然而，令人震惊和难以置信的是，这个信号源竟然来自千里之外的呼伦贝尔大草原。

好似风向倒转，热浪乍起，崔胜处长一时窒息，面红耳赤，更是惊得目瞪口呆，径直怀疑他的判断出现了严重的偏差，甚至天真地猜测，难道姚想不是失踪了，而是私自到呼伦贝尔大草原旅游去了？如若那样，所有推断的内在逻辑将不复存在，乔光耀等人的言辞统统是谎言。可回头一盘算，那毕竟是极端的境况。果真是那样，说明姚想平安无事，事情还没到糟糕透顶的地步。很快，崔胜处长恢复状态，冷静下来，觉得那些情况，只能代表一种接近于零的概率的可能性，肯定还有其他的可能性，或出现其他特殊情况。退一万步讲，即便他错了，也要抓紧时间，弄清产生错误的原因，才能即刻采取补救措施，力挽狂澜。何况在此时得到姚想的音信，如若能同他连线通话，或同他会面，最起码会获取很多有价值的信息，利于案件的侦破。

和刚才受到的惊恐相比，崔胜处长的脸色平和不少。他轻轻地拍了拍脑袋，回过神来，开始叮嘱自己，鼓励自己，面对千变万化的局面，一定要保持头脑清醒，千万不要妄自揣测，自乱阵脚。尤其是走到现在这一步，面临即将真相大白的时候，发现任何蛛丝马迹，决不能轻易放过。随后，他再次向高层请示，请求支援，调用侦察卫星对信号源进行锁定，全力追踪。没过几分钟，从侦察卫星上传来实时图像，在呼伦贝尔大草原上，有一辆越野车正向边境疾驰。一刹那间，犹如醍醐灌顶，茅塞顿开，崔胜处长惊呼，原来他们正驾车穿过呼伦贝尔大草原，准备越境逃跑。时间就是命令。他二话没说，随即电告高层，调动军警，在边境设立一道拦截线，以防万一。然后，紧急联系，获得特批，当即乘坐一架直升机，直奔过去。

一场直升机与越野车的竞赛，就此在大地上拉开序幕。

离边境线只有两三小时的车程。一想到马上就要越过边境线，进入安全区域，彼得不由得得意扬扬，松了油门。

油门一松，车速就明显地降了下来。

这是下午，尽管寒意料峭，但强烈的阳光从晴空照射下来，把大草原照射得一览无余。在灿烂的阳光中，一根根枯草迎风摇曳，一片片枯草丛迎风起伏。而草丛之上，天空之下，空阔，辽远，有雄鹰盘旋着。得意之余，彼得不禁心中热血翻滚，认定他就是天上那只雄鹰，展翅高飞，搏击长空，志存高远。他越发兴奋，不由得感慨，此刻天公作美，天随人意，那在他离开之前，一些草原上普普通通的景色，看起来都与他息息相通，隐藏着崭新的含义，表明他最后的收官之战将完美无缺，他也不虚此行。他忽然想到，一定要在这些美景中，留下他雄鹰般的雄姿，留住这一刻，留作永恒的纪念，他就此紧急停车。

就在这时，彼得掉头，看到王雯靠在姚想的身上睡着了。王雯的粗心大意，让他眉头收紧，喜悦的心情瞬间荡然无存。他感到不太对劲，似乎总有危险充斥其中。稍稍令他欣慰的是，他瞧见姚想靠在车门边，睡着了。其实，他不知，当车停下来时，也惊动了姚想。

姚想正沉浸在蓝宝石戒指与红宝石戒指连线的喜悦之中。从红宝石传来的信息，他以为许婷回国了，甚而胡思乱想，许婷会顺着这些信息找到他的。可车陡然停下来，他不知出了什么事，被吓得不敢出气。他十分清楚，彼得十分狡猾，非常残忍，任何细枝末节都很难逃过他的眼睛。害怕被彼得洞察出他的不寻常之处，对他动用私刑，姚想急中生智，就一头歪到一边，佯装仍然被迷倒，在酣睡之中。

在梦中，王雯也感觉到车停了下来。她迷迷糊糊地睁开眼睛，揉了揉眼睛，看到彼得回头时那恼怒的眼神，立即意识到她犯下的错误，脸唰地白了。慌乱中，她看到姚想仍然深睡，不禁有些纳闷。按照她的算计，时间过了，姚想应该会醒过来的。可姚想没醒来。她伸出手指，放在姚想的鼻孔前，探了探姚想的呼吸。见姚想呼吸平和，没有异样，也没有过多的时间给她深究，就赶忙点燃一支烟，深深地拔了一口，再拔一口，一口口地吐出烟，车里烟雾腾腾，一圈圈的烟雾直达姚想的鼻中。姚想无法抗拒这烟的香味，很快五脏六腑被烟雾盘踞，他沉睡过去。彼得这才开口说话，告诉王雯，这里八九点才天黑，在天要黑还未黑之前过境，最安全。

还要等四五个小时。不等王雯作答，彼得就打住话题，推开车门，下车抽起烟来。一阵寒风趁机从敞开的车门蹿进来，把车内的烟雾吹散不少。从渐渐散开的烟雾中，王雯迷糊了，始终分辨不清前行的方向，禁不住打了一个寒战，眨眼之间脸色变得更加苍白，没有一点儿血色。

17

一支烟，大概还剩两口没抽完。

太阳恍若被一缕一缕飘起来的烟熏黑了，掩面而难受地咳嗽起来，忍不住加快西行的脚步，乘势躲开这迷茫的一刻，在草原上找个栖息的位置，安稳地睡上一觉，等待明天来临。失去了太阳的光芒，草原上的风也凉了，接踵而至，风加速，大了许多。彼得被这阵突如其来的大风吹得糊里糊涂，像被一场暴雨淋了个透，冷得浑身发抖，咬紧牙关，不知所措。像躲避一场暴雨一样，彼得急忙扔掉手上的半截烟头，躲进越野车里。

车里，一个完全封闭的狭小空间，冷风吹不进来，比较温暖。但空气好似凝固，令人窒息。或许，王雯在车里，带着愁苦的面容，痴呆地坐着，与这多少有些关联。这种情绪，潜移默化，彼得也被感染了。在寂寞难耐中，见王雯仍然像个木偶，一副不死不活的模样，彼得有些不满，哼了一声，暗示他上车了。王雯却熟视无睹，没有理睬彼得。彼得也猜不透她的心思，也猜不出她在想什么，即将准备做什么。然而，说句知心话，彼得最佩服她这样的女人。急急忙忙赶了一天的路，坐了一天的车，要是一般人，筋骨早就散了，但王雯以身作则，严守纪律，不轻易下车转一转。其实，人毕竟是人，不同于车辆。一个人，在这地广人稀的大草原上溜达，像个蚂蚁爬行，即便是军事侦察卫星，也很难发现的。而一辆车，一旦跑动起来，就有一条明显的运动轨迹，很容易被捕捉到。

人，下车转一转，感觉到时间过得很快，好似太阳快要落到大草原上，但坐在车里，时间的指针好像一动不动，跟随着太阳停在大草原的上空，永不落下。好像美好的前程，随着太阳重新高高地挂在天空，不着地，泡汤了，彼得怨恨地看了看天空，又回头怨恨地看了看王雯，无奈地说声，走吧，便启动了车辆。

越野车慢慢地滑动，慢慢地跑动起来。这时，彼得才抬头注目远方，才注意到，太阳渐暗，像他希望的那样，有了坚决落下的想法。

直升机紧急起飞，直奔蓝天。但是，向西北方向还没有飞出一两百公里时，红宝石上的光彩像断电，迅速消退。似乎缺少血色的滋润，红宝石骤然丢失了魂魄，最后变成暗红色，散发不出一点儿光泽。

伴随着红宝石色泽的急骤变化，隐隐约约有一种不祥的气息袭来。面对严峻的形势和残酷的现实，崔胜处长急得跺脚，觉得自己对于眼前这种形势的急骤变化应对不周,无可奈何。更为重要的是,人在直升机上,在紧急飞行过程中,根本无法探知姚想那里究竟发生了什么事,为何中断蓝宝石戒指与红宝石戒指之间的连线。崔胜处长坐不住,在座位上左右挪动着,心急如焚。不过,从侦察卫星反馈的图像信息来看,越野车停靠在大草原上,暂时还没有继续向前行进的迹象。这倒是一则好消息,无形之中又留给崔胜处长多一些追赶的时间,他焦急的心情,因此缓和不少。

除去直升机中途降落加油的时间,还要飞行四五个小时,才能到达处于呼伦贝尔大草原上的边境线。这已是优化飞行线路,能制定出的最佳的追赶方案了。坐在直升机里,在蓝天上,在飞行中,在厌烦的计时中,崔胜处长宛若忍痛割爱,抛弃掺杂其中的个人的急迫心情,静候事态的发展,最终他的视线变得像一把锋利的宝剑,穿过天蓝色的云彩,似乎看到远方他想猎取到的什么东西。

而从侦察卫星传送过来的图像告诉崔胜处长,他的猎物好像被什么东西唤醒,正起步向边境线跑去。为防发生意外,崔胜处长不得不启动紧急预案,人生头一回坐在直升机上发出指令,收缩包围圈,在离边境线一百公里的草原上拦截越野车,拘捕越野车上的人。

18

大草原在落日余晖的笼罩下,寂静得只剩下风声。

风声,铺天盖地,一阵紧似一阵,却令大草原上的寂静,比任何时候都愈加明显。似乎在这个傍晚,大草原全部的奥妙和隐退的秘密都浓缩到风中。而且车开得越快，风声越大，近似于呼啸，甚至是咆哮。彼得觉得自己即使获得神的眷顾，插上翅膀，也难以飞越大草原，从风的包围圈中逃脱出去。在瞬间失落和不祥预感相互交错的过程中，彼得不觉松开油门，降低车速，霍地从风声中传来一阵嗡嗡嗡的声音。那声音越来越大，像在头顶上，吵得他头皮一阵阵发麻。彼得按动车门上的按钮，等到车窗玻璃缓缓地降下后，从车窗里探出头仰望，有一架直升机，灯光闪烁，正从暗淡下来的天空中掠过。

这时在大草原上出现直升机，绝对不是偶然。彼得心知不妙。不管三七二十一，他快速启动车载的卫星导航设备和手持的微型卫星追踪器，查看逃跑的线路，却发现正前方一片星光点点，身后也是一片星光点点。这点点星光，像狼的眼睛，在死一般的黑暗中发出绿光。而那架直升机盘绕一圈后又回过头来，像要降落到车顶上。看到这些，彼得方才后悔莫及，不该听从王雯的话，关掉所有从M国携带来的设备，保持静默，否则，他不可能嗅不出这些超乎寻常的变化，不可能就这样白白地失去先机。预估自己这一次在劫难逃，彼得恶毒地回望一眼，见王雯闭着眼，斜靠在后排座位上，心里好像想着别的什么事，完全忽视他的存在，复又从嘴角流露出令人捉摸不定的恶毒、诡异一笑，就飞快地从口袋里掏出一支烟，抽出车载点烟器，点燃香烟，倒插在汽车空调出风口上。

在汽车空调吹出的暖风的循循诱导下，烟一缕缕地飘出，在车厢狭小的空间里漫不经心地向上飘。烟，一碰到车顶就顺势改变方向，朝下翻飞，有目的地扑向车厢后排。王雯坐在后排座位上，立马嗅出烟味甜甜的，吸入后又变得有些恶臭味，让人作呕想吐。这不像烟的味道，像毒气。在满目惊恐中，王雯到死都没想到彼得敢对她下毒手。她试图用手捂住鼻子，阻止自己不吸入毒烟，但来不及了，她已连续吸入了几口。毒烟的毒性非常霸道，她吸进第一口，头脑发涨，吸进第二口，眼泪直流，吸进第三口，手脚酸痛……

彼得已经停下车，紧接着下车把车门锁死。王雯坐在车里，眼睛直冒金花，意识到彼得使用毒烟，目的非常明确，就是要把她和姚想送入地狱。眼见即将逃出国门，她不知彼得为什么这样歹毒和残忍，为什么要毒杀她和姚想？忽地她的视力猛降，近乎失明。在一片模糊中，呼吸越来越困难，连嘴都合不上，蓦地依稀看到前面座椅的背袋里有一块擦车的抹布，王雯下意识地伸出手，贯注全身的力气，抓住抹布，随手一带，把姚想的脸庞严严实实地遮盖住。

恐怕王雯永远没有机会对人说出，她为什么要这样做。即使她能说出，也没有人相信，在这种形势逼人之时，她第一时间想到的是姚想，而不是她自己。

直升机在夜空中盘旋着。等崔胜处长觉察到越野车停靠在路边时，首先想到的是，车里的人已发觉情况不对，弃车逃跑了。他叫飞行员打开探照灯，在草原上大范围搜索。

夜间的大草原，好像刚刚被大风掏空了，四野茫茫的，无遮无拦，没有一丁点儿回春返青的迹象。这反而利于探照灯的灯光四面扩散。随着灯光向更远的地方搜索，很快便发现有一个人，正在向大草原深处飞快地跑去。这次，探照灯像长了双眼睛，一直紧跟着那个人，如影随形，直到那个人跑累了，跑不动了，知道自己躲逃不掉，一头瘫倒在草地上，崔胜处长才呼叫地面上配合他行动的人，快速赶过来，团团围住那个人，不费吹灰之力就把他活捉了。

找了一块平地，待到直升机降落后，那个人就被押解过来。崔胜处长不屑地盯着那个人看了看,居然没想到是彼得。屡次追踪,屡次逃脱,这一次却被一举擒拿,崔胜处长无法控制住自己心中的惊喜,像勒令他无条件投降似的,猛喊了一声,彼得。大草原很空旷,很荒凉。这一声喊,迅速被大风推波助澜,在大草原上扩散,传向远方。彼得则痴呆地站立在大风中,又有些不相信自己是在大风中,被这一喊声击倒。

不一会儿,有人前来向崔胜处长报告,在搜查越野车时,发现车里弥漫着神经毒气,有一名同志,在打开车门时,疏忽大意,轻微中毒了,已送往附近医院治疗。不过,车里有一男一女,已中毒许久,女的已身亡,男的被捆绑着,由于被抹布遮住口鼻,幸免于难,但也只剩下最后一口气。

彼得被押在旁边,当向崔胜处长报告的声音一五一十地落入他的耳中,他大惊失色,显得十分沮丧和不解,忍不住自言自语地发出质疑的声音,姚想没死?不,不可能。

一听到彼得说出姚想的名字,崔胜处长不禁心惊肉跳,脸上好像被涂抹上一层灰色。他立刻下令把彼得押走,接着三步并作两步,赶到越野车旁。姚想躺在担架上,双目紧闭,面容消瘦,面色暗黑,已不省人事,陷入深度昏迷之中。不容分说,崔胜处长立马安排直升机单独运送姚想,到就近的大医院实施抢救。

19

天气预报偶尔也有失灵的时候。

说是多云转晴天,但从下午开始,无缘无故刮起大风。风,刮了整整一夜,却没有带来一滴雨。第二天,风和日丽,艳阳高照,让人恍若隔世,重新回到这人世间。

　　从东南沿海到西北大草原,横跨三千公里,费了九牛二虎之力,好不容易打了一个大胜仗。面对从四面八方蜂拥而来的祝贺和称赞,崔胜处长并没有沾沾自喜,被胜利冲昏头脑,也没有懈怠,让自己到明媚的阳光底下漫步,放松心情,轻松片刻。经过加班加点,数次提审彼得,崔胜处长对整个案情有了一个深入的了解和把握,对王雯这个女人不再停留在感性认识上。

　　像预估的那样,十多年前,王雯就被M国情报机构收买,长期潜伏在姚想身边。这也顺理成章,解开了姚想的科研成果屡次被盗窃之谜。如今彼得毒杀王雯,触犯中国法律,即使通过外交渠道,也不可能被赦免。认清形势,彼得不再狡辩,低头承认,他来中国之前就得到密令,在所有的行动失败后,为了避免节外生枝,留下后遗症,奉命执行他在中国的最后一个计划,秘密毒杀王雯和姚想。只是王雯舍命救姚想,姚想才逃过一劫。但是,对于王雯如何从科研所盗取最高机密文件,许婷如何在M国截获这份最高机密文件,然后送回国内,他也不知情。在他看来,只有王雯是知情者,可惜王雯死了。很多秘密,随着王雯的离去,也变成了永世的谜团。

　　之后,根据彼得的交代,掌握了两名绑匪的相貌特征和活动踪迹,崔胜处长即刻命人开始追查。没过几天的时间,两名绑匪就听到风声,听说王雯被彼得毒杀了,心里愤愤不平,反而害怕步王雯的后尘,莫名其妙地丢掉性命,就主动投案自首。可是,他俩只是王雯花重金收买的外线人员,参与的也是一些外围活动,对内情一无所知。

　　将得到的信息前后串联起来,崔胜处长断定,在此之前,姚想早就知道,王雯三番五次动手脚,盗窃他的科研成果,只是碍于他俩之间的情感纠葛，没有捅破那层窗户纸，打开天窗说亮话。或许，在这个过程中，姚想考虑到王雯只是单纯为了钱而铤而走险，根本没有考虑到王雯是潜藏在他身边的间谍，事情最后演变得这么复杂，上升到这么高的层面。

然则许婷与姚想的想法完全不一样。许婷是姚想的助手，是姚想事业成功的见证者，是一个十分仰慕和爱慕姚想的女人。从某种意义上来讲，她与王雯是情敌。既然是情敌，相互之间就分外敏感。平日，王雯的一举一动，都落入许婷的眼中。随着时间的推移，对王雯的许多情况，许婷了如指掌。凭借她的能耐和智慧，许婷极有可能探明王雯加入了M国情报机构，并通过一定的渠道向姚想暗示过，也找到一个合适机会向姚想通告过。可惜姚想是人，不是神。一旦认定她俩是情敌时，两人争风吃醋，相互拆台，是常有的事，所以，依照姚想的性格和行事风格，他采用的办法是回避，置之不理。这才是导致许婷真正出走M国的原因。不然，到M国后，许婷不费一番心血，是进入不了M国的情报机构，当然也没有机会截获那样的绝密文件。

有一点儿，不可否认，许婷这种行为是自发的，是中国人骨髓中固有的一种爱国情怀。连崔胜处长也坦言，这一切，只是他个人的推断。而等一切真相大白于天下，恐怕只有耐心地等候，等将来许婷回国后，才能知晓个中缘由，破解其中的一些秘密。遗憾的是，在期盼中，没有将来，只有现在。现在，等待许婷的，也是死路。

大国之间博弈，无论何时何地，都是残酷的。每一次斗争，都是生与死的较量。而像这样的斗争，不会停止，将永远持续下去。这是崔胜处长始料不及的，也是很多人认知不足，掉以轻心，最终酿成悲剧，被血与火活生生地吞没的原因。

经过数度转院，数名医学专家会诊，十多天以后，姚想才侥幸从阎王那里捡回一条命。

像睡了一觉，醒来后，连姚想自个儿都认为，对他来说，能活过来，并不是一件多么幸运和高兴的事。也许他在没有痛苦中，在没有悲伤中，一命呜呼，虽说不是一种超脱，但至少是一种解脱。所以，无论谁来看望他，安慰他，也包括崔胜处长来探望他，向他了解情况，他都躺在病床上，像是痴呆，眼珠子一动不动，盯着病房白花花的天花板，不开口说一句话。

姚想完全变了一个人，开始喜欢这种沉默不语的生活。直到有一天，乔光耀急急忙忙跑来告诉他，许婷在M国跳楼自杀了，他才有了意识似的眨了眨眼睛，好像回过神来，不禁泪流满面。担心姚想受到刺激，悲伤过度，掉过头来责怪他，说他造谣惑众，乔光耀继续述说，经在M国华人协会运作和华人律师据理力争，许婷被无罪释放，可回到公寓后，第二天凌晨就在楼下发现她的尸首，脑浆迸裂，血肉模糊，惨不忍睹。经过侦查，最后M国警察给出的结论是，许婷一直患有抑郁症，因为忍受不了抑郁症的折磨而跳楼自杀的。听着听着，姚想突然清醒过来，用棉被擦干眼泪，朝乔光耀怒吼，许婷怎么会自杀呢？她是被谋杀的。

这声怒吼，振聋发聩。乔光耀瞠目结舌，转而才觉得姚想恢复了人的秉性，像个人，打心里替他高兴。然而，姚想只陷入更加令人可怕的缄默之中。看他样子，像走火入魔，永远放弃不了个人情绪，更甭谈重新站起来，把自己的聪明才智奉献给科学研究事业。好在这么多年，同姚想相识相知相交，乔光耀知道姚想在苦恼和痛苦时，需要什么，不需要什么。在确认病房房门已关得严严实实的，并重新反锁以后，乔光耀才回到病床前，给姚想递上一支香烟。

  这一招看似平常，但匠心独运，对症下药，非常实在，非常管用。看来，再怎样发生变故，姚想都无法绕过去。

  一晃，已过去这么多天。这些天，姚想老是感觉嘴上没有味道。当他一眼看见香烟时，不自然地用手擦了擦嘴唇，嘴唇上涩涩地泛出苦味。宛如冬去春回，枯木逢春，大地突然得到了解放一样，姚想一把抢过香烟，把香烟横放在鼻子底下，来来回回，反反复复，闻着，嗅着，没过片刻就被一股淡淡的清香俘虏，随后带着一副十分满足的样子，把烟叼在嘴上。乔光耀趁机掏出打火机，为他点上。似乎害怕烟雾逃走了，姚想转身趴在床沿，深深地吸了一口。像迄今为止，做了唯一一件有头有脸的事儿似的，姚想徐徐地吐出烟雾。烟雾像得到指令，在即将抵达地面时，迅速凝结成一团，不下沉，也不上浮。姚想深深懂得，这烟雾存在，他就醒着，感到世上仍然有很多事需要他去做，若闻不到这烟的味道，说明他陪同许婷、王雯，已离这个世界很远了。

纪纲的爱情

我叫纪纲。男。27岁。胆小。渴望爱情,却又惧怕。即便到了成家立业的年龄,也是如此。妈妈常含泪戏谑我,狗肉上不了正席。

妈妈的话对我刺激很大。很长一段时间,我怕回家,怕跟妈妈说话。直到今天,我都认为那不是妈妈的心里话,而是妈妈说错了话。其实妈妈知道我爱宋小诗,知道我在外面租房子,与宋小诗上了床。而且上床不止一次两次。可妈妈不知为什么,一次又一次提醒我,宋小诗爱的不是我,她跟我逢场作戏,不会与我结婚的。我回击妈妈,这是棒打鸳鸯。妈妈恨铁不成钢,白了我一眼。

随后的一天下午,当我与宋小诗疯狂做爱后,两人相拥着躺在床上,我瞧着宋小诗饱含热泪的眼睛,说出了妈妈的担忧。

我说出妈妈的担忧,无非是想让宋小诗明白,接下来我们该做些什么。宋小诗与我耳鬓厮磨了一阵,告诉我,你妈妈有眼光。我不解地推开宋小诗,用近乎斥责的语气说,你不跟我结婚,那又何必跟我上床呢?

跟你上床,难道就是为了跟你结婚?宋小诗媚眼一展,娇笑着轻捶我的肩膀，并用手指点着我的脑门揶揄，这么聪明的脑袋瓜，里面竟然装着一大堆封建思想。见我依然冷眼望着她半天不吭声，她才收敛脸上的笑容，直接向我点明，告诉你——纪纲，是因为你死心塌地地爱我，我才跟你上床，和你同居，但我不会跟你结婚，我会等吴宝顺，等到他出狱的那一天，我跟他结婚，为他传宗接代，让他光宗耀祖。

刹那间，我的额头渗出冷汗，自尊心受到空前的伤害。这次，我不再安慰她，而是用蔑视的语气道，跟一个杀人犯结婚，你是不是疯了？而且等他出狱，一等就是二十年，二十年后是什么光景，你能预测吗？

我就是为了等他，与他结婚，才这般苟且地活着。宋小诗一边叫嚷，一边推开我，伏在床上，抽泣起来。

宋小诗，吴宝顺眼中的西施，我眼中的貂蝉。我俩发疯似的追她，结果双方势均力敌，一时也寻找不到改变战局的有利时机。渐渐地吴宝顺同我一样，隐隐感知，我俩不是她眼中的唐伯虎。可谁也没有料到，三年前一场意外的变故悄然打破了这种僵局。

那一天，宋小诗的母亲与邻居发生纠纷，邻居几欲挥拳打她。恰巧被吴宝顺撞见。为了替宋小诗的母亲出气，吴宝顺气呼呼地冲上前，猛地推对方一把，不料对方摔倒，后脑勺着地，磕到石头，当场一命呜呼。由于误伤人命，吴宝顺被判二十年牢狱。出于感激，宋小诗以身相许。

在我绝望之时，宋小诗找到我，请我陪她到监狱去探视吴宝顺。去了两次，我发现，他俩被牢笼阻隔，很难见上一面。就是见面，也只能隔着一扇小窗，说四五分钟的话。就算秀恩爱，那又怎样呢？相反，我随便找一个借口，就可以与宋小诗待在一起。这给了我机会。我的机会在直线上升。我不信他俩的爱情神话。我死缠烂打,强行抱她、吻她,摸她的胸部……宋小诗骂我胆大包天,骂我是流氓。包括我自己在内,一贯认为自己胆小,偏偏她骂我胆大。每次,她的骂声,先是严厉,后是轻柔,然后像猫叫春,叫得我的心痒痒的。我一直以为这是她纵容我,鼓励我,刺激我。终于有一天,我成功了,得到了她。我发现,这天,不是我真的变得胆大包天,而是我俩掉进了欲望设置的陷阱,彼此都不能自拔。尽管事后宋小诗振振有词,说我得到的是她的肉体,吴宝顺得到的是她的心,但她的心长在她的肉体之中,她把她的肉体献给了我,那她一定会把她的那颗红心献给我的。

有了这份自信,我热血沸腾,把宋小诗紧紧地抱入怀中。宋小诗陷入一团烈火之中,放声大哭。哭过后,她的情绪慢慢地稳定下来,她同我在一起的感觉越来越好,也越来越放得开,我俩水乳交融,纠缠得更加销魂……

这天傍晚,在穿衣下床时,冷不防宋小诗问我,纪纲,你愿意为我杀人吗?

宋小诗见我纳闷,一副极不情愿的模样,不禁泪水喷薄而出,双眼射出冷酷而又忧郁的光芒。这种光芒刺痛了我的眼睛我的心,我哆嗦着,双手合十,默念了一声阿弥陀佛,然后迂回地试探,我们要制订一份造人计划,新生生命,就必须从今天开始行善积德,又岂能杀生?宋小诗随即转口骂我懦夫、胆小鬼,不是男人,并扬言,纪纲,如果我爱上你,我会拿刀,为你去杀人的!宋小诗瞪着我,狠狠地挥手,做了一个杀人的手势,随即扬长而去。

爱是温馨的,幸福的。杀人是残忍的,犯罪的。爱与杀人是两码事，怎能相提并论，在两者之间画上等号呢？想到这里，看着宋小诗柔弱的背影消失在门口，我想笑，但笑不出声来。

转眼中秋节到了，宋小诗又到监狱去探望吴宝顺。

像往常一样，怕引起吴宝顺的误会和不快，宋小诗一人进去探视，我则留守在监狱的大门口等她。

宋小诗进去时，天空低沉，有几朵乌云飘浮在头顶，出来时，却乌云洞开，霞光万丈。见到了阳光，她的眼睛仿佛被针刺了，睁不开，脸色也越发苍白，精神像一下子崩溃了。她对我怒吼，你难道不会跪下来向我求婚吗？听到她的吼声，我惊慌得吓出泪水来。这是宋小诗第一次吼我。我认为，这是我俩即将成为夫妻的预兆，或者说，这是夫妻生活中的一个小小的插曲，我能忍受。然而，我不知宋小诗同吴宝顺见面后发生了什么事，使她这般愤怒。不过，我坚定地认为，结婚，一辈子就是那么一次，我应当珍惜，风风光光地向她求婚，风风光光地娶她。为此，我张开双手，无奈地说，一没有鲜花，二没有订婚戒指，三没有见证人，四是此地不是举办仪式的场所……

置身于火辣辣的阳光的包围中，宋小诗很快适应了环境，也明白了我的心意，不由得软化语气说，你没有胆量，抓不住机会，那就别怪我改变主意！

我不是那种强硬的人，也不是那种性急的人。我甚至认为，我天天与宋小诗腻在一起，跟做夫妻没有什么区别。而且周边有好多人都是像我们这样过日子的。反过来，我比以前想得更远，更加务实。宋小诗从我诚恳的脸庞上找到了答案，很快就理解我，在我的面前不再说些操之过急的话。我俩心有灵犀，手拉着手，一句话也没有说，跑回房子，关紧门窗，把每个房间的窗帘都拉上，不让一丝风钻进，不让一缕光透进。在昏暗的房间里，我俩四处疯狂地亲昵，疯狂地做爱。在急促的呼吸声中，宋小诗的脸上渐渐泛出红润之色。我本来想借机询问，她与吴宝顺见面后，到底说了什么话，发生了什么事，使她心力交瘁、痛不欲生，她却在我的身下亢奋地起伏，把我推进情欲的旋涡，使我沉醉其中，进入无人之境，不觉打消了问她的念头。

之后，宋小诗发生了明显的变化。譬如，她把我租的房子当作她的家，买来花花草草，精心布置一番，把她的衣物和日常洗漱、化妆等用品统统搬过来，并购入很多蔬菜水果和粮食。她看我不解，连忙对我说，我做好了准备，准备与你长期同居。并问我，你是否做好了准备？我张开嘴，话未说出口，就被她的吻堵回。往后，我俩像新婚宴尔，跟任何如胶似漆的小夫妻没有区别。在情欲的驱使下，我俩结合得更紧，即使想分开都难。宋小诗除了上班，很少离开这套房子。我则是用行动来报答她，天天陪她，没有离开过她。

由于我长时间没有回家，妈妈感到事情不对头，三番五次打电话问我。为了让妈妈放心，我没有向她隐瞒事情的真相和缘由。妈妈看我固执，叹了一口气，总觉得我俩这样做，不是长久之计，也不会有好结果。我被爱情冲昏了头脑，妈妈的话音未落，我就把她的顾忌和忧虑扔在一边，继续抱着宋小诗，与她做长相厮守的梦。

宋小诗做的梦，是不是同我一样，我不敢妄加猜测。但有一点儿是确信无疑的，不论我如何发誓，宋小诗都会一口否决我的提议，我是不会跟你结婚的。有一次，我恼怒万分，狂叫，你逼我，我会杀死吴宝顺的！宋小诗瞟了我一眼，回答我，给你一把刀，你敢吗？

天天同宋小诗睡在一起，她早就摸清了我有几根肋骨，给我不断的刺激，我却壮不起胆来。但她那不屑一顾的眼神彻底激怒了我，我每天加班加点在她的身上耕耘，看看她的肚子鼓起来了，她还能找什么样的借口来推托。不想宋小诗揣摩出我的心思，毫不隐讳地对我说，我瞒着你，到医院上了节育环。我完全泄了气，做什么事情都有气无力。一段时间，许多熟人见我病恹恹的，关心我，问我是不是生病了？

只有宋小诗知道我是为什么。

这种情形一直持续到元旦。宋小诗又去探视吴宝顺。这次从监狱里出来后，似乎宋小诗受到的打击比上一次还要大。她满目萧然，一头秀发在寒风中散乱开来，像个疯子。我心疼她，安慰她，差一点儿挨了她一耳光。我惊讶，惶恐，愣住了。她连招呼都不跟我打一声，像阵风，独自一人跑了。

我不知宋小诗跑到哪儿去了，打她的手机她不接听。我束手无策。直到天色渐渐暗了下来，她才回来。她像换了一个人，长发飘飘，一脸甜甜的笑，目光中闪现出一种与我难以割舍的牵挂。这是一个多么温柔又迷人又熟悉的美女啊！我屏住呼吸，拜倒在她的石榴裙下。

我爱宋小诗。怕她受到了委屈，怕她受苦，整整一个晚上，我陪她哭，陪她笑，与她做爱，用性欲给她疗伤止痛。她欲仙欲死，闭着眼睛，躺在床上。看她满足的样子，如同我的付出得到了回报，我很知足，也很开心。第二天，宋小诗吞吞吐吐了半天，才像做贼似的，告诉我，她昨天下午到医院去了。

我像患上了依赖症。我并不在乎昨天所发生的一切，我只在乎宋小诗回到了我的身边，让我有了一个可以爱的人，我可以天天毫无顾忌地爱她，疼她，拥有她。她通晓我的心思，含情脉脉，不无感激地说，我到医院取下了节育环，我一定会怀上你的孩子的。

宋小诗愿意为我生孩子，难道不愿意同我结婚吗？就是为了孩子，她也会同我结婚的。现在，我把她拥入怀中，一起待在房间里，真像一家人。这是我想要的，我流下了幸福的泪水。

　　就在当天，我瞒着宋小诗，把这则喜讯告诉了妈妈，要妈妈早做准备，妈妈一口咬定，宋小诗在骗我，她是不会这么快就同我结婚的。我反驳妈妈，并耐心地劝说，她都要做您的儿媳妇了，您都要添孙子啦，您为何不能接纳她呢？妈妈几乎哭出声来，怨道，这遭的是哪一辈子的冤孽？！

　　春节临近，望着一排排迎亲的车队沿街舒缓地驶向幸福的驿站，我与宋小诗牵着手，心潮澎湃，约定于"三八"结婚。就在亲戚朋友的祝福中传来一则消息，吴宝顺在狱中自杀了。

　　我听得惊心，恍惚，木然，心如刀割。宋小诗十足像做噩梦，表情狰狞，一副拿刀杀人的架势。我俩唯恐自己恐怖的情绪波及对方，不约而同转过身，背对着背，抽泣着。

　　吴宝顺是在监狱一处阴暗的角落，扳断竹筷子，用锋利的尖刃刺破手腕上的动脉血管，流干最后一滴血而死的。监狱里死了犯人，可不是小事。所有近期与吴宝顺接触的人，都被警察列入调查的对象。当然宋小诗也不例外。令我震惊和气愤的是，宋小诗竟然绕过我，在与我订婚的前一天，单独一个人到监狱与吴宝顺见面。警察问她，找吴宝顺有什么事吗？她回答，就是去告诉吴宝顺，我要与纪纲结婚了。警察由此追根溯源，怀疑吴宝顺是因情所困而死的。但立即遭到宋小诗的强烈反对。她说，我与纪纲结婚，是吴宝顺盼望的，他高兴都来不及，怎么会因此而自杀呢？

　　吴宝顺死前没有任何征兆，也没有留下信件之类的证物。警察调查了一阵子，没有获得真凭实据，不便定性他的死因，只得以监狱疏于管理,处分了相关的几个责任人,并赔偿了一笔费用,才平息事态。

吴宝顺安葬之日,恰逢雪后初晴,天空特别明亮。除了我与宋小诗,没有一个亲戚朋友参加他的葬礼。这加深了我们的哀思。走出陵园的大门,眺望万丈阳光下的未来,我方才感受到冰冷的世界开始复苏。品味到我与宋小诗甜美的爱情,仿佛又到了新的美丽的一天,开始一种全新的生活,我竟然以为,在这个世上,我成了宋小诗唯一的爱人,一切都会变得一帆风顺的。然而,爱情不是填空题,填对了答案就可以稳稳地获得满分。宋小诗前一脚跨出陵园,后一脚像跨入教堂。她双手合十,好比犯下了无数罪行,默默忏悔着,请求上帝原谅她。回到出租屋,短暂的沉默之后,她信誓旦旦地跟我说,纪纲啊纪纲,我终究对不起你,我不会跟你结婚的。

宋小诗何出此言?

这颗炸弹突然爆炸,我被炸昏了,两眼模糊,眼前都是血。我再三追问,宋小诗没有向我解释一二。但我显然预感到她有什么话要跟我说,只是话到了嘴边就戛然而止了。我紧紧地抱住她,亲吻她,喊她的名字,想让欲望占据她的心,想让欲望驱赶她心中的忧愁与不快。这回,我彻底失败了。她闭起嘴唇,推开我。我被她推得远远的,要不是身后有墙壁挡着,她一定把我推出房子,推下楼。等到她推不动我时,她才沮丧着脸,开口说话,好了,现在都结束了。她像逃避我,随后就把她的行李和物件搬走了。我知道她心情不好,只当她说的是气话,没有极力阻拦她,心想,就像夫妻吵架,过两天心情好转,她会回心转意的。此次,我失算了。两天过去,五天过去……不知多少个日子过去,她都没有在出租屋里出现过。

宋小诗到哪儿去了?她与我分手了?就这么简单地分手?

当我想得越来越远的时候，冷风刮过来，冬雨落下。

今年冬天，**雾霾盘踞天空**，控制着大地。一旦雨水冲破雾霾的封锁，便下个不停。雨水被尘埃污染，浑浊不清，在我的脸颊冲刷出细密的斑痕，深刻地留下这个冬末春初的印痕，我由此感觉到心里确凿存在某种情愫，让我为之颤抖不已。我瑟瑟发抖后，开始在城里四处寻找宋小诗。我甚至在电视报纸上登了寻人启事。因为寒冷的冬天慢慢过去，"三八"正一天一天向我们走近，我必须在"三八"那一天，敲锣打鼓，把宋小诗娶回家。

宋小诗失踪了。连春节都没有回家。她的父母也不知她跑到哪儿去了。

把姑娘一把屎一把尿拉扯大，如今到了谈婚论嫁时，却无缘无故地失踪了，做父母的能不着急吗？尤其她的母亲，整日泪水涟涟。妈妈幸灾乐祸，趁机四处托人给我介绍对象，被我拒绝了。我满脑子只有一个念头，我一定会找到宋小诗的，我一定会跟她结婚的。后来，又产生了一个念头，对于宋小诗突然做出的那种举动，觉得不可宽恕。不过，这些都不妨碍我继续寻找宋小诗。

然而，春天来了，满地的鲜花与绿叶构成了一道道屏障，阻拦住我搜寻宋小诗的目光。这个春天注定不属于我。我在"三八"这天把自己关在家里，把一把椅子当作宋小诗，对拜天地，抱着椅子进入洞房合卺。之后，我开始不修边幅。我头发蓬乱，胡须丛生，丢失了青春。在妈妈看来，我如此糟糕透顶，不像个年轻人，也不像她设想的那样，准备再讨一个媳妇安心过日子。妈妈气愤不过，骂我是疯子，狠狠地扇了我两耳光。我的脸被打肿了。可惜妈妈没有打醒我，我也没有抗争，更没有说一句怨恨她的话。因为疯子也有爱情。因为只要宋小诗存在，我就无法从爱情中超脱。想到宋小诗，我的心情即刻有了片刻的轻松。就像宋小诗站在门外喊我，叫我出去，那种轻松的心情。就是这种片刻轻松的心情，逼迫我打开家门，走了出去。这为我接下来的种种不幸埋下了祸根。

  我恐怕有二三十天没有出门上街了。这天，走在街上，听到自己心里咚地响了一声，才晓得这世界有灿烂的阳光，阳光中，有车，有人，有忙碌的生活。我已经彻头彻尾地变了，像一个外乡人进城，一时难以适应这样的都市生活。但宋小诗生活在其中，我想。我强迫自己，力争尽快融入这种生活当中。这一刻，我干瘦的身体里好像产生了一股能量，似乎无形中推动我向宋小诗一步一步地靠近。直到我被人撞了一下。不，是我撞了别人。骂了我一句瞎眼，方才发现是一个如桃花般妖艳的女人。我连声说对不起。可她没正视我一眼，仰头就走了。正在我庆幸之时，我迈出的右脚触碰到一个软绵绵的东西。低头一看，是个粉红色的小包。小包鼓鼓的，我猜想，包里一定装满了钱和物。无须猜测，这个小包是那个女子的。是我撞她时掉下的。我连忙从地上捡起小包，挥舞着，喊她，追赶她。不想从两旁冲出几个五大三粗的男人，一人扭住我的左手，一人按住我的右胳膊，一人一把夺过小包。这时，那个女子快步返回到我身前，指着我，高喊，他是小偷，他偷走了我的钱包。周边的人倏地围拢过来，纷纷斥责我，并高呼要把我送到派出所去。我申辩，不是那样的。可我有口难辩，谁也不相信我。还说我越看越像小偷！我挨了一顿拳脚。我胸口发闷，嘴角流出了血。打我的人太多，我没看清是谁打的一拳，是谁踢的一脚。那个女的趁机附在我耳边低声地说，给一万元私了，否则就送你到派出所。我胆小，怕惹事，也怕他们再打我，权宜之计，只得点头。可我身上没有那么多的钱。她说，你身上有银行卡，你去银行取款。我这才留意到，扭住我左手的那个人，腾出一只手摸了摸我的口袋，朝她不停地示意。我知道自己上当受骗了，正准备反抗时，又是一顿拳脚相加。我躺在地上，眼冒金花，觉得自己快死了。她俯下身，又在我耳边说，我把整个过程都录像了。她打开手机，放了一部分录像，其中我点头认罪的那镜头特别醒目。我投降了，按照她的吩咐做了。可围观的人就是不明真相，仍然不依不饶。要不是怕我淹死了，他们不会停止口中的唾沫。

我住了两个月的医院。住院期间，妈妈哭得死去活来，逢人就哭诉，我的儿子是雷锋，不是小偷。妈妈难平心底之气，到派出所报了警。警察来了，做了笔录，说我无法提供有价值的线索，就盘问我得罪过哪些人。我想，这与我得罪人有什么关系呢？但我还是断然回答，我从来没有得罪人。警察如释重负，说既然这样，那好吧，等案情有进展，会通知你。妈妈隔三差五跑到派出所问警察，每次警察都说没有查出结果。妈妈急得快疯了，不停地发誓，我的儿子不是贼，我不能让他一辈子背负这个罪名，我要为他申冤，洗清罪名！妈妈到市、到省、到中央上访，我则被省市派来的人调查了一次又一次。我觉得案情一目了然，我不是贼，他们不应该来调查我，而应该去抓捕那些敲诈勒索的罪犯。我非常沮丧，感到十分孤独与迷茫，实在想不通厄运为什么接二连三地降临到我的身上。在苦与痛中，我越发思念宋小诗。我思念宋小诗，心中自然有了一丝欣慰，偶尔有一道彩虹划过，偶尔有一阵杨柳风吹过，不觉忘了苦与痛。时间是抚平心灵创伤的良药。事到如今，我承认，我原谅了宋小诗。她离开我，自然有她的理由。同时，我悄悄地把这些思念和谅解埋藏在心底，生怕妈妈觉察到，给她带去更多的苦与痛。

事实上,妈妈整日用母爱呼唤我,拯救我,改变我。我拼命地抑制感情,渐渐变得乖顺,开始听妈妈的话。有一天,妈妈在我耳边嘟哝,说我又大了一岁,28岁了。瞧着妈妈花白的头发、皱褶的脸庞,我读懂了她的心思。要让日子过下去,总得有人妥协,有人顺心。这次,妈妈托人给我找对象,我应诺,不再反对了。妈妈怕我出尔反尔,在我出门相亲之前,不停地给我打气,并在我耳边鼓噪,我找了个算命先生,把你们的生辰八字告诉他,他替你们算了一卦,说你们有姻缘,有夫妻相。

晚上,与人见面后,才知她叫孟小梅。

孟小梅的家与我家只隔一条街。与宋小诗相比,不论长相、衣着还是说笑,都衬托出她太普通了。对于一个太普通的女人,需要的是尊重,绝对不是亲密。可自从有了那段与宋小诗刻骨铭心的爱,我眼里容不下一粒沙子,心中容不下任何一个人。正是因为这样,每次与她约会,我都毫无兴致,打不起精神,她也觉得索然无味,缺少触电的感觉,两人就此平静地分手。对此,妈妈十分恼怒,说我是为了应付她,为她而谈恋爱的。

夏天赶走了春天,天闷热起来。傍晚时分,三人一群,五人一伙,坐在街头巷尾乘凉。一些消息,不论真假,在他们中间传播。这几天,炒得火热的是发生在城郊的一起谋杀案,数十人,包括两个小孩,深夜被人用煤气毒害致死。

房租到期,我就搬回家来住。每天进进出出,听多了这些散布在街头巷尾的消息,就习以为常,不曾在意。没过两天,突然有人说,案子破了,是宋小诗杀的人。还有人指着我的背脊嘀咕，就是跟他相好的那个。宋小诗是那么柔弱，那么善良，我不相信她会杀人。我甚至想，是不是那个杀人犯跟宋小诗同名同姓，被大家误会了。可一进家门，妈妈告诉我，宋小诗杀了人。我一口否定，并埋怨妈妈说瞎话。妈妈说，这是真的，连报纸都登载了。我犯疑中朝妈妈瞪了一眼，就冲到街口买了一张晚报。晚报上刊登了警察破案的消息，并附有一张抓捕嫌疑犯的图片。我看着图片，目瞪口呆，手上的晚报掉落到街道上，被滚滚而来的车轮毫不留情地卷走。

总算找到了宋小诗的行踪，却想不到竟是这种境况。像做了一场噩梦，我躲进房子里哭了。哭累了，我就爬起来打电话，四处打听宋小诗被关在哪儿，通过什么渠道才能拯救她。

案子被列为要案，层层上报，层层关注，宋小诗已被定为重犯，死刑难免。当我得知详情，知道自己救不了宋小诗时，与她见一面便成了我最大的心愿。我求人打点，好不容易才获得一次探监的机会。我无论如何都没想到，当宋小诗听说我去探视她时，居然对警察说不认识我，拒绝了。我难过至极，一时站立不稳，瘫坐在地。

约莫过了几天，有两个警察来找我。其中一个警察拿出几张相片，问我认不认识相片上的人。我忙不迭地答道，那些人烧成灰我也认得。警察没有往下问我，我却喋喋不休，把那天发生在街上的事情原原本本地还原一遍。最后，我义愤填膺地说，那三男一女，在街上讹诈我，把我打得遍体鳞伤，我恨不得逮住他们，把他们一一撕成碎片。警察没说其他的，再三规劝我保持冷静。等我冷静下来，另一个警察开口，告诉我那几个人都死了，并问我知不知情。听说他们死了，我立马喜笑颜开，欢欣鼓舞，只是可惜不是我亲手杀死他们，没有亲眼目睹他们的死状。警察看我不知情，又问我，你知不知道是宋小诗用煤气把他们毒死了？她为什么毒死他们呢？我不晓得警察为何说这样的话。我由喜转忧，结结巴巴地啊了几声，肯定地说，宋小诗不认识他们，与他们一无冤二无仇，怎么可能呢？警察斩钉截铁地说，是她杀的！警察不会说假话，更不会拿这种事来开玩笑，我想。但是，我的脑袋像被木棍重重地击打了一下，嗡嗡作响，一阵一阵撕心裂肺般的痛袭击我，我开始抽搐，额头冒出冷汗，感到这是警察说假话，套我话，我顾不了那么多，嗫嚅道，不是她，不是她。警察再次严肃声明，是她！她是经过长时间筹划才实施谋杀的！接着，警察详细地述说她杀人的经过。那是黄昏时分，她佯装住户买煤气，打电话叫人扛两罐煤气放在楼梯间，夜深人静时，用铁片拨开那户人家卫生间面向楼梯间的窗户，在两个煤气罐出口接上软管，把软管抛入卫生间，关上窗户，然后用报纸堵死缝隙，打开煤气罐……

　　杀人竟然这么简单！这样的杀招，宋小诗是怎样想出来的？宋小诗又为何谋杀他们呢？难道她同我一样被他们讹诈了？当我摆出这些疑问时，警察说，他们的疑虑也在于此。

　　进了监狱，知道自己死罪难免之后，宋小诗从不开口说一句话。为了协助警察弄清案情，或者说，我在心里私自打小算盘，想替宋小诗找出减刑的有利条件，我想到监狱探视宋小诗。我的请求与警察的想法不谋而合。但是，这一次，我依然吃了闭门羹。我不死心，回家向妈妈说出缘由，或许妈妈去见她，她会见的。妈妈呜咽着，答应了。

　　在警察的帮助下，妈妈见到了宋小诗。任凭妈妈如何宽慰她，宋小诗都显得非常淡然。但这次她开口说话了。她只说了三句话。

　　这三句话，也是她央求妈妈转告给我的。第一句话，吴宝顺是为了断绝与她结婚的念想而自杀的；第二句话，她开始并不爱纪纲，后来爱上了，爱到不能自拔的地步而去杀人的；第三句话，希望纪纲能理解她与吴宝顺，好好地活下去。至于个中原因及细节，宋小诗至死都不说。

她不说，我岂能推断不出！

我总算知道了，这大半年，宋小诗并没有离开这座城市，并没有离开我。她始终在不远处关注着我，对我的生存状况了如指掌。她爱上了我。为了爱我，为了兑现她的爱情誓言而替我复仇，终于在爱与杀人之间画上了等号。她是那么柔弱，却为什么变得这么天真，这么凶残，这么傻呢？我请这座城市最好的律师在法庭上为她辩护，我甚至出庭做证……但她杀了人，包括两个小孩。她不能逃脱法律的惩罚，不能被免除死刑。更让我痛苦的是，宋小诗不认可我为她所做的一切。直到走上刑场，她都不愿意回头看我一眼，跟我说一句话。我跪拜天地，请求赐予我灵感与智慧。我在心中默念阿弥陀佛，将我的诚心诚意哭诉了无数遍，但天地间没有回声。我依旧找不出一点儿补救的办法。目睹她消失的那一天，太阳正烈。好像烈日杀死的是我。

宋小诗死了！我逢人就讲，我跟她一起死了！

起初，有人听了我们的爱情故事，同情我，安慰我，开导我，鼓励我，说我还年轻，应该忘掉过去，开始新的生活。我没有理睬他们。后来，我见人就拉着讲，讲了无数遍，却没有一个人理睬我。再后来，人们看见我，怕我纠缠他们，就绕道，刻意地回避我。我望着他们的背影，喊叫几声就自言自语，跟自己讲。讲着，讲着，我变得郁郁寡欢，怕见人，怕跟人说话。世界这么大，我却被遗忘了，被抛弃了。我想，这是一个失去爱情的人应该受到的惩罚。我却不知道,我患了抑郁症、自闭症。

　　一晃眼,秋天打败了夏天,冬天击溃了秋天。我像逃犯,窥探到冬日寒风中没了人的影踪,才敢偷偷摸摸出门。我想借助一阵寒风逃离这个冰冷的世界,找一个向阳的地方独自游荡,累了,困了,就躺下晒晒太阳,想想宋小诗,同她拉拉家常,说说心里话。我踽踽独行,走到街头,街头陷入一片阴暗之中。忽然,我听到了我脚步的回声。回声中,好像有人紧跟在我的身后,响起轻柔的脚步声。从这轻柔的脚步声来判断,出现在我身后的一定是宋小诗。我喜上眉梢,不禁驻足回望,未曾想到是孟小梅。

　　一件深灰色的外衣套穿在孟小梅的身上,好像是这无情的冬天剥下了她的美丽,这街头阴暗的光线吞噬了她青春的活力,她格外显得老气横秋,没有一点儿女人味,如同我一样完全与这个色彩斑斓的社会脱节。妈妈不止一次提醒我,像这样的女人安分守己,勤俭持家,很适合做媳妇。可我已经与宋小诗订了婚,上了床,我尊重事实,我的媳妇是宋小诗。即便她死了。即便我与她没有在民政局登记,没有举行婚礼,没有走进婚姻的殿堂。出于礼貌或对女性的尊重,我对孟小梅点点头,算是打了招呼。当我扭头离开时,她却大大咧咧地说,我被你们的爱情故事打动了,我一直在等你,想跟你谈朋友。

　　我们的爱情?被我们的爱情故事所打动?我们之间的故事能称之为爱情故事吗?我汗颜。不过,孟小梅说得诚恳,虽然令我吃惊,但她眼中缺少宋小诗那份柔情,话音缺少宋小诗那份磁性,无法让我的心死灰复燃。我一朝被蛇咬,十年怕井绳,害怕因爱情而再次伤害他人。我旋即向她解释。爱与不爱,是一个深奥的问题,是很难解释得清楚的。过多的解释往往增加误解。如果我不多加解释,她也不会认定我在意她,想跟她说话。等到我一再地强调,我胆小,怕谈朋友,也不会再谈朋友之时,她不以为然,向我一个劲儿地挥舞拳头,大声地叫喊,纪纲,你难道不能大胆一次吗?因为有爱,才有未来!我相信你,你能!

　　我诧异,想不到孟小梅能说出这样震撼人心的话来,但我十分担心,一个人胆大了,灵魂一旦出走,就找不到归宿。

　　好似受到一场惊吓与恐吓,我变得更加胆小和懦弱。我日益害怕这些胆小和懦弱积压在心中,越积越多,变成最后一根稻草,压垮我,便漠视她一眼,扭头就想一走了之。在这一瞬间,我胳臂疼了一下。像是挨了次猛击似的。我躲闪着,正想用双手将胳臂抱到胸前时,孟小梅用她那拍打我胳臂的手,紧紧地抓住我的手。我的手冰凉凉的,指尖微微地抖。像是爱情给她勇气似的,她觉得自己抓住的不是冰天雪地,而是抓住了我辉煌灿烂的明天。她用尽了全身的力气。不是她的手强劲有力,我挣脱不开,而是我手上的寒气被她掌中的温热化解掉了。之后,那温热穿透我的手心,进入我的血液,在我全身游走,我浑身软绵绵的,有气无力,更加使不出劲。忽然,她故意一松手,有意放纵我,让我挣扎。她需要我挣扎,让我在挣扎中聚集这些天失去的力气与勇气,焕发青春蓬勃的朝气,绽放生命的光彩。果不其然,我挣扎了一会儿,手上有了汗珠,身上有了力气。可没有料到,汗珠是胶黏剂,把我俩的手黏结在一起。孟小梅得意地笑了。我却很狼狈,彻底放弃了挣扎。我像一匹野马,被她驯服了,格外温顺,任由她牵着,沿着街道漫无目的地行走。

　　仿佛爱情不是一个人抱着另一个人说声我爱你,而是一个人牵着另一个人的手一起并肩向前走。走过几条长长的街,才走进冬天清冷的阳光里。我总以为这缺少温度的阳光,同孟小梅一样太普通了,一定清冷得让人发抖,未曾想到坚冰碰上它照样裂开缝隙,缓慢地融化,变成一池春水。春水被风微微地吹动,向前缓缓地流,领着我与孟小梅走进又一个桃花盛开的春天。在春天里,我像走了桃花运,在孟小梅布下的桃花阵中流连忘返。

　　清明节前夕,孟小梅瞒着我把宋小诗和吴宝顺合葬在一块。我扫墓时才发觉。孟小梅对我信口雌黄,说,这是双方父母的心愿。我恨之入骨,明显地感触到自己在霏霏细雨中,面部肌肉抽搐,满脸怒色密布。最终我忍耐不住,对孟小梅怒吼,宋小诗是我的老婆,应该与我葬在一块!不想,我的嘴立马被孟小梅的嘴封住。她的嘴灼热滚烫,好像拼死拼活要把我的话堵回去。这一刹那,我约束不住自己,浑身不由自主地收缩了一下。我总算醒悟过来,孟小梅这样做并没有错,而自己唯一能做的,便是封住自己的嘴,避免吵醒了那些远去的人,那些正在天堂做梦的人。

我所认识的赵丽娟

题记：给找寻希望的人以希望

1

透过窗户，看见赵丽娟开着一辆红色的小跑车，风一般地驶进宾馆的停车场，我惊呆了，一时半刻说不出话来。

她的梦想竟然实现了?！我反复地问自己。

胡佳就站在我的身旁，好像一点儿都不感到意外，煽风点火，补上一句，赵丽娟只花一晚上就睡出了一辆小跑车。

我很想狠狠地揍胡佳一顿，但一时又找不到借口。因为胡佳比我还深爱着赵丽娟，只不过他买不起小跑车。

我也买不起小跑车。所以，我很快便忘记了赵丽娟。

胡佳可不一样。他嘴里虽然那样叫嚷着，心里却不免酸溜溜的，向外弥漫着一股醋味……

今天，当赵丽娟风一般地出现在我俩的面前，我忍不住盘问自己，这真是我当初认识的赵丽娟吗？

2

很快,赵丽娟敲门进来了。

赵丽娟仍然像往日一样,穿着一身黑色的职业套装,人显得格外饱满和修长。我一直认为,如果她的脸蛋长得再圆一点儿,令人心疼一点儿,那么她绝对是一位俏丽佳人。但她那双眼睛大大的,不时溜溜地转动着,似乎恰到好处,为她弥补了这一缺陷,并叫人不经意间,再一次把目光投放到她那白皙的脸蛋上:那上面时时刻刻有微笑轻荡着,一丝甜蜜从中涌出,隐隐荡向人的心窝,使人立即陷入幸福的旋涡里,脑子猛然纷乱起来……

小猪。小狗。赵丽娟亲热地叫着我和胡佳。然后,风一般地扑上来,分别抱了抱我俩,一人亲了一口。

我属猪,胡佳属狗。毫不夸张地说,在这个世界上,恐怕只有赵丽娟一人敢这样毫无遮掩地直呼我和胡佳。而且这样叫习惯了,听习惯了,倒觉得有几分亲热、几分暧昧。但今天我和胡佳却丝毫没有准备,如何接受她这一口。

她这样亲过多少人?胡佳递过眼神,悄悄地问我。

我低下眼睛,没有理睬他,也无法回答他匆忙中提出的这个问题。

无形之中,不知从哪儿跑出来这么多的顾虑,使我颓然止住了笑容。我始终不敢上前抱抱赵丽娟,只僵硬地伸出手,握了握她的小手。

赵丽娟望着我的窘样,咯咯地笑了起来。她转身向胡佳伸出手,胡佳却向后连退了两步,把双手反藏在身后,测算着她下一步的反应。

她说，这还是以前的胡佳，她想爱却不敢玩命去爱的胡佳。

我忽然哈哈大笑。

赵丽娟和胡佳同时回过头来，两双眼睛盯着我，似乎在问我，为什么？

我无法回答她俩的提问，只说，夏天来了，如果坐上小跑车，出外兜兜风，那感觉真爽。

赵丽娟一口答应了。

可胡佳皱起了眉头，明确提出了反对的意见。他甚至不耐烦地说：我怕风，特别怕这夏天滚烫的风。如果小跑车在路上狂奔起来，那风将会刮得更大。风大了，人自然就睁不开眼睛。既然睁不开眼睛，自然就什么也看不到了。既然什么都看不到，那还有必要坐上小跑车兜风吗？

看来，这辆红色的小跑车对胡佳的刺激很大。

赵丽娟总算明白过来了。胡佳兜了这么大的一圈，不管是有口无心，还是别有用心，但这番话最终还是触动了她，一串热泪在她的眼角滚动着。于是，她也不顾我的情面，说她也不想开车去兜风。

我惊讶地望着她，忘了言语。

赵丽娟为何流泪？她的眼泪在我的头脑里打起旋儿，我只好顺着她说不兜风还好些。

接下来，胡佳却一本正经地反问我，夏天来了，该做什么？

我在脑袋里搜寻着，确实找不到符合他的胃口的答案，不得不转头指着赵丽娟说，只有她知道。

赵丽娟还真替我说了一句公道话，只有小跑车知道。

3

赵丽娟开着那辆红色的小跑车风一般地跑了。

我和胡佳坐在房子里,仿佛失去了什么。我不想说,他更不想说。我俩靠在床铺上,百无聊赖地看着电视。

我俩就这般耐心地等着。不是等赵丽娟,而是等她的老板。就是那个给她买小跑车的小老头。

如果不是赵丽娟,我相信,那个小老头根本不会在万忙之中抽出时间,跑到这儿来同我和胡佳见面,我俩也不会千里迢迢地跑到这儿来同他会面。赵丽娟一个电话接着一个电话催促我和胡佳尽快赶过来,按说我俩应该主动一些,要求她带上我俩去登门拜访她的老板,向他推销我们的产品,那结果将会更加令人心旷神怡。

但我从骨子里恨那个小老头。特别在此时,无论如何都抬不起脚,朝他家的门槛跨出一步。

我猜测,胡佳也一样。或许,胡佳咬牙切齿,比我更恨他。

这时,我似乎醒悟了,明白了我和胡佳这几年一直活得窝囊的原因。

如果我和胡佳稍微改变一下自己的个性,或许将改变我俩的一生。但这是以牺牲赵丽娟为代价的。

后来,我发现这时所想的一切都是错误的。而且,错得非常离谱。

赵丽娟,就是赵丽娟。她不是我,也不是胡佳,更不是我俩心中珍藏的赵丽娟。她属于自己,一个让我俩又爱又恨的赵丽娟。

要是等一会儿，她果真带来那个小老头，当着那个小老头的面，我估计我暂时能压制住自己，但胡佳能吗？假若他憋不住心中的怨言，愤怒起来，那最后的结局又将是什么样呢？我俩千里迢迢地跑来，就是为了出这口恶气吗？

那可对不起赵丽娟，甚至对不起我们自己。

我想：无论赵丽娟如何改变自己，如何包装自己，都让我和胡佳像雾里看花，糊里糊涂。但我真切地感触到，我俩在她的心目中还是占据着制高点。否则，她不会十万火急地向我俩提供这则信息，更不会在那个小老头的面前吹风，推荐我俩研发的数控产品。

赵丽娟在电话里再三鼓励我和胡佳，我们研制的产品不仅能够用于小老头的公司生产的机床，而且能把机床的自动化水平提升一个档次。按她的测算，如果小老头用了我们的产品，那就意味着我们的产品占领了全国百分之四十的市场，那将是一个什么样的概念？那给我们带来的又将是什么呢？

可赵丽娟说话的声音越响，我和胡佳越心存疑虑，怎么也弄不懂我们研发的产品为何这两年被尘封在车间的角落睡大觉？两年前，她又为何轻易地离开我们的公司？

我忽然想问问胡佳。

我掉头看了看胡佳，他闭上了眼睛，静静地躺在床上，好像什么都没有想，又好像什么都在想。可不像我，表面上像睁着眼睛看电视，其实内心却一边热切地期盼着那个小老头快点到来，一边又怕那个小老头走进了房门，走进我们的生活。我不觉又心猿意马，浮想联翩，似乎还想把即将发生的一切算计得滴水不漏。

最后，我不禁质问自己，是否真的想得太多，把简单的事情想得太复杂了。

所以，胡佳比我聪明，比我简单。赵丽娟曾不止对我说过一次，这就是她喜欢胡佳的理由。

也间接地告诉我，这就是她一直拒绝我的原因。

4

小老头来时，窗外已是万家灯火。

在这美丽的夜色的映衬下，都市越发辉煌、躁动，咄咄逼人，引人无形之中产生梦想，诱人去追逐梦想；在这幅巨大的背景衬托下，我只能躲在房间，像读书看戏一样，猜想着下面的章节和场景——

小老头站在我们的面前。他满头白发，穿着一身蓝色的粗布衣。这种色调现在已很少见了。也不会吸引人们的目光。细细地回味，倒有几分像我少年时见过的那位乡村的老学究，眯着眼睛，一脸的笑容，给人带来无限的热情。虽然他时不时满口之乎者也，有些滑稽，但村子里的人都尊重他。他也是这么多年来村子里唯一受人特别尊敬的人。

似乎小老头也是这种类型的人。他让我们尊敬他，主动地靠近他，信赖他。

小老头好像和我俩一见如故。他伸出手，用力地握了握我俩的手，随后又递上了他的名片。我这才知道，他姓赵，叫赵毅刚。

小老头比我俩想象的要爽朗得多，没等我和胡佳开口说一句客套话，就关心地问我俩：几点钟到的？是不是肚子饿坏了？然后，拉着我俩的手，邀我俩先出去吃晚饭。他还说，边吃边闲聊，既轻松又愉快。

出乎我的想象，胡佳拉着他的手，跟他一样，也是笑嘻嘻的。

我很难猜测出胡佳想了些什么，还将想些什么。反正，我在想，浓缩的都是精华。当然不是指电视里的笑星潘长江，而是指我眼前的这位老板赵毅刚。

难道我和胡佳就这样在他的善意面前，没有做任何反抗就乖乖地缴械了？

事后，胡佳曾在我耳边悄悄地说了一句：这是他第一次向金钱低头弯腰，但并不代表情感的沦陷。

不管这是不是胡佳一时的想法，但我确实举手表示认同。这好比中国和美国，在达成战略伙伴关系之前，像两家人，天天扯皮打架，但你打不赢我，我也打不赢你，只得休战，进行紧张而残酷的谈判。在整个过程中，虽然讨价还价，商业价值充斥其中，但促进共同发展、共同繁荣，还是放在首位。

进餐时，赵毅刚的一席话，令我和胡佳大吃一惊。他并没有同我俩谈公司之间合作的事情，而是长话短说，盛情邀请我俩加入他的团体，还许诺让出公司一部分股份给我俩。

他语重心长地说，现在就等我俩给他一句最简单的答复——行，还是不行。

事情一下子变得如此之简单，是我和胡佳始料未及的。只要明确地表个态，我俩立即就成了富翁，今后再也不用为类似于红色的小跑车的事发愁。可我和胡佳对此严重估计不足，一时头脑发蒙，好像在梦中。刹那间胡佳望了我一眼，我也望了胡佳一眼，两道目光随即明显地聚合在赵丽娟的笑脸上。

赵丽娟在一旁，似乎一点儿都没有感到意外。她还帮腔，讲了一大堆合作不如合伙的大道理。

胡佳的脸上顿时布满了疑惑和不解，他狠狠地瞪了赵丽娟一眼。但她连望都没有望胡佳一下,仍然继续比画着、预算着将来双方合伙所得的利益。

我也措手不及。

赵丽娟邀我和胡佳来时,预先就给我俩通气,我俩与赵毅刚谈论的主题是我俩研发的产品同他的公司生产的机床如何配套,以及今后共同合作研发新产品。谁也没有想到,如今他提出收购我俩的公司,并单独成立一个子公司,专门开发、生产机床的数控部件。

不可否认,赵毅刚用老鹰般的目光审视一切,把问题看得很准,也分析得非常精辟,条条有理。他所说的,确实是一种双赢的办法,是双方都能够接受的一种可行性方案。

事实也摆在眼前。

当前,我和胡佳研制的产品,一则没有得到市场认可,二则生产的资金链已经断了,没有大批生产的能力。只有寻找到合作伙伴,才能挣脱困境,找到一条生路。

可从另外一个方面也说明了,我和胡佳研制出的产品比较创新,有相当可观的价值。这不光赵丽娟看出来了,并关注了很久,而且把这些都告诉了赵毅刚。赵毅刚是生意场上的猎手,自然也捕捉到了其中的奥妙。只是我和胡佳一直还蒙在鼓里。

不管胡佳怎么想,我还是极力掩饰自己,没有展示出心悦诚服的一面。最后,我对赵毅刚说,由于事情来得太突然了,得多给我和胡佳留些时间考虑,再做答复。

话一说出口,我没有过多地去观察其他人的反应,唯独注视到了赵丽娟,只见她赶紧从身后拿出笔记本电脑,在上面聚精会神地操作了一番,极其快速地把一则消息传送给了坐在她身旁的赵毅刚。

赵毅刚笑了笑。

他笑什么呢？赵丽娟告诉他的又是什么呢？

忽然，我觉得她真的不是我当初认识的赵丽娟，也不是我心目中盼望见到的赵丽娟。但是，她确实是一个真实的赵丽娟，一个给我和胡佳带来了希望的赵丽娟。尽管这希望也给人带来了烦恼和巨大的心理负担。

赵毅刚明白我的用意，仍然眯着眼睛，带着一脸的笑容，不紧不慢地对我说，哪怕时间再长一点儿，他都有耐心，愿意等下去。

接着，他又要我和胡佳在这里多待几天，所有的花销都由他承担。

但我和胡佳异口同声地拒绝了。

5

回到宾馆时，时针已指向晚上十点。

我倒在床上稍稍躺了一会儿，便听到肚子咕咕地叫着。好像有一只青蛙、两只青蛙……无数只青蛙，在肚子里咕咕地叫着。使我想起了刚才丰盛的晚餐、可口的饭菜。可惜在酒桌上，我只顾扭头与赵毅刚交谈，忘了多吃几口。我翻过身子，问胡佳肚子饿不饿？他说，也有点儿。

我连忙对他说，出外逛逛街，看看都市夜景，顺便找一家摊点，点两道菜，吃碗饭，填饱肚子。

胡佳爽快地点了点头。

我又对他说，给赵丽娟打个电话，请她过来，一起吃夜宵，谈谈心，叙叙旧……

我的话还未说完，胡佳的脸色立即阴沉下来，他气呼呼地站起来,说:还想那个赵丽娟吗?现在只怕她和赵毅刚上床了……

之后,不论什么时候,不论什么场合,只要我一提到赵丽娟,胡佳的第一反应是愤怒,随后的反应仍然是愤怒。我一直想不通他这样做到底是为什么?也不知他对赵丽娟究竟是爱还是恨?如果这样持续下去,我怕日积月累,那些怨气积聚成一座大山,死死地压在他的身上,终究有一天,会迎来火山爆发,喷溅的岩浆随时会熔化我和其他一些与此相关的人,使我们多年积攒的情感、付出的一切努力顷刻之间化为灰烬。于是,我还是想耐心地劝说他,力争让他尽快改变对赵丽娟固有的看法,让他心平气和地面对现实,从容地接受这一切。

我对胡佳说:何必把这些空想的、莫须有的事情罗列起来,堆积在赵丽娟的身上,净说些没头没脑的话。这到底能起什么作用呢?毕竟,我们和她也相识多年了,她并不是你想象中那样的人。再说,她离开我们已有两年多了。两年多的时间,一个女人,独自一人跑到这座大城市打拼,容易吗?退一万步讲,即使她跟了赵毅刚,也无可厚非,总比同我们一起饿着肚子强百倍……

我啰唆了半天,胡佳也没理睬我。他坐在床沿发呆,也不愿意向我吐露他的心里话,不让我窥测到他内心的情愫。我也不想再说下去。即使再说下去,他也不会听的。

不过,胡佳见我一直瞅着他,竟然以为我察觉到了他内心的秘密似的,慌忙起身倒了一杯茶,慢慢地喝了几口,然后打起精神,整理起衣裳。我索性掏出手机拨了赵丽娟的号码,很快就听到了她那略微带些惊喜的声音。我的话一说出口,她连忙答道:好嘞,稍微等一等,马上就过来。

我怕赵丽娟又开着那辆红色的小跑车来,让胡佳他再一次受到刺激和惊吓,说些糊涂话,便略带些强迫命令的口气对她说：这么晚了，就不要开车了。

赵丽娟稍微迟疑了一下，好像理解了我的意思，咯咯咯地疯笑起来，似乎还呛了一口气，接连咳嗽了两声，才降低声调，轻声地对我说：为了那个活宝贝，就不开车了。

我也觉得好笑。但强忍着，不敢笑出声，生怕胡佳又察觉到什么，说些不三不四的伤心话，使好端端的气氛骤然凝固，像死水一潭，风吹它都不动一下。

6

三个人在街上漫步。

任凭我和赵丽娟如何挑逗，胡佳都面无表情地跟随在我们身后，不搭腔。

夜越来越深，街上的人和车越来越少，恍若瞬间这个世界唯留下我们三个人。我们三个人是这个世界仅剩的行人。我趁着昏黄的灯光瞅了瞅赵丽娟，她不但不欢欣鼓舞，反而一脸的尴尬。我顿时觉得十分愧疚，连忙跟她寒暄了几句，想驱赶这阵沉寂。彼此之间聊了几句，我这才知道我和胡佳都误解了她。

赵丽娟对我说，她并不在赵毅刚的公司打工。一年前，她与朋友合伙筹建了一家信息咨询服务公司，为企业制定发展规划、开拓市场、提供相关信息服务。撮合我们与赵毅刚之间的合作，是她正在做的业务之一。

但她没有想到，她昨天下午与赵毅刚见面时，赵毅刚突然改变了主意，向她提出了兼并我们公司的意愿。本来她想提前同我和胡佳沟通，可又觉得这样的事情并不是一天两天、一句话两句话、一个回合两个回合能谈得拢的,必须双方面对面长久地探讨,寻找共同的结合点,才行。

她说,因为受到国内外市场的冲击,赵毅刚的公司生产的机床显然已经落伍,必须对数控部件进行升级换代。她得到了这则消息,自然就想到了我和胡佳这两年研发的产品,并及时同赵毅刚进行了沟通。赵毅刚从其他渠道了解到我俩研发的产品系目前同类产品中最拔尖的。为了迅速掌控行业尖端技术,赵毅刚这才肯花大价钱。这也是我和胡佳目前在谈判桌上能向赵毅刚叫板的最大筹码。

她说,为了信守商业约定,话只能点到为止。

最后,她又开玩笑地问我:现在,我既是给赵毅刚打工,又是给你和胡佳打工,如果双方达成合作协议,按照合同,赵毅刚肯定会付给我一份不菲的中介费用,你和胡佳能给我什么呢?

赵丽娟事先一点儿也没有向我和胡佳透露这方面的信息,我不知她是有预谋还是无意的,反正事情已经发展到了这地步,如果抓不住这次机遇,只能怪我和胡佳心比天高,命比纸薄。所以,下一步,不管我们迎来什么样的生活,如何去生活,但是在现在,每时每刻的生活都应该值得我们珍惜。于是,我爽快答道:请你吃夜宵!

她笑着对我说,怎么,这两年一点儿都没有变,还是那样小气。

突然,胡佳从旁边插了一句,再送她一辆红色的小跑车。

赵丽娟并没有恼怒,朝胡佳横了一眼,笑了笑说,有一个人送就足够了,要那么多干吗……

话说了一半,她猛然发觉说漏了嘴,生怕提起了从前的一些伤心事,令胡佳难堪和不安,于是想转变话题,却又不知说些什么。她无可奈何地望了望胡佳,才断断续续地嘟哝,城内车多，经常塞车，还是像现在这样走路好。

胡佳非常尴尬，像被人抽了一耳光，嘴唇抖动着正准备回应，可看到赵丽娟内疚的眼神，便淡淡一笑。

大家都心照不宣，赵丽娟为了能开一辆红色的小跑车，才离开我俩，出外打拼。当初，别说车子，就连玩具汽车，我和胡佳都舍不得掏钱买。我记得，在技术攻关的紧要关头，一连数日，我俩待在低矮潮湿的破厂房里，饿时才吃袋方便面。有时，还靠她救济一把，送些热菜热饭。如今，假若我俩和赵毅刚合作成功，那送她一辆红色的小跑车，也只能算是对她的补偿，一点儿都不为过。

我赶忙接过话题道：胡佳这句话还真是说得有道理，我们应该吃水不忘挖井人，送给赵丽娟一辆小跑车，也是应该的。

赵丽娟长长地舒了一口气，沉默了片刻，才说但愿双方能谈得成功。我想，谈成功了，我和胡佳就成了百万富翁式的打工仔。这种身份，与我和胡佳的性格不合拍，不知能否接受。

可能是我穷怕了，即使她不劝我，其实我心里早已答应了赵毅刚。但胡佳却在一旁不冷不热地说，那我就要移民到这座城市来，但这座城市太大了，太冷酷了，令人水土不服。

我可没有考虑到这些。

我情不自禁地举目环顾了这座城市，它除了高楼就是宽敞的街道，除了五彩的灯光，就是沿路高傲冰冷的眼神……在这座城市，我和胡佳除了认识赵丽娟，认识自己，还能认识谁呢……

我不由得也滋生了到这个城市来的想法。

7

一觉睡到第二天上午九点，我才醒来。

睁开眼，发现另一张床铺上空荡荡的。胡佳到哪儿去了呢？

这两年，胡佳比较抑郁，沉默寡言。我作为他的兄弟和难友，很多时候都伸出了双手，却不知如何帮他。此刻，我举双手赞同胡佳出去，在这座城市里到处转转，哪怕去找赵丽娟，同她谈情说爱。最起码，我绝对不会像当初那样吃醋。如果像当初那样吃醋，我和胡佳都不可能得到赵丽娟。

现在，似乎更加不可能。

当然，这只是对我而言。这也说不清为什么。也没有必要去探究，说清为什么。假设，就算赵丽娟现在答应了，我也不会同意。但这只是假设而已。或者说，是自我寻找一种心理平衡的借口罢了。

但依胡佳的性情，他有可能……

想到这里，我想起床。但昨晚吃多了夜宵，肚子还是饱饱的。这个早晨，除了过早，还有什么事可做的呢？既然现在连早餐都不想吃，那不如就这么躺在床上休息一会儿。而此时，我才发现，自己已有很长时间没有像这样轻松地躺在床上休息了。

一个人躺在床上胡思乱想，是一件很美好的事情，也是一件很开心的事情。

我甚至有些飘然，有些自豪，一个人躺在这偌大城市的中心，让太阳攀附在窗檐上偷窥，让许多人和事不声不响地从身边走开，不免哑然失笑。这种感觉让人想象到时钟停摆，世界永恒地固定，而自己独自一人跑到天堂的门口小憩，死死地睡上一天、两天、三天……

当我思绪跳跃，想起赵丽娟那辆红色的小跑车时，心中立即闪过谜一般的困惑。赵丽娟越发神秘，才使我越发想起她。我再三分析与判断，她昨晚说的可能是真话，她不在赵毅刚的公司打工；回想起昨天接触的情景，她与赵毅刚之间丝毫没有流露出暧昧之情，那人家凭啥送给她一辆红色的小跑车？

想到这里，心里咯噔一下。我的想法与胡佳的快言快语形成了鲜明的对比，我觉得自己不仅思想陈腐、肮脏，而且甘愿堕落，总叫自己沉浸在一种自我设计的悲壮的时刻里，不愿意面对残酷的现实去抗争。

忽然，我又觉得自己像一条哈巴狗，终日无聊地摇着尾巴，可怜、可耻又可笑。迅即，却又自我宽心，觉得自己的批评与自我批评还是挺棒的。至少，到目前为止，自己很少这样认识过自己。

8

我躺在床上，迷迷糊糊一阵，便睡着了。胡佳几时回来的，我并不知道。

直到他用力地推了推我，我才睁开眼睛，昏头昏脑地问他，出外转了一圈，这座城市大不？

他轻描淡写地说，没有赵毅刚的工厂大。

我吓了一跳，赶紧一个翻身，从床上爬起来，惊诧地问道：赵毅刚的工厂到底有多大？

过了一会儿，他才慢吞吞地说：一清早，他就打的跑到了赵毅刚的工厂。前后大约有半个多小时的车程。工厂管理得比较严，他好说歹说，保安才准许他进去。工厂占地有五六百亩，他溜达了半天。果然如赵丽娟先前所讲的，赵毅刚的公司脱胎于国有企业，研发能力显然不足以推动产品革新。目前，虽然花大价钱购进了新的生产线，但与世界先进水平相比，还有很大的差距。不过，由此可以看出，赵毅刚还是非常了解世界形势，明了机床制造行业的发展趋势，他不仅要制造尖端产品，更需要引进高科技人才，把握主动权，开拓出一片新天地。

胡佳的一番话，令我茅塞顿开。

这么多年，我和胡佳在一起，从来都是他对我唯唯诺诺。今天，却反了过来，我对他刮目相看。他确实是一位有心人。知彼知己，百战不殆。他洞察行业发展方向，了解对方的合作意图，同时，也看清了我们的价值，看到了我们的未来。我不由得问他，那我们该怎么办呢？

不知胡佳是不愿意回答我，还是想保留他的看法，竟一时语塞，没有接着说下去。

稍过片刻，他却对我说起了赵丽娟，说起了我曾经想说，但始终不愿说出的话。他显得颇有英雄气概，理直气壮地说，直到今天，他才真正理解赵丽娟。当初，她义无反顾地离开了我们。她的选择，肯定是对的。接着，他打了一个比方：现在，他和我是兄弟；将来，说不定，也许不是了。就是兄弟，长大了，肯定会各自飞走，而且将会越飞越远，彼此之间的距离也将会越拉越大，不同的天涯海角引诱着我们改变初衷和理想，飞向不同的地方……

不用再多说了，我已明了胡佳还想继续说些什么。他越说我额头越冒汗。显然，他早已猜出了我的心思。我和他已经产生了分歧。尽管我们手上都握有千针万线，但这道分歧一经出现，就很难用一针一线去缝合。只是目前还没有走到完全决裂的那一步。所以,他的话终究说得比较含蓄,不愿意一语道破,令我败兴。

我无奈地说,这个世界永远静止不动该多好啊!

胡佳默然。

9

中午,赵丽娟匆匆地赶了过来。

她向我和胡佳再三解释,她正在跟踪一笔业务,几乎快磨破了嘴皮,所以上午没有过来陪我俩。接着,又迫不及待地问我和胡佳,想好了没有?或者,有没有拿定一个具体的意见?

我和胡佳瞧着她气喘吁吁的样子,没有立即答复她,只叫她赶快坐下来,一起共进午餐。之后,我们之间有说有笑,说了很多很多的话,但没有一句话回答她的提问。其实,赵丽娟从中也听出了话音。我俩越说她眉头越紧锁,她似乎还不相信这些是从我俩嘴里吐出的心里话。

我常对胡佳说,别梦想了,天上不会掉下馅饼的。然而,今天馅饼真的从天上掉下了,让我和他遇上了,是伸手去捡,还是目不斜视,从一旁绕过?刹那间,任何人都抵挡不住诱惑,很难做出决断。何况我俩呢。这样,或许才是正常的。但久拖不决,就表明我俩的选择出了偏差,我俩之间的裂缝难以弥合。还是古人说得好:命中有时终须有,命中无时莫强求。

渐渐地,我和胡佳话语间流露出的既模棱两可又似乎相乏的意思,使赵丽娟慢慢地收敛笑容,她回过头来,将话说得很重。

她冷若冰霜地说:那好吧,不拐弯抹角了,今天就打开天窗直说吧。像这种机会,对任何人,都不是很多。人一辈子恐怕也很难遇到一两次。为了这件事,我一直留心,筹划了一两年。之前,不知同赵毅刚费了多少口舌,总算说动了他,有了一个好的开端,也期盼有一个好的结果。再说,瞧瞧你俩的穷酸样,在一起共患难,风里过,雨里过,都快五六年了,现在却相互打小算盘,没有一个统一的方案,下一步怎么与赵毅刚谈判呢?这浪费的不仅是时间,而是感情、热情,最后还难为情,迷失了个人奋斗的方向,那就继续忍受苦难的折磨,在穷困潦倒中去死吧……

不管赵丽娟说什么,我和胡佳都听着,默不作声。气得她拂袖而去。

我和胡佳面面相觑。

我俩从来没有见过赵丽娟发这么大的脾气。这次,看到了,琢磨了半天,也琢磨不出一个所以然来。但我不怪她。胡佳也不会怪她。因为她说的是真心话。

最后,胡佳打破沉默,不解地问我,赵丽娟为什么比我俩还着急?

我晃着脑袋说,那是因为赵毅刚着急。

胡佳说,不一定。

我一听到他说些含糊其词的话,就有些烦恼,有些纳闷。他怎么变得和赵丽娟一样,一天比一天高深莫测,一天比一天令人感到陌生。我不知道自己接下来能和他说些什么,携手做些什么。今天,眼睁睁地看着发财的机会降临,却要分道扬镳,难道人真的只能共贫贱,不能共富贵?

我从餐桌旁慢慢地站起来,想看看赵丽娟开着那辆红色小跑车奔驰而去的背影。走到窗户边,左右环顾,既没有看到赵丽娟,也没有看到她那辆红色的小跑车。

赵丽娟就这么走了。莫非我和胡佳都错了？

10

出乎我所料，赵丽娟很快打来了电话。她说，我和胡佳第一次来这座城市，来一趟也不容易，她下午正好有空闲时间，可以陪我和胡佳到处逛逛，感觉一下大都市的气氛，体验一下大都市的生活。

我惊喜地答应了，但胡佳却一口回绝了。

他说，他想一个人静静，哪怕躺在床上睡大觉也可以。

我惊讶了半天，第一次发现，这时的胡佳更像两年前的赵丽娟。

从这一刻开始，一种不祥的预感开始困扰着我。我实在不懂，人为什么活着，活着的意义又在哪里？

当我坐进赵丽娟那辆红色的小跑车时，这种感觉尤其强烈。我更加觉得，心里不踏实，不舒坦，仿佛丢了什么东西，但一时又想不起来了。不过，不一会儿我就猛然醒悟过来。现在，赵丽娟就坐在我的身旁。或者，换一种说法，是我坐在她的身边。她不再是我的童话故事中骄傲的公主，而是我生意场上的合作伙伴。当利益渗透进人的情感里面去的时候，我们都面目全非了。我甚至猜想，胡佳早就想到了这一点儿。但他什么话都留在心中。他也不是以前的胡佳了，我们再也不会回到从前。想想当初，我们无忧无虑，有什么话就直说，有什么牢骚就一吐为快。人啊，为什么变化这么快呢？转而一想，又觉得可以理解了。我们不都是这样活着吗？！

我在座位上左右挪动了两下，根本没有想到，赵丽娟忽然推了我一下,问我在傻想什么?

少顷,她见我没有回答,又一本正经地问我,我和她像不像一对恋人?

我怀疑自己听错了,诧异地扭头,瞧了瞧她。她笑着,好像非常认真,好像无限地依恋我,等我爽快地回答她。但是,我还是顿了一顿,微微地叹了一口气,才慢吞吞地说,像!

她的眼珠朝我转了两下,说,瞧你那拘束的窘样,一点儿都不像。

刹那间,像有一阵春风吹过,湖水一荡,很快便恢复平静。我知道,自己再回不到从前了。要是在以前,赵丽娟这样问我,我一定心潮澎湃,跪拜在她的石榴裙下,然后对天发誓,甘愿为她赴汤蹈火。而今天,我只是笑了笑,因为我们都活明白了,人不能一辈子为爱情而活着。有时,为爱情而活着,也是不幸的。

随后,赵丽娟见我若有所思,便拽了我一下,说,那就做一下午的恋人如何?

我点了点头。她这才开动小跑车。

小跑车像蜗牛一样在街道上缓慢地爬行,甚至赶不上人行道上行人的步履。赵丽娟说,除了塞车,这座城市什么都好。

车在城里,人在车里,都恍若憋着一肚子的气,想吐,却又吐不出来。这时,我才深深地感触到了人渴望自由的味道。如果要我举手投票,我还是认为待在我那破旧的车间里面自在,想走就走,想跑就跑,没有一个人来干扰我,没有一个人能捆住我的手脚。这似乎与胡佳的想法有异曲同工之妙。的确,打再高级的工,不如自己当个老板。

想到这里,我不由得厌烦起来,连忙对赵丽娟说,还是开车出城兜兜风吧。

我话音未落,她便欢叫起来。她说:她喜欢小跑车。她买这辆小跑车,多半是用来兜风的。人累了,开车兜兜风,那惬意和快感,就和做爱差不多。

我没有亲身体验过做爱到底有什么样的滋味,但好像做爱都是无师自通。所以,不用说,我都明了,那种感觉肯定非常美妙……

想到这里,我像做贼似的望了赵丽娟一眼,微笑仍然挂在她的脸上,散发出诱人的气息。我心一颤,不敢再想下去,也不敢接着她的话题再说下去。

车一出城,就像一匹脱缰的野马撒开四蹄,向前疾奔。一辆车,又一辆车被抛在身后;一座山头、一片树林,转眼消失在身后。风,越来越响,在耳边呼呼地叫了起来,好像与人吵架,又好像与人大声说话。赵丽娟在风中散开满头秀发。那黑黑的长发在风中翻飞着,发布着她心中的喜悦和寂寥……

我情不自禁,在风中挥舞着双手,哇哇哇地大叫起来……

约莫过了一个小时,赵丽娟才松开油门,车减速了,慢了下来。风好像立即停了。赵丽娟朝我兴奋地大呼,过瘾!并对我说:好久没有这样飙车了。像这样的大白天,谁也不敢飙车,一般在夜深人静时才试试。这次飙车,一路上超速,至少得罚款一千元。钱是小事,关键要扣分,分扣多了,又要考驾照了。

我说,早知道这样,那真没有必要付出如此大的代价。

赵丽娟在路边停下车来,拢了拢波浪般的头发,反问我,付出一点儿代价,换来一次舒心,难道不值得吗?

我愣了愣,感到十分惭愧。这是她为我付出的代价,而不是我为她付出的代价。那我拿什么回报她呢?倏忽,刚才的满腔激情迅速地冷却,时间瞬时凝固,极目远眺,一切都很渺茫……

11

我轻轻松松地迈步进了房门。胡佳抬起头望了望我,懒洋洋地说,你变了。

我一怔。我想,这并不代表胡佳在吃醋,或对我有多大的意见。因为我和胡佳彼此都心知肚明,赵丽娟已经离我俩很远很远了,我俩再也不会为了她而像过去那样煞费苦心,那样针锋相对了。但我一时也揣摩不出胡佳所说的话到底蕴含着什么意思,所以,并没有马上回话,只是轻声地告诉他,赵丽娟在楼下等着我们一起出去吃晚饭。

胡佳说:看天色已近黄昏,他怕我和赵丽娟回来得太晚,便独自一人上街吃了碗面条。现在肚子还饱饱的,不想吃了。

不料,赵丽娟也进了门。她站在我身后,听了胡佳的话,连忙搭讪:天下没有不散的筵席,吃了这顿饭,咱们各奔东西,你走你的阳关道,我过我的独木桥,何必倔着、犟着,把大家都捆绑在一起,着急、不开心。谁不知,这座城市是多么自由啊!你有多大的本事,就会获取多大的成功。这就是待在大城市最大的好处。在这里,也没有谁强迫谁,没有谁指使谁一定要承诺什么,为谁做什么……

看着赵丽娟讲话的神色和姿势,听着她讲话的语调和气韵,我的脑海里迅速闪过于丹在电视上讲《论语》的画面。这一刻,无论她说些什么,我都深深懂得了她的一番心思和善意。我们三个人能走到一起来,也是一种缘分。我们共同的心愿,无非是在求证一道人生的数学题:胡佳的天才+我的勤奋+赵丽娟的胆略=?

两年前，赵丽娟就已经跳出了我们三人营造的那片天地，今天我也即将跨出那道门槛，走向外面的世界。这等于直接宣布了我们的结盟已经悄然土崩瓦解。但我们仍然为实现青春的梦想而重新设计着美好的前程，至少到目前为止，我们都没有放弃初衷，并且初步求得那道题的答案——现在就等我和胡佳着手做下一步的文章，怎么去回答赵毅刚。

到了现在这个地步，我和赵丽娟不是不明白，相反，我们心里非常清楚，尽管胡佳不言不语，但最伤心的便是他，最难回答这个问题的也是他。就此情此景，我甚至有些自责，竟然怀疑我和赵丽娟都是凶手，好似一步一步地绑架胡佳，一步一步地扼杀了胡佳的天才。那胡佳拿什么来拯救他的雄心壮志呢？我和赵丽娟都急切地等待着他的回答。

胡佳鄙视了赵丽娟一眼，却又冷冷地漫不经心地问我：是要钱，还是要理想？是要小钱，还是要大钱？

鱼和熊掌不可兼得，我冷静地说。但略微停顿了几秒钟，我忽然感到心里翻江倒海，浑身颤抖，仿佛突然受到了巨大的刺激，不由自主，歇斯底里地喊道：我们再也不青春年少了，人要活得现实一点儿，实在一点儿，何必在虚幻中度日。我完全不同于你们，我那六十多岁的父母还住在乡下摇摇欲坠的土砖瓦房里。我需要钱，你们懂吗？我需要二三十万在乡村盖一栋别墅供养他们；我需要钱来结婚、生子，满足他们的心愿，让他们死得瞑目；我需要一笔钱，一个好的环境，更好地发展……

胡佳和赵丽娟看着我双眼瞪得圆滚滚的，龇牙咧嘴、怒发冲冠的怪样，都吓得一屁股坐在床边，低着头，仿佛入定般无声无息。

12

一阵像死一般的静寂。

约莫过了几分钟，胡佳打破了沉默。他从床头拿出几张纸，递给我。我认真地看了看，竟然是他起草的一份有关技术转让的合约和一份公司拆分的合约。

我迅速通读了一遍，似乎觉得自己一下子走到了一段路的终点，索性坐下来休息片刻，再也不吭声，并顺手把这两份合约递给了赵丽娟。

胡佳以为他做出了一项惊天动地的决定，眼巴巴地望着我，一副满不在乎的样子，觉得我还没有理解他的意图，认识到问题的严肃性，便不厌其烦地提醒我：公司评估的资产和技术转让的所得一分为二，他决定用自己的那部分组建一家新的技术研发公司，继续从事自动控制方面的科学创新工作。至于我的，完全由我自己支配，可以在他组建的新公司里入股，也可以与赵毅刚合作，在赵的公司里参股，或者直接转化为赵毅刚公司的股份。

对于胡佳的这些做法，我能理解，但也有一定的抵触情绪，不禁手忙脚乱，不知所措。对于这样的分割，我既慌乱愤怒，又无可奈何。正如赵丽娟所言，这筵席也该到了散席的时候。我像掉进了冰窟窿，很伤感，但又不想做过多的计较，便对胡佳说：如果胡佳还继续在原厂办公司的话，我把我名下的公司固定资产全部转让给他，我拿现金走人。至于我以什么方式与赵毅刚合作，那只是我个人的事。

胡佳心有准备，不假思索，一口答应了。

赵丽娟看着，听着，不觉潸然泪下。她很后悔，好像向我和胡佳做检讨似的嘟哝着，她根本没有想到最后的结果竟是这样的。

我也没有料到。

既然胡佳做出了这样的选择，那我也无话可说了，我反而觉得这是件很开心的事，从明天开始，我和胡佳都不用待在这宾馆里异想天开了，我们回到现实当中，该干什么就干什么，做一个实实在在的人，做一个明明白白的人，可能会活得更好。

我推了推赵丽娟的肩膀，她好似从梦中惊醒。我对她说，那就明天早上与赵毅刚见面，同他好好地谈一谈。

赵丽娟擦了擦泪水，问我，怎样来谈呢？

我说，按照胡佳的主意，先谈技术转让的问题，后谈我加盟他公司的事情。

好吧！赵丽娟凄然一笑，接着又补充一句，那还是得考虑周全一些……

胡佳猝然打断了她的话：考虑再多，又有什么用呢？关键还是看赵毅刚的诚意和胸襟。

赵丽娟点了点头。

13

赵毅刚的办公楼坐落在闹市中心。

当赵丽娟带着我和胡佳到达楼底下时，我数了数，可数到二十多层楼时，双眼在朝阳的照射下目眩流泪。我不得不低下头来，揉了揉眼睛，再也不敢向上仰望。我估计，这幢大厦至少也有四五十层。赵毅刚在我心中的形象立即像这座大厦一样高大起来。

赵毅刚的办公室在十七楼。整个房间竟不足三十平方米。摆设也简陋，一边摆放着一套办公用的桌、椅，另一边摆放着一套会客用的三组合的沙发。显然，与这座大厦相比，与他的身份与实力相比，很不协调一致。甚至不能与三流企业家的办公室相提并论。但这并不妨碍我，一见到他，就已经把他当作我的老板，毕恭毕敬地说：赵总，早上好！

赵毅刚似乎并不感到意外，仍然眯着眼睛，颔首微笑着，叫我们坐下，还为我们每个人沏了一杯茶。从他身上透露出来的独特个性，使我不得不承认，我和胡佳离"老板"的距离不光在公司的规模和实力上，而且在个人的气质和魅力上，也差一大截。

当我和胡佳谈了我们的意见和想法时，赵毅刚坦诚地说：如果他的公司制造的机床应用了我们的技术和产品，他简单地评估了一下，仅材料费一项，一年就可节省五千万元，所以我们提出的五百万转让费并不算高。他有意再出五百万元，前提条件是我和胡佳都加盟他的公司。否则，等我和胡佳分开之后，那各自再在这个领域发展下去，将来肯定不是朋友，而是商场上的对手。这间接的威胁，将会耗损他的公司大量的精力和财力。

胡佳不等我答谢，便一口拒绝了。

但赵毅刚连眉头都没有皱一下，平心静气地说：他也只刚刚收购了一家机床制造公司。目前，已把原有的工厂进行置换，在开发区组建了一家新的制造公司。下一步，准备着手筹建机床研发中心。以他的实力和吸引力，网罗天下的人才并非难事，不出半年，研发的产品就会超越我们的水平。

接着，他站起来，走到胡佳的身边，拍了拍胡佳的肩膀，说：小兄弟，市场经济条件下，以一己之力怎能敌天下英豪。随即他又返回到自己的座位上，既像对我们阐述他的设想，又像非常有耐心地开导我们：时间就是金钱。时间就是效率。他只想节约这半年的时间，才打算购买我们的技术。所谓，站在巨人的肩膀上，提前跨出一步，仍然占据着制高点，企业的利润会随之滚滚而来……这个道理人人皆知。

我奉承道：对！对！如今都走强强联手的路子……

胡佳根本不容我把话说完，马上插入一句：这哪是强强联手。咱们与赵老板强弱分明，他在吞吃咱们。

突然，赵毅刚哈哈大笑起来，非常自信地挥挥手，指着胡佳说：这是明摆着的事实。不过，这对于彼此之间的合作并非重要。现在关键的是，我想聘请你来担任研发中心的主任。这个中心，不是按我公司附属机构的模式来设置，而是组建一家新型公司，共同投入，按股分成，你觉得如何？

听了这话，我摸了摸自己的耳朵，简直不敢相信这一切是真的。我像跌入了冰窖，哆嗦着……

赵毅刚可能没有顾及到，他所说的这几句话，立刻在我心中引起了复杂的反应，迅速改变了我的初衷。是的，我为了钱，甘愿低头与他合作，但这只是一方面的原因。还有另外一个缘由，我也是为了寻找一个更好的平台，展示我的才能，实现我的梦想。可是，此时赵毅刚一手一脚催生了我天生的逆反心理，让我重新审视眼前的局势，迅速做出了惊人的决定。也可能赵毅刚并没有觉察到这一点儿。我想，或许最后的结局，选择离开这座城市的将是我，而不是胡佳了。毕竟胡佳是难得的天才。我与天才的差距，那就是我与赵毅刚的距离，或者说，是与胡佳的距离，用尺子可以丈量，用残酷的现实可以描述。

赵丽娟很快发觉了我的变化，故意伸脚碰了碰我，并朝我瞟了一眼，想让我转变思维，回归到眼前热烈的气氛中来。我也并不傻，意会过来之后，自我安慰道，条条道路通罗马，还是一切随缘吧。

14

果然，事情朝着赵毅刚所谋划的方向发展。

到了下午，我们再次见面时，胡佳竟然毫不含糊，一口答应了他。

赵毅刚情不自禁地站了起来，鼓掌，表示热烈欢迎，并快步走上前去，坚定有力地握住胡佳的双手。当他们的手握在一起时，时间凝固，我宛若瞧见了一个划时代的序幕缓缓地拉开了。

恍惚之间，我的脊背奇怪地流着冷汗。我没有弄清，赵毅刚一时怎么把人与事算计得如此之准？如果用"老谋深算"这个成语来形容他，一点儿也不为过。

而对我，赵毅刚则继续选择了沉默。

我特意驱使目光，与他的目光激烈碰撞。我渴望与他撞出火花，撞出新鲜的故事。但他始终眯着眼，含着笑，仿佛在等我开口，央求他赏赐给我一个岗位。他嗤之以鼻、漠不关心的神态，令我断然撤回了目光，回绝了他。我根本不相信命运。唯独不同于胡佳的是，我还是坦诚相待，明确地告诉赵毅刚：在做出决定之前，并不是我屈服于他。就是我今后不再从事这个行业的研究，自动为他扫除了压力和障碍，也只是自我的一种选择。他应该尊重我个人的选择。

赵毅刚以为我受到了非常大的刺激,便装出一副好像不解的样子,同情我,开导我,宽慰我,并再三地探问,往后发展的方向是什么?

我转口答道,人太累了,休息一段时间再说。

不过,我转眼一想,在这种事情上何必没完没了地寻个究竟。有时候,人把话说多了,反而适得其反。他们还真的以为我有想法,闹情绪。即使我闹情绪,到了这种地步,也没有啥用。市场经济嘛,老板可以挑员工,员工也可以选老板。何况我和他们是平等的,还不是员工与老板的关系。他是老板,我也是老板啊!我多么自由啊,一切由自己说了算数。但一切来得太突然了,今后打算做什么,我的确没有认真考虑过。一时也考虑不过来。今后的事,还得等一段时间,把心静下来,细细地去盘算吧。

我所表现出来的这种姿态,大大超出了赵丽娟的想象。她好像胸有成竹,预计到了胡佳会一百八十度大转弯,答应同赵毅刚合作。但没有想到我会这样背道而驰。她睁着大眼,盯视着我,一边耐心地劝说我,一边颤巍巍地央求赵毅刚,再放宽两三天的时间,容我多考虑。

我丝毫没有理会她,把手一挥,爽朗地笑着说,事情已经了结,至于其他的,没有什么必要了。

赵丽娟蒙了。她一脸的惊诧,嘴角泛起一丝隐隐约约的伤感,仿佛问我,为什么竟是这样的?

胡佳在一旁察言观色,明白了十之八九。他似乎感到有点心虚,急忙婉转地对我解释,对不起,抢了兄弟的饭碗。

到了这时,我才满腹狐疑。只不过几个小时,是什么原因促使胡佳这么快就改变了态度,来了一个急刹车,一个急转弯?是赵毅刚的盛情邀请,还是赵丽娟的游说,还是为了钱……我连连猜测，但最后还是否定了所有的推断。虽然我恨他，怨他在做出决定之前没有跟我通气，但我还是装着若无其事、漫不经心的样子，拉着胡佳的手，对他说道：没有呀！赵毅刚看中了你，理所当然。但我不能成为买卖的附属品。我也有所收获，不仅获得了解脱，而且刺激我，逼迫我，让我不再感到生活压力的深重，不再感到身体的疲乏劳累。我一点儿痛苦也没有，我宛若在一条路上，顽强勇敢地向前走，寻找到了一种新生活。或许，明天更美好。

我虽然表现得洒脱，但内心的惘然依然淤积着。我越张口，那种情愫仿佛涌了出来，弥漫开去。胡佳越发感到有些理亏，连忙像道歉似的对我说：赵毅刚付给他和我的钱，到时一分为二。至于原有的厂房，他以后相隔千里，要了也无从管理，干脆不做讨论，全部归我。

我望着他，没有说什么。我觉得，那是我俩私下的事，私下再谈。而当着赵毅刚和赵丽娟的面说这些，就显得多余了。

15

我决定尽快离开这座城市。

赵丽娟和胡佳都劝我，等双方签订了合约再走也不迟。再说，许多事情还得征得我同意，否则签订的合约也是无效的。我答道：大盘子基本上敲定了，小的细节由胡佳与赵毅刚继续磋商。我相信胡佳，他一定会维护我们的利益，并会代表我们与他签订一份令双方都满意的转让协议。至于我与胡佳的事，以后再谈也不迟。

赵丽娟压根儿没有想到，到这时，我还如此地相信胡佳。

毕竟,他投靠了赵毅刚,他们是捆在一根绳上的蚱蜢。

我一笑了之。

隔了两三分钟,她眼巴巴地望了望我,好像即刻做出了一个惊天动地的决定。她说,有一件事,她不想再隐瞒我,在我走之前一定得告诉我。

她不容我答话,劈头盖脑地问我:到了如此的地步,为什么还那般相信胡佳?

她见我没吱声,叹息道,如果不是我急于要走,她是不会向我提起这件事的。至少,她要等一段时间,等心静下来才会跟我讲。今天,她把事情的前因后果告诉我之后,希望我能原谅她。

我连忙表白,我走与不走,与她一点儿也没有关系。

她立即强调:很有关系。一切都与她有关,而且不是一般的关系;包括胡佳之所以留下来,也与她有关。

忽然,她摸了摸她的肚子,指着肚子娇嗔地对我说,她怀孕了。并要我猜猜孩子的爹是谁?

这话一出口,便让我惊讶得说不出话来。我好像一头栽进了泡菜坛子,浑身上下酸酸的。我还以为自己听错了,惘然抬起头,再次打量她,又瞧了瞧她的肚子。这一细看,才发觉,她确实比以前胖了许多;她的肚子微微地挺起,向我们公布着她的秘密,展示着她的骄傲。

她红着脸,重复了一遍:她怀孕了。要我猜猜孩子的爹是谁?

我张着嘴,慌乱得说不出一句话,只有摇头。

她非常平淡地告诉我:胡佳。

我浑身扭动了一下,退后了一步。这令我更加糊涂。我与胡佳基本上天天在一起,赵丽娟与胡佳却相隔千里,那怎么可能呢？这不是冤枉胡佳，朝他的身上栽赃吗？

是胡佳？我反问了一句。并怀疑赵丽娟是否犯了糊涂。我告诫她，这可不能随便开玩笑，弄得不好，会出大事的。

赵丽娟非常肯定地答道：真的，是他！

她向我娓娓道来：那是五个月前，她到我们的公司去，劝说我和胡佳到她这儿来同赵毅刚合作。第三天，趁我不在时，胡佳走过来对她说，好长时间没见了，想单独同她谈谈心。胡佳把她拉进房子，没有说两句话，就扑上去。开始，她拼命地反抗，用手抽打他，用脚顶住他的下身，他没有得逞。但是，胡佳始终像饿狼一样凶残，乱撕、乱扯、乱咬，忘乎所以。她又说，假若她拼命抵抗，乱喊乱叫，胡佳还是难以得手，可她不知为何，竟然被他的举动所感动，渐渐地接受了他……

说着说着，赵丽娟眼泪流了下来。她抽噎着，继续讲道：她知道，胡佳爱她，日夜思念她；她也爱胡佳，可又不十分愿意嫁给他。就是嫁给他，她也不愿意胡佳那样做，但他最终采取了那种方式，令她非常伤心和失望……

我记起了，那天下着小雨，胡佳突然要我去采购一些零部件，并强调非买回不可。我非常诧异，公司生产时是需要那些东西，但还没到非买不可的地步。我出去了大半天，不想他就做出了那种荒唐事。难怪我回来之后，看见他和赵丽娟好像吵架似的，互相仇视着。当晚，赵丽娟像发了疯，走了。当时，我纳闷，但根本就没有想到其中还有这么一层原因。

赵丽娟见我默不作声，接着喃喃自语：本来，她离开了我和胡佳，回到了这座城市，便放弃了邀请我们与赵毅刚合作的念头。但是，前不久，发觉自己怀孕了。她也有些惊慌，还一个劲儿地问自己，为什么就只那么一次便怀上了胡佳的孩子？这是天意吗？起初，她想到医院去打胎。可走进了医院，却又不忍心。她知道了她下一步将做什么，于是加紧催促我们赶快来到这座城市。她这么做，也是为孩子找一个爹啊。但她不知胡佳为什么那么倔强，那么不领情，那么不关心她，那么一心一意地想离开她。为了挽留他，她不得不同胡佳摊牌。今天中午，她把她怀了孩子的事一五一十地告诉了胡佳，他才改变了主意。但她真没有预计到，事情竟然发展到如此的境地，最后让我得到这样的结局，这对我很不公平。她也很难过。

我听后，也不知对她说些什么。我又能说些什么呢？我觉得，如果她不把这件事告诉我，也许更好，也许对我更加公平和合理。但她信任我，把一切都告诉了我，我只能平静地接受这一切。毕竟，我和她以及胡佳曾在一起奋斗，实现了曾经的梦想。

而这一切，似乎已与赵毅刚无关，而与赵丽娟有关，竟是她一手策划的。这让我再一次认识了她。

最终，我迟疑了一会儿，最后不得不搪塞地对她说，甭谈其他的了，我只衷心地祝福她与胡佳幸福美满。

这也是我最后的道别语。

16

当晚，我便乘火车走了。

辞行时，赵丽娟一把抢过我的行李箱，塞进了她那辆红色的小跑车里。我连忙对她说，不想再给她添麻烦了，出门拦辆的士到火车站也比较方便。

她执拗地说，别推辞了。

最终，我依了她。

小跑车像往常一样，在宽敞的街道上走得很慢很慢，比两边的行人还要慢。沿街的霓虹闪烁着，诉说着这座城市的美丽，一眨眼工夫，到这座城市已有五天了，我还是第一次这么认真地打量这座城市，以便带些美好的记忆回家。可我怕错过了钟点，赶紧回过头来，再三催促赵丽娟，把车开快一点儿。

她说，她计算好了时间，不会误事的。

胡佳坐在车的前排，打着呵欠，劝慰我，就听赵丽娟的吧。

我可记得，这是胡佳第一次坐赵丽娟这辆红色的小跑车，第一次宽容了这辆红色的小跑车，没有对它发一句牢骚。我不知此时他在想些什么，但一切都在变化。给人以希望的，就是这每时每刻的变化。它让我们有了新的追求和向往，让我们在若即若离中背叛自我——我不是当初的我了，赵丽娟、胡佳也不是当初的赵丽娟、胡佳了。我们都变了。

所以，我饶有兴致地对赵丽娟说，如果下次有机会，我一定再坐坐她的小跑车，出外兜兜风，让人在风中飞翔，向一望无际的天边飞去……

赵丽娟笑了。她神采飞扬地嚷道：再也不会有这个机会了。等下次见面时，她已经成为一名少妇了，再也不是少女了，那梦也随风飘散了……

我听了她的话，不禁心头一凉，从内心深处涌上了一丝伤感。我想，真正等到下一次见面时，我也不是原来的我了，或许我还保留着当初的那份心情，或许换了一种心情。

赵丽娟见我若有所思，顿了顿，但她的兴奋并没有被我迷惘的心情冲淡。我想，女人大概都是这样子，当她迈进幸福的殿堂时，往往天真、浪漫、忘乎所以。我的猜测也没错，接下来，就听到了她非常自信、非常得意的笑语。她的话轻飘飘地脱口而出：她准备卖掉这辆小跑车，再买一辆黑色的小轿车，供一家人出行用。当然,这辆车不用她掏钱买,到时会有人给她买的。

我不由得望了胡佳一眼。

胡佳在一旁听了赵丽娟的话,他那被安稳和寂静尘封的脸庞立即抽搐了两三下,不禁一红,随即快速地避开了赵丽娟传递过来的目光,扭过头,向街边横扫过去……

直到我上了火车,直到火车慢慢地开动了,慢慢地加速,向前奔跑起来,我仍然看见赵丽娟和胡佳在站台上,向我不停地挥着手。忽然,我想起了赵丽娟那辆红色的小跑车,虽然它停在车站外的停车场上,但是我仿佛瞧见了它风一般地驶过,风一般地与这列火车相伴而行,拐过了城市的角落,蹚过了一条河,翻过了一道梁……我仿佛瞧见了赵丽娟的长发在风中翻飞着,欢呼声在耳边忽远忽近地回荡……

这难道不就是我认识的赵丽娟吗?我问了问自己,不禁莞尔一笑。

车轮滚滚,带着我的心和我的微笑,在漆黑的原野上一往无前地奔跑……

游 离

上 篇

　　五月八日一清早，吴琼从荆门搭车，中午才到纸坊。中途，吴琼是按照路人的指引，到武昌火车站转乘908路公交车，但车到纸坊时，吴琼不知道该到哪一站下车。

　　当吴琼看到政府的办公大楼，看到路两边的高楼大厦，估摸着到了纸坊的中心地带。在她犹豫着在这一站下车还是在下一站下车之际，公交车就从联投广场站溜到了谭鑫培公园站。

　　在谭鑫培公园站，有许多乘客蜂拥而下。吴琼回头一望，发现车里空空荡荡的，没剩下几个人，就稀里糊涂地尾随他们下了车。

　　下车时，太阳正当头。

　　五月的太阳很酷，像一个刚刚步入成熟期的男人，立马展现出硬朗的一面，把吴琼拥抱得喘不过气来。

　　吴琼适逢花开的年纪，浑身娇嫩无比，哪能承受这般热情过度的阳光。她想从这火辣辣的阳光中逃脱出去，于是放眼环顾，唯独望到不远处有一个戏楼。那戏楼檐牙飞翠，栏曲紫红，犹有京腔京韵的余音绕梁，三日不绝。她猜想那儿一定是个歇脚的好地方。当她走近戏楼，方知这就是谭鑫培戏楼。令她想不到的是戏楼门上一把锁，将她拒之门外。

吴琼绕着戏楼转了大半圈，当她正准备转身离开时，忽然瞧见戏楼后面有一个茶楼，茶楼的门始终对她敞开着，她突然感到嗓子眼冒烟，发痒，便兴致勃勃地走进茶楼，上二楼喝起茶来。

大白天，茶楼里很阴凉，光线很暗淡，可人坐在里面朝外张望，外面亮堂堂的，很养眼，也很扎眼。吴琼想，那亮堂堂的地方大概就是谭鑫培公园。透过公园里的花草树木远眺，稍远处是用钢筋和混凝土堆积起来的高楼大厦，露出一丁点儿蓝色的天空。如果说这个地方缺点儿什么，那就是熙来攘往的人影。

不是有人说，没有人的地方，就没有魂吗！吴琼忽然由此联想到，没有陈实的地方，就没有什么呢？

吴琼怨起陈实，甚至有了宁愿相信黄涛，也不愿意相信陈实的念头。

其实，吴琼比谁都清楚，陈实不如她的哥哥吴青瑜，吴青瑜不如黄涛，那陈实拿什么跟黄涛相比呢？即使陈实让吴琼怀上了身孕，吴琼也是这么想的。

假若吴琼不这么想，陈实也不会无缘无故从荆门跑到纸坊来，黄涛和她的哥哥吴青瑜也不会跟着陈实从荆门跑到纸坊来。由此推断，陈实是不是有他的过人之处呢？

吴琼扑哧一笑，含在嘴里的茶也随着喷出，在茶几上溅起水花。吴琼骂起陈实：陈实这狗东西，真会找修身养性的地方，过着无拘无束的生活！陈实这头笨猪，只顾自个儿活得自由自在,害得她跑到纸坊来找他!

即便吴琼在电话里故弄玄虚,不告诉他,她休年休假到纸坊来找他的准确时间,陈实也从她的只言片语中探寻到了,她今天一定会到纸坊来。

可不知为什么,陈实总有一种预感,吴琼来到纸坊,就预示着他即将离开纸坊。而且倒计时的钟声已经在头顶敲响。这让他既盼望吴琼的到来,又有些拒绝吴琼的到来。然而,让他懊恼的是,从一清早拨通她的手机开始,前前后后打了五六次电话,吴琼好像肚里憋着一股怨气,就是不接听。

吴琼永远是这个个性,而且永远改变不了。这是陈实与吴琼常常怄气的原因。如果肚子里没有这股气,陈实也不会这般迁就吴琼,也不会在心里牵挂着吴琼,疼爱吴琼。

人牵挂人的时候,觉得日子过得很充实,很有向往。这一刻,陈实只能把向往寄托在手机上。

陈实忍住性子,接二连三地打吴琼的手机,手机里传来清脆的嘟嘟声,就是没有回音。陈实急了,便打吴青瑜的手机,叫吴青瑜跟吴琼打手机,问她在哪儿,他好去接她。没过一会儿,吴青瑜回话,说吴琼的手机是通的,就是无人接听。陈实接着又打黄涛的手机,要他赶快跟吴琼联系,不想黄涛也同样回话,说吴琼的手机是通的,就是无人接听。

一时间,陈实变得心烦意乱,眼里竟然有了泪水。

泪水留恋眼眶,黏在眼眶边沿打转转。渐渐地,陈实强压下心头的慌乱,总算醒悟了,他现在唯一能做的,便是耐心地等手中的手机响起。

吴琼呷着茶,听到手机嘀嗒嘀嗒地响起,便掏出手机,一看是陈实打过来的电话，就按了静音键，把手机放在茶几上。手机躺在茶几上，独自在它的内心咏叹：时间它不停地在转动……

吴琼没有想到，陈实会叫黄涛和吴青瑜给她打电话。她是个聪明人，她知道自己只能在陈实的面前任性，不接陈实的电话，但不能在黄涛和吴青瑜的面前任性，即便他俩的电话是为陈实而打过来的。所以，当吴琼再次看了看手机，发现屏幕上显示出来的是黄涛和吴青瑜的手机号码，心里多多少少有些后悔。

后悔一阵子之后，吴琼索性让自己在纸坊保留一份遗憾，也预知将会给陈实带去一份遗憾，于是，她决心不跟黄涛和吴青瑜回话，更甭谈给陈实回话。她之所以这么做，就是要陈实在遗憾中长记性，要陈实在遗憾中永远把她刻在心上。

过了中午，茶楼四处响起了噔噔噔的脚步声，隔壁的房间也有了嘻嘻哈哈的笑声。往后，那笑声好像没有停止过。再往后，那笑声演变为像点燃爆竹后刺耳的叫声，比街头的叫骂声还难听。

打破了茶楼的沉静，也打破了吴琼内心的沉静。失去了那片沉静，吴琼就决定离开这个地方，到另一地方去寻找另一片属于她自己的沉静。但那个地方在哪儿呢？

吴琼就是这般任性，想到哪儿就到哪儿去，根本没在意原本平坦的肚腹，有了一点儿鼓凸起来的变化。

纸坊很小，就巴掌那么大，但陈实也不可能把它翻个遍。

陈实想，吴琼从未来过纸坊，她要到纸坊来，必定要坐公交车，就那么几个公交站点，说不定她下车后就待在某个公交站等着他呢。

陈实跑遍了那几个公交站点，都没有发现吴琼的踪影。陈实烦躁起来，就顺路跑到谭鑫培公园的门口，一屁股坐下。望着文化大道与世纪大道交叉路口的红灯绿灯争相闪烁，车辆来往穿梭，陈实想，如若自己有辆车，开车去接吴琼，那吴琼一定喜笑颜开，至少吴琼不会像现在这样跟他斗气。

然而，在纸坊这个地方，靠打工挣够买车的钱谈何容易？像他辛辛苦苦干了两三年，才挣够首付，按揭买了一套一百二十平方米的房子。

有了房子，便有了住处，同时还能拿出一部分来出租，以房养房，在他们那个圈子，都是凤毛麟角的事。连黄涛和吴青瑜都睁大眼睛，怀疑他凭什么能够按揭买房子，怀疑他的钱来得不干净。

钱，大钞小钞都是国家印出来的，有什么干净不干净的呢？

陈实反而羡慕起黄涛，一到纸坊就遇到政府招录公务员，他抱着试一试的想法应试，居然头名中榜。黄涛现在一个月拿三四千元的工资，过着优哉游哉的生活，那不是任何人想花钱都能买得来的。他更羡慕吴青瑜会开车，到纸坊没几天就找到了一份给老板开车的差事，那随老板进进出出的派头，像港台明星，羡煞人也。

陈实想超过他俩，便想到做老板。可他毕竟是个打工的。虽然没人敢说打工的不能成为老板，但确实很难成为老板。陈实转而想起他现在的老板，一个快六十岁的老头，年轻时也是个劁猪割卵子的，谁会想到他竟靠制作猪牛吃的药物起家呢？赚了钱，有了资本积累，才想到制人吃的药物更能赚大钱，现在他不光有制药公司，还制作医疗器械。

每每想到这里，陈实心中总会产生一种欲望，而且这种欲望不知不觉在心中膨胀。可是，每一次留给陈实最终的感觉，都仅仅是胀了一下肚子而已。

就在今天,就是肚子那么一胀,陈实就非常渴望上厕所。

在纸坊,想找个公厕可相当不容易。实在憋不住了,陈实就打消了寻找公厕的念头。他看到对面有一堵围墙,围墙圈着一块空地,那里一定是一个理想的如厕场所。陈实迫不及待地快步冲过路口,沿着靠南边的围墙跑,总算在围墙中间找到了一处缺口。好比一个忍气吞声的人出了一口恶气,全身爽快无比,陈实不禁啊地惊叫一声,方才抬起头来。就在这一瞬间,陈实以为自己双眼模糊,出现了幻觉,便使劲地摆了摆头,这才发现眼前不是幻影,而是一个活生生的人。

陈实擦了擦眼,看清有一个女孩正慌里慌张地从不远处的杂草丛中探出身子。不用猜测,陈实就知道她蹲在那儿干啥。仿佛心有灵犀,陈实又啊地叫了一声,喊了一声吴琼。

在这旮旯,在这人生地不熟的地方,陡然听到有人在背后喊她的名字,吴琼的心紧张得快要从嘴里跳了出来。她止住脚步回头一望,发现是陈实,感觉这是在梦中,自己像被人戏弄了一番,心里倏地升起一团怒火,正想开口骂陈实,却见陈实同自己一样提着裤子站了起来,顿时发觉这是天地造物弄人,不觉脸色发红,相视一笑,怒火全消。

面对眼前的尴尬,陈实同样哭笑不得,实在想不到他与吴琼会以这种独特的方式在纸坊见面。

晚上,黄涛做东,在艳阳天酒店宴请吴琼。毫无疑问,陈实作陪。

坐上酒桌吴琼就开始念叨起她的哥哥。可惜吴青瑜跟随老板去了汉口,不然多个人多份热闹。

黄涛也嫌人少,吃饭不热闹。征求了吴琼的意见,黄涛就打电话，不一会儿就来了两位美女，叫人眼睛一亮。

一位美女叫李雯，比吴琼稍高一点儿，身材偏瘦。从她进门传递给黄涛的媚眼与柔情，吴琼就大致判断出她与黄涛的关系。

另一位美女叫朱文丽，个子同李雯差不多高，只是身体略比李雯饱满，身形自然没有李雯那么凹凸分明了。她是跟在李雯的身后进的门，吴琼一眼便瞧出她是陪李雯而来的。

两位美女一落座，黄涛就来劲。这就是当初吴琼为什么选择陈实而没有选择黄涛的缘由。当然黄涛也明白这一点儿。但是，黄涛不明白一个女人寻找依靠时，她的嫉妒心会在关键的时候起关键性的作用。

似乎就在黄涛进入那种忘我的状态时，李雯反而变得文静。

虽说同吴琼是第一次见面，但今天是黄涛请客吃饭，李雯自知她算得上是半个主人。她的文静中隐隐约约含有一种高高在上的，拒人于千里之外的冷漠，让吴琼很是不爽。倒是朱文丽与李雯形成了鲜明的对比。朱文丽并不顾忌她那陪客的身份，大有喧宾夺主的架势，不仅自斟半杯白酒，而且快人快语，对吴琼说，今天又认识了新朋友，并拉着吴琼的手谈这谈那，最后两个人还互换了对方的手机号码。

在与朱文丽的说笑间，吴琼没忘注视陈实。

自从陈实跟黄涛搅和到一块，吴琼发现陈实越来越变得像黄涛，满嘴酒味，满嘴高谈阔论，给人全是口是心非的印象。

可能是黄涛的工作交友广泛，让他练成这副见人说人话、见鬼说鬼话的嘴脸。但陈实不同于黄涛。陈实是一个玩技术活的人，需要的是诚实和踏实，否则哪能静下心来搞发明创造呢？毕竟发明创造不是靠嘴吹出来的，更多的时候必须亲手斩断与外界的联系，像老僧面壁那样，挖空心思悟出其中的奥秘，找到其中的窍门。

不过，在今晚这种特殊的聚会场所，吴琼转而理解了陈实。

之所以能够理解陈实，是因为吴琼知道陈实的酒量确实比黄涛差远了。但是，陈实代表吴琼感谢黄涛的盛情款待不是用酒量来衡量的，而是用真诚来衡量的。不然陈实也不会性子急，硬是拉着黄涛干杯，并把持酒瓶，把瓶里剩下的酒与黄涛对半分。

连黄涛都咋舌惊叹，有了吴琼，陈实就有了源源不断的动力。那么今后一定要好好地审视陈实，免得看走了眼。尤其是今后要多留意，千万别像今晚这般苔①喝酒，无缘无故地上当，吃他的闷亏。

其实，谁都懂得，每个人的行为都会随着不同的境遇而变化。随后，当陈实语无伦次时，吴琼的第一想法是陈实必定喝醉了。当吴琼伸手过去抢夺他的酒杯时，陈实一手拦住她，一手握着酒杯，说自己没有喝醉，非要把酒杯里剩余的一点儿酒喝完，并振臂高呼，喝完酒就去"量贩KTV"唱歌。

同陈实相识、相知、相爱这么多年，吴琼还是第一次看到他在这么多人的面前毫无忌惮地将自己放开。

自己的到来，给他提供了一个崭新的环境，他难得像这样洒脱一次，还阻拦他做什么呢？吴琼赶紧缩回手，让陈实一口喝完了杯中的酒。

陈实喝多了酒，脸颊泛红，两眼放出朵朵金花，控制不住自己的性情，随意地挥舞着手臂，大放厥词，指责在座的每一个人都墨守成规，因循守旧，回到了远古的年代，而不是生活在现实之中。生活在现实之中的人就应该适应这个社会，顺应这个社会的发展潮流……

---

① 苔：方言，傻。

为了解释清楚这个问题，紧接着陈实打了个比方，鼓吹现代的年轻人不要像上辈人那样天天为存钱而疲于奔命，而是要学会透支消费，用透支消费来激发人的潜能，诱人去努力拼搏，否则就没有按揭买房、按揭买车等等之说了，更不会有决策者用这些手段来刺激人的消费欲望，推动经济发展了。

当大家纷纷鼓掌称赞陈实说得有理，并进一步跟陈实较真，追问他下一步该怎么做时，陈实却显得很荒诞，一头伏在酒桌上，鼾声大作。大家面面相觑，知道去"量贩KTV"唱歌没戏了。

从汉口返回纸坊的途中接到吴琼打来的电话，得知陈实在艳阳天酒店喝得烂醉如泥，吴青瑜开车把老板一送回家就立即赶了过来。

将近有大半年的时间没同哥哥见面了，看到哥哥急匆匆地来到面前，吴琼竟然以为她是在做白日梦。她一边用手轻轻地拍打陈实的后背，让他稍稍感到好受一点儿，一边泪光闪现，与吴青瑜相视一笑，亲热地喊了声哥哥。吴青瑜瞧见吴琼清瘦了不少，便嗯了一声，心疼她，叫她注意保护自己的身体。

有哥哥在身旁，吴琼立刻意识到她在纸坊有了另一个可依靠的人，便更加显得开心和满足。

在这期间，黄涛把李雯和朱文丽送出了酒店。

站在酒店的门口，同她们话别后，黄涛掏出手机一看，快九点了。

时间不早了。黄涛惦记着陈实，就转身快步回到房间。黄涛看到陈实醉得紧闭牙关不省人事，为了保险起见，同吴青瑜商量后，就一人站一边，架起陈实的胳膊，把陈实拖上车，直接送到医院打点滴。陈实一路哼哧着，喘着粗气，说着谁也听不清的胡话。这可急坏了吴琼。要不是吴青瑜安慰她，开导她，吴琼几乎哭出声来。

看到陈实像患了重病，一动不动地躺在病床上，吴琼无论如何都没有想到，也没有做好这方面的心理准备。她红着眼，坐在陈实的身边，不知是埋怨自己还是埋怨谁，为什么她到纸坊的第一个晚上就要陪伴陈实在医院里度过？

到后半夜，变了天，起了风。

风独自陶醉在黑夜中，像乐手手持萨克斯在窗外吹得呜呜地响，似乎对这夜已经发生的事，或即将发生的事，全然不顾。风感染了在这夜里不想入睡的人，以及那些没有进入梦乡的人，让他们夜不成眠。特别是像吴琼这样的人，她感到风像响在病房里，响在她的心间，把她到达纸坊的喜悦全都领走了，人也跟着沮丧起来。

还算好，有黄涛和吴青瑜陪伴，吴琼略感欣慰，心也踏实了一些。

病房里有两张床，对面的床空着但没有铺被褥，床垫上斑斑点点的污渍在灯光的照射下格外显眼，令人不快。但到了午夜，黄涛和吴青瑜实在是熬不住了，也顾不上那么多，龟缩在上面没过多久就睡着了。

渐渐地，他俩吐出细微的呼吸声。

慢慢地，他俩细微的呼吸声盖过了窗外的风声，给吴琼的内心注入了一丝丝安全感。这种感觉，如同点点滴滴的药水，通过身边那长长的针管，流进陈实的血管，给陈实带来的细微变化一模一样。

陈实脸上的紫色逐渐消退。吴琼知道，陈实最糟糕的时候好歹挨过去了。撇开刚才那种感觉，吴琼的心中又额外涌上几分惬意。

直到打完两瓶点滴,陈实才醒过来。

迷迷糊糊地睁开双眼,望着眼前的景象,陈实伸手摸了摸吴琼的脸,却没有对吴琼说声对不起,或说声谢谢,就独自笑了起来。他笑得吴琼都感到莫名其妙,不禁拍了一下他的手,害羞地背过身去。

吴琼不知道,陈实笑的是这种喝醉酒的感觉真爽。似乎只有喝醉了酒,他才能寻找到这种超然的状态,游离于生死之外,心随野水,风尘千里,通达江海。因此,陈实的笑声含有几分得意,含有几分自欺欺人,也希望他今后能像这晚多喝几次酒,醉生梦死几回。

陈实笑久了,笑傻了,面部开始僵硬,笑容扭曲得像麻花,惹得吴琼回过头来重重地拍了拍他的臂膀,一个劲儿地嘲讽他不知天高地厚,他今晚喝醉酒的事一定会被人看成是笑话的。

稍作休整,吴琼才把黄涛和吴青瑜叫醒。结完账,趁天未吐白之前,他们四人一起离开了医院。刚出医院的门,吴琼便发现外面的风变小了。不过,风中夹杂着点点雨水,像晨露降临,在昏黄的街灯下悄然改变着天地,也改变着他们。

如果不是第二天上午吴青瑜见缝插针,趁老板下车办事时就偷偷在车上睡懒觉,老板也不会发现他这种异常的变化。

可一旦涉及行车安全方面的事,老板从不马虎。问起原因,吴青瑜原封不动将昨晚发生的事向老板做了汇报。老板听后觉得他们几个人在纸坊谋生不易,更为他们兄妹俩大半年才见一次面,差一点儿因为自己有事耽误他们兄妹俩相聚时,感触颇多。最后,不管吴青瑜同不同意,老板当面许诺,晚上在万利达凯瑞国际大酒店摆设宴席,请他们兄妹俩吃饭,并委托吴青瑜代他邀请昨晚与他妹妹一同吃饭的人都来赴宴,再热闹一回，以便弥补他不知情的过错。

吴青瑜做梦也没有想到老板要请他们兄妹俩吃饭，一时竟然热泪盈眶，忙不迭地掏出手机打电话，将老板的盛情及晚上吃饭的时间、地点一一告诉他们。

企业家是老大。只要是老板请客，除非出现意外的情况，一般大家都会赏光。所以，晚上赴宴的人一个都不缺。

这当中，最兴奋的要数吴琼。她接到吴青瑜的电话，得知是她哥哥的老板请她吃饭时，顿时就觉得她哥哥有能耐，有面子，在纸坊混得开，她本人也跟着显得风光无限。

为了赴宴，到了下午，吴琼特意跑到中心百货买了一件红色的套裙，套在外面。这件套裙恰好掩盖住她那刚刚凸起来的肚子，让陈实看到都惊讶不已，从心里佩服她越来越有贵妇人的气质，也越来越会过日子。

让陈实更为惊讶的却在后面。

自从坐上酒桌的那一刻起，陈实就留意到老板瞧他的眼光很特别，从中好像透露出这次宴会不是宴请吴青瑜兄妹俩，而是专门请他吃饭似的。而且老板每次开口同他说话，都像非常了解他。老板甚至自诩，在整个纸坊，除了他这个老板，没有什么人知道陈实在医疗器械这一行拥有十七项发明专利。

这句话，或许是老板酒醉之言，或许是老板故意说给陈实听的。但谁都看得出，老板是个当醉则醉、当醒则醒的大明白人，即便他醉了，心里也是明白的，他能乱说话吗？这使得在座的每一个人都情不自禁地瞪大眼睛，望着陈实。连朱文丽都摇着头，不相信似的拉了拉吴琼的胳臂，悄声问她，这是真的吗？吴琼装疯卖傻，也跟着说了句，这是真的吗？

刹那间，房子里静得连室外的风声雨声和沿街的喇叭声都听得见。

不用猜测，陈实知道了，这些都与吴青瑜平时没有封紧嘴巴，向老板透露了自己的一些秘密有关。

殊不知这十七项发明专利，既是他的骄傲，又是他的苦痛。他穷尽所有的积蓄与才智，忍受所有的寂寞与酸楚，换来的却是四处碰壁，所有的专利被束之高阁的命运。发明专利不能当饭吃，不能当衣服穿，更为致命的是，他认为自己江郎才尽，无法更上一层楼，发明创新出更多的东西。但人活在世上，得活命啊。为了生活，为了减少不必要的烦恼，为了避免给吴琼带去不必要的烦忧，他能不向命运低头吗？他之所以跑到纸坊这个人生地不熟的地方来，就是为了忘记过去，过一个普通人那样无忧无虑、无拘无束、自由自在的生活，挣点小钱以便将来回荆门去养家糊口。而吴青瑜泄露了他的秘密，他能不气愤？

这时，陈实瞅见吴青瑜正拿着酒杯，直僵僵地站在对面，像向他赔罪似的，这反而使他明白了，自己又怎能在这种场合在这种情形下去责怪吴青瑜呢？陈实只得打破沉默，连声对老板说道，他哪有那么聪明，他哪有那样的好事。然后举起了酒杯，连说惭愧，惭愧。

由于大家都知道陈实昨晚喝多了酒，被送到医院输液的事，所以酒桌上没有一个人强求他多喝酒。但是，碍于情面，陈实还是斟了半杯酒。出于礼节，陈实诚心诚意向老板敬酒。老板好像来了兴致，一边说这酒非得喝不可，一边掉头夸奖陈实和吴琼是天生的一对、地造的一双，非要同他们夫妻俩一起碰杯喝酒，吴琼连忙起身作陪，房间里又有了掌声、笑声和觥筹交错声。

酒喝到一半，老板附在陈实的耳边轻声地问那么有才华，为什么不跑到北京上海去，而跑到纸坊这个小地方来，甘愿龟缩在一家企业，做一名技术人员呢？

陈实下意识地放下酒杯，用手摆弄着，他几乎连目光都没有抬起，就把老板整个人看了个通透似的，但终究是盛情难却，便爽快地给了老板一个答案——天下之美，上有天堂，下有苏杭，除了北京，就是纸坊。生怕老板一时理解不透他所打的比方，陈实又进一步解释，他确认那家公司虽不怎么知名，也没有多少拳头产品，但公司做得比较实在，也做得相当专业，发展前景相对光明，恰逢公司招聘技术人员，他在网上报名应聘，没费多大劲就被录用了。

老板毕竟是个五十岁的人了，显得十分沉稳，没有过多地计较陈实的异常表现和言语上的轻狂，反而像格外关心陈实似的，笑着问，就这样蜗居在那家企业，既浪费光阴，又糟蹋自己的天资，为什么不跳槽呢？

陈实最忌讳别人问他这个问题，因而不愿意回答老板提出的这个问题。他淡淡地说，合理的待遇、合适的岗位和与之相宜的事业，三者缺一不可，这就是企业吸引人才的法宝。

老板相信，陈实是有感而发的。老板不相信，是由于陈实的话中夹杂有乌托邦式的理想成分，仿佛陈实说的全然是梦中的新鲜事。老板若有所思，不由得脸色渐渐地发紫、发暗，像是喝多了酒，喝醉了酒。

接下来，之所以产生尴尬，出现冷场，恐怕是因为老板对纸坊太熟悉了。

扳着手指数来数去，纸坊只有那几家企业，只有那几个老板。老板不仅知道陈实所在的企业，而且同那家企业的老板是熟人。老板绝对知道纸坊不可能有如陈实所描述的那样的企业。此后，老板彻底坐不住了，对陈实表现出的清高产生了一定的反感，觉得与陈实没有继续将这个话题谈下去的必要。老板端着酒杯，迅速转身，转而开始给吴琼她们讲一些喝酒方面的趣事，找些乐子。

老板讲笑话时，脸色变得同先前完全不一样。从他脸上散发出来的完全是酒醉后的奇光异彩。渐渐地，老板成了宴席上众人拥簇的中心，使得老板忘记了陈实的存在，使得在座的每一个人都忘记了陈实的存在。

陈实像喝醉了酒，也忘记了自己的存在。

陈实不记得这天晚上，散席后，他同老板辞别，说再见之类的客套话了没有。

当时，雨下得很大。在酒店霓虹的映衬下，像从天上落下瀑布，把酒店门口的人冲得七零八落，人们一窝蜂散去，转眼间只剩下两三个保安穿着雨衣，站在酒店的门口值勤。

吴琼肚子里怀有自己的骨肉，陈实怕她淋雨，发热感冒，影响胎儿，着实不敢大意，就拥着吴琼退回了酒店。在酒店大堂里坐了很久，等雨稍小点，才叫保安帮忙叫来一辆面的。他俩是坐面的回家的。

刚到家门口，陈实就接到吴青瑜打来的电话。吴青瑜向陈实解释，他开车送老板、李雯、朱文丽等人回家，掉头和黄涛返回酒店送他与吴琼时，却不见他俩的人影，便打电话问他俩到哪儿去了？陈实说坐面的回家了，吴青瑜和黄涛随后赶到他的家中。

陈实的家在南洋花园。

缴了二十万元的首付，购得房屋后，陈实着实动了不少的脑筋，他自己设计，自己动手，将大客厅和三个房间打通，隔成九个小间，除了自己留一小间居住外，其余的统统租给打工的人住。光靠收租金，陈实一年可收两万块钱。像当初预算的那样，这笔钱足够他用于偿还贷款。

陈实住的房间最小，一张书桌和一张双层的单人床挤占了一大半的空间。吴青瑜和黄涛进门后将就着在床边落座。已是晚上九点钟了，这时正是租房的人归巢的时间。他们的脚步声轻重不一，喘息声轻重不一，陈实他们四人挤在一间小房子里面，不禁降低了话音，生怕惊扰他们。

这么晚了，吴青瑜和黄涛赶过来不为别的，就是问陈实，是不是如他前几次所说的那样，只要吴琼来到纸坊，他就会铁了心随吴琼一起离开纸坊。

像未卜先知，陈实确实有一种强烈的预感，吴琼到了纸坊，他就会离开纸坊。但是，他离不离开纸坊，与吴琼有关系，与他俩有什么关系呢？陈实觉得他俩替他操心过头了，原本想就此反问他俩，可想起以前他曾经说过类似的话，便封住了嘴，把这些辛辣刺激、不利于团结的话留在心底，封存起来。

在吴琼没来纸坊之前，陈实在纸坊的世界本来简单明了，每天在公司干完活就心安理得地回家，如果想念吴琼到了实在难以忍耐的时候就挂个电话，多聊几句恩爱的话。吴琼来了，这两天，他有时间，除了和吴琼腻在一起，什么都不想。可是，吴青瑜和黄涛居然想得比他还多，还生动，还富有挑战性。陈实顿时觉得受了委屈，嘿嘿嘿地干笑几声，没有正面作答，只是推说吴琼刚来，让吴琼在纸坊多待两天再送她回去。黄涛和吴青瑜都黑着脸，责怪陈实对他们藏着掖着，没有说真话，并一再地提醒陈实，他们在今晚都得说真话。

黄涛第一个发言。他坦言，他们是一起从荆门来到纸坊的，但他们不可能再一起离开纸坊，至少他不会陪他们离开纸坊。

无须黄涛多言，陈实也知道这其中的缘由。

自从黄涛考取了公务员，端上了铁饭碗，陈实就洞悉到了，他们再也不可能回到过去，像过去那样过饥一餐饱一餐的流浪生活。况且如今在纸坊，还有一个如花似玉的李雯盯上了黄涛。那个李雯可是有靠山的，听说她家里有四五套房子，她家什么都不缺，缺的是倒插门的女婿。假如黄涛入赘，他们都为他高兴，他又何乐而不为呢？

轮到了吴青瑜。他迟疑了半天，才结结巴巴地说，如果他将来有一天同朱文丽在纸坊成家，那他也不会离开纸坊。

倒是吴琼一惊，到这时才弄清朱文丽为什么同她一见面，就亲近她。原来朱文丽跟哥哥有这层关系，她不禁替哥哥高兴，望着哥哥笑了起来。

可陈实依然面无表情，摆出一副旁若无人、唯我独尊的样子，不吭一声。这立即引起了黄涛强烈的反感。

黄涛可不像吴青瑜，处处都因为顾及吴琼的面子，不便在陈实的面前多说半句话。黄涛霍地起身，气鼓鼓地冲着陈实说，小时是兄弟，长大各乡里，何况是朋友呢？言毕就转身要走。

吴青瑜一看他俩情绪不对劲，就赶紧起身打圆场。他用左手拉着黄涛的胳臂，用右手拍着黄涛的肩膀，说，今天晚上他俩可是一起来的，要走可得两人一起走。说完话，反身用劲将黄涛按在座位上。

到了这种窘境，无须陈实开口说话了。即便陈实不开口说话，黄涛和吴青瑜都知道陈实给出的结果，只不过他们实在是不知道陈实到底为什么要走，什么时候走，将去哪里。他们估计陈实一时也不会给出这个答案。他们唯一能做的，仅仅是坐着不动，并耐心地等待。

然而，陈实并不像他们预判的那样。

陈实口口声声说是要离开纸坊，其实他很迷茫，不知出路在何方。相反，在踯躅徘徊当中陈实切实感到自身的屈辱与无力，在顾此失彼当中，不知自己天天在做什么，即将去做什么。

陈实先是咳了一声，然后一点儿点儿地清嗓子，拔高声音，最后好比跟人赌狠，狠狠地说，他们提醒了他，他得离开纸坊，如果今晚太仓促了，那就改为明天吧，明天他先到公司去辞职，然后再回来收拾行李，卷起铺盖走人。

黄涛最不喜欢陈实用这种咄咄逼人的方式跟他们谈话，却又不知道该如何去劝说陈实，要他改变这种与人谈话的方式。就连吴琼坐在一旁都觉得陈实是在跟人赌气似的，将话说得过火了。

脚长在他的身上，他想走就走，难道是黄涛和吴青瑜逼迫他不成？但是，吴琼怕火上浇油，没有将这种想法说出口，而是缓和语气，轻轻地推了陈实，和颜悦色地开释，都是患难兄弟，不要动不动就板起面孔说气话，如果整天都这样吵吵闹闹，那还叫患难兄弟吗？

吴琼不说这句话则已，一经说出，大家不觉面面相觑，旋即不欢而散。末了，房间里只剩下陈实与吴琼，两个人背对背坐在床上。这样的较劲，使得两人都很困惑和愠怒。

下　篇

跟往年这个季节风和日丽的天气相比，纸坊今年的天气特别怪异，从五月中旬开始，就阴雨不断。

这天早晨，雨越下越大，一阵追赶一阵，一阵比一阵大。这可难倒了陈实，他得到公司去办他的事，没时间陪吴琼。尽管吴琼理解他,说外面下大雨,她就守在房间里全心全意地想他,不外出一步。

但陈实怎能忍心把吴琼一整天都关在这间小房子里呢?陈实不由得想到了李雯,想到了朱文丽,还想到了其他的人,可她们哪里抽得出时间来陪吴琼呢?末了,陈实想到了他现在所在公司的老板的"小三"。

她叫郑小莉。公司里的人都清楚,郑小莉原本是一位制药的技师,是个中规中矩的女孩子。

如今这个世界,像这样中规中矩的女孩子少有。就是因为少有,才特别引起人们的关注。如果没引起老板的关注,老板也不会在她的身上下功夫,使坏心眼,她也不会成为老板的"小三",更不会为老板生下一个儿子。

有了儿子,老板就有了传宗接代的人。有了儿子,郑小莉就有了护身符。老板愈发疼爱儿子,转头来也格外疼爱郑小莉,对郑小莉始终不离不弃。老板不止在一个场合信誓旦旦地说,他所做的一切都是为了儿子,他所有的财富都会留给儿子。郑小莉为此流下了许多感激的泪水。

日月如梭,一晃就过去了十多年,老板都快六十岁了。这么多年来,就是因为这件事,老板的结发妻子,虽说与他没离婚,但从不与他往来。他唯一的女儿,得到他一笔不菲的资助,拿到美国的绿卡后,也有三四年的时间没有回来了。这给郑小莉带来了难得的机会。公司里的人发现,自从成了老板的"小三",郑小莉立马变了,一方面无处不显示出对老板死心塌地,另一方面她在公司的地位迅速跃升。尤其是近两年来,好像已经坐上了老板娘的宝座,而且是四平八稳的。当老板出差时,她当仁不让就代替老板行使职权,全面照管公司。

郑小莉不像其他的"小三",只有一根筋,她可懂得伸缩自如。

在老板回公司后,她随即摆正自己的位置,退回到老板的身后。

对人来说,难的就是从幕前退居幕后。

然而,郑小莉好像天生就有这一套本领。老板看中的也是她这一点。郑小莉无事时就继续玩她的技术活,在公司里研制药物,把她骨子里的强势藏匿在沉静之中。

陈实也是个玩技术活的高手,他俩在公司里同行不同业,井水不犯河水,单纯搞技术,为此,彼此都有些敬佩的情愫存贮于心中。郑小莉也额外照顾公司里像陈实这些专心钻研技术的人员,他们的薪水都是她向老板提议而上涨的。

还有一点儿让陈实敬佩郑小莉的是哪怕她整天无所事事,她也不会在公司里四处转悠,像一些老板娘那样到处指手画脚。

陈实知道老板前几天出差,昨天回公司。有老板在公司,郑小莉定然会闲下来。

让吴琼同郑小莉在一起,陈实觉得既替吴琼找了个伴,也替郑小莉解了闷。何况吴琼是一个通情达理的人,郑小莉一定会对她另眼相看的。但是,转眼想到自己即将离开公司,只是目前还没有捅破那层窗纸而已,陈实不觉有些顾虑重重。郑小莉毕竟是同老板穿一条裤子的。

人世间最大的悲哀就是每个人都夜郎自大,自以为按照自己的设想能控制一切,其实事实正好相反。这不,就在纠结中,郑小莉打来电话,问陈实在哪儿,并说,老板要她开车来接他,找他有事。

这两年,在公司里形成了一个不成文的规矩,老板叫郑小莉开车去接谁上班,谁就会喜从天降,不是涨薪就是晋级。而且整个公司一年就那几次机会,不知有多少人踮起脚尖,伸长脖子,望穿双眼。

这天早晨,老板叫郑小莉开车来接自己上班?陈实有些纳闷，抠破脑壳都想不出老板嘉奖他的理由，却又摸不清老板葫芦里卖的是什么药。

陈实满腹狐疑。这不但迅速改变了他的想法，反而加剧了他挥刀斩断一切牵绊的决心。因此，在没有弄清事情之前，陈实决定不带吴琼到公司去，更不会让吴琼同郑小莉见面。转过头来陈实安慰了吴琼一番，就把吴琼一人留在家里，自个儿下楼了。

刚到门口，只见豆大的雨点噼噼啪啪砸在地上，溅起无数的水花，直奔陈实的裤脚而来，瞬间他的裤脚就湿了一片。陈实目测，这不像天气预报播报的那样今天是中到大雨，而应该是特大暴雨。

放眼远眺，整个纸坊都处在风雨之中。风追着雨，雨赶着风，风和雨携起手来追赶着压在头顶的黑云，给天地带来了一片浓浓的黑。这一大片的黑，像张牙舞爪的魔兽，逼迫陈实本能地朝门口退了几步。要不是此时郑小莉把车倒到他的身旁，喊他一声赶快上车，陈实还真怕走下台阶，走进风雨中，走进眼前的黑暗中。

到了公司，让陈实失望的是老板并没有接见他，代表老板召见他的是公司的副总。

整个公司也只有这么一位副总。这位副总是前些年从政府部门退休后被老板花高薪聘请来的。在公司里，老板信任他超过任何一个人，甚至郑小莉。单单从这一点儿来看，公司已相当器重陈实，陈实应当知足才是。可陈实好像被早晨的暴雨淋得生起病来，显得不那么热情。

副总坐在陈实对面，一直收敛着眼神，瞧着他含笑不语。但那笑中多多少少带有勉强的成分。即便这样，也比副总以往整日板着脸孔强十倍百倍。

不一会儿,郑小莉也来了。

副总好像事先得到了郑小莉的某种暗示,眼神陡然变得很热切,对陈实说,公司决定由郑小莉牵头,到襄阳去组建一家分公司,郑小莉特别器重他,点名要他辅助她,他可得做好思想准备。

来公司的路上,郑小莉在车上曾试探着问他,公司试图转型,准备把医药这一块剥离出来做大做强,可不可行?陈实当时一门心思考虑自己马上就要辞职离开公司了,公司今后向哪儿发展,怎样发展,既不是他考虑的事,也与他没什么关系,于是他不做思考,就随口应答,说行。现在回想起来,郑小莉当时所指的是这件事吧。

公司不大不小,处于发展阶段,但公司发展的速度却超出陈实的预判。直到这一刻,陈实都没有回过神来,根本没想到公司动作这么快,即刻准备开辟第二战场。当然,正如郑小莉分析的那样,到襄阳设厂,一可降低公司投资成本,二可得到更加廉价的原材料,三可把市场向陕西、河南等地拓展。

陈实学的是医药器械这一行,也把全部身心倾注在这一行。从大的方面讲,虽说这和制药有千丝万缕的联系,但终究不是一个行当,其差别也是不容置疑的。公司既生产医疗器械又制药,鱼和熊掌不可兼得。就在公司对发展取向进行评估,决定缩小医疗器械的开发转而扩大制药的规模之后,陈实才暗暗地做出离开公司的决定,陈实哪里想到公司会要他跟着转轨去帮助郑小莉制药呢?这时,心底里那种强烈的预感又涌上心头,陈实想,莫非天命注定,吴琼到纸坊,自己就得离开纸坊?难道真的有神灵保佑自己,推着自己迎来人生的又一个转折?

就在陈实在心中感叹之际,副总说出了结束语,叫他来就是为了这件事,如果他没有什么异议,事情就这样定下来。不等陈实表态,副总转而对郑小莉说他有事,示意她与陈实可以走了。郑小莉好像胸有成竹,笑着对副总说,既然事情定下了,那就按既定方针办吧。

陈实听了两个人的对话,总算明白了,在自己还没有明确表态的情况下,他们就草草决定了自己今后的命运,自己是欣然接受这种命运的安排,还是愤然站起来反抗呢?陈实脸上快速地现出一道道扭曲的皱纹,非常难看,非常吓人。可没有一个人看到他的脸色。就在他尾随郑小莉退出副总的办公室的时候,陈实遇到了几个公司的同事,他们或同他点头,或跟他打招呼,并没有表现出与往日不同的神色。

这天,在郑小莉的眼皮底下,幸亏黄涛及时打来电话,告诉陈实,李雯定于晚上请他和吴琼吃饭,陈实方才从烦躁中逃脱出来。

而郑小莉在一旁像是伯乐,像是大恩人,像施与他特大恩惠似的,叮嘱陈实抓紧时间,赶快做好各项交接工作。

要不是顶替他岗位的人已经到位,站在他的面前,谦逊地向他讨教,他才懒得动一下。他犹疑不决的是:要么赶快拍屁股走人,远走高飞,要么乖乖地听郑小莉的话,跟随郑小莉到襄阳去创业。

真正到了人生的十字路口,陈实方知自己不经意间犯了一个错误,他应该把他所面对的这个难题告诉吴琼,征求吴琼的意见,让吴琼帮助自己拿出一个对策。同时,他也知道老天有眼,在这关键的时候把吴琼送到他的身边,留给他足够的时间与空间,准许他改正这个错误。只是在这一刹那,他特别心烦郑小莉。郑小莉好像通晓他的心思,专门跟他作对似的,丝毫不给他这种机会。

在公司工作这么长的时间，陈实还从未见过如此心急气躁的郑小莉。

仿佛轻轻跨出一步就踏上了人生舞台的制高点，郑小莉高姿态高调地亮相，她变成了一个工作狂，一分一秒都不放过。

这可苦了陈实，郑小莉根本就不留给他思考的时间。就好比眼前，他手上的工作还没有交接完，郑小莉就三番五次派人过来催促他到她的办公室去，商量到襄阳办公司的行动方案。

陈实可不像郑小莉那般性急。他认为就是此刻他与郑小莉到了襄阳，正式开始筹办公司，她也得保持平常心，千万不能找不到水桶就随手拎个竹篮去打水。这想法直接体现在他的行动上，就是比郑小莉的要求慢三拍。郑小莉到他的办公室问他原因，他简简单单地搪塞她，说我不正忙着吗。郑小莉哑口无言，怀疑是不是自己选错了人。古语说得好，志不同，道不合，不相为谋。如果自己选中的陈实不是同路人，那么与他谋事，岂非与虎谋皮？

中午，陈实向郑小莉解释，说吴琼来了，他得回家去陪她。

郑小莉耐心地等了陈实大半天，且不说从工作角度出发，从管理与被管理的关系出发，就凭同事之间的感情而言，就凭她对陈实的信任而言，她以为陈实就是将就她，应付她，也会买她一个面子，却没想到陈实无情无义，说走就走。而且首次听陈实说他有了妻子，他舍弃工作都得回去陪他的妻子时，她一脸的诧异、一脸的无奈和无解。这直接给她造成了一种错觉，觉得兵马未动，粮草未行，内部却出现了军心不稳。在她看来，一切都没有她计划的那么周到，使她很快就对陈实由信任转向了不信任。

如此这般，决定了郑小莉接下来的种种做法。

匆匆忙忙跑回家中，陈实还没有将公司的动议跟吴琼说完，吴琼立马拍手称快，建议陈实跟郑小莉一起到襄阳去办公司。吴琼的理由非常简单，无非是人往高处走，水往低处流，哪个地方亮堂就往哪个地方走。

吴琼的建议并没有出乎陈实的意料。但是，陈实匆匆忙忙跑回家一趟，并不是想听吴琼的这些浅薄的建议，他想听的是吴琼的一些另类的，或者说是一些别出心裁的看法。陈实还没有将他这种想法完全地表达出来，吴琼就大发感慨，什么襄阳的山水远比纸坊美丽，襄阳的天空远比纸坊广阔，否则诸葛亮也不会跑到那儿去隐居，去等刘备三顾茅庐。直到看见陈实现出不悦之色，吴琼才故作镇定，劝导他，随郑小莉到襄阳去建新厂，郑小莉肯定不会亏待他的，最起码会给他涨薪水，提高他的职位，人嘛，适应了新的环境，也一定会跟着变的……

听完这话，陈实觉得吴琼是在跟那些天天想升官发财的人说话，而不是跟他这般清心寡欲的人说话。他本来想反问一句，襄阳跟北京、上海相比又如何呢？但这句话在肚子里转了一圈又一圈，最终也没有说出口。因为吴琼说的是实话，而他终究吃五谷杂粮，不是生活在空中楼阁。就好比这天气反复无常，整个一上午都是倾盆大雨，浇得人心情郁闷，而到了中午，出了太阳，仿佛给人带来了向上的动力。

可能是刚下过雨，经过太阳的照射，地面上的雨水迅猛蒸发，瞬间天气变得异常闷热，加之房间又小，空气难以流通，人待在房间里，好似温水煮青蛙，感到又闷又热，稍微一动额头就渗出大把大把的汗水，接着像霉运降临，眉头一阵猛跳，他差一点儿透不过气来。

这可不是陈实追求的状态。

陈实十分渴望在这一刹那获得一种自由随意的状态，以便他的灵魂在他梦想的空间中无序地飘移，与他心灵的脉动产生共振，可吴琼在一旁打断了他，撒娇道：我还没吃午饭，我和肚里的孩子饿了。

　　吴琼那凄楚的样子，让陈实几乎流出泪来。

　　下午，像有人举枪顶着他的后背，在枪的威逼下，走上刑场一样，陈实走进郑小莉的办公室。还没有开口跟郑小莉说话，陈实就发现他的脑袋僵硬了，机械了，无法按照他的意志运转起来，郑小莉说了半天，陈实也回答不了她提出的问题。

　　或者，实事求是地说，直到这一刻，陈实根本就没有考虑过郑小莉提出的到襄阳如何办公司的那些事。

　　郑小莉纳闷起来。

　　不说其他的，就在今天上午，副总跟他谈了话，指明他今后该做些什么，她也一再地找他，说明了他们奋斗的目标，可他却漠不关心，呆若木鸡，她实在摸不清他到底在想些什么？难道真的是她看走了眼？难道他真的放弃这来之不易的机会？转瞬，郑小莉的眼中下意识地闪现出一丝丝蔑视的目光，隐含着舍陈实而去的意味。

　　恰巧，陈实正抬眼瞧郑小莉，浑然不觉就陷入她蔑视的眼光之中，挣扎着。

　　像陷入一片茫茫的沼泽中，越挣扎陷得越深，求生的欲望越强烈。终于，陈实被郑小莉蔑视的眼光彻底激怒了，心中也被催生出一股英勇抗争的快感，以至于连他都不知自己是有意的，还是无意的，张嘴就说出了一句石破天惊的话：虽然公司相继做了一些前期论证工作，对在襄阳建厂有了一个定论，但那些只是一种设想，同现在大家坐在这里高谈阔论一样，谈得再多都是假设，如果不到襄阳去了解一下实际情况，有的放矢，那谁都不是神仙，谁又能拿出既有针对性又有可操作性的方案呢？

说心里话，郑小莉明知陈实说的是应付她的话，她也格外不喜欢别人当面说这种应付她的话，可扪心自问，陈实这话说得靠谱，在她的心中激起了千层浪，而且一浪追逐一浪，不休不止。是啊，他们到襄阳去办公司，到底该怎么办呢？假若不到襄阳实地运作，而是坐在纸坊纸上谈兵，怎能建成工厂呢？

在心里发出这番感叹后，郑小莉才感觉到自己的心绪同自己的头发一样有几分凌乱。她随手捋了捋头发，仿佛理顺了思绪，又顺便揉了揉眼睛，宛若在眼前揉出了几分光亮，她斩钉截铁地对陈实说，明天就去襄阳！

郑小莉的话一说出口，陈实就傻了眼，摇头晃脑，有些不相信。望着陈实惊慌的样子，郑小莉反而显得更加沉稳，不紧不慢地补充一句，明天就去襄阳！

到襄阳去，明天就到襄阳去！陈实在心里嘟哝几声，便把这一天发生的所有事在头脑中重新梳理了一通，发现自己一个下午都是在发现的过程中度过的。他不仅发现自己歇斯底里，而且发现郑小莉更歇斯底里。

晚上，或者说是照顾陈实的情绪，或者说是被陈实的真诚邀请所打动，郑小莉饶有兴趣地参加了李雯的宴请。

郑小莉的到场，无形之中让大家既诧异又兴奋。

最诧异的莫过于吴琼。郑小莉身上那种少妇特有的艳丽与她身上逗留的少女般的稚嫩形成了鲜明的对比，足以让她自惭形秽，少了几分自信，更有了几分怕自己的男人被人抢走的担忧。然而，郑小莉口口声声宣扬自己是穷人，说吴琼是富人，用穷人见富人做比方,称赞吴琼,着实让吴琼沾沾自喜,却又摸不着头脑。

最兴奋的莫过于李雯。郑小莉对她的恭维使她慢慢地脱掉了文静的外衣,足以使她的情感像冰冷的河面开裂,冰冷的脸上多了几片血红,令黄涛都惊叹这是不是他所追寻的李雯。然而,只有李雯和郑小莉两人心照不宣。因为郑小莉的老板与她的父亲是朋友,郑小莉是为了巴结她的父亲而死命地拍她,或许其中藏有许多不可告人的秘密。

可这一切并不能说明郑小莉今天晚上好像吃了兴奋剂,十分亢奋,心里有几多高兴,只不过是这种特殊的场景提醒了她,她既然来了,她就得捧场,给足陈实面子,让他高兴。

在座的大都年纪相仿,二十多岁,唯独郑小莉过了三十,比他们大几岁,但看起来她比他们成熟不少,所以当郑小莉掌控了酒席上的主导权时,大家均无异议。闹到疯狂时,大家都莫名其妙地喝了不少的酒,从中可见郑小莉老辣,掌控能力非同一般。但这些都没有逃过陈实的眼睛。陈实清楚,除了吴琼因有身孕没端酒杯,这当中就算郑小莉喝得最少。

郑小莉显然预谋好了,当大家喝得迷迷糊糊时,她敲响了退堂鼓,借口有事便辞别。不过,在临走之前,她佯装喝醉了酒,结结巴巴地抛出一段话,前半截大概是说她明天晚上请吴琼吃饭,在座的一个都不能少,后半截则是对陈实提出的要求,要他好生准备一下,明天上午随她一起到襄阳去。

郑小莉的话前后矛盾,像喝醉酒的人说的酒话。但是,酒桌上的人,除了陈实,没有一个人真正知道其中的微妙。大概郑小莉说的是请吴琼吃饭,所以,除了吴琼,没有一个人将她的话装进心里。

就在大家突然陷入沉默,不知所以然时,陈实冷不防从嘴里冒出一句，吴琼才到纸坊两天，他得陪她，过几天再说吧！

这话他曾经对黄涛和吴青瑜说过，今天他同样对郑小莉说。可郑小莉并不像黄涛和吴青瑜那样当真，同他计较，她只是侧身，微微失望地望了望吴琼，转而啧啧称赞吴琼，并挥起右手，握紧拳头，向吴琼示意：一个男人是以事业为重，还是以家庭为重，这一定要由他的女人来决定，她一定要把这个决定权牢牢地掌握在手中！假若一个女人不把她的男人管住，让他放任自由，那将来一定会变野的，野得她无法管住他。

吴琼哪里想到郑小莉会将这把火烧到她的身上。为了陈实，她很想附和郑小莉，郑小莉却连忙挥手止住她。郑小莉声色不露，以退为进，说道，大家喝酒，大家喝酒，就退出了房间。

只有喝醉了，陈实才有一种错觉，认为吴琼是一个不懂脸色的女人。

吴琼的想法和陈实截然不同，她认为不给陈实一点儿脸色看看，陈实就会不思进取，散淡下去。所以，他俩一走出酒店就发生了争执。

他俩争执的诱因无非是郑小莉离席时说的那句话。

陈实借着酒劲，既目中无人又强词夺理地说，吴琼不是郑小莉，不是他的顶头上司，凭什么吴琼能决定他的未来？凭什么吴琼说什么他都得洗耳恭听？

没料到这句话激怒了吴琼，她指着陈实，理直气壮地说，哪怕陈实有天大的胆，有天大的本事，也不敢跟过去切割，单独一人正视未来。她还赌气地说，不管她是人是鬼，他俩走到了如今这等地步，他就得听她的，不信走着瞧。说罢便甩开陈实，单独一人朝前直冲。

纸坊的夜晚灯火辉煌，繁华得像大都市。但纸坊处于发展过程中，城郊集镇那些陋习没有得到根治。尤其是在这样的夜晚，人多车多，人车混杂而行，稍不留神就被汽车的急刹声、行人的尖叫声吓得心惊肉跳。而像吴琼这样的孕妇，在人车中间穿梭，本来应该懂得珍惜自己，保护自己，可她气上心头，失去理智，一阵子乱蹿，没吓着自己，倒把周围人都吓蒙了。

陈实更被吓得六神无主，紧紧尾随在吴琼的后面，几次想拽住吴琼的手，想把她拉到路边，却都被她挣脱了。陈实知道了，要让吴琼回归理性，他不对她低头认错是行不通的。故此，他亦步亦趋地跟在吴琼的身后，像小学生向老师做检讨，先是装着心虚的样子，然后才信誓旦旦地表决心：他陈实只听老婆的话，跟老婆走，明天就随郑小莉一起到襄阳去创业！吴琼这才放慢脚步，让陈实拽住她的手，把她拥入怀中……

说来也怪，一觉醒来，郑小莉就改变了主意，把到襄阳的时间往后推了一天。陈实问她原因，郑小莉好像气呼呼的，没哼一声就关了手机。

一个充满希望的早晨，就这样被郑小莉一句话给毁掉了。陈实满脸乌云密布，充满疑惑。

在这世界上，有好多事情稀奇古怪，你碰上就碰上了，但你想死都想不出是什么原因。就好比纸坊的五月天，一时晴一时雨。就好比吴琼那张滚圆的脸，一时雨一时晴。令陈实左右为难的是，在同郑小莉中断通话后，吴琼硬是抱着他不松手，娇滴滴地在他的耳边嘀咕，下雨了，多睡一会儿吧。

果真房外下起了雨，好似从天上掉下了沙石，噼噼啪啪作响。陈实听着响声，知道吴琼需要什么，可碍于吴琼鼓起来的肚子，他只能勉强而为之。

这场豪雨下了差不多大半个上午，陈实顶着雨跑到公司时已经过了十点。

这可说是他平生第一次迟到，而且迟到得这么晚，陈实总感到门缝里有一双双眼睛盯着他，盯得他心里发怵。

还算好，原先的工作已经交接，办公室也腾出来给了继任者，而新的工作还未进入正轨，别说办公的地方，就连落脚的地方都难以找到，更甭谈像往日那样有人清点他了。要是早知这样，在家里休息一天也无妨。想到这里，陈实给郑小莉打了一个电话，还未将自己回家休息一天的想法告诉她，郑小莉就像有急事，只说了句等一会儿她会找他的，就挂断了电话。

公司里一个萝卜一个坑，每一个人都忙于手中的活，陈实无所事事，也不便干扰他们，就像个小偷，从侧门蹑手蹑脚溜出了办公楼。

这时，乌云正飘过头顶，雨停了。

从天空钻出几道白光，眼前突然宽阔了许多。慢慢地，起了点凉风，一股股新鲜的空气混杂着雨水的清新扑面而来，让人有了怀念与向往的感觉。陈实闭目接连做了几次深呼吸，那些新鲜的空气好似找到了进入快乐场所的通道，急速涌进肺腑。他仿佛脑门开窍，灵魂游离出自己的肉体，在纸坊的上空盘旋了几圈，然后飘向天堂，飘向自己的理想王国。

陈实想，他这两三年在纸坊漂着，恍若就这么飞了一回……

没过多久，郑小莉就给陈实回了电话，叫他赶快到她的办公室去。

然而，陈实好不容易才找到一种游离的状态，仿佛他的灵魂仍在空中逍遥，陶醉在一种若即若离、说不清道不明的幸福中，虽然他接听郑小莉的电话时嗯啊有声，却并没听郑小莉的指令去他的办公室。

陈实梦游般的状况彻底激怒了郑小莉。郑小莉再也不像先前那样对他客客气气、礼让三分。如果再那样对他客客气气、礼让三分，不免显得她太柔弱了，太没有威信了，那么她今后如何让人信服她能掌舵公司呢？

发起怒来的郑小莉阴沉着脸，像个泼妇，口无遮拦，什么难听的话都在电话里讲了出来。这当中，她讲得最重的一句话，说得最实在的一句话，也是击中陈实心坎的一句话，就是强扭的瓜不甜，强求的姻缘不圆。

陈实不过拖延十多分钟，郑小莉就大发雷霆，这在与郑小莉的交往中是从未有过的事。陈实知道这当中肯定有原因，但他还没有摸清来龙去脉，郑小莉就啪地挂了电话。恍如从噩梦中惊醒，陈实着实吓了一跳，心想，一定有什么急事等着他。陈实丝毫不敢怠慢，慌慌张张一阵小跑。当他喘着粗气，火急火燎地赶到郑小莉的办公室，听到的是郑小莉的厉声怒斥，什么不想去襄阳就直接跟她说，又何必跑到老板面前搬弄是非，说他专于医疗器械的发明创造，而对制药这一行却是门外汉，要他到襄阳去搞制药，是她乱点鸳鸯谱，在公司里造乱等等。

突然被淋了一头的雾水，陈实一怔，刚准备申辩两句，说他这几天连老板的面都没见到，他又怎能对老板讲那些无中生有的话呢？但郑小莉好像陷入了一种疯狂与失望之中，不容置辩，又声色俱厉地对陈实叫嚷，不想去襄阳就算了，想干什么就去干什么，别站在她的面前烦她。

陈实觉得郑小莉无中生有，把话讲得太过分了，不觉心中升起了一团怒火。不过他是个明白人，从郑小莉的脸上始终找不出一点儿阴谋和奸诈的痕迹，同时又一时找不出任何证据来证明他是无辜的，所以，陈实显得比犯了错误的人还着急，很想拍拍屁股，一走了之。

但是，在命运的赌桌上，不在乎输赢的人，运气总是不会太差的。陈实通晓这个道理，也晓得自己在这个时候着急是没有用的。愤然离去也于事无补。目前最为关键的是他得忍耐，并放松自己，避免火星撞地球，从而让局势降温，让郑小莉冷静下来。

要使郑小莉冷静下来，最好的办法莫过于消除心中的怒火，静下心来，耐心地等待。

人都一个样，发了一通脾气，怒火自然会消退。果不出所料，郑小莉恼怒了一阵子就消了气，脸色也平和了。可消了心中的怒火，发现陈实仍然像根木头站在自己的面前，没多大反应。

郑小莉知道，生活中确实有一种男人，在这火气冲天的场合，从表面上看，显得很大度，很绅士，其实那是一种最没主见的男人，总用隐忍、旁观的姿态伴随别人的生活而生活。自己挑选的陈实也是这种男人吗？这样的男人堪当大任吗？

或许被陈实的沉默刺痛了，郑小莉从怀疑中苏醒过来，即刻回味她刚才的一番言辞，发现她想得过多了，跟陈实计较得过多了，同时也隐隐感知事情并不像她所想的那样，这其中肯定有蹊跷。

有了这层妥协退让的心理，郑小莉开始冷静下来。从昨晚的晚宴上跟陈实分手到今天清晨自己给陈实打电话，前前后后就这么短短的一段时间，陈实哪有机会去找老板谈那些事呢？何况昨晚老板回来得较早，老板是和她睡在一张床上，没有发现陈实来找老板呀？

前思后想，前问后答，郑小莉好像遇到了"嘎巴子"天气，碰到哪儿都黏糊糊的，浑身不自在。这反倒让她很想知道是谁在她的背后搞小动作,让她犯下这样的大错,于是她顾不上陈实,屁股一拧就出门去找老板,她得在老板那儿问出个究竟。

一岁年纪一岁人。老板年纪愈大,愈发依赖郑小莉,愈发迁就郑小莉。

这天,看到郑小莉怒气冲冲地闯进他的办公室,老板没说二话,就像个顽童,把微笑挂在嘴角旁,轻飘飘地笑了笑,然后挥手示意她坐下。

老板越笑得轻巧,郑小莉越认为老板心藏鬼胎,一定有什么事瞒着她,不由得对老板的意见越大,便越发不领老板的情,站着就跟老板理论起来。老板忍不住哈哈大笑,颇有几分嘲笑的意味。老板轻描淡写地对她说,就这么点小事,值得大惊小怪吗?但瞧见郑小莉摆出一副同他撕破脸的架势,老板不禁愣了一下,实事求是地向她解释,用人要用其所长,陈实的长处是什么,陈实是他聘用的,难道他不知道吗?

见郑小莉有些语塞,老板悄然变换脸色,颇为生气地说,昨天他与几位老板在"唐宴"吃饭,其中有一位老板提起陈实,说他是个大发明家,在医疗器械制造上有十七项发明专利,并说公司荒废人才,竟然没有这等人才的用武之地。如果公司为他搭建一个平台,把他的发明专利转化为拳头产品,即可将公司医疗器械那一块做强做大。最后,那位老板近乎恳切地叫他多多关心他,多多帮助他,唤回他的创造力,扶他走出泥潭,实现他的理想与抱负。那位老板怕他不相信他说的话,又指着他的司机说,如果说他说假话,那就问问他的司机,他的司机叫吴青瑜,是陈实的舅哥。

老板严肃地说,陈实在公司工作了两三年,怎么就没搞清他有这等本事呢？这几年，公司到处网罗人才，怎么就不晓得人才就在眼皮底下呢？倘若再不发挥他的长处，把他用在刀刃上，公司就是缘木求鱼，舍近求远，得不偿失了。

郑小莉想起来了，昨晚同陈实他们在一起吃饭，总听吴琼念叨她的哥哥没到场。郑小莉问她，她说她哥哥是司机，跟一位老板开车，老板晚上有个应酬，跟老板一起走了。

前后一对照，郑小莉知道老板说的是实话。

郑小莉跟老板一起生活十多年了，她理解老板的苦衷，便自我惭愧，一时无言以对。

一旦弄清事情的真相，郑小莉知道自己确实错怪了陈实。但是，郑小莉天生就是这样的一个人，只要是她认定的事，她是不会轻言放弃的。所以，在老板的面前，沉默了一会儿之后，郑小莉并不示弱，一本正经地反驳老板，她一直认为陈实是一个不可多得的人才，是一个并不那么简单地坐在房间里搞发明创造的人才，常人怎能知道他的能耐呢？常人岂不被他的表象迷惑？

老板被郑小莉问得啼笑皆非，可也隐隐觉得她话中无处不含有蔑视他的意味。迟疑了片刻，老板摇了摇头，又点了点头。

很显然老板心里不悦，但嘴上却非常淡定地说，毫无疑问陈实是一个难得的人才，可依他的观察，陈实也有明显的缺陷呀，他终究没有管理经验，也缺少与政府相关部门打交道的经验，至少在投资建厂的初期他是很难帮她的。

郑小莉从未想到这些。当老板提及建厂，说出他的这层顾虑时，郑小莉随即明白了他的苦心，知道了建厂可不是像小孩玩过家家那样简单随意。宛如警钟响起，郑小莉发现她真的该就此认真反省一次，决不能掉以轻心。也只有这样，才能确保她站得高,望得远,能够通盘考虑建厂的问题。

话说回来,尽管前不久公司与当地政府签订了协议,但逐条逐款落实协议,并不是一蹴而就的事。拿征地拆迁、平整场地、建造厂房、购置设备等等,没有一项不是棘手的事,如果没有一个内行的帮手在前面冲锋陷阵,单靠她自己,到时还真举步维艰,寸步难行。

考虑到这些,郑小莉的心怦怦乱跳起来。但她紧接着抬手捂住胸口,又突发奇想,否决了这种担忧。

郑小莉认为她刚才所考虑的那些都不是最重要的,最重要的是要找几个知心的人,有进取心的人,在最为关键的时候能支持自己,与自己共患难。这好比在生意场上,不是看哪一个人在顺境中赚了多少钱,而是看在风险来临时有没有做好风险管理的准备。

结合目前的具体情况,郑小莉深谙,像前面的那种人,可以从公司调配,或从当地选聘,或从外地招聘。而像后面的那种人,她在纸坊也找不出一两个,更甭谈在襄阳。谈起襄阳,她对那个地方以及那个地方上的人不知根不知底,一时岂能如愿呢?不过,平心而论,陈实离她心目中的那种人也有不小的差距,但万一到了那样的逆境,她想,陈实是个实在人,一定会站起来鼎力支持她的。

或许,正是抱着这种防患于未然的想法,郑小莉红了一下子脸,就开始梗起脖子,和老板据理力争。争到最后,郑小莉同老板摊牌,说,公司能摆上桌面的人才,像陈实这样的没有两三个,倘若不挑选他这样的人,而挑选其他的人,胜算就更小了。

像被点中了要穴,老板哆嗦了一下,回头一想,公司的确没有几个像样的人才,委派郑小莉到襄阳去办厂,不选派几个得力的人帮她，不选派几个她用得顺手的人帮她，她能把工厂建成吗？再说，等郑小莉在襄阳有了建树，那时再把陈实抽调回来，也未尝不可。到那时，制药有郑小莉，造医疗器械有陈实，双管齐下，那公司突飞猛进的日子指日可待。基于这种考虑，老板终于做出了让步。

这一次，陈实真正懂得了，要实现理想，就必须有积极的人生态度。换言之，冥冥中让神灵保佑自己，让自己的预感灵验，就必须和现实做一些交换。为此，陈实不再固执，他顺水推舟，也做出了相应的让步。

就连郑小莉都蒙了，以为她的道歉没有在陈实的心中掀起波澜，甚至在她怀疑连涟漪都没有催生之时，陈实却给她一个不痛不痒的回复，今天就应该到襄阳去。他的回复，虽不带感情色彩，但似乎预示着一切又重归风平浪静。

然而，到了第二天清晨，按照约定，到谭鑫培公园门口会面时，郑小莉无论如何都没有想到陈实竟然带着吴琼一起去襄阳。

公司明文规定，未经审批，不得私自带人随同出差。陈实触犯大忌，她能睁一只眼闭一只眼，不闻不问吗？

而吴琼站在谭鑫培公园的门口，望着晨雾中闪现出的金碧辉煌的戏楼，想起她那天初到纸坊时的情景，感到她像是陪同陈实登上戏台唱戏。如若不是有这出将入相的戏台，陈实怎么可能迎来今后的万般风采呢？吴琼想到这里，不觉眼中泛出泪花，怔了足有几分钟的时间。这时，太阳一举跃出地平线，晨曦立即把雾霭驱赶得一干二净，戏楼愈发像天地间的一颗明珠，金光闪闪，璀璨夺目，一瞬间天地呈现一片祥和。吴琼沐浴其中，根本没有在意郑小莉的不快。

陈实却十分在意，他对郑小莉实话实说，他们夫妻两地分居，团聚一次不容易。这一次，吴琼从荆门跑来看他，他不可能把吴琼一个人丢在纸坊不管，也不可能让她就此回荆门。再说，吴琼到襄阳，也待不了几天。因为她的年休假一结束，她就回荆门去上班。

郑小莉一愣，面一赤，嘴唇本能地收缩了两三下，本想埋怨陈实一声，不是她不懂人情，不讲道理，而是最起码他得遵守公司的规章制度，提前跟她打个招呼。但她心存善心，没有将对他的不满表达出来。她想，人更多的时候是为了别人开心而去做些事。想到这一路有吴琼随行，陈实一定很开心，她也会很开心的。想到开心的事，她的脸上即刻增添了许多笑容，她不由自主地拉了拉吴琼的手，哄着说，多一个人前往，自然而然多一份前进的力量。

郑小莉这句话一大半是说给陈实听的。哪知陈实散漫惯了，独自溜到一边，想图个耳根清净，却又发觉自己受到了郑小莉的影响，不觉浑身血液加速循环，对新生活寄予了厚望。哪知吴琼不解话外音，郑小莉说东她说西，而且不拐一点儿弯，硬邦邦地说，昨晚等她请客，都等了一个晚上，现在都饿着肚子等她请客呢。郑小莉这才想起前天晚上在酒桌上说的话。

只有郑小莉自己清楚，她并不是那种丢三落四、信口开河的人，只不过在那种情形下她必须那样说才能顺利脱身。即使昨天没有那一段插曲，她昨晚也不可能有时间有心情请吴琼吃饭。当下，既然吴琼把她的话当真了，那她不给吴琼面子，至少也得给陈实面子。退一步讲，每一个人每天都得一日三餐，她自己也不例外。况且她这一次是带领陈实到襄阳去创业，至少一日三餐的饭她要管呀，否则谁会有力气跟她卖命干事呢？

这次，郑小莉非常认真地答道，今天就请她吃饭，一日三餐都包在她的身上。郑小莉忽然感到自己把话说得过于严肃，过于生硬，便一边拉吴琼上车，一边笑嘻嘻地对吴琼说，这几天她恐怕都把纸坊的饭菜吃腻了，到襄阳换个新鲜的口味，也不枉此一行。

郑小莉精明透顶，吴琼也不傻，她像把面子给到了家似的，拉着郑小莉的衣袖欢呼雀跃，说陪郑总出差，跟郑总一起走，不愁没饭吃。

别再为我流泪

1

何民回到家中，看见何昌浩正伏在书桌上做作业，就没吱声。

胡丽华还没有回来。三天的时间，说短也短，说长也长，她不操心这个家，难道一点儿都不惦记儿子吗？

何民开始埋怨起胡丽华，千不该，万不该，不该在这个时候胡闹，从背后狠狠地踹了他一脚，叫他在心里有苦说不出，特别地难受。

这到底是为什么？是谁打的电话，把那件事告诉了她？何民到现在都没有弄清，也不想在这个问题上一连串地追问下去。

现在就出去找找她？何民再三思虑，很快便打消了这个念头。

何民觉得自己仿佛站在十字路口，不，好像是站在万仞悬崖之巅,是进?是退?面对生死的抉择,他只想静下心来,回归到孤独之中。

何民斜靠在沙发上。

夜风偷偷地从窗户钻了进来,柔柔地推搡着,使何民春梦沉沉……

那是一望无际的原野。蓝天底下,青草在风中疯狂地舞蹈,牛羊若隐若现,自由自在地游逛着……何民不知自己到底像哪头牛,又像哪只羊……

忽然,何昌浩伏在桌沿急促地咳嗽,一阵赛过一阵。何民立即惊醒,揉了揉眼睛,赶紧起身,把窗户关上,也把他的梦关在了窗外。

何民摸了摸何昌浩的额头,感觉到儿子没有发烧,他那颗刚刚绷紧的心如释重负,连忙倒了一勺子止咳糖浆,递到儿子的嘴边。

何昌浩埋头不理他。

何民低下头,贴着儿子的脸,问:"冷不冷?"

何昌浩没有回答,只淡淡地随口说了一句:"爸爸,我肚子饿了。"接着,侧过脸来,望见何民焦急的模样,才省悟过来,赶紧张开嘴,一口吞下了止咳糖浆,然后继续埋头做作业。何民这时才发现自己的肚子也在咕咕地叫着。

要不是担心何昌浩一个人待在家里饿着肚子,何民肯定不会一下班就匆匆忙忙赶回家。这会儿,他准和赵春林一道跑出城,找一家"农家乐"喝两杯,交换一下彼此的意见。

今天下午,在会上,不管赵春林如何站出来,顶撞他,何民都没有过多地计较,打心里原谅了他。因为何民早就摸清了他的脾气,把准了他的脉,知道他要说什么,做什么。

赵春林又倔又犟,只要认定的事,不是那么轻易能够说服，除非何民拍桌子，强行下死命令，硬压着他执行。这样的人，很难讨领导喜欢，也很少被领导重用。但就凭他立场坚定，作风过硬，办事比较公道、踏实这一点儿，何民提拔使用了他。他也非常卖力气，为何民分忧，挑了不少的重担。

在领导班子中，就这件事情，似乎也只有赵春林理解何民，给他提了一个醒，为他解了这个套。假若在会上，大家都做老好人，不吭声，没有一个人提出反对的意见，这会能不欢而散吗？那他就得当场拍板，拿出一个决定性的意见。

何民一直犹豫不决，不愿意轻易下定决心，做出决定。他必须往后拖一拖，看一看下一步的发展趋势，再来定夺。

这或许更好，更为妥当。但叶市长能容忍何民就这样把事情慢吞吞地拖下去吗？

何况也有不少人认为，肥水不流外人田。这项旧城改造工程是到目前为止最大的城市建设项目，应该在本市选一位老板来承包开发，并要求市政府倾斜政策，大力扶持，给人家一个发展壮大的机会。

时间不等人。今天都已五月十日了。市委、市政府早就下了命令，上河村旧城改造工程必须于七月一日奠基开工，向党的生日献礼。算起来，前后也只有五十天的时间。

时间紧，任务重。目前，筹备工作才刚刚拉开帷幕。前几天，叶市长还专门为此事把何民叫到他的办公室，强调了项目的重要意义，并再次提到了曹建国，非常明确地指出，本市只有他的公司有这个实力，承接这项工程，而且必须无条件地给他做。昨天，叶市长又打了一个电话，一再地暗示，按照他的吩咐，赶快开一个局长办公会，一锤定音，一路保送曹建国顺利入围，直到他最后中标。其他的，有他在后面撑腰，就不要有所顾忌了。

从这一刻起，何民便隐隐约约地感觉到，不是他一定要违背叶市长的旨意，而是他的确背不起这份责任。

曹建国是一个什么样的人，做了哪些事，何民清楚，难道叶市长不清楚吗？刚刚到任的市委书记左俊华到建设局调研时，谈到了今年的城市建设，着重指出了必须全力以赴打好旧城改造这一仗，并直接否定了曹建国这个人选。他说："在这个问题上，不必争论了。现在，关键还是我们的思想解放得不够，我们仍然被一些老框框老套套束缚了手脚，被眼前的几个人遮挡住了阳光。城市建设，要大手笔，就必须走出去，请进来……"

叶市长也陪同调研。当时，何民还特意地抬头瞧了瞧他。他听到这几句话时，也一愣，脸色不停地变换着。

话说回来，按常规，选哪个承包商，何民根本插不上手。这毕竟是一个大的项目，牵涉面广，参与的部门也多，市政府必须牵头，并且最终的决定权还是在市政府。叶市长只要开一个市长办公会，就能定夺。

但是，叶市长硬生生地把这烫手的山芋扔给了何民。

每逢大会小会，叶市长都要讲，为了表明政府廉洁高效，今后凡涉及旧城改造，政府下放权力，全部由建设局负责，向全社会公开招标，挑选承包商，任何领导不得以任何借口强行干涉。

每次，何民坐在台下听到看到左右的人一阵骚动，交头接耳之后，他们纷纷转过头来，用特别的眼光打量着他。旁边还有人拉拉他的衣裳，羡慕地说些建设局的权力又加大了之类的悄悄话。何民却不以为然，只觉得他的脑袋像撞在一堵墙上，迅速地膨胀起来，里面不停地发出一阵阵嗡嗡嗡的叫声……倘若叶市长今晚再打来电话，他该怎么回答呢？

叶市长常说，他最欣赏何民的地方，就是能够准确领会领导的意图，果断地出拳，把每一件事情都办得漂漂亮亮。

就凭这句话，大家都认为何民与叶市长走得非常近，对他也刮目相看。何民这么年轻就当上了建设局局长，而且在这么重要的"肥缺"上站稳脚跟，也向全市大大小小的官员展示了叶市长说话的分量和重要性。

何民也从来不否认这一点儿。那时，他竞争局长的时候，没有叶市长一句话，只能说是痴人说梦了。所以，何民非常感激叶市长，甚至在"阶级立场"上，无数次产生了听他的话，跟他走的念头。

这次，何民踌躇不定，甚至产生了相当抵触的情绪，叶市长该怎么想呢？又该怎么说呢？

这时，赵春林冒了出来，让他牵头去办这件事情，不管事情办好办坏，最起码也可以给自己留些回旋的余地，让自己还有一个回撤的可能。可相反的结果，叶市长能满意吗？

在建设局，何民毕竟是一把手，赵春林只是一个副职。在这样重大的问题上，何民不点头，赵春林再怎么样，也不管用，即使赵春林心甘情愿去做替死的羔羊。无论如何，何民都有推卸不掉的责任。最起码领导对他，会在心中打上一个大大的问号。尤其是叶市长，不管何民怎样解释，或承认错误，他只会把这笔账记在何民的头上。什么时候秋后算账，何民什么时候就是砧板上的鱼肉，任他斩割。

这不仅害了赵春林，而且将会害了他自己。何民觉得自己举步维艰，或许一不小心，还真的在这件事上栽一个大跟头。

这似乎是一个美丽的陷阱，不仅深不可测，而且像一个黑洞，加速吞食何民这么多年好不容易才积聚起来的美好愿望和雄心壮志。生活莫非又简单地又随意地跟何民开了一个痛心的玩笑，居然使他在这一刻根本不敢抬头面对现实？

这可不是何民。这可不是当了建设局局长的何民。何民不断地鼓励自己，一定要勇敢地面对现实和困难。何民也非常希望赵春林能像往常一样给他打一个电话，或者到他家来坐坐，谈谈心。但一切都在时间的催促下，叫何民不敢继续想下去，他不得不回头望了望何昌浩。

儿子是何民的命根子，是维持他与胡丽华夫妻关系的纽带。儿子才十岁，好像什么事都懂，又好像什么事都不懂。

何民最怕儿子突然抬起头，用一种惊讶的目光瞧着他。这眼神，就是从胡丽华那里复制过来的。

何民越来越不敢面对儿子，就像不敢面对胡丽华一样。

何民叹了一口气，转身进了厨房。

2

第二天，天麻麻亮，何民把何昌浩送到学校，就立即赶到了建设局。

何民每天都这样，习以为常了。局长带了头，每天都提前上班，其他的人还会晚来吗？何民的这种精神每天都在无声无息地感染着建设局的每一个人。

不过，何民还是担心他的一举一动会无形之中拖累了干部职工，给他们的生活带来额外的负担，或者压力，所以，他曾在多个场合明确表态，只要大家遵守单位的作息制度，按时上班就可以了。

只是何民今天也来得太早了点，七点还差一刻。

偌大的办公楼静静的。何民除了听到自己沉重的脚步敲得地板叮当响，剩下的便是他的那颗心，仿佛失去了控制，七上八下，怦怦地乱跳着。何民按了按胸口，一阵心闷，接着一阵心慌，突然大脑发昏，大腿发软，他本能地伸出手，一把撑在墙壁上，稍稍停留了片刻，他的那颗心才慢慢地归位，重新被他个人所拥有。

何民缓缓地走进办公室，关上门，然后努力地挺着腰板，笔直地站在窗旁，俯视窗外。

这座城市就巴掌那么大，但天天都在变。一幢幢高楼像雨后春笋，林立在城市上空，演示着现代都市的文明与骄傲。这些变化缔造了几任领导的政绩，也让何民浮想联翩，这不也是他的功劳吗？他的成绩，不用像别人那样，天天挂在嘴上，天天讲；也不用天天请人，在电视报纸上做文章，吹捧。这些虽说看不见，摸不着，但对他来说，又是非常重要的东西，每天都摆在一幢幢高楼之上，让每一个来来往往的人翻阅，称赞。

何民每天早晨也看着，翻阅着……街道上一些车奔跑着，一些人走动着，离他越来越近，似乎向他靠近，向他诉说着美好的心愿。这时，何民会得意地喊来刘政，告诉他自己今天的行程，将开什么会，将做哪些事。刘政便立即去安排。

然而，今天何民却惊慌失措，仿佛一切在一夜之间突然蒸发，无踪无影了。此时，他竟然不相信这一切随着时间流逝得这么飞快，他努力地睁大眼睛，在这座城市里搜索，想挽留住昔日的雄心壮志与辉煌，但在一幢幢高楼上，什么也没有找到。不知为什么，他陡然幻想胡丽华就站在对面的街口，默默地关注着他。或许，胡丽华更疼爱儿子，到学校探望儿子去了。但他更期待着，电话铃声响起，电话那头传来叶市长的声音，威严而又带有几分指责……

何民越想越忐忑不安。现在，他并不怕叶市长打来电话，或者通知他到市政府，当面把他训斥一通，臭骂一顿。这样的结果或许更好。那他立马觉得卸下了肩膀上的担子，反而痛痛快快。恰恰相反，如今他最怕的就是，叶市长比他更有耐心，既不打来一个电话，也不跟他打任何招呼，而是像影子似的站在他的身后，观望着他，看他怎么来唱这出戏。

忽然，何民心中闪过这样的念头，是不是他昨晚关了手机，或者他睡着了，没有接电话？

但何民心里非常清楚，这种想法只不过是暂时的自我安慰，寻找借口罢了。这么多年来，他从来都不关手机，也不允许自己关手机。谨慎起见，何民从口袋里掏出手机，反复地查找，何民确认没有未接的电话。何民倏忽醒悟，他应该主动去找叶市长，向他汇报上河村旧城改造工程的筹备情况，借机谈谈自己的看法。或许，过一两天，叶市长的心情会发生变化，说不定听了他的汇报，详细了解情况，综合考虑后，叶市长会改变初衷，当面给他提供许多新思路、新办法，也不是什么意料之外的事情。

何民正准备动身，这时，刘政敲门进来了。

这么早，刘政不叫自到，肯定有急事。何民心想。建设局的事情就是多。往往人越烦的时候，恰恰事情越多。

"何局长，吴平来找您。"刘政气喘吁吁地连说两遍。

何民以为自己听错了，追问道："谁啊？"

"吴平！吴总经理！"

何民一直都在劝说吴平，别在这个节骨眼上掺和。上河村旧城改造工程动辄数十亿，当然利润也不菲，但并非人人都可以承接的。前几天，何民甚至连心窝里的话都掏了出来，直截了当地告诉吴平，在这么重大的问题上，他只是一个挡箭牌，既不能做出决定，又不能帮什么忙。如果再找他，会使他很为难。

其实，不光是涉及大的项目，就连好多小事，市领导也经常暗示，何民索性装糊涂，边猜哑谜边办事，应付而已。许多人私下总结，这就是何民的高明之处。否则，他如今还是建设局的一名工程师，每天坐在办公室做做设计、预算。

何民还向吴平许诺，今后一定找个机会，给他一个大项目做一做，也算额外的补偿。

昨天下午开会时，吴平就曾打来电话，边开着玩笑边说，已经有好几天没有和他在一起聚聚了，现在特意从省城赶过来，请他喝喝酒，一起聊聊天。何民连忙说，晚上有事，一口推托了。难道直到今天他还没有把话说明白，让吴平知难而退？

何民开始怀疑自己。

不知不觉当中，一团气从何民的心口升起，快速地旋转着，挤压着他的五脏六腑，迫使他坐立不安，一股无名怒火随即从心中喷发："叫他走，叫他给我滚得远远的……"

何民连续地叫嚷着，吓得刘政目瞪口呆，脸色灰白，一步一步地向后退，一直退到了门口。刘政恨不得转身就跑，跑得远远的。

刘政从来没有见过何民发这么大的脾气。他不知道发生了什么事，也没有弄懂即将发生什么，一时不知所措，呆若木鸡地站在门口，却又始终不敢跨出门，也不敢正视何民，更不敢吭声。

吴平是何民的同学。原先在省城当处长，有实权，不知有多少人围着他的屁股转。前几年，突然下海了，开办了一家市政建设公司。现在又改行，到处搞房地产开发，估计家产也有几个亿吧。

吴平经常来，时间长了，刘政也同他混熟了，像亲兄弟。平日，不是吴平请何民吃饭，就是何民请他喝酒，只要刘政在办公室，吴平每次都拍刘政的肩膀，拉刘政一同去。但每次吴平来之前，都是直接和何民联系，这次却单独找刘政，要他帮忙找找何民，看何民在什么地方……

刘政细细地回想起来，有些纳闷。

早知局长今天这么不想见吴平，就说他出外办事去了，随便搪塞一下不就过去了。刘政抬起手拍了拍自己的脑袋，后悔起来。

过了一会儿，何民才回过神来，看了看刘政惊恐的样子，心中倒有些内疚。不过，局长就是局长，局长的苦恼，局长的脾气，多半倾泻在办公室主任的身上，办公室主任一向委曲求全，会理解的。

何民想，刘政也会的。

何民随即一百八十度大转弯，心平气和地对刘政说："去叫吴平进来吧。"当刘政出门时，他又赶紧补充了一句："给赵局长打一个电话，也叫他到我的办公室来。"

3

"老同学，看我一清早给你送什么礼物来了？"吴平依然像往日一样乐呵呵的，没等何民答话，就一屁股坐在他的对面，侃侃而谈。何民心里咯噔一下，也想笑，却又有些犯疑："就你，还能给我带什么好东西来？"

何民伸手接过吴平递过来的一张纸，摊开一看，竟然是吴平以他公司的名义向市委紧急呈报的《关于要求竞标上河村旧城改造工程的报告》，右上角赫然有几行字：

何民同志：

　　多几个人竞标，甚好！

　　吴平的报告，十分周全，请斟酌考虑。

左俊华

5.10

　　市委左书记的批示？！

　　何民揉了揉眼，眨了眨眼，又看了一遍，脸色一时青一时白……

　　何民很快就感觉到了，吴平的目光始终盯着他，一刻也没有离开过。何民透过他的目光，迅速读懂了吴平的心思，他是多么希望何民立刻能给出一个令他满意的答复啊。但何民却默不作声。

　　"我知道，有好多人都想方设法承接这项工程，请领导出面写条子、打招呼的也不少；我也知道，你现在为啥左右犯愁。今天，我特意请左书记批了字，免得不三不四的人说你在为同学办事。如今，谁敢不买左书记的账？按照他的意图办事，准没有错；就是错了，也有他在后面顶着，替你撑腰，替你说话，你还怕什么。这既给了我一个机会，又为你解了套，这难道不是送给你最好的礼物吗？"吴平迫不及待地向何民表白。

　　何民听了，如同当头挨了一棒。一波未平，又一波浪起，他刚刚熄灭的怒火顿时从心中重新燃起，越烧越旺，迫使他站了起来，甚至还想蹦起来骂吴平：狗日的，你瞎掺和，想逼老子跳井，老子首先就让你搞不成……

　　但越到关键的时候，本能的反应越能使他始终保持着清醒的头脑，并强迫他压制住内心的怒火。这时，他显得更稳重，更聪明，那些话一溜到嘴边，只是嘴唇轻微地动了动，很快就强行吞下，又回到了肚子里。

现在，连市委书记、市长都坐不住了，也不知还有哪些人会从哪里搬出哪些大人物，这哪是解套呀，分明是下了一个又一个套，并且越勒越紧，使人窒息，喘不出气来。何民想着，忍不住不停地咳嗽。

"何局长，是不是生病了？"赵春林的一声问候，像雷电一样击中了何民，使他猛然一惊，慢慢地拿起茶杯，倒了一杯开水，回到了座位上。何民心想，赵春林什么时候进了办公室，怎么没有注意到？

瞬时，何民的额头上冒出了几滴冷汗，心情反而豁然开朗，立刻觉得他不该陷在这件事上，纠缠不清。他想，要让上河村旧城改造工程顺利开工，还真要像左书记到建设局调研时讲的那样，必须跳出去看问题，解决问题。实在不行，顶多怄气，写一份辞职报告，看看他们能把他咋办？

"有点感冒了。"何民边说边随手把吴平的报告递给了赵春林。

赵春林看了看，便笑着对吴平说："吴总，两天不见，变化真大哟。你还真动了不少脑筋，下了不少功夫，不知又找了什么关系，使用什么手段，把刚来的市委书记就这么轻轻松松地搞定了？"

吴平很快就听出了赵春林话中的含义。但他清楚赵春林是个直爽的人，心直口快，无城府，所以并不认为赵春林是在嘲弄他，便丝毫不在意地答道："赵局长，话怎么能这样随便地说呢？嘿嘿，这不，我还不是想为你们这座城市做点事。其实，你也看了，左书记的批示非常客观、有理，又符合当前的实际情况，给了像我这样的人一个公平、公正参与的机会……"

吴平的话似乎还没有说完，又似乎不愿意多说，就赶忙起身，分别给何民和赵春林一人递上了一支烟，给赵春林倒了一杯茶。

望着吴平的一举一动，何民的脑海中突然飞出一幅怪异的画面，他觉得他不是坐在自己的办公室里，而是坐在吴平的家中，享受着吴平热情的款待，让他从良心上，从道义上，只能选择那条路，乖乖地帮助吴平实现美好的心愿。

倏忽，何民得出了一个非常可怕的结论：如今这世道，到底还是有钱的人厉害，只要他们想做什么，都会有人遵照他们的意愿，让他们轻易地取得成功。

不！何民猛然想到，最起码他还是一局之长，不能时时刻刻任人随意摆布。尤其是像吴平这样的人，单凭一个领导的批示就叫他屈服，那也太小瞧他了。退一万步讲，假设事情真沿着这条轨迹发展下去，即使将来万一有什么不愉快的事情发生，那肯定不是他首先背离了良心与道义。同时，他也为自己预留了一局棋，到时他想怎样下，就怎样下。

什么好朋友，什么好同学，什么好领导，遇到这种事，都他妈的活见鬼。何民所有的话语全部塞在喉咙口，反复地说给自己听。

何民不愿意在此事上和吴平纠缠，无故惹出是非来，随即想到，得赶快找条理由离开办公室。于是，他朝赵春林递了一个眼神，提高嗓门，斩钉截铁地说："赵局长，这是新来的市委书记对我们第一次做出批示。他的批示，对我们的工作，对症下药，有的放矢，具有很强的针对性。我们决不能马虎，要认真揣摩，领会领导的意图，按照他的意见办事，把事办好，让领导放心。从今天开始，这类报告统统放到你那儿，集中起来，下次开会再一起研究，予以最科学的、最合理的、最圆满的回复。"

何民这番话虽然是对赵春林讲的,但吴平不是傻子,这是何民说给他听的,他一时猜不出何民葫芦里到底卖的什么药。

何民说出这番话,好像立即摆脱了刚才的窘境,有了一份得意的感觉,便走到吴平的身边,拉着他的手:"老同学,欢迎你多来转一转。今天,实在对不起,我马上就要到市政府去开会。如果你不介意,就请赵局长代我陪陪你。"随后,转身对赵春林说:"赵局长,要把吴总陪好,向他详细介绍一下上河村旧城改造工程进展情况,中午还要把他留下来吃午饭哟,如果抽得出时间,我一定赶回来陪他喝两杯。"

"几天不见,就历练成了一只老狐狸!"吴平心里嘀咕着。

吴平当即告辞。何民和赵春林连忙拦住他,说从省城来一次不容易,无论如何得留下来,吃了午饭再走。

吴平心知肚明,这些都是敷衍的话。任凭他们怎么挽留,吴平坚决要走。吴平走时,仍然一脸来时的兴奋,那气势,那架势,好似胸有成竹,让何民感到有点不可思议。

就在这一刹那,何民有了一种悲壮的感觉。

4

何民匆匆忙忙走出建设局的大门,一坐进车里,刘家严便问:"何局长,今天到哪儿去?"

经过几番折腾,何民还真忘了今天该做些什么。

刘家严瞧见何民迟疑不决,赶紧提醒了一声:"前几天,高教授不是给您打电话,邀请您到他的竹楼去欣赏他新作的字画吗?如果今天确实没有什么事,何不过去瞧瞧。"

何民略微回过神来,掐指一算,的确已有两三个月没同高教授在一起谈诗作画了。高教授也催促过两三次，如果不是上河村旧城改造这件事搅得人心烦意乱，他早就带上胡丽华，不请自到了。

何民与高教授也算得上是忘年交，相互之间毫无顾忌，家事国事天下事无所不谈，趣闻笑话热门话无所不聊。人一辈子，这样的朋友的确不是很多。何民当局长时间越长，这种认知越深刻。所以，他格外地敬重高教授。偶尔，何民还向他倾吐心里的话，不仅包括与胡丽华之间的情感纠葛，而且还就官场上一些钩心斗角之事同他探讨，向他征求意见，分享每一份欢乐与烦忧。

高教授曾私下说，何民秉承的是典型的中国知识分子的为官之道。他心地善良，过于从工作角度考虑问题、处理问题，注重为民办实事，忽视了为官办实事。这样做官，有时只能是被动地适应，如果有一日他明白了这个道理，或许最终的选择还是回归一名学者，终日埋头做学问。何民定会成为硕果累累的学术大家，不是你我所能望其项背的……

此刻，刘家严肯定没有想到，他一提到高教授，何民稍许思索了一下，就把头侧向车窗外。何民自己也不知道究竟为什么，眼前总晃动着胡丽华的身影。

何民努力着，试图忘记她，但忘不了。

胡丽华是一名美术老师，她的人像她的画一样讨人喜爱。

胡丽华的父母都是建设局的干部，在一次车祸中，不幸双双去世。现实的残酷，并没有使她变得坚强，反而令她变得更加脆弱。从此，她不爱笑，爱哭。她一哭，又增添三分美丽。

想当年，虽然何民和胡丽华每天都从建设局进进出出，但何民与她并不熟悉，连话都没有说过一句。当时，所有的人都没有想到胡丽华会嫁给何民。何民自己也没有想到。

何民来自边远的乡村，大学毕业后直接分配到建设局上班。他中等个子，由于身体瘦弱，给人弱不禁风的感觉。用他的话讲，家里穷，没有吃的，是饿着肚皮长大的。在单位，除了几张图纸画得非常棒，受到几次奖励之外，对什么都懵懵懂懂，整天一副满不在乎的样子。可谁也没有料到，他对冯犁心仪已久。

冯犁与何民是同事，比何民还大三岁。冯犁从何民时不时投射过来的非常特别的眼光，意会到了一种说不清道不明的情愫，她曾多次委婉地拒绝何民，并说，何民太窝囊了，胡子没长几根，风一吹就跑，不像个男人。这话虽然刺伤了何民，但何民一直仰慕她，尊敬她，把她当作大姐。即使冯犁回避他，不理睬他，他也不在意，只是笑了笑，并逢人便说，他总算找到了一位知音。

胡丽华是经过冯犁介绍何民才认识的。一见面，何民就觉得这个女孩太漂亮了，太扎眼了。女人漂亮，是祸水。何民有些从心里拒绝她，根本没有考虑到日后她会成为他的老婆。甚至不以为然地认为她是灾星，彼此见面时话语都很少。但胡丽华一见何民，却对他十分有好感，觉得他既有学问，又十分老实可靠。尤其是一手字，写得有板有样。何民记得，那时胡丽华经常到他的办公室找冯犁，每次来时，总是她先开口，跟他闲聊，他甚至不知怎么回答她，扭扭捏捏了好一阵子。当胡丽华在何民的眼中出出进进，他掂酌再三，好像感到有一种亲密的东西连接着他与胡丽华，牵着他与胡丽华常常相聚在一起。后来，他明白了，胡丽华每次来找冯犁，那其实就是一个借口，她是来找他的。他这才停止了追求冯犁的步伐。

胡丽华确实心甘情愿地嫁给了何民，第二年就给他生了何昌浩。

胡丽华可没有想到何民能够当局长。她十分肯定地告诉何民，她之所以嫁给他，就是想过安稳的日子，哪怕穷点、苦点，也无所谓。否则，她不会这么快就给他生小孩。她天天带着何昌浩，不离开这个家，就是等于直截了当地告诉了何民，他该放心、安心、舒心地做事。

何民想的可不一样。他像捡到了一块宝贝，既爱又怕。有一段时间，他恨不得把胡丽华藏在家里，不让她出门，生怕一眨眼的工夫她被别人抢走了。胡丽华从言语之中也多次触摸到何民的心思，所以她除了教书，就是坚守这个家，不让她的男人受到一点儿委屈。她的这种姿态使得何民一天比一天胸襟开阔，人也长得壮实了，头颅也一天比一天抬得高，获得了前所未有的自信……

冯犁曾问胡丽华："你拿什么改变了何民，使他变成了一名真正能呼风唤雨的男人？"

"我不知道！"胡丽华摇头说。可痴呆了一阵子，胡丽华咯咯咯地傻笑起来，"好像也没发生什么改变，还是老样子，像一个小孩子，什么也不懂。"

高教授是胡丽华的老师，从美术学院退休后，在何民的帮助通融下，没有花多少钱就在城郊买了三十亩地，建了一座若竹农庄。在农庄落成典礼上，高教授毫不隐讳地对所有捧场的嘉宾说："何民胡丽华夫妇是我们若竹农庄的荣誉居民！这里就是他们的家！"

何民听了这话，心情反而很不畅快，借故提前离开了。因为他十分不愿意他所做的每一件事都让大家知晓，特别是像这样帮助别人谋私的事。他知道，这事往往让人回头一想，就自然而然联想到他手握权力，恣意妄为，忘乎所以。至今，还有人猜测，若竹农庄最起码有一半是他的。为此,胡丽华还不止一次埋怨他:"都结婚上十年了,到如今才发现你还有这么多的小心眼。"

但这些都阻碍不了何民对若竹农庄的喜爱,他坦诚地说:"我退休了,能找到这样的地方居住,绝对相看两不厌。"

尽管这些日复一日地给何民带来了美好的回忆,但是这几天,他的脑袋被上河村旧城改造工程这件事情塞满了,搅都搅不动。但这一刻,他竟然非常意外地获得灵感,感触到,这座若竹农庄是否也与此事很有关联。何民也开始暗自认为,他这么想,虽说有些莫名其妙,但也有一定的道理,好歹也找到了一种妥善解决问题的办法。他不由想到了另一个女人……

约莫过了半个小时,车就到了若竹农庄的门口。农庄的前面是一片树林,后面是一片竹林。何民比画了一下,刘家严又开着车围着农庄转了半圈,从南一直绕到了北,从后门进了农庄。

何民拖着沉重的脚步,下了车,缓缓地走进那片竹林。小道两边,那雨后的春笋在阳光的呵护下,已长成了碗口粗的竹子。它们列队欢迎他,让他检阅。甚至包括每一片青翠的嫩叶,都随着清风频频地向他点头,激动不已……

胡丽华喜欢画竹笋,竹楼里至今还悬挂着她的一幅竹笋图。今天,如果此情此景跑进胡丽华的眼中,她一定随感而发,信手涂鸦,怎么都会叫人像小鸟一样收拢翅膀,悄悄地在枝头落定,把自己一笔一画地改造成一个风花雪月的少年,心中不停地流露出那种说不清、道不明的隐隐期盼……

可惜,胡丽华不辞而别,使何民再也回不到青春年少。

何民又开始恨起胡丽华来。她的狭隘、自私和无理取闹,在短短的三四天时间就逼迫他脸上的皱纹迅速地扩展,沟壑纵横;也逼迫他由爱转为恨,慢慢地中断了那份挂念,把他的憧憬逐渐转移到儿子的身上。

何民随手掏出手机,给他的姐姐打了一个电话,要她中午无论如何都要到学校去看看何昌浩。当她问起胡丽华时,何民没有回答,只说现在有急事等着他去处理,便立即挂断了电话。

很快,一栋两层的竹楼跳入何民的眼中。他上了竹楼,一眼就瞧到高教授正在挥毫泼墨,画竹子。

高教授画的每一幅竹,何民左看右看都差不多,甚至可以说都是郑板桥的翻版。但何民不愿意,随便一张口就扫了高教授的兴致。所以,每次欣赏高教授的画时,何民都显得比较有耐心,仔细地点评一二,最后还用十分恭维的声音对高教授说:"您就是当今的郑板桥!"

每次,高教授都乐得合不拢嘴。

今天,何民一眼扫过,嘴巴还是憋不住了,免不了随口吟出了郑板桥的一首诗:

一节复一节,
千枝攒万叶;
我自不开花,
免撩蜂与蝶。

高教授陡然顿笔,然后嘻嘻唱道:

衙斋卧听萧萧竹,
疑是民间疾苦声;
些小吾曹州县吏,
一枝一叶总关情。

何民愣了愣，似乎并不明白高教授的心思。今天，何民的确没有心情去仔细揣摩高教授的诗情画意。不过，此时他望着高教授满脸的笑容，又隐隐约约想到了那个女人。

她叫徐玉梅。当初，高教授介绍何民认识她的时候，偏偏何民初登局长宝座，春风得意，而徐玉梅煞费苦心，一言一行都在念生意经，捕捉商海中的每一个良机，从她身上显露出来的这种灵敏嗅觉，迫使何民简单地认为离这样的女人越远越好。

多见了两次面，何民慢慢地感到她的能耐的确不一般。似乎她身边的每一个人，都是那么趾高气扬、盛气凌人，都是何民曾经梦想巴结的权贵。何民要向上走一步，官升一级，必须要向这些人靠拢，同他们接触，让这些人开口为他说话。于是，渐渐地，何民转变了想法，殷殷地相待她。

慢慢地，赵春林跟着何民也认识了徐玉梅。虽然看起来赵春林鲁莽一些，但他好像天生就与徐玉梅有缘分。初次见面他俩就一见如故，喝得酩酊大醉，在酒精的刺激下，两人都涨红着脸，酒醉心迷一说一唱，其乐融融。这场景，太滑稽，太有趣，何民反而心底里有些难受，又有些莫名的酸楚，也丈量出了他与徐玉梅之间的距离到底有多远。后来，何民再也不愿意待在酒桌边给他俩当陪衬，索性出外散步。

徐玉梅能解开他心中的那个套吗？何民再三扪心自问，但又怕高教授窥见他内心的秘密和烦忧，连忙拿起笔，奋笔疾书，写了"东邪西毒"四个字，然后高歌：

东方日出竹林深，
邪门墨砚定心神。
西楼卷帘山雀窥，
毒蛇吐芯甘泉喷。

接下来，何民扔笔便告辞。

高教授非常惊诧。

前前后后加起来，何民在竹楼只停留了一刻钟。望着何民渐渐远去的背影，高教授低头看了看"东邪西毒"四个字，回味着何民刚才吟唱的那首藏头诗，隐隐揣摩到何民内心翻滚的波浪，使人无形之中感到压抑和可怕。而这种压抑和可怕，已经有多年没有降临到高教授的心头……

最为关键的还是，今天何民自始至终都不愿意向高教授透露出一丝这样的压抑和可怕。

5

无论何民如何掩饰，把一切埋藏在内心，不让任何人知晓，但他透露出的气息，传送出的情愫，让周围一个又一个人察觉到了。

这一点儿，甚至影响到了刘家严的情绪。

不过，不管遇到什么情况，发生任何事情，刘家严始终坚守这条信念：他只是一名司机，他的职责就是为领导服务，把车开好，保证领导的出入安全。至于其他的，何民不问，他从不作声，也不信口开河。

可刘家严一旦开口了，他的话往往引人遐想。有一句话，刘家严经常对人说起，也格外被何民赞赏。他说：当你开着车笔直地往前走，隔远就看见路口红灯亮着，但常常车一到路口，红灯便变成了绿灯，道路就畅通无阻了。

这话朴实无华，描述的景象大家天天在路上都能遇到，但细细地思索、回味，里面就蕴含着这样的哲理：世界在运动，万事万物在不断地变化着，逆境和顺境也在不停地交替着。

人生不也是这样吗？

何民移花接木，经常拿这句话打比方，教育干部职工，也获得了许多人的认同。但刘家严非常诚实地对人说："我真的没有想到这么多，我也不知里面蕴藏着这么大的道理。"

所以，何民总是逢人便说，从这一点儿就可以看出刘家严是一个老实人，千万不要让像他这样的老实人随便吃亏。

何民多次想从政治上关心刘家严，安排他当一个办公室副主任，或到哪个科室当副科长，但刘家严多次婉言拒绝了，并说："我只会开车，假若您要我做其他的，我什么都不会做，也做得不好，会枉费领导的一番苦心。"

今天，何民一上车，刘家严就瞧出了何民遇到了难事，心情不太好。但他不善言辞，也不知该说哪些宽心的话，让何民开心。所以，当何民回到了车里，呆呆地坐着，没有对他发出一声号令，他只静静地等待着。他也只能等着。或许，这比什么都好，使他免受何民的情绪感染，不能专心致志地开车。

这一刻，刘家严根本没有想到，他可想错了。

刘家严想，何民遇到了"红灯"，所以在"路口"停下来，一动不动地等待着那盏"绿灯"亮起。他没有想到，何民却恰恰看到了"绿灯"。只是今天交通秩序不好，何民通过"路口"时小心翼翼，生怕出现了差错。他左看看，右看看，稍微耽搁了一点儿时间。

过了一会儿，何民才对他说："走吧，到'民生房地产'去。"

刘家严感到非常意外，还以为自己一时打野，听错了话，便扭头看了看何民，问了一句："何局长，现在去省城？"

"嗯！"何民勉强点了点头。随后，倏然想起了什么，连忙掏出手机给赵春林打了一个电话:"赵局长,我马上到'民生房地产'去。你上午忙不忙?有时间就赶过来。"

电话那头随即传来了赵春林略微迟疑的声音:"好嘞,我加紧赶过来。"突然,他又好像明白了什么,十分爽快地对何民说:"今天又可以讨瓶好酒喝!不醉不归!"

何民听了,心中一喜,刚刚构想的一套新的上河村旧城改造方案仿佛有了一个好的开端。而现在,这套方案就装在他心里,他必须事先同赵春林当面沟通、探讨,由赵春林在局长办公会上提出来讨论,形成一份集体研究的意见,然后上报给市委、市政府,再根据市委、市政府的指示,一环扣一环,有序地实施。最终就是要达到这个目的,不管是领导,还是老百姓,让他们切实体会到,只有实施这套方案,上河村旧城改造工程才能真正彰显出政府执政为民,政府确实在为老百姓办实事、办好事。

目前,实施这套方案,急需一家在政治上有背景、在经济上有实力的开发商挺身而出,在招投标中击败曹建国、吴平之流,或者让这些人一看到入围的开发商名单,就自动退出竞争的行列,从而使工程得以平稳地施行,他也就可以轻而易举地在市委书记、市长之间走出一条中间路线,避免自己一再地左右为难,一再地陷入万劫不复的困境。

现在就去请徐玉梅来担当主角,以最优美动听的唱腔演唱这出戏。她掌管的民生房地产开发有限公司一到上河村,一定会使城里所有的人臣服,友好地接受,并欢迎它的到来。这一刻,何民像一名军事战略家,细心地思考,反复地推演,很快在心中为这套方案定了一个主题:暗度陈仓,出奇制胜。

一刹那,何民不知不觉从内心唤起了以前的一些自尊和自信,表现出异乎寻常的满足和镇定,心中顿时阳光灿烂,万物复苏,一派生机盎然的景象……他似乎胸有成竹,轻轻地闭上眼睛，靠在车里，又重新开始盘算起来，看这套方案里面有没有什么地方疏忽了，也好及时补上漏洞。

然而，何民完全没有意识到，从这一刻开始，上河村旧城改造工程虽然逐步朝着他能够掌控的方向发展，但是，同时也命中注定了，他这一招不仅很快就被市委书记、市长看破，而且好似直接击败了他们，导致他们对何民彻底地失望，不得不转变态度，采取必要的措施，维护自尊。

何民要为上河村旧城改造工程付出什么样的代价，他哪里知道呢？他根本不知道，他计划得越细致周到，天衣无缝，越是自掘坟墓。

一座崭新的坟墓正等着他一步一步地走进⋯⋯

当然这是后话。

当时，何民也权衡了一下事情的轻重。但他只是简单地掂量了一下，根本没有考虑到，他再怎么跳，也跳不出如来佛的手心。因为他一直都不相信，这个世界怎么会那么无情和绝情。毕竟，他自己认为，无论做什么，他都把国家的利益、人民的利益放在了第一位，个人利益放到了其次。而且，他对这座城市的建设所做出的贡献，大家有目共睹。没有功劳，也有苦劳。否则，刀架在他的脖子上，他一样会低头、退缩，委曲求全。

想着，想着，何民睡着了。他睡得很沉很沉。

6

不知不觉就到了省城。

"欢迎，欢迎，热烈欢迎何局长光临本公司！"何民还没有进门，耳边就响起了徐玉梅甜蜜的笑声和掌声。

"徐总，好久不见了，今天特意来……"何民本来想直接对徐玉梅说出他匆匆赶过来的原因，但出于一种责任，或者策略，他立马止住了话题，他还是想等一等赵春林，当面听听他的意见，再跟徐玉梅谈上河村旧城改造的事。

但是，何民的话音未落，徐玉梅就单刀直入，一下子捅到了他的心窝："何局长，听说您这几天被上河村旧城改造的事搅得发慌，连老婆都烦你，给你气跑了。我那位师姐可是百里挑一，难得的俏佳人。在我们这个地方，谁都不敢惹俏媳妇，要是惹怒了俏媳妇，可要受罚的。不过，在我这里就不必去想那么多了。你也知道，我这里虽然不是天然的避风港，但肯定是天然的牧场，许多人都在这片牧场上练习骑射，成为驾驭千里驹的勇士。不信，您试试，也一样会的。"

"呵呵，徐总，天上的事知道一半，地下的事可全都知道。"何民讪讪地笑了笑，接着又像开玩笑，又不像开玩笑似的对徐春梅说，"你是不是也对上河村旧城改造感兴趣啦？为什么不趁早去报名竞标？我们还是非常欢迎你和你的公司参与我们的城市建设的。"

"我才不去搅那浑水呢！现在，我把摊子铺大了，人手又不够，难以应付，不光您那儿，周边好几个城市都争取我过去投资，这不，都推得一干二净。再说，您那儿市委书记刚换，新来的领导往往雄心勃勃，一本正经想干好多事，在他的前程面前，还能顾得上咱们的利益？市长又盘踞多年，一手一脚把曹建国扶持起来，哪一项工程又能少得了曹建国？"

"可你忘了，去年年底，我们叶市长当面夸奖你年轻、漂亮、能干，还特别邀请你到我们那儿参观考察呢！"

"你们的市长，当他得知我是陈省长的嘉宾，他敢马虎我吗？他说的那几句话，只不过是官场上的逢场作戏，当着陈省长的面调节气氛而已,你还那么当真?"

"但是,如果你请陈省长出马,市委书记、市长能不答应吗?不信,你试试,一切假的都会变成真的。"

"哟,何局长,这可把话扯远了,在我这里,可千万别谈这些严肃的话题了。无论任何人,到我公司来做客,都是朋友,我这里可没有你们官场上的那股酸气,如果有了,你们也不会来了。"

徐玉梅举手投足之间,身上特有的女强人气概一览无余。何民目睹了,虽然觉得有点没趣,但还是忍不住想笑。其实,他也感到了,突然把话题扯远了,反而使徐玉梅产生了许多顾虑,认为他看中的是那些微妙的关系,而不是真心去劝说她参与上河村旧城改造。可现实生活就是这个样,好像这是约定俗成的规律,没有上层关系,即使你徐玉梅再有本事,公司再有实力,能承接到工程吗?不用说,也一样会被人拒之门外的。

何民清楚,事情谈到这种地步,并非坏事,最起码他琢磨出,徐玉梅在他的面前始终无法遮掩住她对上河村旧城改造工程的兴趣。如果她有什么想法,或有什么顾虑,今天不提也罢。

亏得何民特别有忍耐心,短暂的尴尬之后,他又回归平静。

这也是何民体会得最深的地方。

无论你是谁,只要一跨进徐玉梅公司的门槛,自然就会放松,就像回到自己的家一样,有时甚至比家还温馨。曾经有人这样打比方,要是在旧社会,徐玉梅肯定是一名出色的艺伎。她琴棋书画样样精通,只要你与她在一起,她稍加布局,就会使你沉浸在她所营造的氛围之中,让你从中领略到从天堂到地狱,再从地狱到天堂的幻境,让你安心地享受美好的时光,乐不思蜀。即使你厌烦了,她那儿幽雅的氛围,圆润的笑脸,亲昵的呼唤,也会使你产生美好的回忆,这样的生活是值得一个人一辈子珍惜和珍重的。

现在，这样的生活宛如一场政治"瘟疫"，在全省流行开来。省里、市里的某些领导纷纷嗜爱这一行，似乎一跨进徐玉梅的大门，同她说一句话，谈几句艺术，品味就自然提高了，自己立刻变成了大文豪、大艺术家。这几年，美术学院的高才生几乎被徐玉梅收入囊中，一一被她训练为特殊的"服务生"。徐玉梅凭借这一手，不知征服了多少人，也成就了她的一番业绩，她的商业帝国遍布全省，走向全国……

徐玉梅也是高教授的高足，比胡丽华还低三届。虽然她比胡丽华的年纪还小几岁，但似乎由于用心过度，酒色刺激，粉脂都遮盖不住她脸上的纹丝；她那对乳房尽管把衣裳衬托得鼓鼓的，但是越来越耷拉着，向下坠落，可不像胡丽华的那样坚挺，仿佛要从怀中跳出来，给人无限的想象。最关键的，她们两人似乎走向两个极端，胡丽华一脸的温柔，典型的贤妻良母相；徐玉梅一脸的刚强，典型的女强人模样……

假如时光允许一切可以开头重来，要他今天在胡丽华和徐玉梅之间选择，他挑选的还是胡丽华，而且他会把这句话当面告诉胡丽华，让她沉醉在幸福之中，让她像个小羊羔，被他搂抱在怀中……

想到这里，何民脸颊顿时红通通的。他已经有好几年没有这样的思绪了，也没有拿别的女人同胡丽华相比了。此刻，就这么胡乱地一比较，他还是觉得胡丽华好些！

但胡丽华跑了，她跑到哪儿去了呢？

幸好，徐玉梅站在一旁，并没有察觉到何民这些细微的变化。不过，有一点儿，何民不得不低头承认，如果不是高教授这层关系，按照现在的政治气候和商业氛围，他要想和徐玉梅套近乎，并非易事。

今天上午，假如不到高教授的竹楼去欣赏竹画，那何民无论如何也不会想到徐玉梅，也不会跑到她的公司，同她拉拉扯扯了这么久。谁都知道，上河村旧城改造这个项目至少有数亿的利润，尽管对徐玉梅来说，只是一个小数字，但毕竟是看得见的钱。

在钱的面前，难道有傻子吗？

所以，何民越来越信心十足，觉得这个目标已经被他牢牢地抓在手中，即使她想挣脱，也得自我斗争一番。

过了一会儿，徐玉梅才瞧出何民像丢了魂魄似的，不知埋头在想些什么。她以为自己刚才所说的几句话太冲了，刺伤了何民的自尊心，不觉有些内疚。似乎她第一次感触到何民没有了平日那种昂扬的气势，不禁反问自己，何民今天怎么反而像一个奶油小生，温顺，而又屈从？她想，女人都一个样，不光是做爱，哪怕做任何一件事情，表面上显得自己风光无限，但内心还是非常迫切希望被心仪的男人征服。而且越是刚强的女人，这种期盼越强烈。面对眼前的情况，她试图激发何民像往日一样强硬起来，以那种排山倒海、摧枯拉朽的方式去征服她，让她以他的意志为转移，心甘情愿地听他的话，按照他的安排去做事。于是，她不停地递过目光，催逼何民，让他开口跟她说话。何民却继续选择了沉默，这让徐玉梅感到有些无可奈何。这可不是她认识和欣赏的，也不是被她称颂的，官场之中值得她尊重的一位真正的男人。

为什么他会发生这样的变化？而她内心的这种感觉又从何而来？徐玉梅一次又一次地反问自己，否定自己。当她再一次靠近何民时，一股书呆子气从何民的身上飘散而出，熏得她不停地摇头发笑……

7

午餐非常简单,宴席设在"民生房地产"办公楼的二楼,四菜一汤。

"这四道菜是川菜、湘菜、粤菜、闽菜,每道菜又有四小盘,四个品种;汤是竹筒枸杞双菇汤。每一道菜分别由一名厨师做成,做这桌菜需要五名厨师。正因为每道菜做起来都有讲究,所以才有特色,量也不是很多,吃了才有余味,才想下次再来吃。"

徐玉梅简单地介绍了餐桌上的每道菜肴后,就为何民斟了一小杯五粮液。尽管每道佳肴造型精致,色泽鲜艳,芳香四溢,非常刺激人的食欲,但何民还是坚持等赵春林到时才举杯。可是,当赵春林和徐玉梅坐在一起,举杯痛饮时,何民就从主角变成了配角。

何民一点儿都不顾忌他的身份,反而乐得其所。他与徐玉梅喝了一小杯酒就推杯了,但他不忘给赵春林抛了一个眼神。赵春林立即心领神会,站起身,叫服务员换了两个大杯,他亲自倒酒,一瓶酒分两杯,和徐玉梅一人一杯。

徐玉梅一眼就看破了何民的心机,借酒装傻,口口声声埋怨何民不怜香惜玉,这么好的妹妹都不爱,趁机便把她酒杯里的酒往何民的酒杯里倒,然后又和赵春林拉扯起来,要碰杯,一饮而尽。

赵春林咧着嘴,笑哈哈地说:"男人不比女人差,喝下了酒眼打岔;女人不比男人差,喝下了酒心找家。"

徐玉梅可不是省油的灯，唱和道："男人不比女人差，喝下酒，眼打岔来吹吹打打；女人不比男人差，喝下酒，心找家来羞羞答答。"

赵春林忽然转换话题："吹吹打打，一条河流跃马征伐；羞羞答答，一个村落挥手开发。"

徐玉梅一笑："红毡艳舞酒先醉，白雪清歌心自明。"

何民一愣，忙凑合着说："喝酒！喝酒！"不等赵春林和徐玉梅答话，就把徐玉梅刚才倒过来的一小杯酒一饮而尽……

酒足饭饱，在返回的路上，赵春林趁着兴致问何民："何局长，您是不是想叫徐玉梅承揽上河村旧城改造工程？"

"赵局长，你说这可行吗？"何民随即反问一句。

"明摆着，凭借徐玉梅的关系和实力，绝对可行。掉头说，一块肥肉朝她嘴上送，她能放吗？从今天徐玉梅接待我们的架势，也可以看得出来。徐玉梅常说，这四道菜专门为陈省长备用的，您有这口福，难道不就表明了她心中有所考虑？看来，这件事有眉目了。"

"那她为啥遮遮掩掩？"

"其实，她早就摸清了我们的底细，也猜到了您找她的意图，倘若她强行插手，也担心当地有人从中刁难，于是她略施缓兵之计，让我们表态。"赵春林停顿了片刻，见何民没有接过他的话，又加重语气说，"您可千万不要小瞧她，被她平日一副欢笑的嘴脸给迷惑了，她才是一个颇有心计的女人。"

"如果真给她做，市委、市政府能否通过？曹建国、吴平甘心吗？"

"只要她想做，自然会有人替她说话，向市委书记、市长施压，曹建国、吴平之流顶多发几句牢骚，掀不起多大的风浪。"

"我看，事情并没有这么简单。巨额的利润，巨大的利益，不知要有多少人为之抛头颅洒热血……"何民摇了摇头，沉闷了两三分钟，又说，"市长明确指定曹建国。市委书记委婉一些，但我清楚吴平这个人，他瞄准的事，只要他想做，他会不择手段，下大本钱打通关节的。其他的人，招呼打得再多，也只等于白说。你说，如果不走这步棋，你我夹在两位大人之间，又该如何呢？"

"唉！您说，好好的上河村，改造什么呀？上面不是有政策吗，对于旧城改造，能不改造的，尽量不改造；能暂缓改造的，坚决暂缓改造；对必须改造的，才允许改造。您看，这天天村民上访的、堵门的不断……"

"话可不能这么说，"何民紧急打断了赵春林的话，解释一通，"上河村旧城改造，是市委、市政府的决策，我看，还是正确的。旧城不改造，城市面貌就不能得到提升。城市要发展，也必须走这条路。维护、执行市委、市政府的决策，是我们该做的工作。现在，关键的是我们如何寻找最佳途径，合理地解决矛盾，让正确的决策沿着正轨运行。"

"何局长，现在谁都懂大道理，讲顾全大局，但到了关键的时候，纷纷唱赞歌，跟领导屁股转，摆在眼前的事又有谁真正去管呢？最近，我也听到不少的风言风语，可能就您一个人蒙在鼓里，我还是担忧您。果真我们这样去做，事情迟早会穿帮的，就如同吴平、曹建国借书记、市长之手向我们施压一样，我们也在借省长的手操纵他们。"赵春林怕何民没有明白他的语意，竟直截了当地反问他，"假若为了这项工程的承包问题，您翻了一个大跟斗，值得吗？"

"赵局长，考虑得越多，事情越复杂，那还能办事吗？现在，眼前最佳的选择，就是走这条路。别管这么多了，只有让徐玉梅来试试。你也知道,我跟徐玉梅好像天生就有一种隔阂,这种感觉好像无论如何都消除不了。但凭你跟徐玉梅那股投机的缘分,只要多劝说两次,准能成的。你就大胆地去操办吧!有什么事,反正我顶着,所有的责任由我一个人负责。"

"那我就再跟她联系,有什么事再向您汇报。"

"在事情没有办妥之前,一定要注意保密。"何民思虑了一会儿,忽而又叮嘱赵春林几句,"千万注意,不要走漏消息,否则,此事将会闹得满城风雨,那你我都担当不了这份责任……"

赵春林嗯了一声,可他忽然好像意会到了什么,竟然不知道他到底应不应该直截了当地告诫何民一声,这套方案一出台,就等于直接地宣布何民同这座城市某股政治势力决裂。没有这股政治势力的大力支持,这将对何民的仕途,也将对自己的前程产生非常大的冲击。

何民估计到了吗?赵春林懊悔起来。当初,为何不多动脑筋想一想,要是自己在班子会上不提出反对的意见,事情自然就按叶市长的意见定了下来。顺从了市长的意愿,事情还会像现在这般费劲吗?

赵春林黯然拍了拍脑袋,责怪自己:"何局长是不是疯了?难道我跟着也疯了吗?"

第二天下午,赵春林跑过来告诉何民,徐玉梅已经答应了。

何民虽然预见到了,但是没有料到事情进展得这么顺利,这么快,他当即就同徐玉梅通了一个电话。何民还没有说出祝贺之词,徐玉梅就兴高采烈地抢过话头:"只要能让我的公司入围招投标,其他的事,自然会有人替我去打点。"

何民听了,长长地舒了一口气,接着便打电话给刘家严:"过一会儿开车到学校去接何昌浩,把他送到我姐姐家,今晚就叫他睡在那儿，明天早上叫我姐姐直接送他去上学。"

赵春林在一旁听了，望了望何民，随口问了一声："弟妹不在家？"

"她今天也很忙。"何民应付了一句，随后又深思熟虑了一会儿，就开始反复地嘱咐赵春林，尽快就细节问题与徐玉梅做进一步的沟通，按要求准备好各种资料，趁热打铁，敲定此事。

赵春林走了之后，为了避免节外生枝，何民又叫来刘政，要他通知所有的班子成员，必须在晚上七点赶到会议室参加局长办公会，一起专题研究上河村旧城改造的事情。当晚，在会上，赵春林详细推介了"民生房地产"。大家听了，都默不作声。何民只好首先谈了自己的想法。当大家从何民的言语中探测到他的心思之后，才陆续发言，简单扼要地谈了一些带有倾向性的意见和建议。何民综合了大家的意见和建议，并相应地做了一些疏通工作，才算统一了思想，在建设局领导班子当中通过了由"民生房地产"来承建上河村旧城改造工程的议题。

散会时，何民又盼咐赵春林再仔细揣摩，尽量完善，拿出更加合理的方案，并附上今晚开会的会议纪要，明天一早就上报市委、市政府。

8

何民回家时，已深夜十二点。

天格外地黑，几盏昏黄的路灯也穿不透这黑暗。何民好像在黑暗里飘浮着，一会儿高，一会儿低。他放慢了脚步。当他推开家门时，一道光亮几乎把他的双眼刺瞎了。他用双手遮住了双眼，过了好久才松开。然而，他惊呆了。

胡丽华坐在客厅里。她瞧见何民站在门口，痴痴地望着她，迅速别过脸去。

"回来啦！"何民轻声地问候了一声。

"事情都这么快解决啦？"胡丽华突然转过头来，板起面孔，狠狠地向何民叫嚷。

到了这个时候，何民还是有些糊里糊涂，但他不愿意继续同胡丽华争吵下去，以免把这个家推向"冷战"乃至解体的深渊。于是，他依旧装着糊涂，不解地问道："什么事？"

"上河村旧城改造工程，你为什么不做顺水人情，让曹建国承包去做呢？还连夜开会，硬把徐玉梅拉了进来。你说我回来干什么？我告诉你，我今晚回来就是劝你回头是岸……"

"你是怎么知道的？这些都是单位的事，你怎么知道得这么清楚？"何民哆嗦着，惊讶得目瞪口呆，过了很久才吭声，"你还是少关心一点儿这些事，多关心一点儿儿子。"但话还没有说完，何民就意识到事情非常复杂，超出他的想象。

刚刚开完班子成员会，刚刚在会上商定的事情，不到两三个小时就泄露出去了。何民除了再一次强烈地感到自己的无奈，就是找不到任何其他的理由或办法，使自己能够再一次平静下来。他确信，关于上河村旧城改造工程，领导班子全体成员表面上好像统一了观点，暗里分歧还是很大。换句话说，不同的人，受不同的人指使，代表着不同的利益，在做不同的文章，以至于他更加确信曹建国已用金钱腐化了身边不少的人，他们已成为金钱的奴隶……

胡丽华突然从沙发上蹦起来，走到了何民的面前，打断了他的思绪。她像对小孩似的大声呵斥何民："我才不管你建设局的事。我还不是为你的前程着想，你以为你这个局长来得容易，坐得稳吗？我问你，曹建国送给你两万块，你收了，你为什么不告诉我？这两万块钱拿去做什么了？"

何民火冒三丈，这几天忍受的压抑全面爆发，他扬起手来，准备抽胡丽华两耳光。但他瞬时明白了，胡丽华也是真心为他好。他的手停在半空，猛地反向，指着胡丽华的鼻子，吼道："我到现在都弄不清楚，这是谁告诉你的？你还真为这两万块钱离家出走，向我下最后通牒？你是我的老婆，还是别人的老婆？就这样向我施压，你得给我留心，动动脑筋想清楚，再来向我讨说法。"

"我今天就明确告诉你，这是曹建国打电话告诉我的。他要我捎个口信给你，叶市长当面对他讲了，现在他仍然有这个权力，能够把什么人推上台，也能把什么人赶下台。曹建国还跟我说，你这个工程不给他做，也得给他做，否则就凭那两万块钱，也叫你当不成局长。你当不成局长了，你也就没有那个决定权了。"

何民根本没有料到，曹建国还敢跟他玩这么一手，赤裸裸地威胁胡丽华，赤裸裸地想挟持他。他一阵颤抖，不由降低了声调，自怨自艾："这个……想不到曹建国是这样歹毒的人……要不是叶市长，我才不要那两万块钱……"

"曹建国是谁，没有一个人不知道，他是叶市长花了数十年心血，一手一脚扶持起来的大老板。现在，到处都在传说，曹建国还只是一个傀儡，他的公司真正的幕后主人就是叶市长。你拿了他的钱，就等于拿了叶市长的钱。道上的规矩，拿了人家的钱就得替人家办事。再说，你没有叶市长，今天能当这个局长吗？不然曹建国怎么一个劲儿地叫嚣，你背叛叶市长，目的只有一个，那就是同他划清界限，准备投靠左书记。"

"这个我清楚呀,没有叶市长的鼎力推荐,我再有文凭,再有水平,也当不了这个局长。但今天我终于明白了,叶市长正是瞧准了我的弱点,我的忠心,我的奴才本质,以及你的推波助澜。这些年,我给他办事,还办少了吗?市政建设一大半工程都是曹建国做的。送我两万块,就是送我两个亿也不算多。曹建国有了钱,拉起了黑社会,现在变成了当仁不让的黑老大。这不说,就拿上河村旧城改造前期的拆迁工程来说,他派出一个又一个亡命之徒,像鬼子进村,已把整个上河村闹得鸡犬不宁,村民到省市上访,哪一条没有道理?这后面的工程,我还敢让他承包吗?何况,左书记再三点名批评了我们,并多次强调,坚决杜绝社会人员参与上河村旧城改造工程。"

"叶市长都不怕,你怕什么?"

"就这几天,谁给你灌了那么多迷魂汤?你怎么哪壶不开提哪壶。他叶市长怕什么,反正要退休了,你说,他哪件事不敢做?可在此事上,我不能只单纯听他的。如果随了他,那将来肯定会出大事的。老百姓果真到北京去集体上访,第一个被问罪的不是别人,一定是我——何民。再说,他们可以向下推卸责任,那我把责任再向下推给谁呢?我也得站在全局高度,均衡考虑问题,替大家分忧,希望大家都好,都平安,那才是最好的……"

胡丽华不等何民把话说完,就打断了他的话,对他说:"哪个愿意管你那些叫人吃不好睡不着的事。我只说那两万块,足以叫你身败名裂,难道你一点儿都不考虑,一点儿都不怕?"

何民解释:"那是三年前,建城市中心广场的时候,曹建国送来的。开始我坚决不收,第二天叶市长叫我到他的办公室,要曹建国拿出来,送到我手中。我推辞了几次,叶市长脸色立即严厉起来,说我不给他一点儿面子,并强行要我收下。叶市长还说,如果觉得不妥,可以上缴给纪委,或者拿出来捐献老百姓。你说，我敢明目张胆地拿出两万元钱来，说是谁送的吗？那周围的人怎么想？普通老百姓又怎么想？当时，我是这样想的，我为什么拿这两万块钱，叶市长可以做证。有叶市长为我做证，我又怕什么。今天，曹建国想拿这来做文章，真是狗急跳墙，他的心愿不会得逞的。"

何民略微停顿了一会儿，叹了口气，接着又说："噢，也是非常巧合，冯犁得了癌症，没有钱治病。不知曹建国从哪儿打听到了我跟冯犁的关系，当他听到叶市长说的最后一句话时，连忙紧跟着说，叫我把那两万元钱送给冯犁治病，也算我的公德。当时，曹建国好像非常有同情心，详细向叶市长介绍了冯犁的病情。我非常惊诧，不知曹建国怎么对我了解得如此透彻？我犯糊涂了，当场把那两万块钱收下，第二天便送给了冯犁。否则，就是叶市长下死命令，我可能也要斟酌，不会轻易接过那两万块钱。"

"就是你那个老相好，老处女，该死！可谁给你证明呢？既然曹建国敢拿那两万块钱出来做文章，给你施加压力，他肯定经过深思熟虑，自然有另外一种说法。否则，怎么能拿这个来威胁你，令你按照他的意图办事？这也肯定是经过叶市长点头认可的，他还能为你做证，把你洗白吗？"

"我和冯犁到底有什么关系，你难道不清楚吗？十几年都过去了，至今还在猜疑？至于说到钱，那就得凭良心了。就凭曹建国的黑心黑肝，这项工程也不能让他承包。"

"你能决定吗？现在这个社会，良心值几个钱？你咋还这么单纯……"胡丽华越说越着急，眼泪扑簌簌往下掉。

"哭什么，哭又有什么用……末日还远远没有降临。你恨我也好，离家出走也好，至今我并没有怪你呀。但你是死脑筋，这么轻易就受曹建国摆布，向我施压，我怎么能原谅你呢？在这件事上,不论曹建国要什么手段,我坚决不受他要挟,不向他低头。"何民忽然火了,掉头训斥起胡丽华。

"要怪就怪你自己。你没有感觉到,你天天回家生闷气,发脾气,我受得了吗?上河村旧城改造,是建设局的事,又不是我们家的事。曹建国不给你打电话,却偏偏天天给我打电话,拿那两万块钱的事来威胁我,还说你所做的那一切只是为了一个女的。我也猜测得到,你是为了冯犁,如今她人都死了,我还会胡思乱想吗?我想把这一切都告诉你,但你接二连三地不理睬我,现在还朝我发火,你说你像人吗?"

听了胡丽华一番话,何民僵直地站着,一动不动。

此刻,不管胡丽华做了什么错事,他都会原谅她,也愿意从心底里再次亲近她。可掉过头来,何民又恼怒起来。今天晚上,又是谁,这么快就把邀请徐玉梅参与旧城改造的消息透露出去了?甚至连胡丽华都晓得了,那市委书记、市长,包括曹建国、吴平,肯定都知道了。这使他又陷入了惘然之中。这样的炸弹接二连三地炸响,震耳欲聋,无形之中激发了何民的逆反心理。他更加明白了,这是一场比真枪实弹的战争还残忍的战争。他暗暗地鼓励自己,越到关键的时刻越不能动摇,越不能退缩,必须更加坚持自己的观点,硬着头皮走下去。

"既然你什么都知道了,那就别为我流泪好吗?"何民心一软,拿来毛巾边为胡丽华擦拭眼泪,边继续说道,"做这件事情,就算是我自找苦吃,现在掉头想起来,我又不知为了谁?为了什么?"

胡丽华把他的手一推,低声说道:"我流泪,我这是为谁流泪,你知道吗?为你,为这个家呀。到了这紧要的关头,你还是那么执迷不悟,你以为我不知道,其实我什么都知道。曹建国对我说,这是你在跟叶市长掰手腕,并说你如今翅膀长硬了,翻脸不认人；吴平对我说，这是你代表叶市长在跟左书记较量，趁左书记刚到，立足未稳就给他一个下马威。你说，如今你有多大的胆？我之所以离家，是想讨几天清静日子过。但我能放心吗？"

"事情还远远没有这么复杂。也正因为如此，我才找徐玉梅……"

"你别提徐玉梅，你这样做，只能把事做坏！但你借徐玉梅的手请出了陈省长，省长向市委书记、市长施压，如果他们能理解你的苦心，那什么都好，如果不能理解，你该怎么办？连我都瞧出了这其中的微妙之处，难道其他人瞧不出来吗？难道左书记、叶市长瞧不出来吗？明天，又不知有多少人在兴风作浪，要把你扳倒，使你永远爬不起来。"

"到了如今这种地步，我也骑虎难下，不然市里怎么把旧城改造的事像抛包袱一样扔下来。就算重新再来，要我在市委书记与市长之间选择，我又能选择谁呢？"

"看来，也只能这样了。那……那两万块钱怎么处理？要不，我明天取钱退给曹建国。"

"千万不要这样做。就算你退给他，如果他始终要拿这件事情做文章，他会收吗？退一步讲，就是曹建国告我，我也会向组织说清楚的，那两万块钱我已用于救助冯犁了。"

"可我心里总感到不踏实……"

9

方案上报后，一连十多天没有任何消息。

有几次开会，何民碰到了左书记、叶市长，但他们仍像往常一样寒暄几句，说些无关紧要、不痛不痒的话。何民明显地感觉到,他们似乎有意避开上河村旧城改造这个话题。

看着市领导漠不关心的样子,何民有些气馁了,他不止一次对赵春林说:"找一个恰当的理由,把上河村旧村改造工程往后推一推。"他甚至猜测,可能市领导认为这个问题比较棘手,也有了这种想法。可万一他们不是这么想的,那自己不是非常被动?要是真的到了七月一日,市领导督促工程开工,纵使自己有回天之力,一时也难以达到要求。特别是新来的市委书记,在追求政绩的时候,他愿意与失败者站在一起吗?

时间一晃而过,进入了六月,上河村旧城改造工程像一副重担,越来越重,压在何民肩上。他每天躬着腰,人好像已没气了。最近一次开会,何民忍不住心中的焦急,很想开口问问左书记,但望着左书记蔑视的眼光,何民退避三舍。他生怕自己意气用事,带来一些不和谐的因素,与会场上喜气洋洋的气氛不相融洽,于是早早退出会场,最终只得把想说的几句话藏在肚子里,带回了家。

在家里,何民寝食难安,有时甚至怄气,对胡丽华说:"不知为什么,这几天我总感觉到太累了。以前,人累了,睡一觉就自动恢复了。这次,却完全不一样,从来没有像这样累过,也不清楚人怎样累成这样子,就是浑身难受,不想吃,不想喝,也不想睡,不知得了什么怪病。"

胡丽华三番五次地催促何民到医院去找医生看一看,但何民又说:"有什么病呢?可能还是累了吧,多休息几天,会好起来的。"

何民这般迷迷糊糊地过了几天,却不知不觉之中开始了另一种崭新的生活。无论中午、晚上,只要下班了,就心想着赶快回家。或许夫妻和解,给他带来了一份愉悦的心情,何民每天细细品味着家庭的温情，一切都变得轻松自在，反而乐得天天在家里搂着胡丽华的小蛮腰，没完没了地跟她斗嘴。只要儿子不在家，何民就把她抱起来，同新婚之夜一样钻进洞房。胡丽华的身上哪儿高，哪儿低，哪儿圆，哪儿缺，何民处处熟悉，处处化作一股奇异的力量注入他的体内。何民浑身燥热，恨不得一口吞下胡丽华。但过了十几年的夫妻生活，他知道，这时必须忍耐着，让美好的时光延续下去，直到地久天长。他缓缓地抬起双手，沿着胡丽华的身体时急时缓地游走着，捏拿着，让她欢快地发出轻微的尖叫声。当他每次把她死死地压在身子底下时，心里一直为她喝彩，忍不住逗她："你不健身，不减肥，但身子如玉，腰部细小，永远一个样！永远新鲜！"胡丽华满脸红晕，微闭着眼睛，含笑不语。何民看着她柔软地瘫在床上，颤动着，越发冲动。他觉得自己雄劲十足，一点儿也不累了。他的骄傲和自豪就这样一点儿一滴地在胡丽华的身上积聚起来。

　　胡丽华也明显地感知到了何民的这种变化。已有四五年了，每次做这事时，何民好像应付她，把她推到一边，说："工作太忙了，人累了。"慢慢地，她开始怀疑自己，是否女人一到三十多岁，就红颜衰退了。但到了今天，她似乎更明白了。她觉得结婚十几年了，何民都没有赐予她这样的幸福。这样的幸福令她浑身酥软，她像一只小白兔钻进了何民的怀抱，她的身子和魂魄融化在何民的怀抱之中。于是，她越发迎合她的男人。她甚至剧烈地摇摆起来，一声长一声短地呼叫着，引诱何民，挑逗他，让他像一匹脱缰的野马，勇往直前，忘记烦恼和忧愁；让他在她那高耸的山峰之上攀登，在她那茂密的森林里围猎，获取胜利的果实，获得满足；让他一次又一次战胜她，用胜利来培养他消退的斗志。当何民疲劳时，她便翻过身来，双手死死地抱着何民，贴着他的耳根对他说："真的，我爱你，爱你的儿子，爱这个家……"

何民听了，猛然一翻身，用嘴堵住她的嘴，又把她压在身下……

渐渐地，何民连平日的一些习惯也悄然在改变。早上，胡丽华不喊他，他不起床，不到八点半不想出门。闲暇时，他多半坐在书房里，翻看何昌浩的作业，为儿子纠正了不少错误。父子之间经常还就课本知识展开探讨，开始有了说不完的话。胡丽华在一旁听着，脸上洋溢着甜蜜与快乐，心中却又断断续续游弋着一份担忧。

现在，何民待在家里，守着这个家。可男人就应该在外面混出一番天地来，何况何民还是这座城市的建设局局长，单位上的事也够他应酬的。

胡丽华比谁都明白这个道理。如今，她并不怕何民难耐冷清，而是怕她唤醒了何民的一种对生命原动力的渴望，却又丧失了另一种动力。如果他自暴自弃，在她温柔的怀抱里迷失了方向，甘愿过着这种安逸、闲散的生活，那又该怎么办呢？她不由得想到了那个像她父亲一样的高教授。她打电话邀请高教授到家里来做客，希望他能够帮助何民，唤回何民那远去的理想和梦想。

高教授非常爽快地答应了，并将时间定在六月十四日晚上。

这一天，还未近黄昏，夕阳就不知跑到哪儿逛街去了。天空阴沉沉的，没有一丝风，天非常闷热，好像快要下暴雨了。突然窗外响起了几声喇叭，打破了这片沉寂。胡丽华站在厨房里听见了，大声喊道："何民，快出去看看，是不是高教授来了。"何民打开了大门，左看右瞧，没有一个人。何民正准备反身回屋时，从旁边走过来两个人。胡丽华也瞧见了，她觉得个子高一点儿的那个人非常面熟,想了想,才记起他是市纪委的一名副书记。何民和那两人非常熟悉,握了握手,并比画着,简单地说了几句,他们就一左一右拥着何民钻进了一辆小车,很快便无影无踪了。

胡丽华一阵惘然,瞪着双眼,但想不出其中的缘由。"不对!"胡丽华自言自语一声,很快就做出了判断,并感觉到一种不祥的兆头袭上她的心坎,她赶忙拿起电话拨打何民的手机,但手机关机了。她立刻傻了,一屁股坐在了地上。

高教授来时,望着胡丽华痴呆地坐在地上,像疯子一样,披头散发,一把眼泪,一把鼻涕,他立即被一头雾水笼罩,一脸的笑容顿时跌落在地上。胡丽华直愣愣地望着高教授,过了好久才哇地哭出声来,高教授反而觉得他的那颗心得到了少许的安稳。高教授想,是不是他们夫妻扯皮了,如果真是这样,他还得劝一劝。于是,高教授旁敲侧击,试探着问胡丽华:"何民还没有回来?"

胡丽华没有直接回答高教授的问话,就噼噼啪啪地把这些天前前后后发生的事情向他倾诉了一通,最后胡丽华斩钉截铁地说:"这是曹建国做的手脚。"她又望了望高教授,痛苦地说,"何民糊里糊涂地收了他两万块钱,就是跳到黄河里也洗不清呀。"

很快,高教授就明白了事情的缘由。可他挠头一想,人心不可能有这般险恶,可能又是胡丽华胡乱猜想了。但当胡丽华一讲到徐玉梅时,高教授眼前一亮,他严峻的表情顿时从脸上退去。他想,如果请徐玉梅打听,肯定会有结果的。即使何民有什么不测,她也会托人从中周旋,帮助何民的。

高教授陪着胡丽华一直坐到晚上十点多钟,但是何民仍然没有回来。他这时才觉得胡丽华所讲的情况有可能出现,便安慰了她几句,连夜赶到省城,找到了徐玉梅。徐玉梅打了一个电话,不一会儿有人回话,说当地市委非常慎重,下午开了一个常委会,就有人举报何民受贿的问题进行了讨论,并做出了决定,何民确实被纪委双规了。

然后,徐玉梅对高教授说:"这得看何民到底出了什么事,才能做出判断,采取什么措施应对。"

沉默了一阵子,徐玉梅又说:"就何民的为人和为官,比较清白,一定不会有多大事,她会找人关注此事,尽力帮助何民渡过难关。"

最后,徐玉梅叹息道:"何民就是太干净了,有时候不愿意与这个世界为伍,自然与一些领导在经济上没有多少瓜葛,大家都觉得与自己没有牵连,所以替何民说话的人只说他工作做得好,但也产生了一定骄傲的情绪,甚至不把一般的领导放在眼里,连一向称赞何民的叶市长,这次也改变了口气,说他也感觉到了一点儿,何民是一个难得的好人,但就是人太年轻,做事不稳重,如果违纪就按章处理,如果违法就依法处置。"

徐玉梅当着高教授的面说了很多,他却好像并没有听到,只清清楚楚记得徐玉梅斩钉截铁地表态,要帮这个忙。高教授顿时热泪盈眶,随即打电话,把这则消息告诉了胡丽华,再一次劝慰她要宽心。

"要让人灭亡,就必须使其先疯狂。"高教授跟跟跄跄地走出徐玉梅的大门,不知对天还是对地自怨自艾。出了省城,黑魆魆的天空掉下了几滴雨,砸在车上,啪啪地响,高教授不禁又嘟哝起来:"如今这个世界太疯狂了,何民怎么也变得这么疯狂……"

10

　　三天后，何民才回到家中。

　　何民像浑身散了架似的坐在书房里，一句话都不说。

　　短短的三天时间，他整个人就变了样。他脸颊瘦削，脸色蜡黄，眼窝深陷，眼光散乱，形容憔悴，头上也多了几根白发，仿佛成了六七十岁的老头子。

　　胡丽华看在眼里，痛在心中。她知道，何民在这三天肯定受到了许多委屈，受到了许多折磨，但他全都憋在心中，也不对她倾诉一句。她紧紧地抱着他，慢慢地亲他，悄声地问他，用心去温暖他，他都不吭声。

　　如果把心里的话倾诉出来，人就会好受一些。胡丽华想。但何民始终耷拉着脑袋，像个疯子。胡丽华一时慌乱，再也不晓得怎么去劝说他，让他开心，让他回到往日快乐的时光当中。忽然，她想起了曹建国，一边怨恨他，诅咒他，一边拨通了他的电话，大声叫嚷着："曹建国，你连畜生都不如，简直不是东西，要不是我家何民，你能赚几个钱？你把我家何民搞倒了，我肯定去告你，也叫你倾家荡产，不得好死……"

　　胡丽华骂了半天，何民才依稀听懂了她的话音，连忙跑过去，伸手压住了电话，对她说："如今，到了这种地步，对这种人讲道理，说这些话还有什么意思，还起什么作用呢？不就是两万块吗，我已详细向纪委说明了前因后果，明天拿钱上缴不就了结了。"

　　胡丽华抢前一步，跪在何民的面前，拉着他的手失声痛哭："你是为了救人啊，你没有拿那两万元钱，你没有拿，你为什么不向他们说清楚？你也可以把责任朝我身上推，说是我收的呀……"

胡丽华短短的两三句话，真情实意，在何民的心中回旋着，碰撞着他的灵肉，仿佛给他"爱"的力量，滋补着他，温暖着他，他心情立即舒畅多了。何民转而一想，胡丽华也是人，是一个需要幸福的女人，是一个需要男人衬托的女人，是一个需要荣耀和满足的女人。她精明、能干，知道自己在危难的关头能够替何民做些什么，哪怕承担责任，但何民从一开始就拒绝了她，不愿意让她跟着他受苦受难，不愿意让她陷入这是非之中。

夫妻本是同林鸟，大难来时各自飞。但大难来时，胡丽华还能同自己同甘共苦，这就是最大的"恩爱"。何民想。现在，胡丽华的一丝安慰，哪怕随口说的一句话，都产生了一种她自己估量不到的效果，使一个仿佛受尽了生活折磨的生命，重新焕发出对生命的渴望和热爱……

何民冷静下来，他扶起了胡丽华，相拥着，坐在沙发上，轻声细语地对她说："你刚才说的这些，都不能说明问题。办案子，要凭事实说话。当时，他们就要找证人核实情况，我便明确告诉他们，冯犁死了，他们不再说什么。你想，这件事，我连你都瞒着，我还能让其他人晓得吗？没有证人，光凭我一张嘴，说得再多，没什么用，他们也不听，还说我推卸责任。何况，曹建国像个疯子，在背后死死地指认我拿了那笔钱。如今办案，对他们那样'举报的人'网开一面，还说有立功表现，对我们这样'受贿的人'严加查办，你说我能咋办？"接着，何民深情地望着她，安慰她，"今后，你也别再哭了，为这事，值得这么伤心流泪吗？……答应我，别再为我流泪，好吗？"

"何民，受这种罪，我是觉得窝囊。真正贪污受贿的人在台上天天讲廉政建设,还继续天天贪污受贿,谁又去管他们呢?而你天天讲正气,我也天天跟你吹枕头风,别看眼前的小利益,好好当官,当大官,其实反而害了你。要是你贪污受贿几百万几千万,就是判你十年二十年,我反而不会这么难过。我哭,既是为你哭,但又觉得不知为谁在哭啊……"

"怎么能这样胡思乱想呢?毕竟我接了曹建国的钱,不管用于什么,当时还是存在着一份私心。但无论如何我没有想到,这是曹建国下的钩,还有叶市长下的饵,到关键的时候,把我钓住了。"何民顿了顿,接着又像疯子似的说:"那一刻,我也想反击,我也想像一名勇士去战斗,去同他们斗争到底,可不知为什么,我怯懦了……"

何民的话还没有说完,就像瘫痪的病人倒在沙发上。胡丽华赶紧抱起他,说:"这都不能怪你,你心也太慈悲了,你不该当官。但你为何不把叶市长强行要你收钱的事,向他们叙说清楚,也许他们会另做处理的。叶市长够心狠的了,也不怕你把他为了曹建国垄断市政工程,平日向你施压的事全都抖了出来。"

胡丽华的话一出口,何民就连连叹气。

其实,当时何民也曾考虑过,但叶市长在这座城市经营了十年,根基扎得深,几任市委书记都让他三分。何况他平时安排别人做什么事,特别是踩线的事,都只说说。常言道,口说无凭。他从不留把柄给你,连平时向他反映情况,有什么难处,他替你出面打通关节,都可以,但他从不写条子,不做批示,事事都留有回旋的空间。尤其涉及市政工程,每一次事先他都把何民单独叫到一边,一一做了安排。何民总觉得他才是建设局的局长,而自己是副局长,只有执行权,没有决策权。现在,即便你将一些事情说得再清楚,但无凭无据,又没有第三人在场，他只随便说说，时间久了，也许记不起了，就把整个事情推脱得一干二净。

再退一步讲，如果真的把叶市长牵扯进去，那他把自己择干净，没有什么事了，就会变本加厉，更加会趁机踩何民一脚，何民恐怕连后退的路都断了。基于这些考虑，所以，办案人员再怎么逼问何民，何民也没说什么，也不敢随便瞎说什么。这就自然而然给自己留下了一条活路。这么简单的道理，胡丽华不一定懂。但何民还是对她说了自己当初的判断。最后何民说："这也就是我自认栽了的原因。"

"那我再去找找高教授，求他托人再通融一下。"

"到现在，就没有必要了。其实，从他们办案的口气，我慢慢地明白了，有人在打招呼，替我说话，而且所说的话起到了决定性的作用。但我不知道是谁。今天才弄清楚。否则，他们一致认为我是一条大鱼，准备穷追猛打，不会只双规两三天就放我出门。但我难道不清楚自己的肋骨有几根？待在里面，我怕什么？掉头来说，关的时间越长，我越不心慌，反而有人会比我心慌的。"

望着何民双眼闪现的泪花，胡丽华赶忙用手擦了擦眼泪。她尽量压抑自己，让自己平静下来，不想再说什么，不想再流泪，但泪水仍然像一条河流，哗啦啦地流淌着……

11

晚上，建设局所有领导班子成员一起来到何民家中看望他。他们怕话说得过多，稍有不慎，一漏嘴就勾起了何民心中的酸楚，惹得他心情不痛快，便稍微寒暄几句，说了些不着边际的话，就告辞了。临行前，何民单独把赵春林拉到一边，悄悄地问他："今天已经是六月十九日了，市委、市政府有没有批准上河村旧城改造的方案？"

赵春林没有作答，只惊慌地摇了摇头。

何民陡然觉得自己刚才所问的这句话是多余的。他对此事都一概不知，赵春林又怎么可能知道呢？按照最基本的组织原则，现在他还是建设局局长，有什么安排，市里首先要同他通气，下达指令。既然都不闻不问，自己又何苦去操那份心。

接下来几天，市里有个别领导还是比较关心何民，不断地打电话告诉他，从左书记、叶市长的言语之中透露出的信息，好像对他的意见越来越大。大致还是上河村旧城改造的事，说他根本就不把市委、市政府放在眼里，没有向上级汇报一次这方面的情况，却滥用职权，擅自做主，招揽承包商；话题再转到他的受贿问题上，虽然数额较小，但性质非常恶劣，在社会上影响十分坏，不可宽恕，可能要动刀子了，估计最少都要受到撤职的处分。并告诫他，目前最关键的就是要想方设法保住位置。

何民听了这些话，像热锅上的蚂蚁，终究还是坐不住。在胡丽华的劝说下，何民到左书记的办公室，向他坦诚地谈了事情的前因后果以及自己的想法。左书记耐心地听着，没有打断他，也没有插一句话。等何民把话说完后，左书记客客气气地对何民说："我非常清楚你目前的情况，你还是回建设局安心工作吧，组织上自然会综合考虑，做出合理的决定。"

何民浑身一颤，恍惚间，忽然想到了吴平。

已经有十多天没有见到吴平，也没有听到他任何消息了，他还能像往日一样友好往来吗？如果托他上门找左书记通融关系，或许事情就好办了。现在就去找他，请他喝酒，请他到上河村去转转？但何民马上把这些想法存放到心底，非常痛苦地否定了。

在人生的道路上有时只轻轻地跨出一小步，就退不回去了。如果有朝一日，失去了已有的地位、过惯的生活和奋斗的目标，自己难道就真的不后悔吗？何民还想到，自己这么年轻，不干出一番事业，不得到一个更加像样的职位，这辈子能心甘情愿地低头吗？可现在的他，越来越南辕北辙，茫然失措。他木然得像一个迷途的少年，不断地责问自己，人到底为什么活着？是为过去、现在，还是将来？是为金钱、权力，还是尊严？

而最令何民不能理解的，就是如今的自己。他为什么要设计这套方案，并且这么倔强这么顽强地走下去？假若他顺从了左书记或叶市长，叫吴平或曹建国来承接这项工程，或许随着时间的推移，思想情绪的变化，他们也会做得很好。那左书记、叶市长之中，将会有一个人为自己说说话，挑挑担子，自己也不会像现在这样终日诚惶诚恐。

这是自责还是后悔？何民苦笑着，但他在心中始终不愿低头，就这么轻易地去承认他犯错了。其实，何民知道他没错，错就错在人事关系太复杂。

何民像虚脱了一般进了家门，胡丽华从他的神态上也揣摩到事情的严重性。她不敢再随便说一句埋怨的话，专门拣些宽心的话说，并温柔体贴地靠近他，想用自己的身子给他另外一种补偿，消除他的疲惫，让他振作起来，继续去战斗。但任凭胡丽华怎么说、怎么做，何民就是心烦气躁，嫌她太唠叨了，太不了解人意了。要不是胡丽华每次都退让一步，那么这个家就变成了火药库，天天都会发生剧烈的大爆炸。

胡丽华决定铤而走险。她避开何民，偷偷去央求高教授帮忙。高教授和她一起到省城找到了徐玉梅，要她请陈省长出面保全何民的位置。徐玉梅好像十分为难似的，搪塞了半天，最后才勉强答应，并遗憾地说了一句："我也不该到上河村去凑热闹。"

这句话，高教授和胡丽华听得一清二楚，他俩惊呆了。

何民又在家休息了两天。

六月二十一日，何民一到办公室，赵春林就告诉他："这两天，您关了手机，市委办公室打几次电话来找您，我们说您下乡去了，一时也联系不上，他们就通知刘政拿回了这份书记办公会会议纪要。这份会议纪要，首先肯定了我们所做的工作，最后市委、市政府原则上同意我们上报的上河村旧城改造方案，但要求我们必须公平、公正、公开地实行招投标，尽快确定承包商。"

"昨天晚上，刘政已把会议纪要送到我家中，我看过了，"何民停顿了一下，望了望赵春林焦急的模样，好像安慰他，又好像应付他，"那你就赶快按照市委、市政府的意见办理吧。"

赵春林想解释几句，征询一下何民的意见，但瞧见何民神情恍惚，心不在焉地仰靠在椅子上，他的嘴巴好像被一种无形的东西封住，想说也张不开嘴。

赵春林略微思索一会儿，才慢吞吞地发出声："还得请您主持这个招投标现场会。"

何民淡淡地嘟哝："是否还有这个必要……"

赵春林听了何民的话，又愣了一阵，他居然想起了时下非常流行的一句话，这是改革的年代，改革是要牺牲一部分人的……

赵春林从来没有觉得何民如此伤感。他本来还想安慰何民,但想了想,这时的安慰又有什么用呢?

他没有再作声……

12

似乎过了这一天,何民便成了城内所有人茶余饭后谈论的焦点,各种杜撰的小道消息满城飞。就连建设局的干部职工都摸不着头脑,不知哪些是真,哪些是假,纷纷替何民扼腕叹息。也有个别人喜笑颜开,四处打听下一任局长是谁……

一天晚上,何昌浩放学回家,惶惶地问:"爸爸,同学们都讥笑我,骂您是个大贪污犯。您是不是?您是不是被撤职了?"

何民瞪了他一眼,想教训他几句,胡丽华急忙把他拉到一边,对他说:"好好读书,莫瞎说,爸爸怎么可能是贪污犯呢,爸爸是局长……"

就在各式各样版本的传说中,日子一天天地逼近七月一日。

经过这番折腾,何民渐渐地回归到平凡的世界。他像一个沉睡者突然睁开眼睛,重温失去的记忆,深深地品味到了最初当局长的那份感觉和自豪。他猛地拍了拍胸膛,审视自己,发现自己还活得好好的,非常健康,并且还是局长,大家也一前一后地喊他局长。何民十分欣慰,马不停蹄地开始工作。接连几天,他叫刘家严开着车,有说有笑地到几个下属单位检查了上半年的工作,并就上河村旧城改造工程集思广益。忙忙碌碌之中,他忘记了以前所发生的一切。

有些事情甚至出乎人们的想象。大家都以为,上面不过问,何民就会听之任之,把上河村旧城改造工程扔到一边不管了。但何民却像换了一个人,他带着全体领导班子成员,不仅到市委、市政府，苦口婆心地向左书记、叶市长陈述了有关上河村旧城改造工程集体决策的意见，而且主动上门，诚心诚意向曹建国、吴平等开发商征求意见和建议。整个过程中，他十分坦然、平静，摆事实，讲道理，好多人虽然迎面瞪着眼睛瞅着他，但是也意识到了其中的微妙，一时说不出对他有多大的看法，纷纷举手赞成按国家政策和市场规则办事。

　　就是何民抢先了这一步，才使整个事情按照预定的日程，顺着他的思路，一步一个脚印地实施。六月二十八日，上河村旧城改造工程面向全社会实行招投标，果然如他所料，"民生房地产"没有遇到多大的挑战就一举中标。

　　在此起彼落的掌声中，关于何民的流言蜚语顿时在整座城市的大街小巷销声匿迹，原来的何民又回来了，一个崭新的何民正从人们身边走过……

　　当大家把目光重新聚焦到何民身上，饶有兴致地谈论他时，还是有人说了些公道话，甚至有人说了一两句牢骚话：假如何民受贿，那拿他作参照，全天下的官都是贪官。

　　但何民深知官场权力和利益争斗的利害关系，这些话语说得越多，越促使一些在台上的人对他产生反感。其实，到了这种地步，何民也并不在乎这些，他似乎拿准了自己的脉，做好了思想准备，随时准备"下课"。所以，心情出奇地平静。可一切还是来得十分突然，令全城的人都惊讶万分。六月三十日，市委果然做出决定，考虑到何民平时工作成绩出色，对城市建设做出了不可磨灭的贡献，并在受贿案件被揭发后，主动配合纪委调查，认罪态度较好，又快速地退回了赃款，本着从关心干部、保护干部的角度出发，给予何民党内记大过处分，撤销其建设局局长的职务，调其到市人大城市建设委员会任副主任，享受正局级待遇。

何民知道后,什么也没有想。是悲?是喜?好像与他一点儿都不相干。

没过多久,高教授也得到了这则消息,他怕何民伤心难过,一时想不开,又闹出别的什么事情来,于是专门邀请何民七月一日到竹楼喝酒品竹,散散心。

这天,全市大大小小的领导齐聚上河村,在叶市长主持下,左书记高声宣布上河村旧城改造工程奠基开工。同一时间,市委组织部派人送何民到市人大报到。开完一个简短的欢迎会,何民一问,市人大暂时还没有安排他具体的工作,他马上就给高教授回了话。

一种生活的结束预示着另一种生活的开始。当何民走出市人大的大门,一阵热浪翻滚过来,他立即汗流浃背。汗一流出,何民顿时觉得人轻松多了,脚步也轻快多了。

今年的夏天来得真快。这个季节,这座城市喧哗、燥热,逼迫人们都争先恐后地往城外跑,找一处圣地安家、避暑。何民仿佛也跟着人流朝城外跑。跑着,跑着,他发现前后左右的人一个一个都不见了,最后只剩下他挽着胡丽华的手继续向前冲刺。他们到达若竹农庄,进大门时,一阵凉风吹过,何民深深地吸了一口气,又缓缓地吐出来,说不出的畅快。

山、水、花、草……空前热情地迎接着何民的到来。何民第一次觉得自己真正站在大地上,与大自然融为一体。仿佛这里就是自己的王国,自己就是这片土地的主人,自己主宰着自己的生命,自己想做什么就做什么,再也不需要像以前那样时时在意,处处小心了。那些个人的声誉、思想的负担、精神的压力、生理的压抑,也统统离他而去。

何民想到了这些,仿佛时光倒转,又回到了风华正茂的激情岁月,内心立刻变得慌乱而不能自制。而这种感觉在渴望爱情的年代，在事业蒸蒸日上的时候，都不曾有过，何民快速地抽出手拽住了胡丽华，走入竹林深处，何民一眼就看见高教授站在竹楼下，迎接着他们夫妇，何民不禁抖擞精神，挥舞着双臂，对高教授唱道：

　　　　南风浩荡据九边，
　　　　帝王颂竹差清闲；
　　　　北门有块吉祥云，
　　　　丐帮弦歌月送音。

　　"好一个逍遥自在的'南帝北丐'。如果算上上次的'东邪西毒'，就差'中神通'了，那我也来一首。"高教授随即高歌：

　　　　中有暑气无俗气，
　　　　神来之音比宫商；
　　　　通天大道清影摇，
　　　　郑燮一竹节节长。

　　何民拍手连道快哉，惹得胡丽华趴在他的肩上咯咯直笑。何民急忙叫道："高教授，今天就让我独上竹楼，画画竹子。"
　　高教授笑着说："今天，只品竹喝酒，如果你想画画，那就等喝醉了，睡一觉再起来画，那肯定会别出心裁，画出新意。"
　　何民连忙点了点头。
　　高教授蓦然回首，对拍着手的胡丽华竖起大拇指，说："这难道不也是一个伟大的何民吗……"

追 凶

1

清明过后,天空豁然开朗,一览无余。

问题就在于此。这好比一个人通透了事理,反而不是一件好事。

王威的感觉也是如此。他很疑惑,越发觉得自己不堪一击。仿佛他不是被贺晓明这几天的举止行为所引发的困局击倒的,而是被这头顶上的天空击倒的。他站在天底下,狠狠地骂了句:"贺晓明,你他妈的,像条狗。"

开口骂时,王威将"贺晓明"三个字说得很重很重,像是站在山坡顶上用劲喊他,后来骂他的话音渐次降低,低到盖不住小东南风,以至发泄不出心中的怨恨,最后才不得不加重语气,却又害怕被贺晓明听见了,刹那间将"狗"字骂破了音,听起来像"沟"字。

贺晓明独自坐在山坡脚下,果真听到了开头的三个字,竟然以为王威看到了他，喊他到坡顶上去。

王威是局长，人很正直，在单位很有威信。没有王威一手提携，他岂能顺风顺水坐上副局长的位置？为了在这个位置上坐稳，为了将来有一天王威还能顺势向上推他一把，贺晓明恨不得天天把王威当作菩萨供奉起来。即使王威当面骂他两句，他也会嬉笑着洗耳恭听，岂敢回击半句。这一刻，他生怕自己应答慢了半拍，就大声地喊道，"王局长，我在这里"，并站起来，拼命地朝王威挥手。

贺晓明个子高，站在山坡脚下，高出灌木丛半个身子，王威一眼就看见了他。

早些时候，王威给贺晓明打电话，预想他接了电话一定会赶到这里来。但没想到自己提前到了，他竟然比自己来得更早。不管贺晓明有没有听到自己刚才骂他的话音，但终归是自己骂了他，王威不觉有些心虚，尽量本能地抬高视线回避他，心情反而完全不能像眼中的天空那般晴朗了。王威后悔了，觉得自己与贺晓明约错了碰面的地方。或许不到郊外这个鬼地方，在城里随便找个茶吧，更便于敞开胸怀与贺晓明一起探讨徐克敏的死因。

从坡脚到坡顶，有三四层楼高。虽然遍布荆棘，但有一条小路蜿蜒曲折，清晰可见。过了五六分钟，贺晓明顺着这条小路爬上了坡顶。

站在坡顶，站在王威的面前，贺晓明不停地喘着粗气。在阳光的映照下，他的额头像冒水泡般冒出粒粒汗珠，闪闪发光。他忙不迭地擦着汗，紧接着脱外套，脱羊毛背心，并把它们一把扔在身旁的一块石头上。

仿佛一把扔下了肩膀上沉重的包袱，贺晓明把双手抬至胸口，轻松地耸了耸肩，眨了眨眼，才振振有词地对王威说：

"王局长，您把我当成了什么？我有那么凶残吗？我是杀死徐克敬的凶手吗？"

这几句话，贺晓明问得轻松，王威听得可不轻松。

虽说同贺晓明情同手足，但他毕竟是自己的下属。在下属的面前，一旦涉及原则性的问题，自己必须讲政治规矩，树立绝对的权威。而此刻贺晓明在局长的面前太放肆了，王威脸色一黑，像要抽他两耳光似的。

不过，贺晓明终究是一个比较值得信赖的人。可信赖他，他也不能想方设法逃脱责任呀。更何况死的不是别人，是徐克敬。徐克敬是贺晓明分管单位的一把手，死前确实与他单独在一起喝酒，难道向警察说明了情况，他们只是偶尔碰到一块才相邀去喝酒的，他俩到小饭店喝酒只是一次再平常不过的朋友相聚，徐克敬的死与他无关，他就可以高枕无忧了吗？至少在警察没有定案之前，他应该严守政治纪律，闭嘴少说两句，而不该推脱责任，逢人就说徐克敬活着害他，死了也害他，让他无缘无故蒙受不白之冤。

在真相大白之前，许多事情是解释不清的。贺晓明解释过多，不仅没有洗清自己的冤情，反而时不时把话说过了，牵扯出其他的事情，增添一些新的矛盾，使问题日趋复杂和难解。有一些话传到王威的耳朵，王威实在想不通贺晓明怎么变成这样的一个人，就叫他到办公室，千叮咛万嘱咐，在这敏感时期，在关键的时刻，一定要以整体利益为重，时刻注意自己的言行举止，千万不要火上浇油，给人们造成错觉和误解。贺晓明当面回答得很好，并再三拍胸脯，立即改正错误。可过了一阵子，他仍然无法克制自己，依旧牢骚满腹，说一些不该说的话，丝毫没有领导干部的肚量与风范。这不，他又犯了性急的毛病，发起牢骚。在他的反问下，王威还真不知如何回答他。

然而，贺晓明不知道，王威一直深信他是清白的，更不至于私下认定他是杀害徐克敬的凶手。出于保护手下的干部，王威也不希望贺晓明陷入徐克敬死亡的案子太深。

从另一个角度考虑，保护手下的干部等于保护自己。因为在这节骨眼上，倘若贺晓明陷得太深，对他们，甚至对整个单位，都是有百害而无一利的。说不定，到头来，为了这件事而闹出其他的纰漏，惹得贺晓明狗急跳墙，趁机背叛他和整个单位，把他和其他的同事都拖进去，那就得不偿失，到那时谁也说不清那把火最终会烧向哪儿，烧到何种程度。

仿佛看到那把火在眼前熊熊燃烧，王威顿时忐忑不安，从额头一排排地冒出汗珠。为了稳住贺晓明，防止火势蔓延，王威不得不转变态度，脸上有了笑颜，才试探着问："徐克敬为什么要跳楼自杀呢？"

这句话既掏心掏肺，又显得轻描淡写，有别于王威一贯强势的作风和咄咄逼人的语言风格。落入贺晓明的心中，自然是不轻不重，不痛不痒。贺晓明一时难以适应他的这种改变，心想，王威终于怀疑自己了……

像被突然吹过来的冷风撞击了一下，挂在额头上的汗珠迅速结冰，心跟着也凉了半截，贺晓明旋即产生了逆向思维，认定王威的心里一定藏着一股无名怒火，只不过碍于情面，不便发作罢了。如同闯下大祸，贺晓明显得异常紧张，嘴巴不停地抽搐，一时半刻不知用什么样的言语回答王威，让王威消除顾虑，彻头彻尾相信他，徐克敬的死真的与他一点儿关系都没有，而且他不会因为徐克敬的死乱了阵脚，做出一些让大家失望的事情来。

回过头来，且不说平日徐克敬特别尊重他，单就他所知的王威与徐克敬交情甚笃，假如他事先察觉到徐克敬想死，那他一定倾尽所能去阻止他。如果实在不行，他一定会邀请好多好多的朋友和同事去规劝他，打消他那罪恶的念头。而今，人死了，不能复生，当下假设得再多，只能当作自我安慰罢了。可他实在是闹不懂，单凭与徐克敬在一起喝一次酒，人们就把舆论的焦点放在他的身上，使他背负不小的压力，受到不少的指责。人们这样谴责他，难道没有考虑他的处境吗？同被人栽赃陷害一样，他觉得自己是好心得不到好报，那他为什么要背负这些莫须有的罪名，往泥坑里跳呢？他心中的痛楚又有谁知晓，又能向谁倾诉呢？在整日这样怨恨之时，他的那颗好奇心无形中被触动了，贺晓明认为他很有必要暗中把这件事情追查一下，看一看谁是真正把徐克敬推向深渊的凶手。

　　看到贺晓明神情低落，愣在一旁不搭话，王威从鼻孔里冒出一股气，重重地哼了一声，又准备开口骂他，忽又感知到他正在开小差，对周边的一切视而不见，不由一怔，终究张了张嘴，什么都没有骂出口。最后，王威耐不住性子，猛地咳了一声，算是提醒他，叫他赶快回话。贺晓明一惊，倏地抖动身子吸了一口气，像是呼应王威，又像稍作停顿，没有回话的念头，反而像往日，习惯于等待王威发号施令。

　　"遇事要冷静，要学会保持沉默，是白的终究是白的，是黑的终究是黑的，有几人能将白的说成黑的，将黑的说成白的？"王威观察到贺晓明慢慢地集中精力，开始认真听他讲话，语气立马变得更加坚定，说出了他的心里话，"徐克敬选择走这条不归路，肯定是经过深思熟虑的。徐克敬用这种方式离开我们，有人痛哭流涕，有人开怀大笑，虽然造成一时的动荡，但带来的将是永久的安宁，我们除了在心里感谢他，又能怎么样呢？"

　　发出内心的感叹，王威像卸下肩上的重担，相对平静了不少。贺晓明从中获得了不少的信心，少了些许忧虑，释怀地说:"经过这几天的折腾,我对什么都坦然视之。"

对于这样的事,人们躲都来不及,可一开口就自己把事情扯到自己的身上来,难道今日吃错药了?贺晓明趁王威还没有意会过来时,赶紧抽身,一边埋怨自己糊涂,一边改口:"对徐克敬的一家老小,我们必须拿出一些安抚的对策,否则,他们揪住不放,一层层地追查下去,假以时日,许多事情都会浮出水面,那事情将变得无比复杂,掌控的难度将更大。"

"你的分析很有道理,我早就想补偿他们一笔钱,只不过这笔钱通过哪个渠道拨付较为合理,在什么样的时机拨付较为合适,需要我们仔细斟酌。"话说到这种程度,王威好像得到了某种暗示,忧心忡忡,又变得严肃起来,"说实话,事情到了这一步,人们对徐克敬跳楼死亡的关注,远远超越了一个正常死亡案件的边界,我们宁可违背良心,违背道义,也要力求平稳,千万不能意气用事,做出得不偿失、惹祸上身的事情。"

瞅见贺晓明仍然面带忧虑之色,王威开始担心他没有领会到自己讲这番话的真实意图,不由得心存顾虑,拍了一下手,跺了一下脚,像一个匆匆忙忙赶路的人,骤然停下脚步。因为在这一刻,王威发现,他们好似在悬崖上行走,向前每走一步,一旦偏离了方向,无异于直接走向死亡。明白了当前的境况,王威迫不得已,只得慎重地向贺晓明点明:"只要有利于稳定的事,做了不会犯多大的错,而做了不利于稳定的事,绝对是错的。"

王威抓住要害,一语道破,颇为意味深长。

吃官饭,领官饷,首先就应该考虑维稳。贺晓明深知这个。而为了维持稳定,以不变应万变,是他们当前没有办法的办法。

可以说,在当今打老虎拍苍蝇的形势下,一有风吹草动,人们就像惊弓之鸟,谁还愿意摊上这种事呢?但时运不济,既然今日遇上了这种事,他就应该勇敢地站起来,坦然面对。如果实在要怪罪人，那就怪他们自己，谁要他们是徐克敬的领导，谁要他们同徐克敬有扯不清说不明的关系呢？如今，办案的警察隔三岔五地跑来调查，说不准过两天纪委也会派人来调查，他得有兵来将挡、水来土掩的气势，才能稳住局面，力挽狂澜，不然徐克敬枉自丢了性命，他的魂魄一定寻找不到归宿……

好像上天窥探出他的心思，贺晓明想到这里时，阳光突然一晃。

像飞来一把细细的银针，针芒狠狠地扎进眼睛，眼睛发麻，眼前一片血色，视野一片模糊。这时，似乎脚下的山头一晃，贺晓明随即一晃，闭上眼苦笑一声，然后强迫自己睁开眼，避开阳光，顺着王威的目光点了点头，算是勉强同意了他的观点，却又不愿意接过他的话继续说下去。

王威也一样，感到自己还有很多话想对贺晓明交代，可那些话硬是像浓痰，塞在喉咙，吐不出来。不过，权衡之后，他们总算有了默契，在某种程度上也算是统一了观点，达到了共同的目的。同时，他们也意会到了，他们瞬间产生了隔阂，相互之间有了提防之心，最后连相视一眼都很勉强，更甭谈有继续深谈下去的必要了。

下坡回城时，王威恼着脸走在前面，贺晓明窝着火跟在后面，前后相隔一二十米远。他们形同陌生人，有些不欢而散的架势。

2

徐克敬跳楼死亡的事件继续发酵。

也不知谁是幕后推手，指使一些网络枪手在各大网站上猛炒一番，质疑徐克敬的死因，并将炮火直指上层，由表入里，把整个事件剖析得层次分明，暗示徐克敬之死是因为官场贪腐而杀人灭口。更有人猜测，之所以在徐克敬死亡的现场没有发现遗书等物件，是有人抢先一步毁灭了证据，大有不在全国引发地震誓不罢休之势。

王威清楚，这些事，莫须有。

王威本想保持沉默，置身事外，但高层迫于舆论的压力，三番五次向他追问真相。他觉得这些事与自己百分之百没有关联，便三缄其口。他以为时间会带走一切。他这种不作为的态度，或者说希望与此事划清界限的态度，彻底惹怒了上级领导，他不但被训斥一顿，而且差一点儿被撤职。

是啊，终究是自己管辖的下属单位出了事，而且不是一般的事，一位身居显赫位置的总经理跳楼了。不管是自杀，还是他杀，虽说与自己没有关联，但自己不能置之不理，更不能抱着站在黄鹤楼上看翻船的心态，一笑了之。从某种程度上讲，自己是领导，就要履行领导的职责，对单位负责，对社会负责。不过，自己履职，应当坚守原则，注意分寸，懂得进退。这当中尤为关键的是，在整个案子水落石出之前，包括自己在内，任何一个人都不能信口开河，给这个案子随意地定性，更不能让这个案子被一些别有用心的人所利用，以讹传讹，到处兴风作浪，误导人心，造成社会动荡。

这一切宛若办公室的门窗紧闭着，风声却越来越紧。

风，在高楼间呜呜地叫喊着。王威坐在办公室里，听着高楼间惊天动地的风声，不禁心烦意乱，坐立不安，暗中向自己发问，这到底是一个什么样的季节呢？这么阴晴不定？

想起连日来由徐克敬之死引出的烦心事，王威再也在办公室里坐不住了，他顶着风，带上贺晓明，一同看望慰问徐克敬的家属，掉头来又敦促贺晓明同公安局联系，争取早日公布案件的调查结果，以便尽快平息事端，阻挡那些不可预测的，且在地底下不断涌动的暗流。

按照王威的嘱咐，这一段时间贺晓明把嘴巴封得严严实实，像个哑巴，只做不说。但是，这丝毫没有减轻他身上的压力。相反，贺晓明感到身上承受的压力明显比以前大多了。甚至有时候，他觉得不是徐克敬死了，而是他死了。然而他还活着。与其活着受折磨，还不如死了的好。死了一了百了，活着就要面对残酷的现实，面对不断出现的困难和问题。

果真像他预测的那样，纪委盯上了这个案子。

当今，哪个部门能做到清清白白？哪个人能做到干干净净？为了防患于未然，贺晓明从自身开始查找问题，像扫地一样不放过任何尘埃。经过连番排查，大致知晓他们与徐克敬的死没有多大牵连。现在，他们不怕纪委派人来查徐克敬跳楼死亡的案子，怕的是纪委掌握了其他的线索，借机来个暗度陈仓，瓮中捉鳖。经过再三考虑，并请示王威同意之后，贺晓明变被动为主动，从相关部门抽调可靠的人员组建一个专班，配合纪委、公安局调查，一有风吹草动，他们能第一时间掌握情况，迅速采取措施，加以应对。同时，也便于暗地里从中斡旋，将调查的内容定格在个案上，将调查的范围固定在他设定的区间。果然没过多久，贺晓明的努力收到了很大的成效，纪委、公安局相关领导纷纷向他暗示，他们就事论事，不会将事态扩大化。

吃了这颗定心丸，贺晓明总算松了一口气。

这些天来，难得有一件高兴的事，王威得知后一定会开心的。贺晓明想。但没有想到，当他把这则喜讯告诉王威时，王威却在电话里嘟哝："人都死了，有什么可查的？就是查清了，能追究死者的问题吗？"

"人患了抑郁症就要去寻死吗？"

"徐克敬到底是为何而死，他的死为何没有留下蛛丝马迹？"

王威不满的情绪溢于言表，他一连串的追问令贺晓明汗颜。贺晓明深吸一口气，深知自己还有很多工作要做，还没到高兴的时候。

也就是在这天下午，王威郁闷至极时，收到了一封挂号信。信封上的落款，醒目地标明这封信是从千里之外的广州寄过来的。

手握信件，王威的第一反应是单位又出问题了，又有人向他举报了。

这年头，不同过去，通讯发达，有什么事不能通过电话联系呢？除了举报，还有谁提笔写信呢？在这关节眼上，有什么事值得举报呢？莫非徐克敬死亡的事件又开始发酵？

纳闷了许久，王威无奈，拆开信封，看起信来。

写信的人毫无顾忌，开门见山，言明她叫孙秀梅，年轻时曾经是徐克敬的红颜知己。对徐克敬的死，她感到很突然，但不感到意外。两年前，她便隐隐感知徐克敬会死在一个女人的手上。果不其然，就在两个月前，徐克敬往她那儿跑了两趟。每次去，徐克敬都魂不守舍，闷闷不乐，时不时对她说，如果那个女人再逼他，他就去死。她问他，那个女人是谁？他死守秘密，始终不肯告诉她。他不肯告诉她，那又何必在她的面前提起呢？她为此跟他怄气。怄气之后，她劝他想开一点儿。他走时，好像发生了很大的改变，再也没有跟她提过那些不高兴的事。没想到回去没多久，他真的跳楼了。只是时下，她拿不出证据，证明他是为了那个女人而死的。她还在信中说，她是局外人，不想从中搅和，也不想去弄清徐克敬的死因，她之所以给王威写信，是因为徐克敬多次在她的面前提过他，并告诉她，将来如若有什么事可直接去找他。她认为自己可能一辈子都不会有事找他，她之所以现在找他，对他说出这些心里话，就是觉得徐克敬死得很冤，而且死了之后，无处申冤。信的结尾，是她的手机号码。

一口气读完这封信，王威的眼睛变得模糊起来，仿佛眼前飘荡着一层朦胧神秘的烟雾，一部悬疑推理故事片正在展播……

一阵痴呆之后，王威拿起电话，正准备按信上的手机号码拨打时，手却像触电，不停地抖动，几乎握不住话筒。因为在这一瞬间，依照信中的暗示，有一个女人跃进他的脑海，一闪一闪的。王威细细盘算，在徐克敬所有的家庭成员中只有这么一个女人在经商，徐克敬不为她又能为谁甘愿丢掉性命呢？

这个女人叫刘丽，是徐克敬的儿媳。想到她也是自己的外甥姑娘，是贺晓明保的媒，王威感到双手更加僵硬，不相信她是凶手。

她是那样柔弱，她是那样孝敬公公婆婆，怎么可能去谋害家人呢？是不是这个叫孙秀梅的女人心怀叵测，搬弄是非呢？可他低头一揣摩，这个孙秀梅绝对不晓得徐克敬的儿媳是他的外甥姑娘。倘若晓得他们之间有这种盘根错节的裙带关系，她是不会给他写这封信的。那她在千里之外，中间横着千山万水，她是如何得到徐克敬死亡的消息的呢？难道这里也有与她相熟的人，跟她报信？

百般盘问自己，却问不出原因，王威窝火，骂自己笨蛋。当试想着与贺晓明联系，问他是否认识孙秀梅时，却又摇头，觉得不妥。心想，或许这是一些别有用心的人设计的圈套，等着自己去钻。王威有种受骗上当的感觉。他告诫自己，在采取下一步行动之前一定要谨慎行事,不然的话,自己以讹传讹,自己将处处受制于人。经过这番慎重而又周密的考虑,王威决定按照既定的思路,一切只看不动,静候其变。

可是,生活就是生活,往往不变并不能应万变。就如突然有了这封信,一下子打断了王威的妄想,他怎能把它放在一旁,无动于衷,不把它当一回事呢。

随着耗掉些时间,王威深刻认识到,一封信也是火药桶。天天把火药桶放在身边,事情绝对不会这样简单。为了解除危险与威胁,会一会刘丽,仍然是王威渴望做的事。

这天出门前,王威忽然生疑,担心有人趁他不在时溜进他的办公室,偷看这封信,并像许多侦探片中描述的那样,故意把信中的内容泄露出去,引发更大的风波,就特意把信放在办公桌底层的抽屉里,用一个厚实的资料袋压住,然后锁上抽屉,把钥匙放进公文包里,随身带着。

考虑再三,王威一改直来直去的作风,没有直接驱车去徐克敬家,而是回到自己的家中,叫爱人给刘丽打电话,说有事找她,要她赶紧过来一趟。

刘丽开了一家酒店,生意做得不错。赚了钱,心里踏实,心也大了,就买了一块地,重新盖了一栋二十多层的写字楼,下面一半留着自己开宾馆用,上面一半租赁给几家公司办公。

自从盖起写字楼,王威就没有与刘丽见过一次面。王威也根本不想与她见面。之所以形成这种互不往来的局面,是因为王威认为她成了一个生意人,沾染了许多生意人那种奸诈的习气,自己的威严在她的面前,或者说是在金钱的面前逐步丧失,稍有不慎自己将颜面扫地。为了维护自尊和权威,他把刘丽排除出自己的生活圈,自己也淡出刘丽的生活圈。可从这天看了孙秀梅寄来的信件之后,王威被迫放下自尊,认为自己应该找刘丽聊一聊，旁敲侧击地试探，以便了解一些事关徐克敬之死的真实情况。假如刘丽真是凶手，那他一定会秉公办事，将她绳之以法。

刘丽并没有像王威所想的那样随叫随到。她传过来一句话，如果王威确实有事，就请他到宾馆去找她。王威认为刘丽没有给他面子，气得连心肺都炸开了，却又无可奈何，拿她没办法，唯独对爱人发了一通牢骚，说，没钱天天喊爹，缠着你不放，有钱把你当儿，臭屁不理你。

好在是春夏交替的季节，风清气爽，气候宜人。出门迎来这样的好日子，顷刻间就激发出人生的热情，有了一个美好的期盼。并且，这个美好的期盼很快就变成了现实。刘丽果然没有骗他，王威一到宾馆就找到了她。

就刚才的事，王威仍然纠结于心，见到刘丽，不觉生起气来。

瞅见王威板着脸，一脸的怒气，刘丽有些发窘。可今天不同于往日，有了雄厚的资本做支撑，刘丽已从一个柔弱的女人变成了一个钢筋铁骨般的女强人，从骨子里又怕过谁呢？不过，有时候，怕与不怕，是另一码子事。好比此刻，王威是她的姨父，自然有不同于他人之处。在王威注视下，刘丽可不敢造次，忙不迭地给他又让座又倒茶。得到尊重，有了面子，王威哼了一声，怒气消失大半，脸色随即变得和悦，不禁试探着问："你公公刚刚去世，婆婆又伤心欲绝，你都不回家照看一下？"

"有他的儿子张罗就够了。"

刘丽脱口而出，立即发现王威又变了脸色，回到刚才进门时的铁青色，她脑袋瓜一转，顿时觉得不妥，赶紧向王威解释："我经营宾馆酒店也不易，难事也多，想分身却乏术。再说，公公不是正常死亡，在事情未弄清之前不能火化下葬，可查出死因，又不是一天两天的事，我哪里有时间天天待在家里，我哪里有时间耗得起呢？"

说着说着，刘丽伤感起来，泪水在眼眶里打转。这一切被王威看在眼中，心里跟着打鼓，转而想安慰她两句，却倏地想起了那封信，又疑窦丛生，便话中有话地问："以前有你公公罩着，生意肯定是好做一点儿，往后没有你公公罩着，生意可能难做，要差一点儿……"

刘丽哪知王威心里所想呢，一时竟以为王威关心她，特别感动，答道："有您和公公站在后面做靠山，生意哪能不好呢。"触景生情，刘丽又遗憾，又抱歉，又后悔，继续说道，"以前做小酒店还游刃有余，现在做大了，才真正体会到自己的精力有限，更甭谈抽出时间照顾家庭了，如果平日多顾及家庭，多同公公婆婆相聚，也不会出现这么多不幸的事。"

刘丽眼含泪水，黯然神伤。王威望着，心肠一软，觉得自己不能听信一面之词，草率下结论，把一切责任和罪过强加于她的身上，更不能在这节骨眼上节外生枝，把本来日趋清澈的水再次搅浑。在这微妙的尴尬之后，王威不知不觉消除了对刘丽的怀疑，转而快速地转换话题，开始对刘丽打官腔："你能从中总结经验，吸取教训，未尝不是一件好事！"

话语不在于多少，就看话有没有说到关键处。王威这句官腔恰好产生了这样的效果，不仅击中了刘丽的痛处，而且帮助刘丽从痛苦中解脱出来。情绪稍微好转，刘丽就想起王威又叫姨妈给她打电话，又这般急急忙忙跑来找她，一定不是为了同她拉几句家常安慰她几句，他肯定有急事找她，便问道："您找我，有什么事吗？"

虽然达到了目的，心里一块石头落地，但岂能告知自己来找她的真实目的呢？如此，王威反而更加尴尬，十分没趣地遮掩："没什么，就是因为你公公的事，怕你难过，特意过来看看你。"

王威把话说得清清楚楚，刘丽却听得糊里糊涂。直到他离开，刘丽都不相信他是为了安慰她，才来找她的。只不过这个念头在脑海中一闪而过，刘丽没有过多地深究下去。因为她的确有忙不完的事，也无心顾及其他的事。

3

近来，王威被徐克敬的死搞得晕头转向，变得神经兮兮的。即使在办公室里，他也害怕隔墙有耳，有人偷听他的谈话。即使别人没有害他之心，单凭他的身份与地位，对他来说恐怕都是危险的。最起码他得小心从事，不会令他处于危险的境地。所以，在单位，在办公室，他总是避免与人谈论徐克敬和与徐克敬相关的一些事情。可越是回避，心里越是惦记这件事。直到有一天下午，趁身边没人时，才想起给贺晓明打电话，把他叫到森林公园，再次就徐克敬死亡的事问他些话。

森林公园位于城市的边缘，背靠一座三四百米高的青山，山的后面是烈士陵园和公墓。走进公园，向上仰望，一棵棵参天树木仿佛高过了背后的青山，把午后的艳阳挡在山巅之上。越往公园里面走，越冷飕飕的，无处不是风吹树叶和树叶落地的沙沙声。据说，这座森林公园是城里风水最糟糕的一个地方，否则早就被人征用，在上面用钢筋水泥砌成高楼大厦，建高档小区了。在这里，除了盛夏偶尔有一些老人进来乘凉外，在这万物焕发出勃勃生机的四月末，是极少有人涉足其间的。相对而言，在这座城里再也没有地方比这里的安全系数高了。

这也正是王威选定这个地方，把贺晓明叫来谈事的原因。

自踏入森林公园的那一刻起，贺晓明就心里发冷、发麻，像有一块巨石压在他的心上，他总想搬开，却又找不出一个万全之策。在一阵忐忑不安中，贺晓明不知不觉陪王威走了三四百米远的路程。看到王威长时间沉默不语，一种不祥的念头开始在他的心头盘绕，他忍不住埋怨王威过于严谨，不该为了一个死人，把他叫到这个令人发怵的阴森之地来，无缘无故地沾染些晦气。

王威是一位辩证唯物主义者，没有考虑到贺晓明所想的那些东西，也不在乎那些东西。走着走着，王威敏感地察觉到，贺晓明对他心存敬畏，他对贺晓明还有很强的控制力，为此，他直截了当地问贺晓明："徐克敬死了都快一个月了，总该有一个了结，再拖下去，还能找出一种新的说法不成？"

贺晓明显得拘谨，像是在跟他汇报工作，反映情况，径直答道："人刚死时，大家都一个样，不能接受眼前的这个现实，但过了这些天，大家都默认了，接受了这个事实，都认为应该尊重传统，给死者以尊严，让死者早日入土为安。所以，各方都妥协了，达成了一致意见。"

稍稍停顿了一会儿，贺晓明观察到王威张开耳朵，一声不吭，就私下猜测，是不是王威期待他把所做的工作汇报得更详细一些，便急不可待地朝下说："经过几轮商谈，家属的工作已经做好了，补偿的金额也谈妥了，目前只等公安局下结论。"

"还要等公安局下结论吗？"

听了半天，王威总算说了一句话。但这句话是反问句，其中多多少少含有一些不满的成分，问得贺晓明一怔。贺晓明不敢怠慢，忙解释："公安局的结论一日不下，徐克敬的死因一日不明,家属的顾虑就会增多一层,担心徐克敬是被冤死的,那他将死不瞑目。家属不为他申冤,那他更加死不瞑目。"

听了解释,像嗓子被鱼刺卡住,王威使劲地吭了几声,接着又变得闷声不语。在这短短的两三分钟时间,他的魂魄仿佛被森林中的鬼狐给摄走了。贺晓明转而着急,沉不住气,贸然用手拍了拍王威的肩膀,提醒他。

王威生性沉稳,任何风吹浪打他都应付自如,何况这时这个场景。难道贺晓明真的不了解他的心意?心想,眼下,不是他不理睬贺晓明,而是觉得贺晓明是在跟他汇报一些日常工作,这些日常工作贺晓明可以到办公室去汇报,何必让两个人装神弄鬼似的跑到这个阴森森的地方来商谈呢?既然贺晓明向他汇报了半天,说的一句都不是他想要的心里话,王威也只能佯装着,像睡醒了,打了声哈欠,又像他平时碰巧在路上遇到下级,应付差事似的,不耐烦地哼了一声,又像没有听懂似的,继续反问:"还得等一等,等公安局下结论,是吗?"

王威将这话再反问一次时,贺晓明又是一怔。这一次,王威严肃认真,像是说他应该对徐克敬的死担负一定责任,贺晓明胆怯,不知怎么回答。

贺晓明明显感到王威今天的情绪有些反常,不禁望了望他,从他不屑的神情中可以看出他对自己的不满程度在急剧上升。但是,王威一个劲儿地打哑谜,贺晓明一时半刻又揣测不出,不由得慢了半拍,掉下了半个身位。恰好这时有一枚绿叶被风吹落,掉到他的头顶上。落叶虽轻,却无形中有一股压力自头顶渗透而下,他像患了感冒,打喷嚏似的连声哼哧。王威还真的有些担心他被树林中的阴风吹感冒了,连连摆头,不知是对自己,还是对他说:"罢了,罢了,回家休息吧!"

面对王威的冷漠与不快,贺晓明并没有像王威所想的那样格外地着急。恰恰相反，基于这种考虑，他感到自己有了一种意想不到的收获。像这样陪着王威在这茂密的树林中走一走，对相互沟通思想，净化心灵都大有裨益。为此，贺晓明加快了脚步，发现他在任何场合都没有像现在这样跟王威跟得紧，王威快他就快，王威慢他就慢，惹得王威哭笑不得，时下又找不到合适的话语来打破这种彼此心照不宣的沉默与默契。

走了很长一段路。凭感觉，大概有半个多小时的路程。王威身体开始发热，浑身的毛孔骤然张开，汗水急速渗出，把心中所有的不快都排出体外。到了山脚下，看到贺晓明仍然对自己不离不弃，王威便笑着对他说不爬山了，就掉头往回走。为了消汗，王威往回走的速度明显放慢，而贺晓明紧跟着转身，与他并排而行，生怕落伍，又生怕超过他。

太阳像阵风，跑到山的那边去了。一层薄雾冉冉上升，整个树林更朦胧，更阴暗，更恐怖。即将走出树林的一刹那，眼前突然一片白，视野开阔许多，风也轻柔许多，温暖许多，心里也亮堂许多，欣喜许多，王威不禁就此打住脚步，瞧了瞧贺晓明，好像有话要说，却又扭过头，望了望前方，最终没有将话说出口。贺晓明看得一清二楚，心里不免有些失落。他的失落感在脸上表露得一览无余，也落入王威的眼中。王威心一紧，想起自己把他叫到这个鬼地方来的目的，猛然改变姿态，觉得自己应该对他坦诚相待，吐露心扉，否则就像猜哑谜，消耗殆尽彼此的精力，得不到想要的结果，于是不再绕圈子，直截了当地问他："你认识孙秀梅吗？"

贺晓明收紧眉头，想了想，他确实不认识这个人。他没有问王威为何提起这个人，就非常干脆地回答："不认识！"

显而易见，王威失望之感油然而生。他不是对贺晓明的回答感到失望，而是自己处心积虑，最终竹篮打水一场空。可他还是抱着一丝希望,与贺晓明对视一眼,一本正经地提醒他:"你听说过这个人吗?你听徐克敬说过这个人吗?"看到贺晓明接连不断地摇头,他又进一步提示:"这个人,是一个女的,现在在广州。"

涉及徐克敬,还牵扯到一个在广州的女人?难道王威把他单独约到森林公园里来,就是为了弄清这件事?贺晓明在脑子里迅速对王威问话的本意进行评判,给出一个明确的答复:"我不认识这个人,徐克敬从未跟我提起过这个人!"停顿片刻,又说:"大致在两个月前,徐克敬曾两次向我请假去广州,说是他的一位朋友,在广州做生意遇到了不小的麻烦,他得过去帮他一把。至于具体情况,我不清楚。不过,徐克敬每次向我请假时都神情恍惚,忧心如焚。因为这是个人私事,当时我没在意,也不便多问。"

贺晓明提供的信息,和孙秀梅在信上所讲的,基本上相吻合,这才是王威所需要的。依照判断,尽管这些线索没有多大的价值,但是有了这些,王威认为得到了他想要的,就没有必要再继续问下去。贺晓明问:"您是怎么知道这个人的?您找她,有什么事吗?"王威没有作答,也没有找话搪塞,便昂首阔步走出森林公园,开车走了。

独自站在那儿半晌,贺晓明才感到王威今天下午突然变得捉摸不定,跟变了一个人似的。不过,这次不同于他俩在郊外山坡上的那次会面,最起码这次他俩分手时彼此都胸襟坦荡,心情舒畅。

就在贺晓明准备开车回家时,王威开着车折返回来,停在他的身边,脑袋伸出驾驶室,对他喊了一声,"跟我一起去吃饭!"就踩下油门,重新起步,加速向前跑去。贺晓明盯着他的车尾巴冒出的一溜黑烟,方才感到又有了追随的方向,就赶紧启动车子紧跟在他的车后。

然而，同王威一道坐上饭桌，令贺晓明惊诧和百思不得其解的是，饭桌上的话题也离不开徐克敬。

在这个世界上，人活着时往往被漠视，好像他从来都没有出现过，只有等人一命呜呼，人们才想起他，似乎他很受欢迎。这就是今天饭桌上的每一个人都关心徐克敬的原因。围绕他的死，人们尽量发挥自己天才般的想象力，翻新出各种各样的花样戏说一番，却没有一个人追思他一生中做了哪些刻骨铭心的事，做了哪些值得人们怀念的事。碰到这种场景，连王威都不动声色地坐在当中，听之任之，贺晓明更加自知无力改变话题，也只好顺其自然。

要说，在通常情况下，贺晓明相当自律，开车出去吃饭时是滴酒不沾的。特别是近来警察在全城许多路段设卡查酒驾，他更是不敢碰酒杯。而这一次，连他自己都不晓得究竟是为什么，竟然破例端起酒杯满杯满杯地痛饮。

无须别人多劝了，一仰脖子，咕咚一口干，让酒进入胃里，进入血液，进入每一个细胞，方才感到畅快无比。

转眼酒过三巡，菜过五味，尽管早已醉眼蒙眬，但贺晓明还是留意到王威听到事关徐克敬的酒话时，脸上并无多大变化，可分明有种别样的沉重力量击中了他。纵使他连连发出"喝酒""干杯"等高亢激昂的话语，把酒杯碰得叮当响，在心里却极力抑制，试图回避眼前的一切。不过，一些事随酒一起落入肚子，却不能随酒一起化作一泡尿，转瞬消失。王威带着僵硬的微笑，眼角的余光在每一个人的嘴脸上扫视。那些说好的说坏的嘴脸，在酒精的刺激下都一个样，红通通的。王威知道，关于徐克敬的事，无人不知，无人不晓，他没有必要藏着掖着，更没有必要像下午那样过分小心谨慎。这样自我反省检讨一番，除了悲哀与伤痛，什么话都不想说了。

或许，一个人的死很简单，但身后的事却复杂。即使房间的灯光放射出五彩的斑斓，贺晓明觉得自己的心里是那么空，甚至猜想比王威的心还空。即使时下大口大口地喝酒，大口大口地吃菜，也无法填补他心中的那一片空白。即使让服务员调亮房间所有的灯光，房间变得通亮通亮的，灯光也照射不到他心中那块空白的地方。

4

其实徐克敬的死并不稀奇古怪，诸如此类的，在全国各地时有发生，网上也炒得很凶，流传很多。而作为一个单位的一把手，王威什么乌七八糟的事没见过。可随着这一向接触许多人和事，他居然发现自己比任何一个人都对徐克敬的死充满了好奇心。尤其是司法部门鉴定出他因患抑郁症而自杀，单位为家属发放了一笔不菲的抚恤金，遗体被火化安葬之后，这种好奇心空前地膨胀起来，他恨不得离职做个私人侦探，彻底查清事情的来龙去脉。

可回归现实，他想做的这些，只是幻想。

正是由于抱有幻想，他才不死心，也死不了心。恐怕这当中最为关键的是，他仍然无法接受徐克敬已经死亡的事实。他越是往下想，越是对鉴定结论产生怀疑，根本不相信徐克敬患了抑郁症，根本不相信患了抑郁症就会去跳楼寻死。

一连好多天，徐克敬的死日夜折磨着他，仿佛一睁开眼就看到徐克敬站在面前，向他喊冤，令他寝食难安。

这其中必定有蹊跷！他反复推敲甄别，却得不出答案。

一天，在办公室，他与人闲聊最近这座城市发生的几件涉嫌严重违纪的案件，当聊到纪委办案时，有人提起，凡查案首先必须查找线索，选准突破口，是整个案件查办的关键。刹那间似乎有一道光亮穿透心房，触类旁通，他领会到了很多以前没有在意的东西，不觉有一封信展现在脑壳里，他像抵挡不住强光的刺激，眯起眼睛，陷入沉思：那封信就在办公桌底层的抽屉里，是孙秀梅写给他的，这难道不是追查徐克敬死因的一条重要线索吗？

一阵兴奋之后，他便是紧张、迟疑。是信中所讲的情况与事实不符，还是他上次在刘丽那儿被刺痛了神经？他说不清，反正到了最后，他放弃了这条线索。

或者，他不认可那是一条有价值的线索。

他落入矛盾当中。

这到底是为什么？发出疑问后，他骤然发觉自己是一只糊涂虫。

人总爱把简单的事情复杂化。前后对照而言，是不是自己对人对事含有偏见，夹杂有非理性化的情绪，而导致这样的结果？

然而，无论王威如何自我反省，或否定之前的想法，那封信始终躺在那儿，像一块磁石散发出超强的吸引力，吸附他，诱惑他。终于有一天，他经不住诱惑，火急火燎地赶回办公室，从抽屉里翻出那封信，通读了一遍又一遍，最终按照信中留下的手机号码拨通了电话。

自寄出信件的那一天起，孙秀梅就预知王威会给她打电话，但没有预料到来得这么晚，竟然是在徐克敬被烧成一把灰，进入坟墓之后。从接通电话的那一刹那开始，王威隔着电话线都能感到孙秀梅像触电一样地颤抖，可以推断出她与徐克敬的关系非同一般。不过，王威无法想象自己接收到孙秀梅发出的这种颤抖的信号时,自己传递给她的是一种什么样的信号,自己给她带去的是一种什么样的感觉。

这天,北方有一股强冷空气东移南下,风力突然加大,天变得很快,阳光还未完全隐去,就飘起了毛毛细雨。

听着窗外雨水沙沙的声音,那么曼妙,那么带有一个时代迷离的音色,为已逝的时光唱响挽歌,王威从中得到了灵感和启迪。为了引出话题,他张嘴就言明自己的心情同这雨天是一样的阴晦,以此表明他对徐克敬的怀念之意,拉近他与孙秀梅之间的距离。

这一天,广州是晴天,微风荡漾,彩云飘飘,情在燃烧。王威怎能预料到,孙秀梅丝毫不受他的情绪感染,她毫不隐瞒地告诉他,这是一个多么令人惬意的好日子!

人在不同的环境中,心情是不一样的。王威深谙这个道理,但他仍然惊讶得几乎握不住手中的电话筒。

从这一两句简短话语的交锋中,王威发现孙秀梅并没有钻进自己设置的圈套,反而是自己落入了她布下的陷阱。然则经验告诉他,没有置之死地而后生的勇气,是不可能取得真经,弄清事情的真相的。恍若从孙秀梅的这番偷袭中看到了希望,王威居然提起精神,激动起来,无意间轻声说了句"他妈的"。

话一出口,王威就警觉到自己说了句脏话。

对人说脏话,终归是待人不礼貌。况且他是跟一个陌生人通话。为了弥补自己的错误,实现自我救赎,王威立马来了个脑筋急转弯,补上一句:"他妈的,徐克敬死得太不值了!"再次言明自己对徐克敬死亡的惋惜之意。

尽管明了王威的用意,但听到这些粗俗的话语,孙秀梅还是顿生疑窦,一时半会儿想象不出他到底是一个怎么样的人,不免有了戒备之心,刚才接通电话时的兴奋也随着锐减。为了应付王威，孙秀梅迅速改变了主意，不急不忙从嘴边掏出她惯用的套话，勉强应答："万事皆有因果，徐克敬死得其所。"

王威猝不及防，一时难以接受孙秀梅这种应付他的言语，脸色像被从窗外涌进的一阵狂风吹得十分难看，十分不满地嚷道："你不要阴沟里看翻船，如果你在心里把徐克敬当作是自己的知己，那么你不应该说这种话，而应该为徐克敬鸣不平，替他申冤。"

"没错，我是替徐克敬鸣不平！"

可能是说这句话时孙秀梅用尽了力气，把王威震得双耳嗡嗡响，他无言以对。不想孙秀梅迅速调低声音，痛快地说，"替他申冤，这就是我给您写信的原因。"

担心没有把话说清楚，孙秀梅又加重语气，进一步阐述她的理由："您是他单位的上级领导，我给您写信，至少说明我在某种程度上信任您，但您却置若罔闻，错过了给徐克敬申冤的良机，您叫我怎样来看待您呢？"

王威哑然，但非常慎重。即使他不认识孙秀梅，与她从未谋面，更无从了解。

在依然不能确认孙秀梅是否说真话的情况下，王威也没有做出过多的辩解。在他迟疑的瞬间，孙秀梅不失时机地说了一句，"时间会验证一切的"，便挂断了电话。

像被旁边冲过来的人横蛮不讲理地扇了一耳光，王威脸色急剧变黑，忍不住对着话筒又骂了句"他妈的"，才察觉到自己心底相对平静了一点儿，不像窗外有风有雨有寒意。

愣了愣，王威不禁对孙秀梅写信给他的动机产生了怀疑。仔细斟酌一番，又觉得自己的怀疑并不十分有理。当他放下电话筒，转身想安静地坐一会儿的时候，孙秀梅却打来电话。这次，她像发牢骚似的："这些天，我都在想一个问题，徐克敬在我的面前提过两个女人，一个是他的老婆，另一个就是他的儿媳，他的儿媳好像叫刘丽，是个老板。我想，徐克敬是不是用权为她敛财才牺牲个人生命的？"

这番猜测令王威十分烦躁。

孙秀梅掉转枪口，把矛头指向刘丽，同他起初看完她写给他的信时产生的想法一模一样。现在看来，这些纯属是捕风捉影、无理取闹。这次，轮到王威产生疑惑和反感。他没有继续应答孙秀梅，也没有对她的话进行反驳，就嘭的一声挂断了电话。他之所以做出这种漠视她的行为，就是明确告诉她，关于徐克敬的死，请她不要无中生有、造谣惑众。

但是，王威这样做，并不等于他排除了对刘丽的猜疑，将目光投向别处。

猜想与假设都要以事实为依据，动机与行为都要以法律为准绳。在当前没有证人、证词、证物的前提下，包括孙秀梅在内，王威认定任何一个人对刘丽的怀疑，或单一的片面的推断，都是一种虚幻的臆想，既不能拿来判定责任，也不能拿来断定她犯下了不可饶恕的错误。

恍若曲径通幽，终于从一个漫长的梦境中走了出来，王威本想接下来转移注意力，却发现自己日益提高警觉，暗暗地将注意力全都聚集在刘丽的身上。王威甚至丝毫不怀疑自己的能力。虽说孙秀梅提及的那个女人不一定是刘丽，但他相信自己一定能从刘丽那儿寻找到突破口，顺藤摸瓜，找到那个让徐克敬丢命的女人，解开所有的疑团。

到了下午，风与雨赛跑，不仅没有一丝停止的迹象，反而有加速的趋势。在风雨交加中，王威捋了捋沾上雨水的头发，然后昂首挺胸，摆出官架子，摆出长辈的架势，再次踏进刘丽的酒店。

好像一踏入酒店，同刘丽一见面，就风停雨住，一片艳阳天，立马得到了想要的结果似的。这使刘丽在心中对王威产生了一定的反感和厌恶。

这是王威第二次来酒店。他为何而来？他不说，刘丽岂有不知的。

这一刻，刘丽的内心如同酒店外的天空，风雨大作。不到喝杯茶的工夫，似乎满城积水横流，一片汪洋。而水下暗流汹涌，遍布陷阱，让人望洋兴叹，不得不公然站出来抗议，表达对上苍不满。在这瞬息万变的过程中，刘丽曾试想找个恰当的时机劝说王威，当一切尘埃落定，又何必借她公公死亡的名义四处折腾，无端兴起波澜呢？然而，王威是她的长辈，是她的靠山，像这样敏感的话题最终只能停留在嘴边打转，无法说出口。她也不敢说出口。回过神来，瞥见王威神情严峻，刘丽皱起眉头，一丝阴影从眼神中掠过。刘丽害怕王威责备她，一下子变得口齿紧张，说了句蠢话："为了我死去的公公，您想去做什么就去做什么！"

王威相信这句话是刘丽紧张时随口说说的，不怀有任何恶意，所以没有见外。可他毕竟是见过许多世面的老江湖，立即意识到自己碰了一鼻子的灰，觉得自己事先设想的一切，愈发像室外的天空，越来越黑云压城，黯淡无光，不觉脸色继续往下沉，扔下一句重话："不管最终由谁来承担责任，但终归有一个人是杀害徐克敬的凶手，我要找到凶手，将其绳之以法。"话音未落，也不等刘丽吭声，王威就愤然起身，准备离开。

王威这句话，让刘丽愕然，却又十分感动。

徐克敬死了很多天，除了网上的喧嚣没有一个人站出来说句公道话，今天王威说了，说得正气凛然、掷地有声，而且是当着她的面说的，她听得清清楚楚，他那锲而不舍的精神让她和她的家人有了盼头。

有了盼头，就好比出了一口恶气，刘丽那刚刚紧张起来的心情一下子松弛了许多。但是，望着王威即将走出办公室的门口，她突然发现自己也学会伪装了，而且伪装得太久，太天衣无缝，反而让她的内心难以承受这种城府带来的压力。她坐立不安，内心再也难以恢复当初的平静。终于，她一把撕开掩饰自己内心世界的外衣，对着王威心酸地叫喊起来："他都死了一个多月了，您为什么还要穷追不舍，非要弄清谁是凶手呢？您知道凶手是谁，对于您，对于死者，对于我们还生活在这个世上的人又有什么好处呢？"

这几声叫喊，这几声追问，凄婉而又强烈，充满了委屈、怨恨和不平，使得王威驻足在门口，简直不敢相信自己的耳朵。他摸了摸自己的耳朵，耳朵里还有余音咕噜咕噜地响。

这真是刘丽说的话吗？她为什么要对自己说出这种大逆不道的言语呢？王威回头正视刘丽一眼，从她那布满泪水的脸庞没有找到他想要的结果，不由得掉头在心里质问自己，难道自己这样做，除了满足自己的好奇心，另外还有别的企图吗？徐克敬究竟为何而死，死得那么惨烈，那么悲壮，他的死是一个谜，假以时日，自己揭开了这个谜底，那给活在世上的人带来的是福还是祸呢？

随着年纪越来越大，情感越来越炙热，在乎的事情越来越多，王威立即确认自己无法回答自己提出的这些问题，也感到自己站在刘丽刺眼的泪光中身体发麻，脑袋刺痛，太阳穴抽动，意识模糊，宛若徐克敬正站在那里向自己招手，自己正在一步一步走向死亡，窒息而死。这种突发的状况压制着王威，使他没有趁机接过刘丽的话语探问下去，而是侧过身宽慰自己，这种尴尬而又无聊的时刻很快就会一晃而过。

然而，随着时间的推移，时间会替人们寻找到答案的。

当刘丽镇静下来，回归理性之后，她径直走到办公室的门口，一方面同王威做出送别之势，另一方面好似无关紧要地说："如果您实在要得知详情，您就该去找胡雪芬！"

刘丽将话说得软绵绵的，没有什么力量，但话一说出口，就像扔出了一颗炸弹，把王威炸翻在地，脸上、眼中泛出一种说不出的迷茫、凄凉和惊恐，让他张开嘴却无言以对。

找胡雪芬？！胡雪芬是凶手？王威止不住在心里嘀咕。

忽然，有一个十分怪异的念头在他的心间快速地闪现：自己不辞劳苦，追查凶手，查来查去，到头来有嫌疑的人都与自己有千丝万缕的联系……

王威有了一种大祸临头的感觉。他无意中摸了摸心口，那颗心像失控样，在胸腔里漫无目的地上蹿下跳，找不到着落，找不到平衡点，他惶惶不安，忍不住反复地质问自己，莫非这是一个陷阱，深不可测，而自己掉入当中，自己最终也会像徐克敬那样去跳楼吗？

5

胡雪芬，是徐克敬的表妹。

每一个人都有背后的故事，怕见人，见不得人。毋庸赘言，说到胡雪芬，也不例外，她跟王威也有一层隐秘且不为人知的关系，之间也有一些事怕见人，见不得人，不敢拿出来在阳光下晒一晒。

这些都是二十年前的事。那时，胡雪芬是一名普通的护士，却是王威日思夜想的人。如今，胡雪芬是这座城市的首富,却是王威最不想见的人。或者变换一种说法,在这座城里,一直到今天,王威最怕与之相见,最怕与之交往,最怕与之打交道的人,便是胡雪芬。

不是因为别的,而是王威认为她在情感上太贪婪了。

在此之前,至少在王威离开胡雪芬之前,把"贪得无厌"这个成语用在胡雪芬的身上,再形象不过了。而贪得无厌的人,是不择手段,容易走向极端的。话虽这么说,但在心底,王威认为这并不是真正的理由,也不认可这条理由。因为他自始至终都说不清,这么多年,这么多人,这么多事,已把他的那颗心塞得满满的,没有一丝缝隙,可他日日夜夜还在心中腾挪位置留给她,而且是把心底最下一层留给她,他把那里清扫得一尘不染,把她放在里面,藏匿着,不敢拨动一下。

只要是人,就有犯错的时候。好比人走路,稍不注意就崴了脚,一辈子落下病根。尤其是人年轻气盛,这样的错误时常会陪伴左右。因此,今天,当刘丽提起胡雪芬的时候,王威不得不低头承认,在那个稍不留神就会犯错的年代认识她,则是他一生中所犯下的最危险的错误之一。

那一年,王威患病住院,胡雪芬是临床护士。她对待王威,就像对待家人一样,照顾得无微不至。接触多了,两人便来电,卿卿我我,擦出火花,产生了婚外情。当时,要不是王威反应得快,及时处理,恐怕他俩都有了爱情的结晶,那往后演绎的就不是今天的故事了。

退一步讲,倘若那时没有这段扯不清说不明的私情,王威怎能接受胡雪芬的举荐,将目光关注到她的表哥徐克敬这样一个普普通通的职工的身上,徐克敬又怎能有后来的飞黄腾达,坐上下属公司总经理的宝座,一坐就是数十年呢?事后,有时候关起门来想,王威甚至怀疑这是徐克敬与胡雪芬表兄妹合谋设下的圈套。

　　慢慢地，王威才感知到胡雪芬的占有欲太强了，竟然把他当作商品，想一个人独自霸占。而他只当那是擦枪走火，从未有过离散家庭的想法，于是她失败了。两人因此而对峙了很长一段时间。当他想摆脱胡雪芬时，没有徐克敬从中巧妙地周旋，他又怎能从胡雪芬柔软的怀抱中逃脱出来，与她保持一定的距离？似乎胡雪芬达到了目的，在他身上所投下的赌注得到了丰硕的回报，依照徐克敬暗示，她顺从了王威的心愿，进一步拉大了与他的距离，渐渐地与他形同路人。

　　要说这都过去二十年了。

　　时间能磨灭记忆。二十年的时间，有什么事不能磨灭的呢？可今天恰恰相反，纵然王威是一个控制力很强的人，一旦触动了他那快坏死的神经末梢，他也不能自已。似乎越朝那个方向上想，他越把那份情看得很真很重。宛如找到一部二十年前看过的电影，看了一遍，仍然意犹未尽，决定重新回看一遍。

　　二十年前，在人们对房地产市场还没有多大认知的时候，徐克敬凭借自己对经济发展形势的正确预判，将他掌管的公司一块闲置的场地廉价出售给胡雪芬。当时胡雪芬还在医院上班，靠微薄的薪水勉强糊口度日，多花钱买件衣服都舍不得，哪里有钱来买地呢？徐克敬怂恿她停薪留职，并暗地里为她出谋划策，只要王威点头，他就办，她打一张欠条就能拿到那块场地。当然徐克敬预先算计到了，只要胡雪芬去找王威，他一定会暗中相助的。当真如徐克敬所料，得到了王威的默许，胡雪芬不费吹灰之力就拿到了那块场地。在徐克敬的相助下，胡雪芬利用那块地的土地证从银行里贷到了一笔资金，不到一年的时间就盖起了四幢六层楼。卖了房子，不仅还清了欠款和贷款，而且还赚了一笔。后来，胡雪芬再在那块场地上继续开发房产，更是如鱼得水。可以这么说，没有当年徐克敬的谋划，就没有这样巧妙的利益输送，胡雪芬不会有第一桶金，也不会脱下粉红色的护士大褂，摇身一变成了开发商，早早进军房地产开发市场，如今这座城市的首富也就改名换姓，不是她了。

这些事路人皆知。不管白猫黑猫，抓到老鼠就是好猫。在当时特定的社会环境和经济条件下也不算违规违法。即使后来有人四处告状，说徐克敬非法出售国有资产，从中获利不少，纪委、检察院等部门也屡次进驻公司，但都查无实据，最终不了了之。就此事，王威耿耿于怀，再三追问徐克敬，徐克敬对天发誓，说如果从胡雪芬那里拿到一分钱，那他被雷打，被电劈，尸横荒野，死无全尸。看他如此发毒誓，王威权且相信他。没过几年，等刘丽嫁给他的儿子时，胡雪芬送给刘丽一幢临街的五层楼房做嫁妆，婚后刘丽就利用这幢五层楼房开了一家酒店，王威得知后，把徐克敬叫过来大骂一次，呵斥他，这是不是变相的利益输送？然而，刘丽终究是他的外甥姑娘，得到好处的是她，又不是外人。他能保证自己不以权谋私，可谁又赋予他特别的权力去阻止他们获取利益呢？王威终归敌不过自己，甚而自我麻痹，睁一只眼闭一只眼，在骂过徐克敬之后，此事就算息事宁人，没再提起过。

而今世道轮回，徐克敬之死又关联到胡雪芬。

是因果报应吗？且不说她与徐克敬之间那层特殊的关系，就谈她目前的地位和财富，胡雪芬又有什么理由要置徐克敬于死地呢？难道刘丽说谎了？这当中到底是谁在唱戏？唱的又是哪一出戏？王威不解，陷入了深思。

按照王威一贯的做法，躲胡雪芬都来不及，哪里还敢没事找事，与她套近乎呢？但是，为了释疑解惑，对徐克敬有一个交代，对自己的内心有一个交代，王威决定单独会一会她。

一天，选在日落时分，王威硬着头皮，壮着胆，装着旧情难舍的样子，在一家酒吧里与胡雪芬见了面。

在酒吧里约会，是王威与胡雪芬多年前的惯例。事隔多年之后，以这样独特的方式相见，两人仅仅为之一怔，然后像携手走进神圣的婚姻殿堂，都打心眼里高兴起来。

大概是寻找到了往日那种两情依依的感觉，有了怀旧的感觉，大概是因为两人确实有两三年的时间没有见面了，尽管胡雪芬四十岁了，但在王威的面前，她一如既往地青春亮丽和妖艳。用她自己的话来阐释，唯有在她倾慕的男人面前，才显现出这种超人的状态和永恒的魔力。

酒吧里灯光柔和似水，音乐如泉水叮咚响，两人高高地举起酒杯，轻轻地碰了碰，呷了一口红酒，周围的空气陡然变得恍惚，一股暖流在他俩之间来回穿梭。像电影里的蒙太奇，红酒的余味停留在嘴唇上，彼此的心里满是对方。往日的那份爱意重新燃起，胡雪芬太兴奋了，像喝醉了酒，脸上红晕朵朵，可望到王威一脸的沉静，胡雪芬知道他们如同拆散后相逢的恋人，忆念从前的事，顾忌今后的事。眨眼之间，胡雪芬好像得到了某种暗示，随即就将这种顾忌抛在身后，她醉眼蒙眬地盯着王威的眼睛，好像又有了某种希望，不禁怀春，窃窃私语，尽是醉话："你知不知道，我早就离了婚，小孩判给了男方，我现在孤身一人。"

碰到胡雪芬那黏黏糊糊的目光，王威哪能不理解她的心意，哪能不通晓她的良苦用心，可他终究是一个过了五十岁的人，人世间的沧桑让他心里早就没了当年的风花雪月与柔情蜜意，他讨厌过去的生活，又想开始新的生活，但他已分辨不出哪是过去的生活，哪是新的生活，过去的生活与新的生活区别又在哪儿。尤其是想到新的生活，竟然比过去还害怕胡雪芬当着他的面提起她这些年的事,提起她离婚的事。胡雪芬却毫无顾忌,反复告诉他,她已离婚了。王威听后,不仅不像她那样喜形于色,反而神色紧张,浑身不由自主地抖了一下,就迅速从她的眼睛里撤出目光,略带敌意和恨意地嗯了一声。

从这漫不经心的一声中涌现出的抵触情绪,压制着胡雪芬,使她有了一丝迷惘、恐慌和失望。她紧盯着王威的眼睛,迫不及待地追问:"你难道不知道我离了婚?你难道不盼望我离婚吗?"

王威很想回避这些问题,但面对胡雪芬,他知道了,这些问题不是他想回避就回避得了的。他绷紧神经,本能地做出反应,轻微地摇了摇头,算是给她一个答复,又像是重申,他从未有过离散家庭的想法,又像是劝慰她,就这样过吧,不需要再结婚,不需要再过那些虚幻的自欺欺人的生活。然则他依旧表现得像个聋哑人,没有笑颜,没有言语,没有将这些心思全部表露出来。最终,这其中暗藏的欺骗性起了作用。僵持了一会儿,胡雪芬知趣地掉转话题,说:"前两天,我听刘丽说,你在调查徐克敬的死因。"

这句话说中要害。王威抑制着兴奋,呼吸不再平稳,却不知胡雪芬一边揣摩他的心思,观察他的反应,一边索性挑明:"徐克敬是你害死的!"

"你说什么?"王威倏地惊醒,打了一个寒战,像停止了呼吸,现出一脸的困惑与惊恐,不觉又机械地重复一句,"你说什么?"

"你害死了徐克敬!"胡雪芬加重语气,斩钉截铁地说,"他是为你而死的,你应当对他的死负责!"

王威啊地惊叫一声,百思不得其解,浑然不觉地从瞳孔里放出如麦芒般的目光,刺向胡雪芬,逼迫她千万不要血口喷人,这种事今天两人当面一定要说清,免得天长日久无中生有，造成隔阂，彼此伤害。

好比打赢了一场持久的心理战，在内心一阵狂喜之余，胡雪芬竟想把自己化作一潭碧波，让王威荡漾于碧波中，用自己如水的柔情消耗掉他内心的那股锐气与愤怒。果然如她盘算的那样，王威随后软化了语气，尽量压低声音，生怕旁人听见似的，告诫她："你跟我开玩笑不要紧，我也不会当真跟你较劲，但你千万不要到处瞎说，也不要瞎猜疑。徐克敬的死与我有什么关系，他怎么会是替我而死的呢？"

瞧着王威一脸紧张和不知情的样子，胡雪芬开始反思与内疚，有了揪心之痛，笑容也开始从她的脸上掉落，接着她眼中涌出眼泪，嘴里发出低泣声。这低泣声，惊动了酒吧里的人，他们扭过头来打量他俩。在他们讶异的目光中，王威胆怯起来。

在当地，王威是一个很有名气很有声望的人，他不认识别人，别人可认识他。在夜里，在灯红酒绿的酒吧里，与一个柔媚撩人的女人在一起，到了伤感处，这个女人哭哭啼啼，与他纠缠不清，如果有人将此事传出去，借机大做文章，不说跳到黄河里，就是跳到长江里，他也难以洗清。尽管他做出了制止的手势，可胡雪芬全然不顾这些，有了不将心中的怨恨发泄出去决不罢休的架势。

在五彩灯光的映衬下，王威看到这架势，脸色发黑，眼神发虚。不用猜疑，他对胡雪芬有感情，但他对她的感情还不足以让他现在为她舍弃一切。他感到无可奈何，索性坐着，一言不发。他的阴沉与冷漠，很快传导给胡雪芬，让她知晓现实的残酷，觉得他是个很可怕的男人，是个让她心疼却又无法舍弃的男人。这样的一个男人，恐怕她一辈子都很难琢磨透，很难得到他那颗坚硬如铁的心，很难从他那儿获得依靠与力量。可在面对孤独与挑战的时候，她毕竟是一个女人，需要男人做依靠，需要男人的力量。这使她变得愤怒起来，她猛地起身，拿起肩包和外套，像两三年前一样朝吧台扔下三百元钱，对服务生说声"不用找！"，就噔噔噔地走了。

像稳坐钓鱼台，王威跷着腿，坐在座位上，稍后才垂下脑袋，摇晃了几下，调整一下思绪，若有所思，却想不出胡雪芬这般跟他赌气，到底是为什么？她到底又想做什么？等服务生送过来找的零钱时，他的思绪才被打断。他啊地起身推说，"就当给你小费，不用找零了"，就像两三年前一样夹着尾巴，匆忙走出酒吧。

一脚跨出酒吧的大门，火热的夜风掠过街道昏黄的灯光，迎面吹来，迫使王威停下脚步。双眼环顾四周，不见胡雪芬的身影，王威按捺不住内心的烦躁，反问自己，难道像过去那样，下次与胡雪芬见面，仍需等两三年的时间？可今夜与胡雪芬相见的目的是探知徐克敬的死因，居然没有一点儿收获，却要带一肚子的谜团与怨气回家，王威不禁忧心忡忡，叹气后悔。不过，过了一会儿，他适应了这昏黄的世界，感知到连风都变凉了似的，跟自己保持步调一致。稍后，他又感觉到世界越发变暗了。仿佛街灯一盏接一盏地熄灭，路人戴着黑面罩，神不知鬼不觉地走近他。他心惊胆战，忍不住在心里反问自己，到底用什么办法才能解开这个谜团呢？

6

"徐克敬是你害死的！"

"你害死了徐克敬，你应当对他的死负责！"

这几天，胡雪芬的指责声，一浪接一浪，在耳边回荡，钻心剜骨般伤人，但王威压根儿不知道胡雪芬说的是怎么一回事。

胡雪芬为什么要冤枉他呢？又有什么必要冤枉他呢？

在这件事上，王威非常自信，从来没有怀疑过自己。他甚至认为，任何人都可能是害死徐克敬的凶手，单单他不是！然而，任凭他如何展转腾挪，应付自如，到头来矛头偏偏指向了他。

这绝对是事出有因。俗话说，不怕对头事，就怕对头人。王威把这些天发生的事情串联起来，独自一人在心中嘀咕了两三天，仍然没能揣测出胡雪芬的用意。王威再也无法像往日那般镇定自若，坐在办公室里运筹帷幄，他很想就徐克敬的死因再一次把胡雪芬邀约出来，寻一处僻静的地方，两人坐下来，心平气和地深谈一次，可胡雪芬硬是以忙于生意，没有时间履约为由，拒绝了他。

很快，王威想到了贺晓明。

贺晓明也认识胡雪芬，虽说他俩谈不上交情甚笃，但也算知根知底，让他出马，说不定能出奇制胜，下一局好棋。

王威正准备给贺晓明打电话，要他设法跟胡雪芬套近乎，从她那儿探知徐克敬的死因，却没想到刘丽在这个时候抢先打进电话。刘丽像知晓他心思似的，在电话里一再地央求他别再追查徐克敬的死因，最后还告诉他，胡雪芬跟她一个样，也是这个想法。

被刘丽这一搅局，王威不由得摇头浅浅一笑。他这一笑，不知是自嘲，笑自己，还是内心苦涩，笑刘丽。随后，他向上苍祈祷，但愿这一笑，是个好兆头，能给他带来真正的收获。

与刘丽通话后，王威旋即意识到她们这些人已经结成了攻守同盟，如果自己不迅速改变策略，是很难从她们嘴里掏出自己想要的，却又并不知晓的隐情，更难以从中追查出自己想要的结果。同时，也让王威从另一个层面意识到，介入这件事的人越多，会把事情搞得越复杂。特别是在前一段时间，纪委、公安局派人调查时，说是命令贺晓明极力予以配合，其实是变相要他百般阻挠，而今有了一个说法，事态也平息了，就该接受这个现实，不该暗中追查，如果贺晓明得知自己仍旧追查，又会怎么想呢？倘若刚才不是接到刘丽的电话，万一自己抢先一步打电话给贺晓明，找他来帮忙做这事，那他一定会侦探出自己与她们之间的那层隐蔽关系，说不准他会添乱帮倒忙，说不准哪一天他在什么人面前说漏了嘴，到时候惹出的麻烦或许更大，杀伤力更强，那这着棋，一定会是前无古人后无来者的一步臭棋。

　　站在电话前思虑到这里，王威颤抖起来，不觉用手掐了掐自己的脸庞，他脸庞僵硬，疑似挨了耳光，有些紫，有些浮肿……

　　就在王威心事重重，束手无策之时，又从北方吹来一股极强的冷空气，在这座城市刮起了六七级寒风，不免让人觉得不管做什么事都遇冷。

　　这一天，贺晓明举起手正准备敲响王威办公室的房门，门却啪地响了一声，被寒风吹开了。他像是被这股寒风推进门的，脸唰地变黑了。他携带着一种被寒风破坏的心情向王威汇报工作。他极为慎重地说，按照他的旨意和集体讨论的意见，徐克敬留下的空缺已安排人员到任了，对徐克敬的财务审计也结束了，除了账面上有点芝麻绿豆大小的问题，一切还算正常。

　　"有这样的结果是最好不过的了，至少能证明徐克敬的死因与贪污受贿、挪用公款等违法违纪的行为无关，对那些极少数别有用心的人是一个有力的回击，对徐克敬本人也有了一个客观公正的评价。"王威欣喜之余，附带称赞一声贺晓明的工作做得好。

辛辛苦苦走到这一步，并得到王威的认可，贺晓明认为事情有了一个终结，他也完成了任务。

失去了当初那种探寻徐克敬死因的冲动与渴望，心底即刻获得安宁与满足，贺晓明幡然醒悟，所有的员工都应该从这件事情中吸取教训，珍惜生命，尊重生命，热爱生命，善待生命。有了这种认识和想法，有了这一身的轻松，贺晓明乌云密布的脸上顷刻放晴了，迎来了艳阳天。

当贺晓明高高兴兴地离开时，王威却来了困惑与不安，心想，徐克敬没有贪污受贿，公司在经营上又没有出现大的问题，那徐克敬又为何去跳楼呢？难道在这个世上，有比贪污受贿还可怕的事情吗？

王威的心情糟糕透顶。即使冷空气像坐过山车，跑到更远的天涯去了，阴雨天像过眼云烟，飘到更远的海角去了，他脑海中的风雨却无止无终，无穷无尽，吹打着洗刷着他那逐渐麻木逐渐灰暗的心。

第二天，太阳终于忍耐不住寂寞，爬上天空，天气随即燥热起来，仿佛季节一下子跑步进入火烧火燎的夏天。脱下西服、衬衣，换上T恤，王威仍然感到闷热难当，仍然为探知徐克敬的死因而烦躁不安，放声诅咒这个季节不让人活命，要热死人。而恰恰从这时起，人们开始淡忘徐克敬，好像他的死已是很久以前的一件事，王威从中意识到，到了该打破这沉闷的鬼天气，重整旗鼓干一番事业的时候。他认为，持有这种饱满的精神状态，随便找一个借口找一些人打听一些事，谁还以为他是在探知徐克敬的死因呢？

为了做到有的放矢，王威强迫自己沉下心来梳理头绪，发觉自己之前总是在胡雪芬、刘丽等人之间打转转，却疏忽了一个人。那个人不是别人，是徐克敬的妻子。她每天跟徐克敬生活在一起，应该知道很多外人不知道的详情跟内幕消息。倘若知道了那些详情跟内幕消息，那还有什么疑团不能解开的？

发现了这条新线索，王威兴奋起来，他迫切希望找徐克敬的妻子面谈一次，了解情况，让一些真相大白于天下。然而，这些日子，徐克敬的妻子沉浸在丧夫的悲痛之中。她的悲痛将是永久的，不会像袅袅炊烟那样片刻就被风吹散了。这时贸然去找她，王威总觉得不妥，不是时候。王威知道自己需要耐心地等待，寻找机会。因为机会带着追忆、伤怀和深情，一定会在恰当的时候降临的。

光阴似箭，一晃，再过两天就是端午节了。

提起端午节，王威自以为找到了一次难得的，同徐克敬妻子接触的机会。就在这天上午，王威以单位领导的名义，以节日来临，看望慰问困难家属为由，叫司机开车到徐克敬的家中。

徐克敬的妻子憔悴了不少，头发也白了不少。

自从刘丽与她儿子联姻，中间便夹杂着一层亲戚关系，王威同她岂是老熟人那么简单。不料同她见面时，她却显得格外生疏，既不把王威当作熟人，也不把王威当作亲戚，而是把他当作领导，恭恭敬敬地接待他。这种只有他们两人才能感觉出来的隔阂，让王威在心中有了一股寒意，他像吃了闭门羹。

寒暄之后，王威感觉徐克敬的妻子对他说话的口气，正在发生渐进式的转变。她的语气更多的不是伤感，而是愤怒。好像她事先就得知王威不是真心来看望她，而是别有用心。

诧异之际，王威不经意间抬头，看到了徐克敬的遗像。

遗像挂在墙壁上。徐克敬依旧满面春风，好像复活过来，回到了人间。乍然，王威的耳朵轻微地振动了一下，他好像听到徐克敬喊他一声，试图向他诉说什么。四周的空气陡然凝固了一般，压得他透不过气来。王威如芒在背，脑门子上热汗涔涔，心里不是滋味，切实地感到，还没有到向徐克敬的妻子重提旧事，了解新情况的那一刻。

"王局长，您还有事吗？"徐克敬的妻子瞧见王威望着遗像发愣，不再一味隐忍，她语气突变，冷冷地发问，大有送客的意味。

如同一阵强劲的冷风扑面而来，直逼心窝，王威猛然惊醒，喟然一叹，接着装出一副被她勾起对往事的追忆的样子，心疼地说："看到徐总的遗像，想起了他往日的音容笑貌，感到他死得可惜，我们大家都为他惋惜啊！"

"他是为谁而死的，他是被谁逼死的，难道你一点儿都不知情？"徐克敬的妻子忍受不了心中的苦痛，满脸怒色渐浓，冷冷地质问王威。

好比事先设计的，沿着这条思路一路问下去，一定能够问出个所以然。有了自信，王威陡然觉得胸前的一股冷风被从房屋门口涌进的热浪吞没，浑身热血翻滚起来，整个人变得格外来劲，他赶忙接过徐克敬妻子的话，带有很重的自责的口气说："要怪，你就怪我这个人无能，我一直都想搞清楚这个问题，可一直都觉得四处碰壁，查找不出一丁点儿线索……"

忽然，王威担心自己把话说得过于谦虚谨慎，反而弄巧成拙，引起她的误解，认为他处理问题优柔寡断，不够果敢，连忙改口说道："不，请你相信我，我是一个能负责处理问题，能干净利落地解决问题的人！"

"不，您不是活菩萨，您不用慈悲为怀。"徐克敬的妻子冷冷一笑，从她的眼中掠过一丝难以捉摸的刻骨仇恨，她指着徐克敬的遗像，仿佛手拿扩音器，瞬时将声音放得无穷大，甚至说出了无比露骨的诅咒人的话，"你别在他的遗像面前装蒜了，就是你这个人面兽心的人，就是你这个刽子手，就是你和胡雪芬联手把他谋害死的。"

"是我！是我吗？你不要胡说，你不要冤枉好人！"不论王威如何深沉练达，保持克制，但在徐克敬妻子的指责下，他脸色变得惨白，浑身上下哆嗦着，心都提到嗓子眼上，根本没想到眼前的场景瞬间变得这么可怕。到了最后，他忍受不了折磨，径直指着自己的胸口对徐克敬的妻子道，"你今天一定要跟我说清楚，到底是我还是胡雪芬？"

"不是你们这对狗男女，还能是谁？"徐克敬的妻子噙着泪花，差一点儿蹦了起来，叫骂道，"等到那一天，我搜集到证据，我就把这件事情捅穿，叫你们身败名裂，一个个不得好死！"

平日听惯了官场上那种颐指气使的语气，也看过市井里那种飞扬跋扈的神情，可眼前这种不可理喻的情景，令王威惊讶得连气都不敢喘一口。徐克敬的妻子在心中埋藏的仇恨是那么深，那么令人胆战心惊，要不是她收住势头，叫他滚蛋，他能趁机向她告辞，逃出她的家吗？

从前到后王威都能理解她的心情，没有怪罪她，但王威难免心寒。他暗暗发誓，他一定要追查下去，一定要查出杀害徐克敬的凶手。只有查出凶手，将其绳之以法，才能给自己正名。

7

如此之狼狈，在王威的一生中都是少有的。

夏日的骄阳似火，满街的行道树枝叶都被晒得萎缩成一团，街面被晒得热气腾腾，而在这样的天气里，王威经历了最狼狈的时候，记录下他最倒霉的一天。在回单位的路上，仿佛酷暑难耐，他艰难地忍受着内心的煎熬，又思虑一番，还是解不开徐克敬的妻子话中隐含的玄机。

　　自己是凶手？自己绞尽脑汁追查了几个月，到头来徐克敬的死竟然与自己扯上了关系？王威觉得很荒唐，很搞笑，觉得徐克敬的妻子一定是伤心过度，突然发疯了，乱咬人。

　　由于这一向被徐克敬的死折磨得心神不宁，王威害怕自己开车时走神，发生意外，就叫司机开车。司机是个小胖子，跟王威开了数十年的车。司机怕热，见天热就打开了空调。冷风拂面，王威倒吸一口冷气，但仍然隐约感到心中有一团火正在熊熊燃烧。烧得心里发闷，闷得慌，不觉用手抓了抓胸脯，下令司机把空调打大些。冷风飕飕，在冷气的刺激下，王威慢慢地清醒过来。头顶灵光一闪，他总算明白了，当今只有找到胡雪芬，才能真正解开这个谜团。他随即改变主意，不回单位，而是叫司机直接把车开到胡雪芬的公司。

　　当王威气冲冲地出现时，胡雪芬正在与客户谈生意。这一幕，像是胡雪芬预知到了，刻意安排的。

　　胡雪芬眉头一展，向旁边的一位小伙子暗示了一眼，他立即起身把王威领进了旁边的一个小接待室，问候、倒茶、递烟、赔笑一样都不少，这让王威的心情平和了不少，忘了室外的炎热，忘了之前的狼狈不堪。没过多久胡雪芬进来了，小伙子便知趣地退出接待室，关上了房门。

　　每次与王威单独相处一室，胡雪芬开头说话的口气都显得十分暧昧，与他亲热无比，叫他醉在心里。至于往后，她一定会任性，像狼张开长有尖牙的大嘴，狠狠地咬他一口，要他疼得在地上打滚，哇哇乱叫，知道她的厉害。因为她深知，不用这一招，她是不可能在他的心中留下深深的烙印的。而且这一招，她用惯了，百试不爽。

　　但是，这一次，他不等胡雪芬故伎重演，就竖起眉毛，单刀直入地问:"徐克敬为何要跳楼自杀?"

胡雪芬想到他是为这事而来,但没想到他一反常态,来得这么直接和直白,完全是一副凶神恶煞的模样。她眉毛一挑,眼角一扬,计上心来。王威越心急,她越反其道而行之。好似有一粒沙子掉进眼睛,她揉了揉眼睛,眨了眨眼睛,才睁开眼睛,慢吞吞地说:"你一到我这里来,就问这些稀奇古怪的事情,连你这个当局长的都不知道徐克敬为何跳楼自杀,你说,我又如何知道呢?"

像被掴了一耳光,王威顿时明白了,接下来让胡雪芬就这样说下去,一定是连篇累牍,尽是诳语,便瞪了她一眼,旋即擦去额头上刚刚因心急而渗出的一层汗珠子,赌气似的,又像要赖似的,说:"你今天不当面把这件事情跟我说清楚,我就坐在这儿不走了。"

"你当真要查清这件事情?"胡雪芬沉下脸,较真起来,"如果我说出真相,我怕你也要像徐克敬那样去跳楼。"

"我是一个怎么样的人,你难道不清楚?"王威一心想哄骗胡雪芬告诉他徐克敬死亡的真相,便缓和语气,"你放心,我怎会像徐克敬那样去跳楼呢?我的心理承受能力超强,我现在向你保证,你告诉我真相,我绝对不会像徐克敬那样做傻事的。"

唯恐胡雪芬不相信他,王威拍了拍胸脯,信心十足地说:"请你无论如何都要相信我,我只会做让大家高兴的事,绝对不去做让大家都着急的事。"

听到王威严肃而又坦诚的表态后,胡雪芬一阵沉默,一阵忧伤,一阵叹息。

经过内心一阵剧烈的斗争后,胡雪芬突然眼睛放光,盯了王威一眼,终于明白了,让该知道的人都知道真相,这件事情才算真正地过去,大家才算真正地正视过去,走向未来,过自己该过的生活。不知不觉中胡雪芬掉下了两滴泪水,然后极为轻蔑地一笑,不再隐瞒一切,向王威娓娓道来:"回想起来,这是一件多么荒唐的事情啊,这是一件多么可怕的事情啊!要不是为了你我,徐克敬真的不会死,他一定还活得好好的。"

胡雪芬打住话头瞅了瞅王威,发现他听了她的话后,只是瞪圆眼睛,但并不像先前那样吃惊和不安,而是平静地沉浸在她的话语中,她也随之平静下来,平缓地述说。不,她想,不只是述说,应该是类似电影那般告白。尽管这终究不是电影,但胜似一部经典的电影。这部电影绝对是她与王威曾经经历过的,描述的是她与王威的爱与恨。

那时,她得到了该得到的,也得到了别人得不到的,但她并不快乐。尽管她有大把大把的钱,她用钱也没有换来快乐。王威知道,徐克敬也知道。她曾经跟王威提过,想他离婚,跟她结婚。他一口回绝了。她没有跟他撕破脸,也没有威逼他,最后跟他摊牌。因为他确实不图回报,为她和徐克敬付出了很多。直到前两年,她的家庭的确维持不下去了。她找徐克敬,徐克敬在其中劝和。但适得其反。她丈夫直截了当地对徐克敬说,就是他一手造成他们这个家庭今天的局面,恨不得拿刀杀死他。徐克敬非常痛苦,三番五次压制她,叫她不要离婚,如果她离婚,他就跳楼。但她丈夫却用她的钱在外面找了个小三,天天搂着小三在她的面前晃来晃去,她生不如死,怎能不与丈夫离婚呢?刘丽知道后,也劝她离了算了。徐克敬得知这种情形后,骂了刘丽,同时也算明白了,不再像往日那样拼命地阻拦她。她离婚了。

像被电影中的故事情节所打动,胡雪芬情绪低落,神情忧郁,非常伤心。王威难以保持镇定,责备自己自私自利,这几年不该为了个人的声誉、地位与她疏远,并非常抱歉地说:

"这些事情都是由于我过去的行为不检点造成的,是我害了你们!我真的对不起你们!"

胡雪芬没有怪罪他,也不忍心责备他,她哽咽着,继续向他诉说心中的委屈:"离婚之后,我委屈、孤单、无助,常常找徐克敬,徐克敬的老婆知道后,跑到我公司来,当着许多员工的面骂我。你评评理,我和徐克敬是表兄妹,能做什么出格的事呢?"

向王威吐露出心中埋藏多年的怨言,胡雪芬获得了一阵轻松。王威也体察到了。胡雪芬收起眼泪,又坦率地说:"我只是心里有委屈,找徐克敬吐一吐罢了。"她又后悔地说:"我不该把他老婆跑来骂我的事告诉他,徐克敬回家后大闹一通,和他老婆的关系从此陷入冷战,我也不好意思再去找他了,毕竟我的家庭散伙了,我又怎能让他的家庭散伙呢?"

王威大为感动,点了点头,正想称赞她做得对时,胡雪芬赶紧摆摆手,制止他。胡雪芬端起茶碗,呷了一口。在袅袅茶香中,当时的情形像纪录片,在她的脑海中快速地播放了一遍,她又拿出来放映给王威看。

那段日子,他占据她的心,成了她的希望所在。她天天想他,天天想他离婚,与她重新组建一个家庭。但她怎能亲口把自己离婚的消息告诉他。她想找一个可靠的人把这则消息传递给他。想来想去,又想到徐克敬。徐却死活不肯。还说,这是不可能的事,也是他决不允许她做的事。他甚至威胁她,如果她做了,他就跳楼。看他态度坚决,她决定图谋其他的办法。但春节过后,她头脑发热,再次找到徐克敬,对他说,如若再不帮忙,就把当年她与王威的事,以及他踩在王威的肩膀上升官发财的事全部捅出去。徐克敬满头冷汗,胆怯了,屈服了。可她知道,徐克敬是搪塞她,以他的性格,他怎么可能做出那种违背良心的事呢?过了一两个月,见徐克敬没有一点儿动静，又去找他，没料到他一口答应了。他要是不答应，她又能拿他如何呢？但没过几天就传来他跳楼而死的消息。他跟她较真，为这事去跳楼，有这个必要吗？她怎么也没有想到，也想不通，她最后得到的竟是这样的一个结果。

电影放映到这里，泪水又一次从胡雪芬的眼眶涌出，一串串地朝下落。

像纪录片里泪水掉落的配音，一滴一滴特别清脆，滴滴敲击他的心灵，又像到了梅雨季节，天正在下一场暴雨，浇得他昏昏沉沉的。王威的脑袋轰轰轰地炸开了。心想，她的泪水一定来自大海，不然她的泪水为什么这样源源不断呢？

这时，胡雪芬所放映的纪录片背后的故事，不管王威记得还是不记得，其实回过头来想一想，纪录片中的故事并没有那么多，它讲述的只是人生路途中那么小小的一段。然则就是那么小小的一段，至少印证了一句话，事出必有因，有因必有果。虽然他没有动刀动枪杀死徐克敬，但事实胜于雄辩，徐克敬确实是为他们而死的，他即便不是凶手，也是帮凶。徐克敬就这样为他们而死，这种死法太残酷了，死得也太不值了。如今不管死得值不值，人死是不能复生的，徐克敬确实一去不复返，他们一辈子都对不起他。而面对这些，又岂能明哲保身、得过且过呢？他们理应站出来，勇于承担责任。陡然间王威失魂落魄，心神大乱，他猛然站起来，丧心病狂般嘶吼："我是凶手，我要去自首！"

8

"我是凶手，我要去自首！"

似乎整座城市都弥漫着这样的惨叫声，每个人都听到了这样的惨叫声。这样的惨叫声把胡雪芬吓得面色惨白,差一点儿瘫软休克。

"你不是凶手!谁都不是凶手!"强行憋了一口气,胡雪芬才缓过神来,一边止住泪水,苦劝王威,"你别这样自责了,"一边双手拉住王威,央求他,"如今你我都不是一般的人物,我不想告诉你这些,就是怕你一时冲动,闹出种种事端来,假若被有龌龊心态的人,或被唯恐天下不乱的小人所利用,浑水摸鱼,把事态搞大,在这座城市掀起腥风血雨,那将是地动山摇,那对其他人又何来公平正义可言呢?"

说到关键处,胡雪芬认为,必须让王威明白,他应该时刻保持警惕,应对当前的危机。为此,她掏心掏肺,情真意切地责怪他:"不说其他的,你回头想一想,贺晓明不知付出了多大的努力,我和刘丽暗中不知做了多少工作,才平息此事,难道还有必要继续宣扬这些稀奇古怪的事情,继续在社会上造成混乱吗?"

这一问,正问到心坎上。

人到什么年龄,就知晓什么道理。向退休的年龄一天天地靠近,梦想与欲望一天天地渐行渐远,在局长的位置上能待多久,当不当这个局长,能否晋升一级,对王威而言,倒也没多大的意义。但是,不可否认,人总是向前走的。从呱呱落地的那一刻起,离生渐次远矣,离死渐次近矣,如今徐克敬死了,他活着,胡雪芬活着……周围所有的人都活着……而且必须继续活下去,直到老有所终……这叫他不得不拓展思维,跳出现状考虑问题。

是啊,真相也是一把杀人的刀,弄清了,不仅伤害自己,而且连累别人。打从得知徐克敬跳楼后,王威天天琢磨,如果自己控制不住局势,或者处理此事稍有不慎,都会混淆视听,惹起祸端,那就会像滚雪球,卷入的人越来越多,下一个徐克敬一定会出现。而今事态刚刚平息,自己就违背初衷,再去从中搅和,捅一个新的马蜂窝,才算是对徐克敬的死有一个交代吗?自己对徐克敬的死负责,难道就不应该对其他人的生负责吗?

原以为自己什么事都想得细,想得周全,这时才发觉自己什么事都想得不那么细,不那么周全。无论是胡雪芬,还是自己,永远都不能把这件事张扬出去。生活中有很多事情不都是点到为止吗?生活中有很多故事不都是有头无尾,给人以猜想吗?事到如今,也唯有把这件事捂紧,徐克敬才事出有因,大家才豁达超然,活得有价值。想到这里,王威五味杂陈,自感惭愧,觉得自己这个局长是白当了,自己这把年纪是白活了。

看到王威渐渐地沉静下来,他那历经苦难、痛苦而渐露疲惫、布满忧郁之色的眼睛,仿佛被注入了一缕缕温和、平静的光芒,胡雪芬瞬间察觉到自己与王威之间的距离被无限拉远,比天堂与地狱之间的距离还遥远,不由得一语双关地说:"既然徐克敬都入土为安了,那就让过去发生的一切都随他而去吧!"

这一次,王威绷紧着脸,勉强一笑,理屈词穷。

然而,当心头的酸楚再次涌出,随着他说出的再见声一起向上翻滚时,王威更愿做一条漏网之鱼,从胡雪芬的目光中迅速地逃离。仿佛离她越远越好,离她的公司越远越好,他的心才能安静下来,他才能实现自我救赎,涅槃重生。

在诚惶诚恐的逃离过程中,王威再一次体察到自己是多么愚蠢与愤怒。自己追凶追了这么多天,最后竟然追到自己的头上。真的是一无所知的自己,还是稀里糊涂的胡雪芬,还是徐克敬自己的不得已,或是追索到命运、历史,其他的什么? 然而,弄清了这些,他又能做些什么呢?

驻足，极其短暂的呆滞后，王威感到这些都无关紧要了，但也为当下他那自以为是的生活敲响了警钟。

耳边，警钟再次响彻……

一瞬间，良心谴责，道义唾弃，信仰惩罚，王威再也无法光明正大地维护自己的尊严，保持自己的英雄本色，他隐隐感知有一把锋利的匕首，正缓缓地刺向他的心窝。他捂着心口，"啊"地呻吟一声，又"啊"地惨叫一声，"别杀我！"

他终于窒息了。蒙眬中，一个又一个人闪现在眼前，那些远去，却又实实在在存在的事情重新呈现在眼前，他一门心思一片痴情地惦念那些人那些事，把一切统统想过了，他拱手作揖，像与人求饶："听我解释，别杀我！"

"听我解释，别杀我！"他又喊叫一声，举起双手，缴械投降。

僵持了许久，发现眼前没有一丝动静，他才睁大眼睛，看见面前没有一个人，却看到较远处有人向他迎面走来。他以为他们是来抓他的，转身拔腿就跑，直到钻进车里，才缓口气，理一下思绪。当看到庸俗嘈杂的街道上，有似近又似远的模糊热浪浩浩荡荡滚滚而来时，他骤然把两边车窗全部打开，热浪排山倒海般涌进车里。宛若酷暑有声有色地来了，他浑身慢慢地热透，大汗淋漓，把开车的小胖子司机吓出一身冷汗，愣在座位上，忘了问他到哪里去，忘了开车。

帮　忙

1

武汉的秋天来得真快，冷空气一过，温度就陡然降了十多度，即使太阳高照，风也是冰凉的，吹在街上，两旁的树叶被吹得飕飕地响，渐次泛黄，吹在身上，浑身一抖，心不再躁动，人也安静下来，与大自然开始从容地对话。比如我们这些即将步入老年生活的人，已经准备追求壶里藏春，橘中寻乐，对身旁发生的许多事情都见怪不怪了。再比如武汉这座大都市，经过三十多年的改革开放以及大规模的建设与扩张，如今不再盲目与冒失，单纯求大、求快，而是回归理性，顺其自然地发展，逐步向国际中心城市靠拢。

当潘皓随口说出这些感受时，李娟觉得他除了头上多了几根白发、额上起了几道褶皱、眼神添了几分呆滞，一切都是老样子，甚至连说话的语气、语速、语调和话语中的逻辑性都跟以前一模一样，不禁粲然一笑。

三十年了！分别三十年，三十年后相逢的激动与兴奋，就藏在这一笑当中？潘皓不得不低头承认这个现实，也不得不抬头展望未来，他必须继续待在武汉，与妻子、与儿子、与朋友、与同事、与那些相识和不相识的人，与这让人惬意的秋天一起待在武汉，即使他仍然讲一口纯正的普通话，说不出几句地道的武汉话，即使他在每一个人的面前毫不避讳宣称自己是辽宁人，每日每夜都思念辽宁老家，但这些都不能否认他已是一名武汉人。任何一个人也不可能否认他是武汉人。他离不开武汉，仿佛他生在武汉，长在武汉一样，武汉使他成熟起来，使他深刻起来，使他最终明白生活在武汉也是快乐和自由的。当然这种心思仅仅存在于他的心中，而且在他的心中埋藏得很深很深，他是不会轻易地让一般人察觉到的，这其中甚至包括与他在一起生活了三十多年的妻子。

　　潘皓的妻子是武汉人，操一口浓郁的汉腔，是一位能将就着居家过日子，并且能将日子过得十平八稳的女人。能找一个像这样的城里女人是幸运的。从她的身上，潘皓体会出武汉的女人并不像外地人传说中的那样个个都是火辣辣的脾气，相反，武汉的女人大都不温不火。似乎这些都与武汉所处的地理位置和一方水土有关。翻开中国地图，武汉位于中华腹地，从逐水而居到依江而建，武汉从未离开过水。水是温柔的，而女人是水做的，武汉的女人与水交融，自然温柔无比。这是潘皓的一家之言，也是潘皓酒后之感。或许大家都这样认为，潘皓是外来人，外来人的感受最有说服力。迄今为止，这就演变成了一种大家都认同的最令人兴奋的也最令人信服的说法。潘皓曾经为此而自豪，好像关于武汉女人的历史是他一笔一画书写的。

　　站在一个曾经与武汉有关，而现在却与武汉没有多大关联的女人的面前，联想到这些，潘皓猛然感到自己有些唐突和不安。因为面前的这个女人毕竟不是他的妻子，也不是他年轻时在街头邂逅的那个女人，而是李娟。

李娟是潘皓昔日的同事。在感情上，潘皓对李娟没有太多的寄托。掐指一算，与李娟共事的时间前后不超过一年，只不过在这不到一年的时间里，与李娟有些投缘，偶尔坐在办公室里能够说出一两句知心的话罢了，后来李娟随军去了广州，潘皓与她再也没有见过面，相互之间也没有联系，今天能够在中北路上擦肩而过，却能回头相互对视一眼就认出了彼此，确实是一种缘分，确实是一个奇迹，要不然李娟也不会惊讶地问潘皓，你说我去广州你就回辽宁，你怎么啦，你没有回辽宁？你还待在武汉？

潘皓最怕别人问他这个问题。这个问题也是潘皓被分配到武汉工作的第二天，独自一人爬上黄鹤楼，面对滚滚的长江信誓旦旦地表达的一个问题，这也是他此刻没有直接回答李娟的问话，而是岔开话题，像是关心她，又似回避她的原因。潘皓反问李娟，你现在还在广州？在广州过得好吗？

我现在不在广州，去了北京。李娟见潘皓纳闷，补充一句，我丈夫转业后去了北京，夫唱妇随，我自然也跟着去了北京。

北京好！北京好！潘皓随口应和就没了下文。李娟却打开了话匣子，她的述说很随意，像个老婆婆述说普通的家事，说来说去无非是哪儿都不好，只有武汉好，武汉的人好，说话中听，武汉的人不贪婪，小富即安。

潘皓刚开始还能装模作样洗耳恭听，听久了就有些厌烦，心想李娟太啰唆了。大凡上了点年纪的女人都会像这样唠叨不停的。潘皓这样一想转而谅解了李娟。等李娟意识到自己将话说远了，说多了，便抿着嘴角轻笑。潘皓趁机问她，你这次到武汉来干啥的？

我侄子结婚啦,我是回来喝喜酒的!李娟欣喜的心情溢于言表,甚至感染了潘皓。潘皓眼睛放亮,也跟着李娟笑了起来,说了一番祝贺之词。至于道别的时候,潘皓又回到了他一贯的逻辑思维当中,说到了武汉的季节、天气,说到了武汉的人文历史和当今的变化,但就是回避他这么多年来他个人如何随着武汉的变化而变化,却又让李娟从他的话语中窥出一二。

其实,了解他的人都清楚,潘皓长期在单位做接待工作,连他自己都不知道他到底接待了多少天南地北的人,时间长了就形成了自己独特的职业习惯,他逢人总是这样介绍武汉的,总能让那些刚到武汉的人感到他把话说得实在而又不失风趣,并且随着他的思绪很轻易地认识武汉和感受武汉。所以,在单位,大家都公认他的工作做得好,都说接待工作只有他有这个能力去做。连他自己都没想到,他一做就是二十年。在这二十年里,所有的级别、地位都与他无关似的,要不是快退休了,思维僵硬了一些,行动迟缓了一些,跟不上节拍,厅长也不会为他调整岗位,把他从办公室调到业务处室,并颁给他一个安慰奖,把他从副处晋升到调研员(正处)。他更没想到一晋升到调研员,处长就被派到恩施去挂职锻炼,处室需要一个临时牵头的人。按理说,处室有三个副处长,一个人年轻,是重点培养的对象,一个资格老,威信高,一个是专家,从高校招聘来的,在他们当中挑选任何一个人牵头处室的工作,都是合情合理的,但厅长偏偏挑选他这个调研员负责处室的工作,让他临到退休之前还过一把官瘾。

在厅里,每个处室都有些工作经费,潘皓做处室负责人没两天就通晓了其中的秘密,他总能从中抠出一点儿私用,而且总能找到一个恰当的借口,说是公用。这是官场上的潜规则,也是潘皓认为当一把手最过瘾的地方。人都一个样,手上有了钱，腰杆也挺得直，说话也理直气壮，可潘皓把胸脯都拍红了，一口一声请李娟吃饭，并再三强调，请几位老同事陪她，叙叙旧，李娟却拒绝了，说车票都买了，今晚非得回北京不可，潘皓只好作罢。但是，没有想到，到了晚上，李娟打来电话，开始话语说得平和，说她侄子平日对人彬彬有礼，做事规规矩矩，虽然做的是小本生意，但也做得红红火火，她们一家人以他为骄傲，后来越说越着急，越说越像屋外起了冷风，天快下雨了，她说她侄子刚结婚就被警察抓走了，一家人不知他犯了何事，也想不出一点儿办法帮助他，唯独抱头哭得死去活来，她离开武汉多年，人际关系都生疏了，只有请潘皓无论如何都得伸出援助之手，救救她侄子。

这次潘皓认定李娟真的遇到了麻烦，不然她现在一定坐上了回北京去的火车。然而，李娟遇到的事，对他而言，也是一件棘手的事，他都不知道该找谁去帮这个忙。可李娟一口咬定，凭他在武汉工作这么多年，凭他在武汉的人脉关系，只要他多想想办法，一定能帮得上忙的。可潘皓与公安部门的人来往不多，更甭谈与警察打交道，相互之间建立私人交情。办这样的事情，如果单纯靠盲人摸象，那绝对不靠谱。可答应了别人，就得想方设法去帮别人。潘皓两眼盯着白白的墙壁想了很久，最后绞尽脑汁才想到一个人。

这个人不是别人，正是与他儿子从小学一直读到高中的同班同学——严小宁，在武汉市公安局上班。严小宁一向对潘皓尊敬有加，每次见面都喊他老头子，比喊他老爸都亲热，可潘皓在心里始终认为他是假惺惺的，有些过度做作，所以对他就像对待自己的儿子一样时冷时热。为此潘皓经常责备儿子稀里糊涂过日子，不努力工作，没有结交一个好朋友！从来没有想到他今天反而要利用儿子的朋友关系来替人办事，面子有些拉不下，迟疑了半天，等到李娟打电话催促他两三次，潘皓这才醒悟过来，抱着试试的态度勉强给严小宁打了一个电话，严小宁接到电话，十分爽快地回答，我一定想方设法帮忙！但是，到了最后，严小宁还是在话语中埋下了一个伏笔，留下了一个悬念，说是先要详细了解案子的情况，看事情的好坏程度再来回复他，怎么去帮忙，能帮多大的忙。

不管是什么原因，出于何种目的，一个人被警察抓走了，肯定不是什么好事。潘皓惋惜之余，只得叹息一声，简单地给李娟回了一个电话，将严小宁愿意出面帮忙的事告诉了她。

2

从目前掌握的情况来看，李娟的侄子至少犯了两宗罪，一是非法持有猎枪，二是持枪威胁国家工作人员，抢夺工程项目。他已于昨天被开发区公安分局刑事拘留。这起案件是省公安厅督办的要案，根据省领导批示，对于这样的不法分子必须从重、从快、从严惩处。

当潘皓把严小宁了解的情况告诉李娟时，李娟已回到了北京。人都一个样，专门往好处想，谁又把事情想到这么坏的程度呢？李娟苦笑着，嘟嘟哝哝地骂侄子不是人，骂着骂着就从电话一端传过来一阵一阵的抽泣声，让潘皓一时六神无主，脸色开始发白。过了很久，潘皓才稳住心神，脸上有了一丝血色，他一边安慰李娟，说事情并没有糟糕到不可救药的地步，一边口头上承诺尽力帮忙，心里却在打退堂鼓。因为严小宁已跟他把话说白了，就当前的政治气氛，对于这个案子，谁都难以保全无事，他能做的，就是从中通融一下关系，看能不能适当减轻点刑罚,但李娟的侄子到底做了哪些坏事,经过侦查、审理、起诉到判决等程序后到底能减轻多少刑罚,他也说不清楚。对于一个说不清楚的事情,潘皓又怎能在电话里向李娟转述得清楚呢?到了这一步,潘皓才切身体会到,人最烦恼的时候,就是想替别人帮忙,却不知如何去帮忙。

帮忙也让人烦恼,不帮忙也让人烦恼,就是因为这些烦恼,潘皓才感到他的思维瞬间混乱不堪,仿佛孤身一个人钻进了黑暗的隧道,不明方向,他睁大眼睛思来想去,居然把思绪延伸到他儿子的身上,心里庆幸儿子虽然不安守本分,但从来没有给他惹上这样的麻烦,从来没有让他这样烦恼过。

潘皓的儿子是靠自己的努力考取的公务员,在武昌区上班。头两年,他的儿子还沉心于工作,后来就不务正业,说是在上班,其实是在江夏、东西湖两地炒房子,转手倒卖赚了三四百万。潘皓以为他结婚生子后情况会有好转,哪知他变本加厉,与人合伙在小东门做起了建材生意,而且生意越做越大。但生意做得大,并不等于赚钱多,他到底是赚是赔,潘皓并不知道,也不想去过问,要不然儿媳又会不讲情面,似笑非笑地反讽一句,您看,人家的老子都在省里面当官,子女都安排在省市政府机关里工作,您的儿子呢?为了这句话,潘皓独自怄了几天气,少吃了几顿饭,但终究觉得自己确实没有尽到做父亲的责任,每次见到儿子像欠债似的,躲得远远的,一直到今天,彼此不干扰对方,不介入对方的生活。这一刻,有了李娟的侄子做参照物,潘皓稍微改变了一点儿对儿子的看法,儿子虽然不算是一个有出息的人,但也算得上是一个比较争气的人,能做成今天这样已经很不容易了。想起来,儿子所做的一些事,有几件还是做到了让他眼前一亮。比如最近这几年,儿子换了几处住房,一处比一处大,一处比一处装修得富丽堂皇。儿子从未让他从荷包里掏一分钱，也没有开口向他要过一分钱。妻子心里过意不去，备份贺礼送去，儿子却让她捎回一大堆礼物，潘皓掂量掂量，分量更重。可今天毕竟不同于往日，潘皓经过一番高兴之后，突然感到眼前的光芒迅速地消失，因为他发现他与儿子之间隔着的，不是汉江，却是长江，而且不是修几座桥，修几条隧道就能将两个人的心连在一起的。

潘皓努力地回忆，有几分惊喜，也有一些懊恼和失落爬上他的脸。他脸上的肌肉左右运动，却掩饰不住他内心的烦躁与困惑。他转移目光，私底下认为，这与雾霾有关，反而与他的儿子无关。

武汉在秋天有雾霾还是头一回。有了雾霾天空就灰蒙蒙、阴沉沉的。天不高了，地不阔了，气不爽了，风不清了，这哪是秋天？这哪是收获的季节呢？潘皓试图寻找这个季节的真谛，但他天天待在城内，而不是乡下，城内除了有风转向，带来川流不息的车声，就是高楼林立，终日灰头土脸，比田垄里的黑土还失色，他从中又能寻找到什么呢？

没有兴兵百万，没有摇旗呐喊，一眨眼的工夫，秋天就包围了武汉这座城市。街道两旁的樟树仿佛褪色了许多，蜷缩起绿叶，打不起精神。潘皓仔细观察，发现树叶被一层灰尘包裹着，无法伸展腰身，无法向外传递绿意，由此他得出了一个结论，城内的秋天不仅表象是灰色的，而且内核也是灰色的。这种扰乱心智的颜色如同一张失血的脸，很难看，很容易让人心生厌恶，让生活的节奏随着季节的更替不经意间变得错乱。但是，整座城内人们依然行色匆匆，街上依然车水马龙，每一双行走在街道上的脚，每一对滚动在街道上的车轮，急促地弹奏出城市的每一个音符，这些都使潘皓陷入了一种孤独之中，觉得自己已过知天命之年，心头有异物阻塞，很难提口气跟上城市的快节奏。实际上潘皓看清了别人，却没有看清自己，他早已融入了这座城市，他生活的节奏，与城内的每一个人都差不多，什么都要赶时间，什么都要瞬间做出决定。即便他懒洋洋地行走在街上，他行走的速度一点儿都不拖沓，一路上也有自己追求的目标，否则此时他一定不会冲破雾霾，看到西斜的阳光。

阳光金黄，尽管已经被北风吹得干透了，但还在用力地拓展空间，想在大街小巷里占个温暖的地盘，似乎要与一些熟人唠叨一些闲话。可武汉就是这个样，或许说如今的大城市都是这个样，一到下班的时间满街都塞满了人塞满了车，一丝冷风溜不进，一缕阳光钻不进，要不然时下也不会流行一种说法，要是谁解决了城市塞车的问题，老百姓就会推荐他当市长、省长，甚至国家领导人。用潘皓的话来说，要是城市解决了塞车的问题，阳光就会多拥有一片土地，市民就会多拥有一份愉悦的心情。

潘皓是迎着夕阳行走的。在这一刻，夕阳落不到街上，却落在他的头上，银光闪闪的。潘皓又笔直地向前走了一二百米远，没想到夕阳掉落到他的脸上，恣意地发出尖细尖细的爆破音，他的脸好似被撕裂了，流出了鲜血，一时间他竟然被吓得喘不过气来。为了躲避夕阳，为了躲避来自心底的恐慌，潘皓眯着眼，急忙拐上八一路，多转了一圈才到墨绿轩。一脚踏进墨绿轩，潘皓立即感到一身轻松，第一次体验到没有阳光的地方也是令人心旷神怡的。

这个墨绿轩，是既能喝茶，又能吃饭，更便于私底下谈事的地方。墨绿轩的房间是用茶来命名的，你想喝什么茶就走进以那道茶命名的房间。走进"铁观音"房间，严小宁果然应约坐在里面等他。

老头子，我早就知道您喜欢喝铁观音，今天我请客，请您喝茶，然后再请您喝酒，请您吃饭！严小宁见潘皓推开房门，赶忙起身，迎了上去。

不，不，今天是我找你帮忙，哪能让你破费呢？潘皓挺直腰板，爽朗地说。

我请您！我已给潘刚打了电话，也叫他过来陪您！严小宁话音未落，潘刚左手拿着一个棕色的小皮包，右手拿着手机，晃着脑袋进了门。

同在一座城市，已有一两个月没同潘刚见面了，今天见到他仍然是一副傻笑的鬼样子，潘皓不免瞪了他一眼，希望他快点儿成熟起来，但随之又后悔，在心里埋怨自己一辈子对儿子太严厉，太苛刻了，没给儿子一点儿好脸色看，便连忙调换脸色，不痛不痒地说，坐吧，咱们父子今天能坐在一起吃顿饭，得感谢严小宁，你得替我好好陪陪严小宁。

爸，您坐！您坐！严小宁已打电话告诉我您为什么请他吃饭，既然是您请客吃饭，我是您儿子，我在场，您尽管表态，我出钱，我有的是钱，您只怕从来没花过我挣的钱，您花一点儿我挣的钱，我会高兴，您也会高兴的。

不想替李娟办事，却引出与儿子见面，尽管只说几句话，哪怕他们心与心之间仍然被长江、汉水阻隔，但无须架桥了，就这几句话，句句都是连心桥，把他们父子的心紧紧地连在一起。面对儿子的巨大变化，面对儿子的一番真情表白，潘皓一时间有些不敢相认了，他那布满皱纹的眼角闪出朵朵泪花，他也看到了满屋五颜六色的灯都闪现出他的泪花，他有了一个最新的发现，原来自己的泪花是五颜六色的，是秋天这个收获季节的颜色。谁说城内没有秋天呢？秋天就在眼前，就在心中，就在平日一些琐碎的事情当中展现出来。

一旦改变了对儿子的看法，也间接地改变了对严小宁的看法，接下来不论是品铁观音，喝五粮液，吃扬州花饭，还是严小宁把他在电话里讲的话扩充成一个故事，再向潘皓讲述一遍又一遍，潘皓眼中没有了一丝抱怨的神色，他认为天下的事、未来的事其实就是把复杂化为简单，把深刻化为寻常，时间到了，没有什么事解决不了的。

爸，像这样的事，今后您就别管了。这些事，看似简单，其实牵涉面广，错综复杂，不是我们这些平民百姓能左右得了的。我说句您不高兴的话，严小宁是为了您高兴才四处向人低头求情，但他有多大的能耐，能起多大的作用，他清楚，您也清楚。为了这件事，既然大家都尽力了，那大家都心安理得，没有什么对不起人的了。

潘刚突然插进的这句话像根针刺了潘皓一下，潘皓如坐针毡，急忙挪了挪屁股，别扭地看了潘刚一眼，除了感到像吃了一口另类的苦菜，嘴内有些微微的咸涩外，接下来潘皓表现得并无异样。就在大家都陷入沉默之时，潘皓好像找到了人生的兴奋点，抬手拿张餐巾纸揩了揩嘴，脸上露出笑，咂巴着嘴，喝了一口酒，居然喝一口酒就喝出了幸福，潘皓禁不住指着潘刚和严小宁得意扬扬地说，你们说说，我这个人哪来这么多的福气？

3

半夜起风了。有风和没有风完全不一样。有风就会吹走空中的霾。果然像潘皓想的那样，第二天清晨空中宛若被水冲洗过，明澈、悠远，涌现出无穷的生命力，仿佛一切的创造和意境都在这里孕育并诞生。很快太阳爬了出来，月亮却留恋这良辰美景，依旧挂在天边，不想回家。而整个小区安静至极，好像一个依山傍水的小山村，偶尔才有丁点儿鸟鸣，偶尔才有溪水淙淙。这如玉石般的点点音符投入心湖中，击起圈圈美丽的涟漪，让潘皓觉得自己轻轻一步就跨上了人生的制高点，用心灵领悟到这城内的世外桃源的诗情画意，忘却了自己，笔直向前不经意间走出了小区。

像往日一样，潘皓循着晨曦的足迹，拐过一个街口就到了东湖边。

站在东湖边，脚踏黄叶，沐浴晨风，听细微的涛声，望磨山秋容浅淡、红叶欲燃的气象，潘皓体验到历史名人那种宠辱不惊、去留无意的恬淡心境，心里弹奏出生命的乐章，每一个章节都没了城内的喧嚣，而是武汉繁华背后的淡泊致远与几分秋的朴素自然。

要不是漫步，好多良辰美景便一晃而过，要不是设身处地、身临其境，人一辈子很难像这样触景生情。当潘皓自言自语地说出这句话时，月亮已被太阳慢慢地吞没了，满耳塞满了车轮滑过路面的摩擦声。这些摩擦声纵横交错，时而模糊，时而响亮，时而消逝了。新的一天就这样按部就班地开始了，这种留给人紧张记忆的摩擦声，使潘皓心里刚刚泛起的一片太极虚境即刻消失，他重新回归到城市的喧嚣当中，抱着如常人一般的情怀和感触从东湖边出发，稳固地举步，走七八公里的路程，到单位去上班。

在武汉，人们出行的习惯都是紧跟着时代的节拍不停地改变。现在，一般的人出门，要么自己开车，要么打的，要么坐公共汽车，极少有像潘皓这样长年累月步行上下班的人。开始单位的同事戏谑他，说他是古董，顽固不化，后来都叹羡，说他是神仙，与众不同。这其中的优越性不言而喻，一是他的住房离单位近，二是他在武汉最典雅的小区购房表明他的地位和最独到的眼光，三是他的妻子说一不二，她挑选的绝对错不了……

当着众人的面潘皓从不否认这些。另外，潘浩还可以一口气说出诸多别出心裁的理由，但有一种理由一直给他带来一丝丝奇妙的感觉。他难以言传这一丝丝奇妙的感觉。这是他清早走出小区，晚上回到小区，走在月亮的下面，看到月亮与自己一同行走才感悟出来的。这种理由，他从不愿对人说出，也是别人想不到的，特别是他现在做了处室负责人，他更深藏于心，不愿说出了。

虽说是临时做个处室的负责人，不知道的人还以为潘皓是个顶差的，过的自然是舒坦的日子，可自打坐上这个宝座，别看他经常不吭一声，其实他心里装着许多事，忙得不停。人忙活的时候就感到充实，就不会顾忌到身边暗流涌动、矛盾丛生，倘若顾忌过多，对谁都客客气气的，那肯定做不成事，也做不好事。潘皓这种做法是一种巨大的压力，压得身边的人喘不过气来，他们都说潘皓是个不会做官的人，连处室里的三个副处每天都伸着脑袋，祈祷潘皓的身影能早点儿从他们的视线中消失。潘皓攒了一大把的年龄，有了一部自己的历史，这部历史让他洞明世事。显然已经察觉到了自己的缺失，潘皓暗中决定换种面目示众，以便让其他人换副目光来看他，于是他逐步改变工作方法，尽量把处室的事分给三个副处做，让他们在繁忙中专注事业的成功，而不是把审视的目光始终放在他的身上。很快他就取得了成功，但这种成功反而让他很颓废，觉得做一个处室的负责人不是那么简单的事，也不是那么省心的事。

最寻常的、最简单的，却是最深刻的。潘皓没想到自己到了这把年纪才体会到这一点儿，他将继续这样，慢慢地体会，一天一天地活下去，一天一天地变老吗？就是在这一秒钟的时间里，潘皓觉得自己不服老还真的不行，俗话说，长江后浪推前浪，掌管好处室，只是完成领导交代的一个方面的工作；培养年轻人，则是领导交代的另外一个方面的工作。尽量让自己少挑点儿担子，让年轻人多挑重担，既是顺其自然，也是理所当然。一旦跨出了这一步，潘皓陡然发现自己真正变得像这个处室的负责人，每天处室里每一个人碰见他，脸上都堆满了笑容，问候他的声音也比以前更响亮了。

但是，时不时也会出现特殊的情况。就在今天上午十一点，省里临时召开一个紧急会议，副厅长到咸宁市去检查工作，一时半刻赶不回来，就叫秘书通知潘皓，要潘皓代他去参加这个会议，潘皓稍加思索，就转身派最懂业务的那个副处长去了。潘皓本以为那个副处长是从全国招考而来，他知识渊博，专业能力强，业务能力熟，可以称得上是知名专家，派他去参加这个会议再合适不过了。哪知省里领导坐在台上扫视了一眼台下参加会议的人员就变了脸色，一针见血地指出，遇到紧急情况，召开紧急会议，说明省里有紧急的事情要布置下去，如果你们都说厅长有事不能来参加会议，难道处长也有事吗？我是省里的领导，是我的事多，还是你们的事多，如果下次再这样，干脆就把会议开到你们厅里，看你们这些人在忙什么。

潘皓知道，省领导气上心头，说的是气话。对付这种局面，潘皓积累了一些经验。不是有人讲相声，忍一忍，这一辈子也就过去了。潘皓是一个能忍的人，听得进批评的声音，也明白下一次再也不能出现这种情况，否则拔出萝卜带出泥，不高兴的可不是省领导一个人。这不，还没过四五分钟潘皓就接到了副厅长从咸宁打过来的电话，从头到尾都是副厅长的笑声，但潘皓听得出来，与平时相比，副厅长的笑声怪怪的，比大声粗俗批评他的话语都难听。这让潘皓有点儿忍不住了,浑身的气血随即停滞下来,他挪动双脚,尝试着带动筋骨,但唯独嘴唇能颤动一二下,午饭的食欲都没了。最后,副厅长近似下命令,一再地强调,凡是我不能参加的会议你都得去参加,而且必须是你本人亲自参加,不得再另行安排其他人去顶替。

宛如一个犯下错误的小学生,当面向老师承认错误,写保证书,潘皓低下头连嗯了几声。放下电话,潘皓搓了搓手,等双手发热了,又搓了搓脸,揉了揉太阳穴,这才觉得自己全身气血顺畅了,这时也发觉处室里没有一个人。潘皓猜想,那些人一定下楼去吃工作餐去了。潘皓正准备下楼去吃工作餐时,手机嘟嘟嘟地振动,接连不断地拍打他的大腿,他从裤兜里掏出手机看了一眼屏幕,是李娟发给他的一条短信:我正坐在从北京到汉口的高铁上,估计下午四点半到汉口火车站。我晚上请你吃饭,吃饭的地点由你确定,你定好位置后给我回短信。

昨天晚上同严小宁、潘刚分手后,潘皓立马就给李娟回了话,告诉她,严小宁暗中在活动,可能得等几天才会有结果。可李娟并不放心,忧心忡忡地对潘皓说,我只有这么一个侄子,他出了事,你叫我怎能待在北京享清福呢?我一定要回武汉,等到事情水落石出的那一天。潘皓理解李娟的心情,开导她,好事多磨,不要心急,要有耐心。潘皓以为李娟听进了他的话,会待在北京,没料到李娟这么快就要到武汉了。不过现在从武汉到北京的高铁修通了,坐高铁,一天可以跑一个来回。潘皓想,李娟从北京到武汉,就相当于从武昌到汉口走亲戚,来一趟也未尝不可。可是,让潘皓着急的是,他俩今天晚上会面时,讲来讲去一定还是昨晚在电话里说来说去的那几句话,那几句话除了安慰人,又能给人带来什么样的结果呢?俗话说,吞吞吐吐害死人。再不就此事跟李娟当面摊牌,说清自己的能耐，而一个劲儿地拖下去，结果只会导致李娟错失拯救她侄子的良机，给李娟带来的恐怕是更大的失落和悲伤。潘皓自知他陷入了进退维谷的境地，虽谈不上面临生死考验，但还是让他感觉到有些措手不及。

然而，生活在继续，在不停地变化着。这种折磨人的变化，似乎与武汉秋天的气候有关。武汉的秋天昼夜温差大，早晚冷得像冬天，中午热得像夏天。在酷似冰与火的交替中，潘皓发现自己越来越难以把持住性情，也渐渐地失去了激情与活力。如同这天中午吃饭，他拿起筷，端起碗，吃进了鱼肉，却尝不出鱼肉味。但尝不出鱼肉味，仍然要照常进餐。这是生活规律，是人一辈子做不完的事情，哪怕像应付差事，每天都得一日三餐，强迫自己应付过去。这是人的悲哀。在悲哀中寻找漫长人生无限的情趣，就超越了悲哀的本身。不然怎么说，人生如行云，看似有，握似无。实际上，这个世界上任何一个人、任何一种物表现出来的很少是庐山真面目，但不可否认，不管是真是假，都真实地展开了人生千姿百态、瞬息万变的那一幅幅画面——

囫囵吞了小半碗饭，一把扔下碗筷，潘皓像发泄了心中的不快，便笑嘻嘻地打电话，与酒店预订晚上进餐的单间。

4

这天下午，潘皓坐在办公室里发现自己头脑中的杂念很多，自己很难像打开电脑清除病毒那样立马将这些杂念清除干净。整整一个下午，他对周围的一切表现出一副冷淡与麻木的神态。不知过了多久，做了些什么，告诉他时间的，是李娟发过来的一则短信,言明她已到了他预订的餐馆,潘皓这才关注时间,下班的时间已过,都快到晚上六点钟了。

在这个季节,在这个时间段,武汉的夜幕正徐徐拉开,街上的灯渐次亮了起来,高楼大厦上的霓虹争相变幻出一幅幅美丽的图案,引诱人迷醉于都市梦幻般纸醉金迷的生活。但对于像潘皓这样从苦难年代走过来的人来说,不是他们现在没有身份、没有地位而被排斥在这种生活之外,也不是他们囊中羞涩,没有钱财来消遣这种生活,而是他们只有内在的冲动和无奈的向往,因为他们的身体已经老得无可救药,丧失了革命的本钱,哪来冲破牢笼般禁锢的勇气,他们不得不在迷惘中转而怀旧,在茫茫夜空中搜寻他们曾经主宰过的峥嵘岁月。每当他们年纪增大一岁,这种遗憾就倍增,感觉到生命进入了倒计时,感觉到在都市里行尸走肉的人也包括他们这些人。所以,反过来,在这样孤独的夜晚,潘皓去履约的冲动就特别强烈,即便不是李娟约他,而是其他人相约,他也会欣然赴约的,在一起坐坐,唠叨几句,将人生难得的快慰之感慢慢在心中累积起来。

直到同李娟在酒店里见面时,潘皓才从这种感觉中走了出来,他瞬间头脑清醒,发现自己少做了一件事,自己应该先跟严小宁联系,邀他一起来吃饭,并请他亲口告诉李娟真实的情况,好让李娟做到心中有数,也算对李娟有个交代。潘皓一心想弥补这个过失,但没想到电话打通了,严小宁却一口谢绝了,并小声地说了一句我们今天晚上有特别行动,就没了下文。潘皓知道,面对这种情况是勉强不得的,他只好把昨晚严小宁跟他说的话又重新向李娟叙述了一遍。李娟听后莞尔一笑,连忙解释,这次请他吃饭,一是为了感谢他,他为这件事已尽力了,至于事情办得怎样,有一个什么样的结果,另当别论。二是准备了一笔钱,想委托他交给严小宁,以便打点一些关键人物,打通关键环节。潘皓听后哑然失色,坦言,饭可以吃,忙可以帮,至于钱的事,虽说严小宁嘴上油滑,但他也算得上是一个比较正直的人,办事一向比较稳重,他得问问严小宁,并同他当面把话说清楚,该花钱的时候也得花钱,再看看他是一个怎么样的态度,再送钱给他。

到了这个时候,李娟显然表现得比潘皓性子急,好似急病乱投医,她反复强调,现在是经济社会,关系很重要,钱也很重要,靠关系请别人帮忙就得花钱。潘皓也算一个在官场上混的人,自然通晓李娟的用意,但就钱的事再继续在言语上纠缠,僵持下去,只会越发引起李娟的猜疑,感到心里没底。为了不让气氛接近于冰点,潘皓一心想绕开这个话题,可绕了一段时间,等饭吃到一半却又不知不觉回到了原点,他只得当面表态,一定会把她的话转告给严小宁,要严小宁放开手脚去"营救"她的侄子。

潘皓表完态随即陷入了苦恼与尴尬之中,他觉得自己的表态并不斩钉截铁,当中隐隐含有模棱两可的成分。因为严小宁曾经向他暗示过,事情的进展如果朝好的方面发展就好办,如果出现了未知的不可控的因素就难办了。严小宁毫不含糊着重点明了一点儿,如果李娟的侄子涉黑过深,或有前科,定性的结果自然会不一样,成为阶下囚也是迟早的事。可是,到了今天,潘皓都不敢随意地跟李娟讨论这些,他的犹豫好像是在打埋伏,让李娟明显地感到黑云压城,知道了形势的严峻,也好像是让李娟看到了云开雾散,有了希望。倘若看不到一点儿希望,李娟还会一个劲儿地找他吗?到那时,李娟将会有一个什么样的心情,潘皓不敢想象下去了。潘皓无意中抬手摸了摸额头,发现额头上微微冒汗,他不再是来时那种无拘无束的样子,他懂得了像这样的饭不是好吃的。吃这样的饭,还真不如请李娟到家里坐坐，喝喝茶，拉拉家常。

结束饭局，进入夜色当中，潘皓机械地审视一眼街道。由于街道底下正在修地铁，街道中间被栅栏围住了，要绕一圈才能走上回家的路。李娟则打的回汉口。因为她侄子的家在汉口，她得到她侄子家里去过夜。李娟的离开并没有结束潘皓对夜色的审视。潘皓好久没有在夜晚出门了，他对这夜色的陌生程度并不亚于一个刚到武汉的人，或者说武汉这几年的变化太大了，连身在武汉的人都叹为观止，那一座座高架桥在夜晚就像一条条彩带，在高楼大厦之间飘忽，经常使人忘记回家的路途。这就是常人为什么说在城市发展的年份总会冒些新鲜的事情，总会冒些奇怪的事情，总会冒些不可思议的事情的原因。

一阵警笛嘟嘟嘟嘟地从身边响过，不远处，一群人很快就散开，没了踪迹。但有哭声传来，低沉而又痛楚。从这哭声判断，一定是位女孩子发出来的。不过街上亮堂堂的，如同白昼，不见一人，直到警车停下，下来两个警察，潘皓才将目光聚焦到他们所在的位置，只见高架桥的桥墩下坐着一位披头散发的女孩，她一侧脸，潘皓就认出了她是谁。

她同潘皓住在同一个小区，她会唱歌跳舞，经常在附近几个酒吧里走台，前不久在一个电视台的选秀比赛节目中得过奖，最近成了一支乐队的驻唱歌手，有不少铁杆粉丝，出门时总是前呼后拥，地位一点儿都不比前来小区检查工作的领导差。今晚，潘皓见她这副模样，就知出事了，但不知出了什么事。

不管出了什么事，毕竟他们是住在一个小区，俗话说，远亲不如近邻，潘皓顿时心生同情，快步走上前去想帮她说几句话，替她解围，警察却丝毫不给他面子，制止他：我们在办案，请您赶快离开。潘皓没了言辞，怔住了。警察侧过身，严肃地问她报警的原因，她像演戏，扭扭捏捏了半天才向警察坦言,刚才斗殴的两拨人都是前来捧场,听我唱歌的,开始在歌厅里对骂了一会儿,出门没走多远就对打起来,我劝不住他们便打110报了警。警察说,既然是你报的警,那就请你到派出所去做笔录,详细说明事由。她装疯卖傻,说我怕,就赖在地上不愿意走。警察有些不耐烦了,脸上现出怒色,潘皓见状忙拉着警察的手向他赔礼道歉,说,她是我的女儿,是个孩子,还不太懂事,让我把她带回家好生地教育她。警察像审查犯人,拿眼瞪了瞪潘皓,有些不相信他说的话,态度随之变得倨傲,训斥他,反复重申,请您赶快离开,别在这里干扰我们执行公务。潘皓不假思索,即刻表明身份,还一本正经地申辩,如果你不相信,就请你到市公安局去问问严小宁,他是我儿子的同学,他知道我这个人。

话说出口的那一刹那潘皓才意识到,在市公安局严小宁又不是什么大人物,也许警察听都没有听说过他,说出他的名字能起什么作用呢?潘皓感到腿脚有些发麻,脸变得煞白,十分尴尬。警察确实不认识严小宁,但瞧着潘皓心急的样子,权且相信了他,又顾全他是一位省厅的领导,立马转变了态度,诚恳地对他说,现在的年轻人思想不成熟,做事大多荒唐,是该把她领回家多多教育,便上车走了。

警察走了之后,街上仿佛突然安静下来,像是只有他们两个人了。令潘皓始料不及的是,这女孩非但不感谢他,反而从地上霍地蹿了起来,冲着他大声地嚷道,哪个要你来打岔的,谁是你女儿,你以为你是谁呀,你是省长吗?你是市长吗?这是在武汉,不是在乡下,一个芝麻大的官,什么事都敢管,邪门了,我认识当官的可多啦,哪一个像你这样多管闲事?今晚不是你出来瞎搅和,我现在就该进派出所了。我明确地告诉你吧,我本来就想到派出所去把事情闹大,让报纸电台都知晓,天天跟踪报道，把我炒出名。你难道不知道吗，哪一个歌星没有绯闻，哪一个歌星不是隔一段时间闹出一段绯闻，不然能红遍大江南北吗？哎呀，我想起来了，你刚才不是说你有个女儿，莫非你怕我出名，挡了你女儿的道，心里难受，才强行出头的？

霎时，潘皓被这女孩怼得脸色由白转青，由青变红，脖子上青筋暴突，整个人狼狈不堪，差一点儿跳了起来。难道这样的人不是一个坑蒙拐骗的小无赖吗？人们为什么争先恐后地捧她呢？潘皓后悔不该无缘无故出手帮她，转而愤怒起来，他瞪着双眼，恨不得挥手抽她两耳光。这女孩也很快意识到了她在情绪激动之下说错了话，做错了事，看到潘皓眼睛白多黑少，一副想吃人的模样，吓得像惊弓之鸟飞快地跑掉了。潘皓望着空空的街道，不知该和谁去计较心中的委屈。他怀着一肚子的怨气回家，忍不住把这件事原汁原味地讲给妻子听。妻子正半靠半躺在客厅沙发上看电视剧，乐得时不时嘻嘻笑，当她漫不经心听出了大概的意思，脸色一沉，不耐烦地说，都什么年头了，你以为你这样做是助人为乐吗？你以为你是活雷锋吗？就是雷锋活着，他管得过来吗？你怎么不回头想一想，你这一辈子走的不都是霉运，许多事经过你的手末了都是本末倒置，帮人家倒忙，最后自己把自己弄得左右不是人……

你看，你快来看，电视里的这个人真的有点像你！妻子像发现外星人似的，指着电视机不停地摇着头，笑着。

一种不祥的兆头袭上心头，潘皓眼神阴郁，朝他的妻子斜视了一眼，本来想大声责怪她，叫她不要天天站在黄鹤楼上看翻船，骂她是张乌鸦嘴，吐不出一句吉利的话，但看到她沉迷于剧情当中，一副忘我的样子，潘皓选择了沉默。他忽然想到，要是儿子媳妇回家住，一家人聚在一起，或许这个家又不一样。片刻之后又不以为然,认为人生不可能快乐地、有价值地活过每一天。前思后想,潘皓唯独觉得对不起严小宁,今天三番五次借用他的名号来做事,倘若把事情做得好便好,做得不好便有损他的名声,那内疚和负罪感就会折磨他后半辈子。潘皓完全没有预料到,就是在这个晚上,从心中隐隐有了内疚和负罪感,反而一举释放了那道不安的情绪,他不想理睬妻子,便伸了个懒腰,跑到卧室仰面倒在床上,一会儿便鼾声大作。已有些天了,潘皓难得像这样睡一个安稳觉,呼呼一觉睡到天亮。

5

过了两天,潘皓的妻子说的话果真应验了。

那天下午,严小宁打来电话,告诉潘皓,事情已变得相当复杂,其中有几句话竟让潘皓听得双耳发麻,耳朵里咕咚咕咚作响。他怀疑是自己年纪大了,听力下降,把话听错了,不禁大声地反问一句,李娟的侄子是涉黑团伙的三号人物?严小宁斩钉截铁地回答,是的。他还说,这次特别行动由省公安厅厅长坐镇指挥,这个团伙的一号人物是在昨晚逃往境外的途中被抓捕的,通过连夜加急审理,根据他提供的名单和线索,今天凌晨在全市实施了紧急抓捕行动,涉案人员全部落网,整个案件也就彻底告破了。这个团伙罪大恶极,涉及持枪杀人、抢夺工程项目、贩卖毒品、开设赌场等诸多罪行,对于犯下这些罪行的人,人人都深恶痛绝,就是不经过审判,立即执行枪决,也没有一个人会同情他们,说杀错了人。李娟的侄子是这个团伙的三号人物,播下罪恶的种子就难逃法律的制裁,不过他供出了一号人物，并配合公安人员对一号人物实施抓捕，有立功表现，估计要适当减轻处罚。但从整个案件的性质来分析，主犯绝对是死刑，李娟的侄子判二十年或一个无期徒刑也不为过。

好似厚重的阴影兜头罩下，潘皓坠入了黑暗之中，惊慌得目瞪口呆，摸不着东西南北。事情发展到这种地步，不是严小宁说帮忙就能够帮忙的了。潘皓退而求其次，试探着请求严小宁想要他能帮多大的忙就尽力帮多大的忙。严小平严肃地说，李娟的侄子犯下的案子实在是太大了，不光超出您的想象，也大大超出我的想象，目前整个案子事实清晰，证据确凿，法网恢恢，疏而不漏，就是神仙下凡也没辙。潘皓听后像是自己犯了王法，倏地掉入了十八层地狱，他嘴巴哆嗦，不敢要求严小宁再去为他做什么。他也清楚，在没有把事情考虑周全之前，他不敢把这些大大超出他预料之外的消息传递给李娟。因为人都一个样，谁也不愿意往最坏的地方去推测。潘皓担心李娟从事情发生的那一天起就没有做好心理准备，更担心李娟想不到事情有这么严重，她没有做最坏的打算，哪能有足够的承受力来面对现实，接受这一切呢？

与严小宁通话后，潘皓像换了一个人似的，眯紧眼睛靠在办公室的坐椅上，无聊地打发着午后漫长的时光，像喝多了酒，昏昏欲睡，至于下午办公室里来了什么人，说了哪些话，他一概不知。冷不防副厅长突然闯进他的办公室，要不是随行的秘书推了一下他的肩膀，潘皓似乎还待在噩梦中醒不过来。

副厅长没有生气，反而显得特别热情，特别尊敬潘皓，笑着对他客客气气地说，潘处长，晚上有个接待，请您参加！

不爽快地回答副厅长的邀请，显然不合时宜，也辜负了副厅长的一番好意。不知道是因为激动还是紧张，潘皓在心里虽然这样想，但在行动上慢了半拍，让副厅长明显地感到他是非常勉强地接受他的邀请的。当副厅长正想说如果他确实有事就不必勉强时，潘皓兴奋起来，抢先给了副厅长一个响亮的回答，一定参加！潘皓还没来得及问是什么接待任务时，副厅长就催促他赶快走，不然就错不开下班的高峰期，那时塞车，想走也走不了。

不得不承认，武汉是一座堵城，而且是越来越堵，即便副厅长和潘皓一行提前出门抄近路，但没走多远就被堵在雄楚大街动弹不得。包括副厅长在内，车里坐着的都是在武汉生活久了的人，对堵车早已习以为常，所以没有一个人朝车窗外多看一眼，也没有一个人口出怨言。即使有怨言，他们也知道，这是瞎着急，白忙活。司机更悠闲，伏在方向盘上轻声吹着口哨。假若没有听到口哨，旁人一定以为他睡着了。副厅长是个温和的人，在他看来，一切顺其自然更好。副厅长打电话向对方解释可能要晚到的原因。如今，鼓不用重敲，话不用多说，只要说到塞车，人人都理解。正常情况下坐车到"楚灶王"只要半个小时，这次却用了一个多小时。下了车潘皓才明白，这次不是副厅长接待客人，而是别人请他吃饭。既然是别人请他吃饭，不管早到晚到反正最后到了就是给人面子。如今不怕花钱请客吃饭，怕的是花钱请客吃饭却没有一个客人到场。

快到年底了，请副厅长吃饭的人大都来自底下的县市，他们的目的无非是想多申报些项目，多争取些资金。可今年不同于往年，有"八项规定""六条禁令"的约束，谁都会退避三舍。然而，这次副厅长甘冒风险，敢去赴会，潘皓猜想请客的绝对不是一般人。

进入饭局，潘皓才得知请客的是个老板，来自仙桃，和副厅长是老乡。这位老板曾就读于湖北工业大学，大学毕业后留在武汉打工，通过一位同乡的关系认识了副厅长。副厅长看他人憨厚，有些学问，便把他推荐给一位在湖北做酒类总代理的朋友当帮手。这个人就一根筋，只知道士为知己者死，他把副厅长的朋友的话当作圣旨，不折不扣地执行，死心塌地地卖命，没过多久就博得了副厅长的朋友的认可，于是资助他一笔钱回到仙桃开了一家代理分店，只用四五年的时间就赚了钱，买了房，结了婚，有了孩子，还在乡下流转了四五百亩土地，建了一座农庄。饮水思源，感恩戴德，总想报答副厅长，跟副厅长磨了好长的时间，副厅长才答应他的邀请。

潘皓知道副厅长是个很喜欢帮助人的人。在举杯的刹那间潘皓想到了李娟的侄子，如果副厅长愿意伸出援手，那么事情就会迎来转机。有了这种期盼，潘皓仿佛久积于心的郁闷释放一空，整个人一下子变得很平静。他做了二十多年的接待工作，对自己的能力毫不怀疑。在宴席上，好像是自己请客吃饭，潘皓把所有的心思放在副厅长的身上，至于自己喝多少酒吃什么菜，完全出于掌控场面的需要，出于副厅长高兴不高兴的需要。副厅长又怎能知道潘皓的这番良苦用心呢，他见大家都高兴，很快就忘掉了自己的身份，也跟着大家高兴，跟着大家肆无忌惮地吃喝，疯狂了一回。

这酒，副厅长确实喝得高兴；这饭，副厅长确实吃得舒畅，以至说出了令潘皓惊愕的话。副厅长快人快语地对老板说，在座的都是自己人，那我就不拐弯抹角了，今天你不必感谢我，你若真的要感谢，那就代表我感谢我们潘处长，潘处长资格老，他当处长时，我还是个兵，那时他处处关心我，现在我当了副厅长，他又鼎力支持我的工作，你们说我不感谢他还感谢谁呢？潘处长不抽烟，但喝点酒，你买两瓶飞天茅台送给他。潘皓还没回过神，就像事先安排好了似的，那老板已叫人拎来了两瓶飞天茅台和两条"1916"黄鹤楼香烟,并指着潘皓眉飞色舞地调侃,送酒不送烟,做不了神仙,送酒又送烟,赛过活神仙。由于潘皓把心思全部用在副厅长的身上,没有听出老板话中的意味,副厅长却听出来了,他哈哈大笑,像唱歌,唱道,送酒送烟,是地上神,喝酒抽烟,是天上仙!

气氛终于被推到了高潮,潘皓头脑一热,认为时机成熟了,便说有事找您,就把副厅长拉到一边,低声把李娟侄子的事向他简述了一通,哪知副厅长听到一半就失去了刚才的雅兴,他紧锁眉头,好像眼前升起了一片浓雾,让他看不清方向。潘皓从未看过副厅长类似的眼神,当他意识到事情有些不妙时,副厅长才推心置腹地对他说,潘处长,不是我今天喝多了酒就说糊涂话,像这样的忙最好是能帮则帮,不能帮则不要勉强自己。副厅长发现潘皓似乎一点儿都没有听懂他说的话,便指着坐在对面的老板直截了当地说,像他这样争气的人,帮了之后能为社会带来正面效应;而像那些人渣,帮了之后能给社会带来什么呢?我认为对那样的人渣不仅不能帮,而且应该严惩不贷,以儆效尤。

副厅长当头一棒砸得潘皓连连倒退几步。人算不如天算,现实作弄人,让自己徒费一番心劲儿,潘皓满脸朱红,嘴唇不停地哆嗦,绝望地瞪着双眼,泪珠盈眶,想不通怎么会演变成这样的一种局面,潘皓紧接着痛苦地弯下腰连打了几个响嗝。像是嗓子眼被异物堵塞住了,一个响嗝接着一个响嗝,差一点儿翻江倒海把肚子里的酒全都吐出来。

终归是一岁年纪一岁人,潘皓快六十岁了,平日就患有高血压,今天喝多了酒,倘若由此引发脑溢血或心脏病,在场的人都难脱干系。考虑到问题的严重性,副厅长不能视而不见。他眼里掠过一丝黯然,显得有些后悔,有些担心,唯恐出现闪失。副厅长连忙上前握着潘皓的手,一堆笑容送到了他的面前,抚慰他,让他镇静下来,并承诺,在省公安厅、市公安局我都有朋友,明天早上一上班我就去找他们,请他们帮忙。

从眼中流出眼泪,到眼泪倒流回眼中,就这么简短的过程。从表面上看这个过程波澜不惊,实际上是惊心动魄。潘皓在这个惊心动魄的过程中仿佛看到了柳暗花明,他旋即来了精神,仰起头来,反过来一把抓紧副厅长的双手不停地点头,感激地说,您真是一个好人!

6

第二天,从副厅长那里传过来的也不是什么好消息。但不是好消息并不等于不是消息,并不等于这些消息不重要。相反,因为副厅长所处的地位不一般,与他交往的人的层次相对较高,传来的消息比严小宁更有权威性。

副厅长对潘皓说,我咨询了省公安厅的几个关键的人物,他们异口同声给了我一个答复,由于这个案子的敏感性和特殊性,他们不仅不能插手干预下面的人办案,而且根本不会插手干预下面的人办案。副厅长边说边留心观察潘皓的反应,当他发现潘皓黑着脸,摆着头,神情变得异常紧张时,就开始担心潘皓依旧存有幻想,明知不可为而为之,那将会给潘皓带去更大的伤痛,也许会使潘皓在这种近乎莽撞的执着中,渐渐对社会产生一种不友善的,甚至是敌对的情绪,于是不等潘皓开口回话就接着说,对于重案要案神仙也改变不了最终的结果。

副厅长的话等同于判决书。潘皓不再抱有侥幸的心理,不再对任何人寄予幻想,也不再犹豫不决,他打躬作揖谢过副厅长。潘皓稍微缓和了一下神色，便立即给李娟打了个电话，坦言自己很想为她帮忙，却帮不了这个忙。当话说到这份儿上，潘皓突然变得比平时啰唆，说话的声音也变得比平时沙哑，像老和尚念经，竟然拐弯说人到了这把年纪，不愁吃，不愁穿，功成名就，应该高高兴兴退休安度晚年，可就是不知好歹，不知进退，一心一意想帮助人，似乎人越老越高估自己这方面的能力，越觉得自己浑身充满了毫不妥协的勇气，仿佛自己就是一尊活菩萨，想帮助谁就能帮助谁，以此证明自己还能够发挥余热，以此证明自己存在的价值，其实却不知不觉犯下了一个天大的错误——不量力而行反而是变相害人。李娟被潘皓流露出的真情感动得热泪盈眶，不停地表白，大家熟悉彼此的一切，知道谁可以信任谁不值得信任，我信任你，理解你，感谢你！接着慢慢地转换声调，用一种无所谓的口吻说，今天整个武汉市的报纸电台都在长篇累牍地揭露这个涉黑团伙的罪行，真是不看不知道，一看吓一跳，我没料到自己的侄子会是这样一个犯下滔天罪行的人，如果早知道了，我早就死心了，也不会请你帮这个忙，让你劳神费力，像他这样的人不值得我们在他身上花费心血，像他这样的人不可宽恕，应该接受人民的审判，接受法律的惩罚。

末了，李娟快速地切换语气，飞快地拉高音量，把后面的话说得斩钉截铁、义正词严、义愤填膺。潘皓听出来了，李娟是故意大声说给他听的，以此来宽慰他的心。但是，潘皓切身体会到了李娟心中的烦躁和恐惧、痛苦和无奈。或者说，那是李娟绝望后一种本能的反应。人生到了这步田地，没法不难过。潘皓反过来安慰李娟，说犯罪的人更加需要帮助，更加需要人间的温暖，我们不能弃之不顾，我们应当给他们改过自新的机会。或许是出于对侄子的绝望，或许是出于对这几天辛苦付出的失望,李娟伤感地说,我要离开武汉这座让人伤心的城市回北京去了。

潘皓猛然想到副厅长和严小宁都提到,李娟的侄子在公安机关侦破案子的过程中是有立功表现的,而且在那个涉黑团伙中他是属于比较温和的一个人,与发生的几起命案没有多大牵连,依据事实和犯罪情节推断他是不可能被判处死刑的。人只要活着就会有希望,就会有重新做人的机会。潘皓想这肯定会给李娟带去心灵的慰藉,不想李娟悲叹一声,如果坐一辈子牢,活着还真的不如死了的好。直到终止了通话,潘皓的耳边还回荡着李娟发自肺腑的悲叹。好像起风了,风不停地加速,有了呜呜呜的声响,但风无论用多大的气力,都刮不走这种悲叹。潘皓即刻关上了窗户,把李娟的悲叹关在了办公室里。

终于立冬了,天黑得快,也黑得更厉害了。在黑暗中,潘皓想,人生在世,匆匆几十年,几十年的人生,相伴的是人与人之间的互帮互助、互敬互爱。任何一个人,帮助人,不管是有意的还是无意的,在你帮助别人的同时,一定有人或明或暗地帮助你度过生命中的一个又一个关卡,完成人生的一次救赎……感叹到这里,潘皓发现自己的思绪突然短路了,发现自己的双手竟攥着湿漉漉的汗滴。这些汗滴在手掌心紧密地排列着,过于规则,却多少有些陌生。从这些汗滴中潘皓找到了一条更为踏实的理由,他穷尽了最大的能力,完成了一项该完成的任务,接下来他应该努力去完成另一项任务,那就是该下班回家了。

雾　霾

1

一夜缱绻，徐友华似乎耗尽了体力，坐上出租车就闭上眼睛假寐，满脑子都是即将与陈文化在香格里拉大酒店会面的事。姚梅感觉受到了冷落，噘起嘴，猛地歪头靠在徐友华的肩膀上，一头秀发挠得徐友华的脸痒酥酥的。

徐友华不想让人知道他与姚梅的关系，就想推开姚梅，可不但没有推开，姚梅反而将全身的重量都压在他的身上，让他的心咯噔咯噔地蹦起来。

"我俩不是约定好了吗，我俩只能私下好……"

"这是公开场合吗？"

姚梅侧过头，直视着徐友华。徐友华骤然沉下脸色，脸上的皱纹一阵抽搐，"还是小心一点儿好，小心驶得万年船。"

"这是江城，不是在北京。你说，在江城，哪个认得你？"姚梅说着便将一只手伸进徐友华的后背轻轻地拍打，嘴角微扬，俏皮地笑着。

徐友华哭笑不得，任凭姚梅打情骂俏。

渐渐地，天地间起了一层雾，雾层越来越厚，形成了一堵墙，司机不得不开着大灯缓慢行驶。徐友华不禁喃喃自语："北京有雾霾，想不到江城也有雾霾。"

姚梅道："你心里有雾霾！你心里有雾霾！"

徐友华嘿嘿一笑，一颗心悬在半空，没了着落。徐友华想，自己急急忙忙赶到江城，是走进一片崭新的天地，还是陷入困境，落入圈套？要回答这个问题，似乎只有与陈文化见面后才有答案。姚梅的出现，原本让他欣喜一场，现在却让他困惑，让他有了一种诡异的感觉，难道姚梅真的变了，变成了陈文化的一枚棋子？

这种诡异的感觉，让徐友华立即改变了主意，强迫命令自己在同陈文化见面之前必须到对外贸易局去印证一件事，于是徐友华耸了耸肩，对姚梅说："我临时有急事要办，我先绕道到对外贸易局，再到香格里拉大酒店去同你会合。"

显然姚梅并没有把徐友华的话当回事，她像沉浸在幸福的梦中，语调缓慢地说："跟——我——走——"

徐友华抬手掠过姚梅高耸的乳峰，轻轻地抚摸了一下姚梅的心窝，暧昧地解释："给我半个小时的时间，我到对外贸易局去办件事，不然过了时间，工作人员都下班了。"

姚梅倏地拍了一下徐友华的手，并一把捏住，然后眨了眨眼，嗲声嗲气地问："我跟着你去？"

"你先去香格里拉大酒店等我。"徐友华匆忙叫停了出租车，不容姚梅做出过多的反应，就砰地关了车门，挥手叫司机开车。姚梅最厌烦徐友华这种霸道的作风，刚从嘴里溜出两个字"混蛋"，出租车便启动了。

靠在车里，姚梅好一阵揣摩：自己好不容易找到徐友华这个靠山，需要一根什么样的绳子才能把徐友华拴住呢……下车时看到一对夫妻牵着一个小孩逛街，不觉会心一笑——如果给徐友华生个孩子，徐友华还能跑多远呢？

杨辉抬头看见徐友华闯进办公室，十分吃惊，忙招呼徐友华坐下，并责怪徐友华不讲哥们义气，到了江城都不事先跟他打个电话，他也好到火车站去接。徐友华并不想同杨辉打嘴巴官司，就笑了笑，算是向他道歉，随即直奔主题："前两天，陈文化出口了一批医疗器械，是不是你帮的忙？"

杨辉在没有弄清徐友华通过什么渠道得知这件事之前，是不会向他透露实情的，否则，不光出卖了陈文化，而且会出卖好多人，甚至包括他本人。他卖乖地笑着，对徐友华说："陈文化做了好多年的出口生意，你说他最近出口了一批医疗器械，我想完全有可能。"

徐友华知道从杨辉嘴里掏不出丁点儿有价值的信息，但他从杨辉佯装镇静的神情中捕捉到了蛛丝马迹：陈文化仍在顽强地挣扎，企业仍在运转。倘若不能乘人之危，不能渔翁得利，那他匆匆忙忙跑江城来做什么呢？徐友华开始质疑自己到江城来，与陈文化谈合作，或者说收购陈文化的企业，时机是否恰当？

杨辉比任何人都了解陈文化，他深知，帮助陈文化，也是帮自己。这些徐友华又怎能知晓呢？徐友华自以为是京城人，又曾经在对外贸易部当过领导，习惯了颐指气使。他告诉杨辉，陈文化在香格里拉大酒店等他，要杨辉陪他一起去，杨辉说自己正在起草一份紧急文件，郭副局长等着审阅，准备连夜向全省下发。

提到郭副局长，看到杨辉办公桌上确实放着笔和稿纸，徐友华不再坚持。杨辉说，你来一趟江城也不容易，我不能陪你，我派辆车送你去香格里拉大酒店吧。

2

陈文化在香格里拉大酒店为徐友华订了一间总统套房。

此时,姚梅和陈文化并排坐在总统套房的会客厅里等徐友华。

闻着姚梅身上的茉莉花般的香水味,陈文化深深地吸了一口气。姚梅跟随陈文化有两三年了,陈文化还是第一次从她的身上闻到这种香气。姚梅满脑子都是与徐友华做爱时的点点滴滴,兀自微笑着,脸上的云彩鲜艳起来。

陈文化十分惊奇,转眼望了姚梅一眼,感觉她比往日更耐人寻味。陈文化在生意场上滚打摸爬了多年,深谙其中的水性,自然而然有了戒备心。

陈文化认为,在生意场上谈论男女关系,只会让一切变得更加复杂,与她们发生性关系更是自掘坟墓。因而,陈文化很快别过脸,摆出一副坐怀不乱的样子。

姚梅坐在陈文化的身旁想的是徐友华,全然没有注意到陈文化的一本正经。但她知道自己一定要学会掩饰,她与徐友华的好事,绝不能被陈文化察觉。

不一会儿,徐友华来了,姚梅装模作样地同徐友华寒暄两句,给他俩一人泡了一杯茶,便迅速退出了房间,到一楼大厅西北角落寞地坐着,把玩着手机,等陈文化与徐友华谈完事一同吃晚餐。

如果不为谋求更大利益,徐友华这时应该待在对外贸易部门过着清闲的日子,或许,那也是许多人梦寐以求的好日子。

正所谓"五十而知天命"。年过半百的徐友华眼见仕途无望，立马掉头"下海"，几年时间，便利用以往在全国各地苦心经营的关系网，把生意做得风生水起，成为一名实力雄厚的企业家。

企业要发展，就必须走出北京，走向全国。当前，江城是中部崛起的支点，徐友华急于在江城布局，急于在江城物色一个合伙人，陈文化是被选人之一。本来他认为姚梅比陈文化更合适，可偏偏姚梅走进了他的生活，与他有了肉体上的关系。有时徐友华想摆脱姚梅，但心像被一个鱼钩钩住，一扯就心痛，一心痛就下不了决心。就是这种难言之痛，让徐友华越发喜欢姚梅，越发否决姚梅这个合适的人选。

陈文化是江城土生土长的企业家，他太优秀了，优秀得让徐友华不放心。对于一个不放心的人，又怎能委托他负责一方呢？况且徐友华对陈文化的公司垂涎欲滴，早有吞并之意。陈文化对徐友华心里的小九九洞若观火，与之寒暄几句便直奔主题，说自己愿意与徐友华合作，或由徐友华对他的企业进行注资，或两人联手，联合组建一家出口公司。

陈文化提出合作意向，远远低于徐友华的预期。徐友华说，做企业，在一个行业里不统不独不垄断就很难独占鳌头。陈文化并不否认徐友华的观点，就好比他的企业要发展壮大，也必须抓住机遇走出江城一样，否则他也不会这般殷勤待人，把徐友华当菩萨供奉起来。

这几天，陈文化就像热锅上的蚂蚁，货款不能回笼，一笔过亿的贷款又到期，银行逼得紧，如若不在一周内还款，他的企业就得关门歇业。这个时候，徐友华找上门来，真是天赐良机。而对徐友华隐瞒实情，是获取良机的前提条件。于是，陈文化退了一步，坦率地对徐友华说："我将公司一分二，把江城这一块出口的业务和在香港、上海、重庆等地设立的办事处的资产单独划拨出来,变成股份,并入你的公司,而医疗器械那一块,块头小,我得保留下来。"

一个人的欲望是无止境的,一个人的贪婪也是无止境的,徐友华心里仍然惦记着陈文化保留的那一部分产业。可以说,那是一块真正的肥肉,谁都想吃。为了能吃到嘴里,徐友华只得放长线钓大鱼,走一步看一步了。便言不由衷地哼了一声:"暂且这样试一试吧!"

陈文化表面上沉着不惊,暗地里却焦急万分,他一歪头就好像牙疼似的,哆嗦着,从牙缝里钻出几个字:"试试吧!"之后便有了一种暗中较劲的感觉,开始转守为攻,试探起徐友华:"我的公司并入你的公司,总该有个先决条件……"

徐友华一笑,果断地打断了陈文化的话:"不如这样,我们分两步走。第一步,我向你的公司注入一个亿的资金,帮你还贷,渡过难关。第二步,对你公司的资产进行评估,然后进行股份制改造,我出资认股。如果你愿意,我整体收购你的公司,也是可以的。"

陈文化陡然一怔,他挠腮抓耳也想不出徐友华是怎么得知他公司的详情的。是姚梅告诉徐友华的吗?是杨辉告诉徐友华的吗?陈文化摇了摇头,直接否定了自己的猜测。仔细一想,若像徐友华所言那样,徐友华出手救了他的公司,公司重生了,他却失去了公司,他这样做是不是得不偿失呢?陈文化感觉脑袋像被木棒重重地敲了一下,整个人昏昏沉沉的,直到徐友华追问了一声,他才啊地抬起头,差一点儿掉下了眼泪。他慢吞吞地对徐友华说:"给我两天时间,让我考虑考虑!"

3

晚餐后,姚梅、陈文化与徐友华话别。出香格里拉大酒店后,姚梅与陈文化话别,然后像地下工作者似的围着汉口绕了大半圈,再返回香格里拉大酒店。

徐友华叫服务生送来了一瓶法国牡丹公爵红葡萄酒和两个高脚杯,倒好了酒,再把房间的灯光调得很暗很朦胧,静等姚梅的到来……

半夜,姚梅摇醒徐友华,伏在徐友华的胸脯上,未张口已泪流满面。

徐友华知道姚梅的心思。如今他不是官员了,是个商人。商人重利轻别离,一点儿也不假。姚梅对他如此之殷勤,他能熟视无睹吗?给她钱,为她买房子,这些都对她许诺过,可姚梅说什么都不要,只要一个孩子,为他生一个孩子。

徐友华能轻率地答应她吗?有了孩子,就有了牵挂,有了责任和义务,付出的代价绝对比钱、比房子高昂得多。许多女人有了孩子,拿孩子相要挟,什么事都做得出来。姚梅怕他逃脱似的,拼命地摇着他,不停地说:"我俩生一个孩子,好吗?好吗?"

徐友华睡意渐浓,却又想不出一句搪塞的话。徐友华对姚梅的动机产生怀疑的同时,也对自己产生了怀疑。自己已经过了知天命的年纪,竟然还天天花天酒地,糟蹋身体,自己还有生育能力吗?这一刻,他在心里祈祷,盼望自己丧失了那种能力,姚梅也就无话可说,无计可施了。于是,徐友华合上眼睛敷衍她:"好吧,好吧,只要你不到北京去,你到任何地方,做什么事都行。"

姚梅是个明白人，她可不像那些糊涂透顶的女人，明知他的老婆儿女在北京，还跑到北京去凑热闹，那又能闹出什么名堂来呢？常人说得好，退一步海阔天空，真有了孩子还真不如待在江城，耳根清净，想做什么就做什么。于是，她迫不及待地说："只要你在我肚子里播种，我什么都答应你。"

就这么一句承诺，让徐友华热血沸腾。他忽然睁开眼睛，望着姚梅柔情蜜意的脸，仿佛回到了三十多年前的洞房花烛夜，他一跃而起，骑在姚梅洁白的胴体上高歌猛进，一边忙不迭地答道："行！行！"

第二天上午，陈文化把徐友华请到他的公司，就合作事宜进一步交换意见。

这是徐友华第二次到陈文化的公司。

五年前，徐友华还未下海，郭副局长和杨辉陪同他到陈文化的公司，调查验证由湖北省向对外贸易部申报的特大投入项目的出口创汇情况，然后根据出口创汇情况敲定一笔五百万的扶持资金。

时过境迁，现今徐友华的身份发生了改变，他不再是对外贸易部的官员，他来的目的也不像当初那样单纯。庞大的利益夹杂其间，使一切都变得矛盾丛生，复杂无比。就好比陈文化的这个公司，除了比以前多了三栋厂房，把场地挤得没有缝隙之外，其中蕴藏的危机又有几人知晓呢？

最让徐友华吃惊的是陈文化贻误战机，让公司错失发展良机。

如果早在三四年之前积极响应号召，围绕江城市政府提出的旧城改造计划，充分利用政策通过土地置换，不仅不花一分钱，而且可以赚取一笔不菲的补偿费用，并能把公司从城区搬到开发区，那公司一定会迎来第二次飞跃。可陈文化偏偏脑壳进水，信风水先生的，一口一声说那般大动干戈将动摇公司的根本。

掉过头来，倘若陈文化真的那样做了，那今天怎能把机会留给徐友华呢？说真话，徐友华能有今日之机缘，还得感谢那位风水先生。

徐友华仅看了一眼陈文化公司的场地，便垂涎三尺，明确提出要收购这块场地，并说这是两人合作的先决条件。

徐友华的贪婪，超出了陈文化的想象。

熟悉的人都知道，这块场地是陈文化起家的地方，也是陈文化发家致富的地方。他守了二三十年，不论遇到任何情况，他都不离不弃，如今他又怎能舍得割肉呢？陈文化当然不答应。不过，徐友华有足够的耐心，他知道谈判是一个漫长的过程。徐友华说，如果陈文化答应，他马上投入巨资与陈文化共同开发这块场地，陈文化不但能摆脱困境，还能赚得盆满钵满。

在这万分尴尬的时刻，陈文化发现他打了两次电话姚梅也没到场。如果她在场，有她从中周旋，也不至于气氛骤然凝固。一时间，陈文化束手无策，不知用何种办法化解开这凝固的气氛。令陈文化更加气愤的是，当着徐友华的面，他再次打电话给姚梅时，姚梅斩钉截铁地说，我辞职不干了！

事先没有一点儿征兆，姚梅说辞职就辞职，陈文化又挨了一次猛击，脸色一时红一时白，气得呆呆地坐着，说不出一句话来。

徐友华一时也有些发愣，他没想到姚梅这么快就做起生孩子的梦，那他今后该如何应对她呢？

就这么一打岔，反倒使陈文化与徐友华达成了共识。因为他俩知道，只有各自后退一步，才有合作的可能。

4

这天上午，就在徐友华同陈文化洽谈时，银行的人又上门来催款。

公司的财务主管看到陈文化办公室里有人，就把他拉到一旁悄声地告诉他，银行的人撂下狠话，如果逾期不还款，就通过法院封他公司的门。

这无异于火上浇油，要陈文化的命。陈文化一阵颤抖，几乎把持不住自己的身体。许久，才示意财务主管离开。

徐友华一刻也没有停止他那双眼睛。尽管不知何事让陈文化突然神情委顿，但看到陈文化尽量保持克制，满脸堆满笑容地走过来，徐友华心中不免又有了敬佩之意，试探着问："陈总忙得脚不沾地，看来我来得不是时候。"

"能够忙什么呢？"陈文化说，"现在的人只追求个人理想、个人待遇，担当却不够，芝麻大的事都往上报，请求定夺。你说说，像这样做企业，不累死人才怪哪。"

这话放在平常说，徐友华并不觉得怪异，也许认为那是掏心窝的话，但以陈文化目前的窘境，说这话明显是摆错了谱。徐友华趁火打劫，说："你跟我合作，我们高薪聘请职业经理、高管，让他们来替我们运作，以后你和我都不用再这么操心这么忙活了。"

陈文化没想到自己随口一句话，本来是敷衍他，却被他做了文章。不禁在心里骂了一句"老狐狸"，便顺着他的话说开了，"不是我不想合作，只是我信任那位风水先生，当初没有他的指点，我不会在此处建厂，也不会有后来的顺风顺水，恐怕也没有今天的我和我的公司。过去的成绩摆在面前，难道往后我就不信他吗？我相信他，只要我占据这块风水宝地，我一定会逢凶化吉，渡过难关。"

徐友华的确老成持重，脸上没有表露一丝惊讶之色，言语上也没有不满之词。他相信自己，就像陈文化相信风水先生一样，他走过许多地方，才选择江城作为他公司发展的另一个基地，目前虽然遇到了一点儿挫折，但这并不等于失败。于是，他顺着陈文化说："这块地的确是风水宝地！我坐在这里，仿佛沐浴在吉祥之中，迎面扑来成功的喜气！"

陈文化脸色淡淡，内心犹如十五只吊桶打水，七上八下。陈文化抬头看了看墙上的挂钟，已经十一点儿了。他急忙与杨辉通话，叫他帮忙邀请郭副局长到他公司来，中午陪徐友华一起进餐。

徐友华认识郭副局长。郭副局长曾到北京找他办过事，他来江城检查工作，也总是郭副局长陪同。你来我往，时间久了，说到交情，还真的一点儿都不差。可今不如昔，毕竟他离开了权力部门。一个人一旦失去了权力，也就意味着失去了很多朋友。徐友华本想阻止陈文化，陈文化不知是有意还是无意，硬生生理解错了他的本意，竟然直接给郭副局长打电话，说徐友华在他的公司，请郭副局长过来陪客。郭副局长好像得到了某种暗示，立即答话，随后就到！

徐友华同郭副局长并排坐在酒桌上席。说了些席面上少不了的荤素段子后，郭副局长对陈文化说："如今徐总摇身一变就是全国知名的企业家，他的发展意识和危机意识、防患意识不是常人能领悟的，特别是像你这样立足于内地做实体经济、出口贸易的，如果不能高瞻远瞩，不能未雨绸缪，那迟早会陷入危机，被市场扫地出门。"

讲到这里，郭副局长停顿了一下，放眼扫视了一圈。

就如同平日领导坐在台上讲话，自然而然养成的一种习惯，他们一般讲到关键的事件，或关键的地方，都喜欢停顿，抬眼望一望台下的人，台下的人心领神会，马上便报以掌声。

今天，杨辉正好坐在郭副局长的对面，就像以往坐在台下听他讲话一样，带头鼓起掌来。在座的都放下酒杯跟着杨辉鼓掌。郭副局长满脸放光，娓娓而谈："世界经济危机已发生了几年，危机的后续影响仍然在发酵，对实体经济和外贸出口的冲击仍未停止，为了扶持重点企业，防止经济滑坡，省里整合资源，联合各方有生力量，成立了一个投资公司，专门针对一些有发展潜力却又陷入危机之中的企业，在风险评估、价值评估和市场评估的基础上对他们进行重点扶持，帮助企业排忧解难。这当然包括解决各种融资困难。有了这样的政策支持，陈总的企业会迎来转机的。"

陈文化仿佛被注射了一支强心剂，顿时来了精神，把一双手都拍红拍肿了。随即他端起酒杯，像孝敬父母那样，恭恭敬敬地弯腰，向郭副局长敬酒。

徐友华听了，心想，如果换一种场合，郭副局长发出的是拯救经济的冲锋号，可在当下这种特定的场合，郭副局长发出的则是不和谐的声音，是阻止陈文化与他合作的声音，甚至可以说，是捅向他胸口的一把刀。

郭副局长为什么要这样做呢？他这样做的目的又是什么呢？徐友华想不出所以然，却又不得不起身，与陈文化一道轮番向郭副局长敬酒。

郭副局长当然知道瘦死的骆驼比马大，丝毫不敢敷衍徐友华，连番说向领导敬酒，向企业家敬酒，并抢先一口饮下杯中的酒，以示尊敬，然后晃了晃酒杯，亮了亮杯底，再躬身请他饮酒。

郭副局长这一连串的动作,恍若把捅进他胸口的刀子又连根拔出,并狠狠地朝他的屁股踢了一脚,测试他的反应。但徐友华俨然已是江湖老手,接招时,仅仅是手抖动了一下而已。

在郭副局长的鼓噪下,陈文化像做了一个梦,恍若他有救了,他的企业有救了。他禁不住扭头看了看徐友华,想仔细观察他的神情,揣摩他的内心动态。而徐友华呢,愈加发觉陈文化像墙头草,见风倒,完全置他们的合作于崩溃的边缘而不顾。不过,徐友华不便当着郭副局长等人的面,将这些愤怒在酒桌上发作出来。

其实,陈文化也非常愤怒。他的愤怒来自他冰凉的心底,来自徐友华不屑的眼神,来自郭副局长刚才所说的那番话。

当前,在后经济危机时期,中央及省市制定了许多能把企业从生死存亡中拯救出来,并促进企业发展的好政策,但这些政策天天都在政府部门里打转,或停留在办公室墙壁上悬挂的一些红头文件中,或停留在一些领导的口头上,往往诱人却害死人,使企业在一天一天的期盼中挣扎,缓缓地死亡。不过,屡次历经盼望与失望之后,陈文化已彻底麻木了,很多时候只是把这些东西当作酒桌上配备的调料,用以佐酒。

这也是陈文化与徐友华的不同之处。

徐友华出身官僚,信奉权力,向来都把领导的话当圣旨,并善于从中分析出利己处和不利己处。虽说如今徐友华离开了官场,郭副局长暂时在他的面前不敢托大,可是,徐友华不得不承认,他的身份终究是地方官员,他所说的一席话绝非子虚乌有,自然有它的分量,除非徐友华不想在江城有所图谋,否则他岂敢马虎,置之不理呢?

到散席时,那些话仍然像一把锋利的刀,在徐友华的胸口自由自在地进进出出，给他所带来的不安仍在他的五脏六腑里扩散，在他全身经脉里游走，就如同今天的雾霾，在江城继续逞能发威，整个江城被笼罩在浓浓的烟雾中，阳光钻不进，雨水泼不进，楼台若失，城廓如虚，阴气彻骨，试问天下英雄豪杰，谁有能力驱赶这雾霾呢？

分手时，郭副局长一再地挽留，说他晚上做东，宴请徐友华，与他多喝几杯。徐友华想，午餐不仅吃得没有任何实质性的内容，而且对他与陈文化合作的事情带来了不可预测的负面影响。晚上再喝酒，一定同喝毒药差不多，便说他离开北京有几天了，他得尽快赶回北京去处理公司的事务，郭局长的盛情只有心领了。然后对陈文化说，他难得出外一趟，想独自一人清净一下，不要陈文化继续陪他，也不要陈文化派车送他回酒店。

徐友华晃晃悠悠地钻进的士，晃晃悠悠地回到香格里拉大酒店。一路上抓脑壳，想到被郭副局长这一搅局，好端端的事情便流产了，不由得打起酒嗝，又有了一肚子的怨气，按捺不住掏出手机给陈文化打起电话，近乎命令地说，你要全面权衡一下得失，考虑得当后，他们明天上午碰面再详谈一次，看看怎样的合作模式最适合他们。

经过一上午是非曲直的演变，陈文化转而对这种取多予少的谈判不抱有多高的期望，但碍于情面，或迫于形势，为他们将来的合作留有回旋的余地，便说："好吧，明天上午再谈一谈吧。"

5

香格里拉大酒店，姚梅躲在房间里继续做着她生孩子的梦。姚梅的脸上始终洋溢着自豪的光彩，幸福喷薄而出，好像整个世界都属于她似的。然而，在她那充满青春活力的世界里，徐友华的身体仅仅抖动了两下就有些吃不消。徐友华强烈地感触到他什么都不缺，唯独缺一副好身板。徐友华有气无力地趴在姚梅的身上喘着粗气，心情变得非常郁闷。

姚梅欣喜片刻之后也感到非常郁闷，觉得徐友华平日西装革履，是那么有精神，有朝气，有激情，而脱光衣服后是这么窝囊和死气沉沉，照这个样子发展下去，她能像别的女人那样骄傲地挺起肚子，生出孩子吗？

姚梅想，环境能够改变人。兴许换个环境，唤回徐友华肉体内的野性，激发徐友华内心的斗志，那就事半功倍了。于是，姚梅将徐友华推下身去，由他躺在床上打呼噜。姚梅翻身坐起，迫不及待地拨打手机。

下午四点多钟，徐友华被姚梅推醒。还没反应过来，徐友华就被姚梅胡乱地套上衣服，被她拉出了香格里拉大酒店，推上了一辆别克商务车。徐友华问她去哪儿，姚梅神秘一笑，说去了就知道了。

车好像往北跑，没跑多久就出了市区。

郊外，天空阴沉，像乌云密布，又似黑雾蒙蒙，能见度不足一二百米。徐友华以为夜幕降临，哪知抬手一看，手表上的时针恰巧指向下午五点。他以为看错了，眼花了，揉揉眼再看，时针还是那个指向，这才回过神来问姚梅："想不到江城雾霾这么严重，空气质量这儿差，那我们不待在房子里面呼吸清洁的空气，跑出来干什么呢？"

姚梅靠在徐友华的肩膀上，斜着眼睛神秘一笑，"去了你就知道，那儿只有雾，没有霾，那儿是你绝对梦想不到的地方，是你做梦都想去的地方！"

6

天快黑时，车跑到道路的尽头停了下来。等姚梅把徐友华推下车，司机就按照她的吩咐开车返回江城去了。

整整半个下午，徐友华被姚梅摆弄得摸头不知脑，正有埋怨之意，却发觉自己已站在湖边的一个简易码头上。

这个地方，前不巴村，后不巴店。徐友华宛如被人劫持了，没地方可逃，心里自然涌上些许悔意。所幸这些悔意来得快，去得也快。放眼远眺，果真如姚梅先前所讲的那样，这儿没了江城那层厚实的霾，只有从湖面上飘来一层薄薄的雾，在头顶弥漫开来。最让徐友华欣慰的是，偶尔有风从湖面上徐徐吹来，碧波随风一阵一阵地涌到岸边，翻滚出朵朵浪花，唱出一首首欢乐的歌，把他白天所有的不快和懊悔全都带走了。

姚梅站在徐友华的身后，随着浪花的节奏，一下重一下轻地拍打着他的后背，有一种情愫若云若雾在他的心中升起。忽然，徐友华转过身来紧紧地搂住她。慢慢地，他整个身子都有些不安分起来，把她朝下压。姚梅惊慌地抵挡着，乞求他："你听，有人来了！"徐友华这才留意到从湖面传来突突突的声响，便极不情愿地松开手。不一会儿，一艘游艇唰的一下停靠在他俩的身边，徐友华随即被姚梅带上了游艇。

游艇简单地在湖面上划了半个圈，夜幕就降临了。除了水响，除了水面上泛起的游艇的灯光，天地一般黑。黑暗中，徐友华若有所思：姚梅的想法虽然有点偏激，有点傻，但她如愿有了孩子，一定吉星高照，有一个好的开端。于是，他索性像个木偶，任由姚梅摆布，但愿这样能成全她那美好的心愿。

大约过了二十分钟，游艇重新靠岸，像是到了湖心的一座小岛，上了岸，徐友华跟随姚梅沿着一条小径又走了五分钟的路程，眼前才猛然闪现出一片光亮，一座小四合院赫然入目。姚梅同前来接待她的人简单地交谈两句，就被他带入东南角的一套房中。

这套房好似总统套房，里面有卧室、会客厅及小餐厅，整个房间处处散发出茉莉花的芳香。这是徐友华情有独钟的花香。吸着醉人的花香，迈出醉人的舞步，徐友华怎么也想不通在这偏僻之地有如此美丽的人间天堂。

小餐厅的灯光被调得很暗，有几分咖啡厅的味道。餐桌上已经备好了四菜一汤，一旁备有酒水。徐友华与姚梅落座后，接待他们的人深谙其中的门道，很快就悄无声息地退出了房间，并随手带上了房门。

关上了一扇门，同时也打开了一扇门。仿佛从一扇隐形门进入姚梅设计的天堂，徐友华头晕目眩，呼吸渐次乱了，却逐步与姚梅形成了默契。他彻底地放开了。与姚梅交往有几年了，彻底地放开恐怕只有这一次，如此这般被姚梅俘虏恐怕也只有这一次。

这是徐友华终生难忘的一次，也是他人生道路上难得揣着明白装糊涂的一次。他不知他们在什么地方，也不想知道他们在什么地方。或许，这种听而不闻、视而不见的人生经历更有创意，生命丰富更出彩。

第二天，江城仍然灰蒙蒙的。

天天生活在江城，似乎到了这一天，陈文化才觉察到江城真的变天了。望着灰蒙蒙的天空，心中油然而生一种说不出的怅然。

更令陈文化怅然若失的是，姚梅同徐友华一道出现在他的办公室。而且姚梅神情自若,一口一声说她是陪徐友华来同他洽谈双方合作事宜。

一晚上不见,徐友华似乎患了老年痴呆症,上嘴唇与下嘴唇打架,说不出话来。哆嗦了半天,好不容易说出话来,竟然是向陈文化介绍姚梅,说姚梅是他公司在江城的总代理。

这突如其来的变故着实把陈文化吓了一跳,他不知徐友华为什么挖他的墙脚,徐友华与姚梅有什么幕后交易……一时间感觉像中暑了,脸色惨白,汗水涔涔,浑身冰凉。

殊不知徐友华走出这一着险棋,纯属无奈之举。

徐友华反复检讨他到江城这两三天来的得失,发现他之所以与陈文化洽谈僵局难破,最关键的是缺少操盘手与代理人,最糟糕的是他手中无将,不得不推出姚梅,最没底的恐怕是用了这个一心一意要为他生孩子的女人,将给他带来什么样的后果,他无法预知,也不想过多推测。

但徐友华即刻认识到,他与陈文化的洽谈还没有开始,就已经结束。他后悔带姚梅来参与他与陈文化之间的洽谈。但是,对这一既成事实,他不想再做什么努力去弥补或者挽救。他身不由己战栗了一下,下意识地摸了摸头发,不想手掌心竟黏附了一根白发,他这才发现他真的变老了,变糊涂了,考虑问题不严谨,像小孩做游戏,想到哪里就做到哪里,要是在以前,他怎能犯这等低级严重的错误呢?

也在这刹那间,站在旧主与新主之间,姚梅意识到矛盾已悄然转移到她的身上,她同样变得万分紧张,如临大敌,丝毫不敢表露出任何的意见和想法,生怕一招不慎,招来双方不必要的猜疑。

其实这些都只是一个开始。

就在昨天,徐友华前脚离开陈文化的公司,陈文化后脚就把郭副局长和杨辉留下来，一起密谋与徐友华合作的事情。

他们能快速结成团队，共同应对徐友华，这里面隐藏着一个不可告人的秘密——郭副局长和杨辉都在陈文化的公司里占有相当比例的股份，拥有相当大的决策权。只不过郭副局长和杨辉都是政府官员，行事相当谨慎与保密罢了。其中奥妙，恐怕普天下只有陈文化自个儿清楚，徐友华又岂能得知呢？除非他们能合作成功，否则就是砍了陈文化的头，陈文化也不会轻易向徐友华透露丝毫消息。

正所谓一损俱损，一荣俱荣。为了共同的利益，陈文化与郭副局长、杨辉岂有不从长计议的道理呢？

这时的郭副局长已经脱下了副局长的外衣，告诫陈文化和杨辉，酒桌上的那些话都是扯淡，是说给徐友华听的，暗示他，他们不止一条路可以走。同时也提醒他，要想和他们的公司合作，就必须同他们一起同舟共济，共渡难关，而不是光顾吃肉，把骨头剔出来。如果徐友华诚心跟他们合作，就必须做到这一点儿，使他们的利益得以壮大。

最后，郭副局长慎重地说，经济发展到现今阶段，合则双赢，争则俱败，分则输光，因而，要使公司迅速走出困境，腾挪转型，没有壮士断腕的信心和决心，果敢出击，就甭谈抓住发展机遇，推动公司再创辉煌了。就现状而言，除了合作这条捷径，别无他路可供选择。杨辉连忙附和，也只有与徐友华合作，才能把公司从泥潭中解救出来，补充新鲜血液，使公司步入一个新的健康的发展周期，他们的股份才能随之增值。陈文化眨了眨眼，仿佛眼前艳阳高照，其实眼底下升起了一层薄雾，遮住了眼帘，他即刻傻了一般，觉得自己瞬间被他们出卖了，他们哪里是想发展企业，纯像一个个顶头上司，乱舞指挥棒，只考虑个人得失……但面对现实，又不得不点头，赞同他们的高谈阔论。

7

陈文化的喉咙好像被什么硬东西给梗住了,他弯下腰猛地咳了几声,清了清嗓子,才直起腰告诉徐友华,就双方合作的事情,他们今天可以敞开心扉地坐下来坦诚地谈一谈。

相比前两天愈谈愈僵的局面,事情总算是出现了一些转机。徐友华瞧着眼前出现的一点儿曙光,决定再做最后一搏。而陈文化,则是综合了郭副局长和杨辉的意见,在公司生死攸关的时刻,他妥协了,也决定做最后一搏。俩人自然少了拐弯抹角,坐下来就迅速进入了实质性的谈判阶段。

陈文化直截了当地说,如果不能当即解决他的公司还贷的问题,其他的还有什么继续谈下去的价值呢?

徐友华当然明了陈文化的心思与担忧。这也是徐友华最纠结的地方。

对于陈文化的质问,徐友华没有做出任何表示。他既没有表示同意,也没有否认,只是笑着,反复强调一件事,他们之间的合作很重要。

但不解决这个问题,他们之间能合作成功吗?

陈文化明白徐友华的顾虑,任何一个人,在没有谈出一个令双方都满意的结果的前提下,就投入一个亿的真金白银,他是傻子吗?

陈文化是一个念了多年生意经的人,认为徐友华既然没有拒绝他,就说明这件事情还有得一谈,便进一步表明了自己的诚意:"在所有的问题没有谈妥,合同没有签订之前,可以先期签订一个协议,由您出资还贷,然后从银行拿出质押的土地证，作为向您的借款质押。"

见徐友华仍然默不作声，陈文化接着说："我不解释您也清楚，您拿到了土地证，意味着您拿到了什么。"

徐友华是个识时务的人，也是个善于捕捉机会的人，认为像这样退一步也不失为一种稳妥的解决问题的办法，便不再犹豫，答复陈文化："这些都不是打一个电话就能解决的事情，必须等我回北京后开一个董事会，董事会同意后，再派我公司的律师来江城同你详细地商谈后才能确定。不过，请你放心，我是公司的董事长，公司由我做主，我说话算数。况且公司进军江城，已是董事会确定的不二方向。有了这些先决条件，按照常规，办理这些事情用不了几天的时间。只要双方签订的协议生效，我在北京那边立即放款过来。不知这几天你能不能多做工作，请求银行准许你的公司延迟几天还贷？"

陈文化舒缓了一口气，不觉笑了起来："银行放贷，也是一种投资。在投资之前，也是选择对象，并做了评估、担保、质押等一系列工作，如果轻易地否认投资对象，又怎能获得最大的投资收益呢？再说，我的公司只是暂时遇到了困难，不说我们脚底下的场地，就说我的公司其他的资产，还是很有投资价值的。既然这样，为了共同的利益，多做点工作，拖几天还款，估计没多大关系。退一步讲，就是耍赖，我们也能拖延几日，银行也奈何不了我们。"

徐友华的脸颊不由自主地抽搐了两三下，觉得陈文化所说的这些，纯属是旁敲侧击，是说给他听的。但细细揣摩，陈文化说得一点儿都不错。因而，他表示了认可："是啊！除非回家享清福，脱离这个疯狂的市场，否则，谈投资，就该冒险，岂能像顺水行舟，一帆风顺呢？"

徐友华离开武汉时，姚梅依然想着生孩子的事。

她下意识地摸了摸自己的肚子，肚子瘪瘪的，她心里倏忽变得没底，一团迷雾。在没有确认自己怀上孩子之前，她哪里愿意徐友华离去呢？一旦徐友华离去了，谁又说得准他几时再来江城呢？为此，她决定送徐友华去天河机场，趁机再一次向他表明心迹。她恨陈文化也跟着凑热闹，一路送徐友华。有陈文化在车上，她怎能启齿呢？她坐在小车前面副驾驶的位置上，瞪着眼睛，望着车前灰暗的天空，只能干着急。而徐友华一高兴就忘乎所以，早就把她的心思抛诸脑后，好像她不存在似的，对陈文化不无友好地说："下次谈判，希望到北京举行！"

陈文化觉得徐友华的提议非常有趣，没有什么比这句友好的言语更能提起他的兴趣，他不由自主眼睛一亮，跟着笑了起来："还要等到下次吗？到了下次，我们可是一家人，我们当然要去北京！"

然而，他俩都没料到姚梅背对着他俩冷冷发笑，斗气似的说："北京有什么好的，我才不想去北京呢。"

姚梅是故意说给徐友华听的。徐友华是懂得她的心思的，赶紧替她圆场，一语双关地说："我与你、与姚梅，都是一家人，在江城、在北京都是一个样，我们都可以心平气和地坐下来谈嘛！"

可是，陈文化认为，他与徐友华，同他与姚梅，根本不是一码子事，又怎能平起平坐，是一家人呢？尤其是他待姚梅不薄，给她高位，给她高薪，姚梅却背叛他，如今见面连句解释的话都没有，他本来就有一肚子的火，恨不得剥她的皮抽她的筋，但此时当着徐友华的面，在徐友华高兴之时，他并不想多动声色，破坏这来之不易的和谐氛围，仅仅是对姚梅的言行嗤之以鼻。陈文化想，姚梅虽然被徐友华加封为他的公司在江城的总代理，可时过境迁，在他与徐友华合作后，依照他的实力,他在新组建的公司中所占的股份也不低,拥有的话语权自然分量不轻,到那时,有没有必要设置这个总代理,都要打上一个大大的问号。即使没有他的反对,他也相信徐友华,一定会根据公司在江城的整体布局和发展情况通盘考虑,到时姚梅岂不是落汤鸡,还想在他的面前逞能吗?想罢,陈文化便抑制不住内心的激动,转而附和徐友华:"那就像走亲戚,去一次北京,再来一次江城!"

徐友华被陈文化这句话逗得哈哈大笑,忍不住望了望车窗外,尽管天上飘着几大块乌云,但比起前些日子的雾霾,还是亮堂了许多。而老天爷也善解人意,像他盼望的那样,下起了雨,雨不大,但下得透,没多长时间,通往机场的高速公路上就湿漉漉的了,雾霾也渐渐消散。